编委会

顾问：

李润田　王才安　孙培新　王文金　张秉义　关爱和　娄源功

编委会主任：

卢克平　宋纯鹏　张锁江

编委会副主任：

谭　贞　张宝明　季　波　许绍康　孙君健　孙功奇　杨朝阳
王学路　冯淑霞　傅声雷　张立新

编委会委员：(按姓氏拼音排序)

蔡　军　程遂营　丁翼虎　冯淑霞　傅声雷　洪　浩　桓占伟
姬志闯　季　波　孔令刚　李永鑫　卢克平　苗长虹　祁琛云
任东景　宋丙涛　宋纯鹏　孙功奇　孙君健　谭　贞　王鹏飞
王思琦　王性玉　王学路　武新军　席卫权　许绍康　杨朝军
杨朝阳　杨光辉　杨国安　于华龙　展　龙　张宝明　张大超
张立新　张锁江

丛书主编：

孙君健

执行主编：

展　龙　杨国安　桓占伟

副主编：

丁翼虎　孔令刚

"夷门传薪学人传"丛书

丛书主编 孙君健

执行主编 展 龙 杨国安 桓占伟

夷门传薪学人传

姚瀛艇

李申申 著

河南大学出版社
HENAN UNIVERSITY PRESS
·郑州·

图书在版编目(CIP)数据

姚瀛艇/李申申著. -- 郑州：河南大学出版社，2022.8
("夷门传薪学人传"丛书/孙君健主编)
ISBN 978-7-5649-5258-7

Ⅰ.①姚… Ⅱ.①李… Ⅲ.①姚瀛艇-传记 Ⅳ.①K825.46

中国版本图书馆CIP数据核字(2022)第145843号

夷门传薪学人传　姚瀛艇
YIMEN CHUANXIN XUEREN ZHUAN　YAO YINGTING

责任编辑	赵海霞
责任校对	张玉梅
封面设计	翟淼淼
出版发行	河南大学出版社
	地址:郑州市郑东新区商务外环中华大厦2401号
	邮编:450046　电话:0371-86059701(营销部)
	网址:hupress.henu.edu.cn
排　版	河南大学出版社设计排版部
印　刷	河南瑞之光印刷股份有限公司
版　次	2022年8月第1版　印　次　2022年8月第1次印刷
开　本	889 mm×1194 mm 1/32　印　张　11.625
字　数	251千字　定　价　46.00元

版权所有·侵权必究
本书如有印装质量问题，请与河南大学出版社营销部联系调换。

宋史研究专家、河南大学姚瀛艇教授

姚瀛艇(1923-2012),河南襄城人,河南大学知名教授、著名宋史研究专家,民盟盟员。一生辛勤耕耘于中国古代思想文化史,尤其是宋代思想文化史的研究领域,功底深厚,视野宽阔,造诣颇深。他是国内研究宋代学术思想的佼佼者,他的诸多论著成为唐宋之际二百年间思想史研究的补白之作,他率团队开拓创新主编了新中国成立后第一部《宋代文化史》,这些成就在我国学术发展史上熠熠生辉;他的授课娓娓道来,深入浅出,直抵心灵;他对学生既饱含满腔爱心,又严格要求倾心指点,力图使其在学术上得到真传并有所创新,深受学生的爱戴与尊重。

三位受访者对姚瀛艇先生印象摘录：

姚先生研究宋史功底相当深厚，且不限于宋史，视野宽广，实际上他研究哪一段都行。这与他的家教——受其伯父、著名宋辽金元史专家姚从吾先生的影响，是有关系的，同时也与他本人的勤奋和善思分不开。他待人诚恳、谦虚，是一个与人为善的人。

——姚瀛艇曾经的同事、河南大学历史文化学院魏千志教授

与姚先生聊天，就感觉是在修心。在全国宋代思想文化研究方面，河南大学是走在前列的，而姚先生是扛大旗的人。但他绝不限于宋史，他对经学、理学、哲学乃至佛学、道教等，都有很深的造诣，他是贯通儒家学说乃至贯通中国文化史的人。他的不少论文，如《论邢昺在儒家思想演变过程中的地位》，至今无人超越，仍是补白之作。可以说，他们那代人的文章基本都是精品，经得起时间的检验。他对所有人都非常好，不持偏见，一视同仁。而他自己非常自律，有什么事从不麻烦学生，这即使是他同时代的人也是不能比的。

——曾经的宋史专业研究生、现河南大学历史文化学院刘坤太教授

我们视姚先生为长辈尊敬,他对我们也像对孩子一样。但是在学业上,他对我们要求却非常严。他曾对我们说:"我喜欢你并不等于放纵你。"而且,姚先生对史料有着超强、超清晰的记忆力。正是在姚先生的严格要求和悉心指教下,我读研期间就在《史学月刊》上发表了论文;我的学位论文的核心部分也得以在《史学月刊》上发表。日后,当我自己也带研究生的时候,我把这种严谨治学的精神也传承下来,因为这是对学生负责、对学风负责。

——姚瀛艇曾经的研究生、现河南省教育科学研究院周宝荣副院长

述往事思来者根在夷门
（总序）

夷门，是一个比开封还古老的名字。

夷门是战国魏都城的东门，因城门修在夷山之上，故名。

夷门最早的故事与魏公子无忌有关。无忌为战国时期魏国第五任君主魏昭王的小儿子。魏昭王去世后，无忌同父异母的哥哥圉继承王位，是为安釐王。安釐王封无忌于信陵（今宁陵），是为信陵君。信陵君的第一个故事是养士辅政。其时，魏国在与秦国的对抗中，处在不利地位。信陵君仿效齐之孟尝君、赵之平原君、楚之春申君的辅政方法，养士三千，诸侯因此不敢加兵于魏十余年。七十岁的夷门看守人侯嬴与屠夫朱亥，均为信陵君礼贤下士所交好友。信陵君的第二个故事是窃符救赵。公元前257年，秦围赵都城邯郸，赵王的弟弟平原君求救于魏。魏王派晋鄙率兵十万，到达邺地。但迫于秦威，止步不前。信陵君听取侯嬴之计，窃取虎符，与朱亥前往邺地。在晋鄙对虎符有疑时，朱亥椎杀晋鄙。信陵君率兵救了赵国。侯嬴在信陵君到达邺地时，自刎于夷门。

窃符救赵的故事发生一百余年后，司马迁寻访战国争雄的史迹，来到夷门。对千金一诺、侠义热血故事颇有兴趣的司马迁，在《史记·魏公子列传》中做了上述精彩描述，扣人心弦犹如小说家言。信陵君事迹很多,司马迁只记礼士与救赵;信陵君在魏养士三千,详写的只有侯嬴与朱亥。传记的结尾,意犹未尽,作者再次称赞信陵君不耻下交的礼士精神:"吾过大梁之墟,求问其所谓夷门。夷门者,城之东门也。天下诸公子亦有喜士者矣,然信陵君之接岩穴隐者,不耻下交,有以也。名冠诸侯,不虚耳。"仁而谦恭,礼贤下士,成就大业。这是夷门叙事的第一重启示。

公元前99年,司马迁为李陵事获罪,受腐刑,因著书事业而隐忍苟活。受刑的第二年,朋友任安写信询问情况,司马迁写下了传诵千古的《报任安书》,完整描画了一个知识人最高最完美的理想:"近自托于无能之辞,网罗天下放失旧闻,考之行事,稽其成败兴坏之理,……凡百三十篇。亦欲以究天人之际,通古今之变,成一家之言。"据此话推定,《史记》已大致完成。今传《史记》有《太史公自序》,其有感于自己身世,而追述中国历史中圣贤发愤著述的传统:"昔西伯拘羑里,演《周易》;孔子厄陈、蔡,作《春秋》;屈原放逐,著《离骚》;左丘失明,厥有《国语》;孙子膑脚,而论兵法;不韦迁蜀,世传《吕览》;韩非囚秦,《说难》《孤愤》;《诗》三百篇,大抵圣贤发愤之所为作也。此人皆意有所郁结,不得通其道也,故述往事,思来者。"这种圣贤发愤著述的传统,是司马迁完成《史记》的支撑力量,也化为以立言为志的中国士人生生不息的精神资源。"究天人之际,通古今之变,成一家之言"与"述往事,思来者",共同成为读书人立言著述的最高理想。身为记述唐尧以来中国历史的史官司马迁,历史上却没有留下他本人卒年的记载。近代王国维考证,司马迁大约卒于汉武帝末年。勤奋于"述往事,思来者"之业,究天地之际,通古今之变,成一家之言,燃烧自我之身,不计身后之名。这是夷门叙事的第二重启示。

公元960年,北宋政权以开封为都城建立,从而创造了继唐代后又一个统一王朝的辉煌时代。此时距司马迁《史记》成书,已过去千年。夷门不在,夷山依旧。夷山之上,北宋皇祐元年(1049年)建起了开宝寺塔。塔体外立面均为褐色琉璃砖,浑似铁铸,民间俗称"铁塔"。1912年,铁塔南麓,建立了一所大学——河南留学欧美预备学校(今河南大学前身)。河南大学的学生均以"铁塔牌"自称。铁塔成为这所大学毕业生最早的logo(标签)。当年椎杀晋鄙的朱亥,因窃符救赵之功,被授相印,其封地原名聚仙镇,在北宋末,改称朱仙镇。岳飞抗金,取得朱仙镇大捷,也终没有挽救北宋王朝的命运。北宋的成功,在文治而不在武功。20世纪40年代,陈寅恪为邓广铭《宋史职官志考正》作序,有"华夏民族之文化,历数千载之演进,造极于赵宋之世"的称赞。一个以唐史研究见长的史学家,推重赵宋文化,绝非偶然。赵宋时期城与市合一,不需要再像《木兰辞》所言那样"东市买骏马,西市买鞍鞯"。城与市合一的开封,勾栏瓦肆林立,充满着人间烟火气。唐宋以来实行的科举制度,使寒族子弟也可以像世家子弟一样,通过个人的努力,通达社会与文化上层。读书人生气聚集之时,赵宋时期出现了士大夫阶层。士大夫具有超越特定族群、特定利益阶层的历史眼光和宽阔胸怀。祖籍大梁的北宋大儒张载不失时机提出的"为天地立心,为生民立命,为往圣继绝学,为万世开太平"的"横渠四句",成为新兴士大夫群体理想抱负的经典表达。士大夫群体的思想文化创造力活力四射,宋代理学家、史学家、文学家、音乐家、书法家、艺术家层出不穷,群星灿烂,造诣均达极高水平。宋代理学家将儒释道合一,重建儒学体系。新的儒学体系高扬道德的旗帜,以修齐治平调节士人人生期待,以伦理纲常整饬社会秩序。陈寅恪称赞欧阳修晚年所撰《五代史》的功劳在"贬斥势利,尊崇气节,遂一匡五代之浇漓,返之淳正。故天水一朝之文化,竟为我民族遗留之瑰宝。孰谓空文于治道学术无裨益耶?"五四运动过后二十余年,在抗战的炮火中,陈寅恪坚信造极于赵宋之世的华夏文化,本根未死,终必复振。理想、信念、毅力、气节,是读书人的禀赋;立心、立命、继绝学、开太平,为读书人的价值与责任。以治道学术服务国家人民,乃读书的正途与根本。这是夷门叙事的第三重启示。

北宋时期的国子监所在地位于现在的龙亭一带。明代这里辟为周王府。清初,河南贡院一度迁至辉县百泉,清顺治十六年(1659年)河南贡院在周王府旧址修建。因地势低洼积水,雍正九年(1731年)河南贡院迁至夷山南隅。1841年黄河发水,拆河南贡院房舍防洪,第二年重修,新建号舍万余间。1900年的庚子事变,北京用于国家会试的贡院被毁,河南贡院因房舍完好、交通便利,而在1903、1904年成为科举会试所在地。1905年废除科举,河南贡院就成为上千年科举制度的终结地。1912年,河南有识之士在河南贡院的校舍上创办河南留学欧美预备学校,1923年改建为中州大学,1930年易名省立河南大学。因此,从这套丛书的一个人物林伯襄1912年担任河南留学欧美预备学校的校长开始,河南大学叙事便与夷门叙事有了交集,夷门叙事所体现出的精神基因便在河南大学传承延展。与时俱进，百折不挠，在国家、民族站起来、富起来、强起来的百年沧桑中，河南大学以振兴教育、培养人才服务于民族自立、国家复兴和区域发展，成为中原大地高等教育的一棵参天大树。参天地之化，养浩然正气，育万千桃李，以教育报国。此为夷门叙事的第四重启示。

在河南大学迎来110周年校庆之际，学校编写出版"夷门传薪学人传"丛书，嘱我为序。在准备出版的二十多种学人传中，有在河南大学发展的重要节点上做出了重大贡献的主政者，绝大多数是在学校发展的不同时期在学术进步、人才培养方面成绩突出的教授。名人有言："大学者，非谓有大楼之谓也，有大师之谓也。"这些学者教授就是河南大学的大师。河南大学建立110年来，对国家、对民族的贡献，大部分是通过一代又一代心系桑梓、植根教育的千千万万教育工作者实现的，上述学者教授是千千万万教育工作者的代表。在河南大学这所百年名校中，"究天人之际，通古今之变，成一家之言"的学术创新是他们完成的；"为天地立心，为生民立命，为往圣继绝学，为万世开太平"的学术理想是他们实践的；"参天地之化，养浩然正气，育万千桃李，以教育报国"的百年辉煌是他们参与创造的。这是河南大学110年校庆要编辑出版"夷门传薪学人传"丛书的唯一理由。

有形夷门在司马迁生活的时期已经颓毁，而无形的夷门，留在司马迁的《史记》中，留在宋儒的横渠四句中，留在科举旧地与新式教育的交接中，留在河南大学生生不息的生命意志中。

在河南大学建校 110 年之际,河南大学的注册地移至郑州,但河南大学的办学精神,已经融入河南大学的基因与血脉之中。河南大学从留学欧美预备学校的成立,到今天的"双一流"建设,何尝不是河南有识之士与黄河儿女的"发愤"之作!国家兴亡,匹夫有责,读书人更有责。司马迁"发愤","述往事,思来者"而著"史家之绝唱,无韵之离骚";河南大学"发愤","述往事,思来者"而有发展进步的大手笔、大思路。让我们为之共同奋斗。

放眼寰宇的河南大学,根在夷门。

关爱和
2022 年 7 月

(作者为河南大学教授、博士生导师,中国近代文学学会会长。曾任河南大学校长、党委书记。)

前　言

在河南大学所走过的110年艰辛而曲折、荣耀而辉煌的路途之中，有许许多多可敬可爱的先生们，他们以自己百折不挠的坚韧品质、求真求实的严谨学风、辛勤育人的师者风范，以及"亲亲而仁民"的高风亮节，与学校共荣辱、同苦乐，助推学校在逆境中披荆奋进、在挫折中执着前行。河南大学能取得今天的成就，老一代先生们所作出的贡献、所展现出的精神风貌，是不应当被忘记的。它应当成为学校的宝贵财富，在后一代学人身上传承并发扬开来。

作为恢复高考制度后的第一届大学生——七七级大学生，我们"有幸直接聆听了当时还健在的学养丰厚、思想深邃、不事浮华、心中充满忧国忧民之情的老一代教授、先生们的面授真传，这种真传至今让我受用不尽。当时，老先生们刚刚摆脱'十年动乱'的磨难，身上似乎还带着一丝疲惫和心灵深处的创伤，但他们在课堂上那神采奕奕的讲述，仿佛使他们忘却了一切心中的不快，进入了纯真的梦幻境界。学生们也在他们的精辟讲述中，尽情地吮吸着知识的甘露，丰富和充实自己，成熟并成长起来，终成一代学人，活跃于祖国的各条战线。那些衣着极朴实、外表极普通的老教授们，在学识、人品、情操方面对我们的影响，绵延久远，随着岁月的流逝反而更加清晰可见。一所大学，正是有了这些令人肃然起敬的先生们,才使大学名实相符,成为真正的大学"①。这是我们七七级学生深感幸福的重要原因之一。

在给我们以无私教诲的众多老先生之中,姚瀛艇先生是其中决不可忘却的一位。也因此,几十年过去了,每年春节期间我都要去探望几位尚健在的老先生,姚瀛艇先生便是其中决不可少的一位。姚先生的"孜孜以求学问,淡泊利禄功名""于细微处求实,于前见中求真"的执着精神和严谨学风,使他成为河南乃至国内宋史研究,尤其是宋代思想文化史研究的佼佼者,在国内宋史研究领域具有相当高的声望。与此同时,姚先生以其对宋代思想文化,尤其是对宋明理学思想的深刻理解与研究,传道授业于我们。到今天我仍能忆起先生在课堂上那不温不火、不紧不慢、娓娓道来而又吐字清晰的讲授,透射出他思想的深邃和学识的渊博。他能把宋明理学中的理、气、心、性等深奥而玄妙的道理讲得明明白白,使学生们悟性顿开。他的讲课,如涓涓细流而引人深思,似缕缕阳光而穿入心髓。直到今天我仍然认为,只有姚先生才最适合也最能胜任给学生讲授艰涩难懂的宋明理学。而且,姚先生的知识面并不仅仅限于宋代思想文化的研究,他有着宽厚的知识视野。他在谈话中常告诫我们,研究历史的人不能眼光太窄,即使研究断代史的人,也要具备宽泛的视野和扎实广阔的知识基础,这样学问做起来才能到位,才能求得较正

---

① 李申申:《幸福在一所淡定的大学——母校河南大学建校百年的断想》,《中国教育报》2012年5月9日,第7版(文化·文慧园版)。

确的结论。他对那种浅尝辄止,只囿于自己的研究范围而不愿多涉猎知识的人,非常不以为然。当今时代的社会发展对知识的需求,也恰恰证实了先生的这一观点。而先生自己在此方面也确实为我们做出了榜样。他不仅在讲到宋史时旁征博引、侃侃而谈,而且在讲到《论语》《孟子》《左传》《易经》《诗经》等古代经典时也如数家珍,谙熟于心。他所撰写的论著,除了大量的对宋代思想文化的研究之外,还有对其他历史阶段人、事、思想进行阐释的文章,或者阐释宋儒对于古代经典的不同观点的文章,而且对其中所涉及的内容也非常娴熟。这对我们后人是极大的启发,如何更扎实地做学问,实在是值得我们三思而后行。

姚先生是一个很和善的人,因此向他求教是一个很愉快的过程。他在与人平实无华的交谈之中,在和蔼的态度中,很自然地就会把他所拥有的渊博知识传播开来,从未见到他有丝毫不耐烦之意。因此,每到先生家探望,与其交谈之中总会感到有一种无形的精神力量在我胸中激荡,也总会感到那深邃的历史知识和透过历史凝聚而成的睿智灼见在滋润着我的心田。所以,先生在世时,我每年坚持到先生家探望,往往还会带着我的学生一起去,一来是感动和敬仰于他的学术精神和人品,二来也是想从与先生的交谈中增长更多的睿智、见识与学养,三来也是想让我的学生——更年青一代的学子,领略姚先生这样的大家风范。

此外,我与姚先生的交往,每年都要去探望先生,还有另一层原因,就是我祖籍在襄城县,可以说和姚先生是襄城县老乡。每每去探望先生时,他也会回忆起家乡的以往以及近年来家乡的发展变化。姚家是襄城的书香门第、读书世家,明代以来出了好几位由科举登第而成为勤政爱民、廉洁自律的官员。姚先生的伯父姚从吾先生曾任国立河南大学校长（后在台湾大学任教），是我国著名的宋辽金元史专家。我觉得，他们伯侄二人在中国历史学界可以说是交相辉映、熠熠闪光。说起话来，姚先生说他也认识我父亲。我父亲也是一位文人，而且是一位进步文人。河南大学出版社出版的《河南新文学大系·诗歌卷》中，就收录了我父亲的两首诗歌：一首是写于20世纪40年代的《汝河儿女的眼泪》，一首是写于20世纪50年代的《写在石像前面》。我父亲曾任教于陶行知先生创办的重庆和上海育才学校，新中国成立后曾在河南省文联工作。民间流传的"襄半朝"的传说"明代襄半朝，尚书李辛姚，朝堂官居半，三朝皆耆老"中，尚书姚继可正是姚瀛艇先生的先辈。我不知道，其中的尚书李敏是否就是我们这个李家的先人，但我知道李家也是读书之人，我父亲就是一例。无论如何，中国传统士人身上所具有的优秀品质，在姚先生身上清晰地展现出来，而且也深深地影响了我们这些周围的人。

综上可知，这就是我为什么在紧张地撰写另外一部独著书稿——国家社科基金教育学重大招标课题的结项成果之一时，还要加忙撰写这本小传的原因之所在。今人在纪念已逝去的德高望重的老先生时，除了感恩、赞颂等情愫之外，最为要紧的是把先生对学术的真诚追求、对学生的一腔挚爱、对他人的谦恭大度传承并发扬光大开来。如是，则学生之甚幸矣，学术界之甚幸矣，乃至民族之甚幸矣！

在本小传写作的过程中，得到了姚先生的女儿姚志靖的大力支持。她提供了不少姚先生的手稿、相关资料和照片,并专门抽出一个上午给我讲述了一些姚先生的生平事迹,在此深表谢意!与此同时,河南大学历史文化学院的魏千志教授、刘坤太教授,河南省教育科学研究院的周宝荣副院长,以他们同姚先生曾经交往的经历,也给我提供了不少相关资料;河南大学黄河文明与可持续发展研究中心的李玉洁教授、我的博士研究生李小妮(现为河南大学马克思主义学院讲师、辅导员)、马克思主义学院2019级思想政治教育专业本科生杨耀宇同学,也为本书的撰写提供了帮助;河南大学出版社的赵海霞编辑为我提供了姚先生的两本著作,在此一并表示衷心的感谢!

另外,还要感谢河南大学人文社科研究院与河南大学出版社。正是人文社科研究院设立了这项"河南大学优秀学术传承计划'夷门传薪学人传'项目",才促使我争取了撰写这本小传;也正是河南大学出版社承担了"夷门传薪学人传"的出版项目,才使小传得以顺利出版。

今年正值中华人民共和国成立73周年,也正值母校河南大学建校110周年,这本小书作为一个礼物,是向新中国成立73周年、建校110周年的献礼吧!

李申申

2022年3月于河南大学

目　　录

第一章　书香门第,读书世家 …………………………… 1
　一、有明一代襄城姚姓多人科举登第 ………………… 2
　二、20世纪襄城姚姓多出名人 ………………………… 6

第二章　少年立志,刻苦向学 …………………………… 10
　一、异地求学,孜孜不倦 ………………………………… 10
　二、潭头经历,终生难忘 ………………………………… 11
　三、毕生辛勤劳作,与母校荣辱与共 …………………… 19

第三章　受伯父影响,对学术研究一丝不苟 …………… 24
　一、宋辽金元史研究名家——姚从吾先生 …………… 24
　　（一）姚瀛艇在《记姚从吾先生》一文中对伯父的怀念
　　　……………………………………………………… 24
　　（二）台湾学者王德毅在《姚从吾教授传记》一文中表
　　　露的崇敬之情 ……………………………………… 33
　二、多重因素使姚瀛艇对宋代思想文化研究情有独钟
　　……………………………………………………………… 46
　　（一）伯父研究领域的深切影响 …………………… 46
　　（二）曾经的北宋都城——开封的浸染 …………… 48

1

(三)对家乡当年理学大家的尊崇激发理学研究志趣 …………………………………………… 49

三、受伯父影响,对学术研究一丝不苟 ………… 54
 (一)孜孜以求学问,淡泊利禄功名 ………… 54
 (二)于细微处求实,于前见中求真 ………… 57
 (三)眼界宽阔,基础坚实,且宽、深结合 ……… 68
 (四)治学严谨,一丝不苟 ………………… 73

第四章 学术论文,彰显深厚功力 ……………… 75
一、对宋代学术思想研究之深刻成为国内的佼佼者 … 75
 (一)论著对程朱理学的意蕴有新的阐述 ……… 76
 (二)诸多有关宋代思想史的论文具有相当高的学术价值 ……………………………………… 108

二、诸多论著成为唐宋之际二百年间思想史研究的补白之作 ………………………………… 130
 (一)《论唐宋之际的天命与反天命思想》 …… 132
 (二)《论邢昺在儒家思想演变过程中的地位》 …………………………………………… 141
 (三)《范仲淹的〈易〉论》 ……………… 151

第五章 率团队开拓创新,主编新中国成立后第一部《宋代文化史》 ………………………… 166
一、论述宋代文化的特点、历史地位及撰写本书的现实意义 ………………………………… 167
 (一)论宋代文化的特点及宋代文化在中国文化史上的地位 ……………………………… 167

（二）论编写本书的现实意义 …………… 177
二、亲撰宋代儒学与哲学思想发展及演变内容三章
　　………………………………………………… 180
　　（一）以深厚的知识功底阐释"佛道的流行与儒佛道思想的融合" …………………………………… 181
　　（二）以大量的史料与史实论述"疑古惑经之风与经学的演变" …………………………………… 186
　　（三）以高屋建瓴的思维辨析"新儒学的形成与哲学思想的演变" ………………………………… 214

第六章　儒雅翩翩的师长，吾辈做人之典范 ………… 283
一、儒雅翩翩的师长，厚德载物的善者 …………… 283
　　（一）讲学娓娓道来，深邃中透出平易近人的亲切
　　　………………………………………………… 283
　　（二）课外与学生交流，热情中凸显诲人不倦之精神
　　　………………………………………………… 291
　　（三）为传扬文化欣然应邀撰写二程祠立雪阁碑记
　　　………………………………………………… 295
二、应多位学者之邀为其专著所写序中展现丰厚学养与高贵品格 ………………………………………… 297
　　（一）为《宋会要辑稿研究》作序——称颂作品学术价值　盛赞老友治学精神 ………………… 299
　　（二）为《神人同居的世界》作序——褒祠神文化研究价值　促写中国祠神文化史 ……………… 301

（三）为《陆浑》作序——叙陆浑美景与人文 追五十年前特殊经历 …………………… 304

（四）为《孙奇逢哲学思想新探》作序——忆先辈之研究 赞作者之刻苦 …………………… 306

（五）为《中国明代哲学》作序——褒在前人肩上创新 赞在已有研究中突破 …………………… 312

（六）为《宋代出版史研究》作序——明示该书重要特色：略人之所详 详人之所略 …………… 315

三、厚德载物显儒雅，教育子女动真情 …………… 319
　（一）彬彬礼敬与之交往的所有人 …………… 321
　（二）悼友人或至亲深情款款 …………………… 325
　（三）教育子女崇德向善 ………………………… 346

四、吾辈治学之典范，后世育人之楷模 …………… 349

第一章 书香门第,读书世家

姚瀛艇1923年3月出生于河南省襄城县,是襄城县姚姓第二十代。姚姓是襄城县的大姓望族,也是自姚姓始祖姚子宽以来的世代书香门第,读书世家。姚姓在全国分布的情况是"大分散,小集中",襄城就是姚姓聚集的一个县。当时的县城内南大街、穆巷街、西大街、姚花园坑街、北大街、城隍庙后街、小关帝庙门街,都有姚姓聚集。城外乡间,凡以"姚庄"命名的村庄,如城关镇所属的姚庄,十里铺乡所属的河西姚、前姚、后姚,山头店乡所属的山前姚庄,湛北乡所属的南姚、北姚等都是姚姓聚居的村庄。此外,不以"姚庄"命名的村庄如茨沟乡的乔皮村、孙祠堂乡的朱庄、杨湾等,也有姚姓散居。

大学时代的姚瀛艇

一、有明一代襄城姚姓多人科举登第

据《襄城姚氏宗谱·始祖子宽公传》可知，姚家祖先姚子宽原为山西洪洞农家子。元朝末年，因战乱及灾荒，流落襄城，为一杨姓老夫妇收留，招为女婿，遂在襄城定居。为纪念这对老夫妇，襄城姚姓祖茔有杨老娘坟，每年清明及十月初一，都有族长亲临或族长代表前往祭扫，以示不忘所本。姚子宽很有眼光，一定要让孩子们读书。他有三个儿子，父子四人努力耕作，日渐温饱，第三代即有读书人，第四代就有人做地方官，步入仕途。姚子宽的第三个儿子名让，让生礼，礼生伟，伟生泽，泽生汝皋，是为襄城第六代。汝皋之子名继可，继可之孙名成性，父子、祖孙四代有三人或在地方，或在中央做高官，从明朝正德到崇祯历经七帝一百余年，是为襄城姚姓最为辉煌的时期。例：

姚汝皋，字舜卿，正德十一年（公元1516年）中举人，次年（公元1517年）又考中进士，为三甲第118名（据《明清进士题名录》），授大理寺评事。明武宗是个荒唐的皇帝，经常外出游幸，百官上疏谏止，汝皋言更切至，武宗怒，杖四十谪刑部照磨。后明世宗入继大统，首录言事诸臣，汝皋复原职。明世宗的生父为兴献王"杬"，世宗即位后，按当时礼制，应尊崇孝宗，但他却尊崇其生父为兴献帝，生母为兴国太后，引起群臣反对。当时汝皋官至兵部郎中，遂同陶滋、贺缙等合疏，以慎典礼彰圣孝为言，并跪左顺门外大呼高皇帝、孝宗皇帝。世宗命司礼监谕退，汝皋不去，遂系狱再受廷杖，谪都察院照磨。（详见《明史》卷一百九十一《何孟春传》）。汝皋在武宗、世宗两朝，两受廷杖，以致声名天下,但《明史》并无其传记。清初,襄城刘青芝撰《古汜城志》卷五,方有其小传。

汝皋之子姚继可,字光父,号又轩。明世宗嘉靖三十四年(公元1555年)登进士第,为三甲第六十二名,初受南陵县令,为政清廉,有神君之号。穆宗隆庆二年(公元1568年),以"治最"征(此处指治理有方,政绩显著,被征为高一级官员——笔者注),选授四川道试御史,次年实授。奉命巡按直隶宣大提督学政,以兴学育才、振纲肃纪为首务。隆庆四年(公元1570年),因其陈言边务,指斥和戎之陋,拂当事意,外迁四川佥事,分巡重庆等处,出安宣大。明神宗万历四年(公1576年),擢升为陕西参政,分守庆阳等处,屹然为西北保障,遂迁本省兵备副使,兵备定边等处。后又擢升为山西按察使,刑名纪纲,日就振饬。之后,又擢升为湖广右布政使,不久之后又擢升为陕西左布政使,会计井然,毫无点染。当其时,关中地区灾疹频仍,邑里萧条;贡酋潜掠,南蕃蹂躏,重以套虏多故,粮饷征发无虚日。继可拮据应办,军民两利。入觐,即拜都察院右副都御史,巡抚宁夏。宁镇与虏接壤,岁岁侵扰。继可恩威并用,制驭有方,边境得以稍息。万历十八年(公元1590年)以内艰归。服除后,以原官起,巡抚陕西。时西夏方平,虏众初附,继可早夕调停,长子死焉,所不暇恤。万历二十一年(公元1593年),迁陕西左布政使,同年擢升工部右侍郎,上疏请告,不许。时大工烦兴,莅任即奉旨提督工程。两宫鼎建,殚精以营,次子死焉,又不暇恤。次年再恳恩乞身,始予告归葬二子。万历二十六年(公元1598年)起复前官,仍奉旨提督工程,逾岁大功告成。万历三十年(公元1602年)闰二月任工部尚书。万历三十三年(公元1605年)夏,因病连续四五十次上疏,至同年七月二十八日神宗始许其致仕,回籍调理。万历三十六年(公元1608年)六月二十一日病逝,终年七十五岁。讣闻,赠太子少保,遣官治丧临祭者四。墓园在襄县城东三里沟西面高阜之上,松柏参天,南与首山隔汝河遥遥相望,气象肃穆,令人肃然起敬。姚继可在《明史》中虽无传,但名列《明史》卷一一二《七卿年表二》(明代吏、户、礼、兵、刑、工六部尚书与都察院左都御史合称"七卿")。明万历末年焦竑编《国朝献征录》卷五,有其墓志;明李维桢著《大泌山房集》卷一〇九有其神道碑;明末清初著名学者孙夏峰著《中州人物考》卷五及清初刘青芝著《古氾城志》卷五,均有其小传。其墓志铭有这么几句对他的评价:"昔孔子赞易于干,而以刚为天德之首。退而求之当世,喟然诧其不可见。及得一人焉,而竟以欲病之。夫欲之必足以累刚,而后刚之义益显。若乃生今之世,居然称先辈而终始以无欲就者,吾得一人焉,曰:吾同年友又轩姚公。束发登朝,历官几五十年,而外中、中而外,循级而上,宣劳尽瘁,毫无躁心。且终公之身,未尝有莫夜之知,兼日之奉,庐取庇形,食取克口,而曾氏之商歌,□(此处字未显,以□代之)金坚然动金石。盖公之刚不完于有所胜,而完于无所欲也。……公为人真诚疏爽,风骨棱棱,貌朴词侃,不为纤趋。自少至老,动止准绳,无失尺寸。世俗声色货利,一无所嗜,其才廓落恢宏,而出以缜密。然不知有机械事也,练习朝典,洞晓物情,凡所调度,咸中机宜。当官守法,务在锄抑疆梗,惠利小弱,而不为琐细科条伤于苛急。居尝竣竣简默,及当大议大谋,众莫敢发,公独守经据古,凿凿指画,率以片言取决生平,去就收予,严于一介。至臧否人物,常依宽大,耻为刻深,盖老成正直君子也。……家世清素,门庭如水,子姓美秀有文,束修好礼,不敢以贵势加人,则公之清规雅度所贻者远也。"可见其人品高尚,居官清廉,为人所称颂。

继可之孙姚成性,以祖父荫阴进入仕途,后官至四川布政使司左布政使,为官清正。后殁于崇祯十四年(公元1641年)十二月李自成攻襄城之役。

在有明一代,曾流传着这样的民谣:"明代襄半朝,尚书李辛姚,朝堂官居半,三朝皆耆老。"这就是"襄半朝"的民间传说。而这一传说大体有三种不同的含义:其一说是,明朝中期,襄城籍人士李敏、辛自修、姚继可先后在朝中出任户部、刑部、工部尚书,占朝廷(中央政府)六部之半。三尚书锐意改革,多有建树。同时,为襄城百姓集资办学,兴利除弊,至今尚为人传颂。明清以来,在民间有许多他们的故事流传,被誉为"襄半朝"[李敏,被誉为"襄半朝"的领军人物。景泰五年(公元1454年)进士,历任湖广、山东道监察御史、浙江按察使、湖广按察使、山西右布政使、四川左布政使、都察院右副都御史、兵部右侍郎、左副都御史。成化二十三年(公元1487年),任户部尚书,在部四年。弘治四年(公元1491年)正月得病乞休归,二月二十五日卒于途,时年67岁。辛自修,嘉靖三十五年(公元1556年)进士,历任阳曲县知县、海宁县知县、吏科给事中、礼科都给事中、太仆寺少卿、应天府丞、大理寺少卿、光禄寺卿、都察院右佥都御史、大理寺卿、兵部左右侍郎、南京都察院右都御史、北京都察院左都御史。万历十五年(公元1587年)大计京官,内阁大臣欲庇护私人,排斥异己,辛自修疏言"请勿以爱憎为喜恶,排抑孤立之人",神宗善其言,而阁臣不悦,遂引病还乡。万历二十年(公元1592年)起为南京刑部尚书,引疾未赴;万历二十一年(公元1593年)旨召任北京工部尚书,以病再疏辞不赴,四月病逝于家中,终年60岁。姚继可,前文有述,此处略]。① 其二说是,襄城籍人士辛自修在朝被任命为刑部尚书和工部尚书,姚继可任工部尚书(辛姚二大人同年、同时、同朝为官),三任尚书占朝廷(中央政府)六部之半,被誉为"襄半朝"。其三说是,明朝年间,襄城县文风鼎盛,人才辈出,曾有7位尚书(李敏、辛自修、姚继可、许廓、世家宝、古起都、张鹤鸣)位列朝纲,50多名进士、137位举人在朝和各地为官,中丞岳牧,背肩相望,在百姓和士林中均有"襄半朝"之盛称。近年来,报纸、杂志、书籍、网络上到处都有"襄半朝"的说法。但无论哪种说法,姚氏家族的姚继可都名列其中;而且各种说法也都证明了河南省襄城县在当时确实是文风鼎盛,政坛文苑人才济济。

二、20世纪襄城姚姓多出名人

在整个20世纪,襄城姚姓出了多位名人,此处举三位有代表性的人物为例。

姚子由,为襄城姚姓第十七代。他早年参加同盟会,追随孙中山先生参加反满斗争。民国成立后,任河南参议会议员。袁

---

① 辛世秀:《明代"襄半朝""六尚书""七尚书"简介》,载_ybyyx1_新浪博客.html,2011-10-25。

第一章 书香门第,读书世家

姚瀛艇先生在写作中

世凯称帝时,又积极参加反袁斗争,险些为袁在河南的爪牙所杀。姚子由为襄城有名士绅,深得县人敬仰。他在1940年前后病逝。

姚从吾,为襄城姚姓第十九代。原名士鳌,字占卿,号从吾,中年以后以号行。1920年6月毕业于北京大学文科史学门,同年考入北京大学文科研究所国学门为研究生。1922年毕业后,被北京大学选送入德国柏林大学,专攻史学方法、中西交通史与蒙古史。1929年,应莱茵河畔的波恩大学之聘,任该大学东方语言研究所汉文讲师。1931年,又转任柏林大学汉学研究所讲师。1934年夏回国,任北京大学史学系教授,主讲史学方法论、蒙古史、辽金元史等课程。1936年秋,任北大史学系主任。1937年抗战爆发后,北大、清华、南开三校先合并在长沙设临时大学,又迁昆明,改称西南联合大学。先生均随校任教。抗战胜利后,1946年夏返回北平。当年9月,被任命为国立河南大学校长。1949年去台湾后,一直在台湾大学历史系任教,并创办辽宋金元史研究室。1958年,当选台湾"中央研究院"人文组院士。1970年4月15日中午12时许,因急性心肌梗死,病逝于研究室座椅之上,享年76岁。姚从吾先生为我国当代著名史学家,享有国际声誉。他既有等身著作,又有及门高弟,对我国史学发展有重大贡献(他对姚瀛艇先生影响较大,后面第三章之中还有专节提到他)。

姚垒,为襄城姚姓第十九代。1937年抗战爆发以前,在开封上中学时,即思想"左倾",参加民族解放先锋队,从事抗日宣传工作。抗日战争及解放战争时期,他在原籍以教师及小职员身份,从事地下活动,掩护地下党员。新中国成立初期,任襄城县人民政府教育科长及副县长。1957年,被错划为右派,受尽颠连。20世纪70年代末平反以后,到90年代初病逝之前,一直担任襄城县政协副主席,主持编辑《襄城文史资料》,又主持编纂《襄城县志》,竭尽心力,做出重要贡献。90年代初期,因患脑溢血病逝。

姚瀛艇先生的父辈一代,多为读书之人:他的叔伯几人都是在家乡接受教育后,来到开封黎明中学(今开封一中前身)求学。后来,其伯父姚从吾先生成为我国著名的宋辽金元史专家,其父亲曾在焦作、开封、新乡、辉县等地教学,三叔则去了厦门工作,五叔后在四川省水利厅工作。

近几十年来,随着学习和工作的分配、调动,襄城姚姓有不少散居外地。如今,开封、郑州、许昌、成都、贵阳、上海、台北乃至美国匹兹堡市等地,均有襄城姚姓定居。

从元末姚氏先祖姚子宽定居襄城至今,襄城姚姓已有将近七百年的历史。在此期间,襄城姚姓一族显现出追求知识、刻苦向学的良好传统,由此而产生诸多科举(或以后的高等学校入学考试)高中、居官清廉、学术研究上卓有建树的姚姓人士,他们对中国社会的发展与进步做出了毋庸置疑的贡献。据悉,有这样的说法,历史上至今历年在襄城县科举或者高考的中榜者中,十有七八为姚姓家族的人。

慈祥、睿智、平和的姚瀛艇先生

家庭的影响和教育对于一个人的成长是至关重要的,甚至能影响到他整个一生的人生轨迹。因此可以说,姚瀛艇出生在这样的书香门第、读书世家,耳濡目染的影响自然是非常浓厚,这成为他日后勤奋向学,并在学术上卓有建树的深厚基础。

第二章 少年立志,刻苦向学

一、异地求学,孜孜不倦

20世纪30年代初,姚瀛艇曾在家乡襄城县立第一小学读书。后受父辈的影响,中学时期他曾来到开封求学,成绩一直非常优异。后伯父姚从吾先生在北京工作时,姚瀛艇投奔伯父去北京求学。由于刻苦努力,聪颖好学,姚瀛艇在北京报考大学时,竟然同时考上北京大学、清华大学等三所大学,这着实令人惊叹。但由于身体的原因(他的身体自年轻时一直都较为虚弱),姚瀛艇只得回家乡休养,因此当年同时考上的三所大学,无一能够入校学习,又着实令人遗憾。不过从这件事上,也充分彰显出姚瀛艇扎实的学习功力、求知若渴的探索精神,为他以后走上求真求实、坚韧智慧做学问的人生道路也打下了坚实的基础。

1943年,姚瀛艇在身体基本恢复之后,再次参加高考,并以优异的成绩考入河南大学文学院文史系史组。1947年,姚瀛艇以全系第一名的优异成绩毕业留校,成为文史系的一名年轻助教。从此,他一生的教学、科研都未曾离开过河南大学,与河南大学结下了不解之缘——他与学校风雨同舟、甘苦相伴、荣辱与共几十年。河南大学以有他们这一代老先生的卓绝奋斗与所获取的厚重成果为骄傲,而他们也以学校在艰难跋涉中一步步走

1950年已成为大学教师的姚瀛艇

向辉煌而引为自豪和荣耀。

二、潭头经历,终生难忘

关于在河南省栾川县潭头镇(潭头原归属嵩县)的学习经历,姚瀛艇在河南大学百年校庆的前夕,曾写有专文《潭头逃难记——为纪念母校百年华诞而作》。笔者即依据此文的内容,概略表述姚瀛艇与河大的其他师生在潭头的艰苦而卓绝的学习和工作生涯。这段艰难的岁月,正是伴随着河南大学建校史上一段重要的历史时期而展开的。

据姚瀛艇讲述,1943年6月,他在河南临汝县参加国立河南大学入学考试,同时参加的还有两个人,一个叫常恩伦,也是襄城县人;另一个叫贾文杰,当时其父亲贾路云先生在襄城县担任军法承审人员，一家都住在襄城。他们3人同时考上国立河南大学，9月初接到入学通知，限定9月27日为入学最后期限，逾期不到即取消入学资格。9月19日，他们3人就开始一步一步向远在几百里外的国立河南大学所在地嵩县潭头镇走去，开始了3人有生以来第一次艰难的行程。姚瀛艇一行3人在接到国立河南大学的入学通知书时，正值抗日战争后期的河南大学总部在嵩县潭头，距襄城县有几百里之远，交通极为不便，他只好和两个同乡租了一辆农家架子车载上了行李，顶风冒雨往潭头赶。当天行约70里，住在宝丰县属的姚孟寨。该村当时还是一个荒村，如今却是闻名遐迩的姚孟电厂的所在地。20日，3人行约50里，途经"虎狼爬"到达宝丰县城。"虎狼爬"这个地名足以说明这里荒凉的程度。21日，3人行约90里，到达临汝县城。22日，又行约90里，到达与伊川县城隔河相望的水寨，这里又是一个荒村，3人就住在公路旁的一家野店里。夜半时分，却淅淅沥沥下起雨来。次日天色微明，3人都爬了起来，开门探头向外一望，只见天地间一片茫茫，连绵秋雨下个不停，一股寒气，直扑心头。怎么办？走吧，没有任何雨具；不走吧，又怕误了报到的期限。最后，他们还是硬着头皮上路。而店家尚未生火，无饭可吃，他们只好空着肚子，光着脑袋，脱掉鞋袜，卷起裤腿，迎着秋雨，踏上征程。刚一出门，一脚踩进泥水里，只觉得冰冷刺骨，不禁打了几个寒战。他们3人开始涉伊水河向伊川县进发。好在正值枯水季节，伊水河床很宽，主要是沙滩，河水被分割成好几股，水可没踝，不算很深。但他们被雨淋透，又赤足涉河，其冷可想而知。好不容易涉过伊水，登上彼岸，此时天已大亮,他们到达了伊川县城东关。之后,赶快找一个饭铺,两碗热汤下肚,身上方算有些暖意,饭后继续上路。此时,雨也逐渐停止,太阳也出来了,一路行来,不觉心旷神怡,当天就住在田湖镇。24日,从田湖出发,不久即穿越二程故里石坊,行约30里,越陆浑岭,于中午时分到达嵩县县城,住在国立河南大学医学院学生宿舍里。

姚瀛艇的女儿姚志靖告诉笔者一个小插曲(这也是姚瀛艇曾经给女儿的讲述):当姚瀛艇几人经过艰难跋涉来到嵩县之后,在嵩县县城大街上,在泥泞的跋涉中,偶遇到一位13岁的少年康得如,同他攀谈起来,了解到当地的不少风俗人情等具体情况。而这一偶遇和相识,竟在他们之间建立起了终其一生的友谊。以后若干年间,尽管境况发生了巨大的变化,姚瀛艇等河大师生也早已离开了嵩县和潭头镇,但相互之间仍不断有通信往来,逢年过节仍不断嘘寒问暖,还互赠照片留念。康得如还曾来开封拜访过姚瀛艇。笔者曾在志靖那里见到了康得如送给姚瀛艇的照片,不过照片中的康得如已不再是13岁的少年,而已是一位六七十岁的老人了。照片的背后用钢笔写道:"姚瀛艇先生存念:这就是你当年秋雨连绵、道路泥泞、长途跋涉、饥寒交迫,同常恩伦先生、贾文杰先生头戴笠帽、身披蓑衣、手拄竹杖,1943年9月26日通过嵩县城西大街出西门瓮城时的瞬间历史活见证。当年我13岁,上省立一小。"落款是"康得如,嵩县老城上仓新村一街三冈二号,邮编471400"。

到了嵩县之后,姚瀛艇他们原打算好好休息几天,再翻越约100里山路,于26日到达潭头镇,但老天不从人愿,24日夜半又

康得如

下起雨来,而且雨势越来越大,25日又下了一天一夜,26日雨势仍猛,丝毫没有停止的意思。只剩下两天了,还有约100里山路。万般无奈,他们只好把行李寄存医学院,只背上几件换洗的衣服,每人买了一顶笠帽,一件蓑衣,一条竹杖,冒着大雨,于26日中午出发。出城西行约20里过桥头村后,即翻越蛮峪岭。这时风大雨急,山谷中山洪轰鸣,令人心惊,而蛮峪岭又山势险峻,全被云雾笼罩,他们就在云海中穿行,上下前后左右,一片混沌,可见度不足1米。他们沿着崎岖的山路,小心翼翼,又走了约20里,傍晚时分到达蛮峪。这里是个群山环绕的小小盆地,居民不多。路旁倒有一个野店,店主人很热情,两碗热面条,一大堆劈柴火,把他们全身的寒意驱散。次日,他们又冒雨翻越几座险峻的山岭,走了约60里路,于下午4时左右到达潭头镇,总算没有超过报到的期限。从襄城县出发颠簸了9天之后,他们终于到达学校。"当时那个高兴劲儿就别提了!"姚瀛艇回忆说,"总算找到了学校,就跟有了家似的,心里头特别踏实。"报到以后,他们所在的文学院一年级三个系(文史、教育、经济)的新生被分配到桥上村宿舍。这样,从1943年9月到1944年2月,总算在潭头安安生生度过了一个学期。

1944年2月初寒假开始,姚瀛艇与常恩伦、贾文杰3人步行离开潭头,准备回襄县老家。走到嵩县县城以后(当时国立河南大学医学院和医学院的附属医院都设在嵩县城内),贾文杰准备住院治疗他在潭头汤营温泉洗澡时所感染上的疥疮。医院门诊部主任和贾文杰是信阳老乡,对他特别照顾,给他安排了一个专用病房。贾文杰想叫姚瀛艇和常恩伦陪他做伴,免得他寂寞,姚、常二人感到他的要求也很合理,就没有回老家,这样一耽误直到1945年12月他们才回老家,此时已整整离家27个月。寒假结束以后,1944年2月底他们又回到潭头,仍住在桥上村宿舍。没有料到,当年4月日寇在中牟强渡黄河,占领郑州后,兵分两路,一路向南直扑信阳,贾文杰的老家也被攻陷;一路向西直扑洛阳。这时,他们在潭头已是人心惶惶。家住豫西各县的同学已全部回家,潭头校内只留下他们这些无家可归的学生,宿舍当中十分冷落,往往一夕数惊,真是食不甘,睡不安。到5月12日凌晨,突然校部传来信息,叫他们赶快逃到潭头西南方向的大青沟,于是逃难开始了。

5月12日当天凌晨,姚瀛艇与张信昌、田培岳、贾文杰、常恩伦5人结伴同行,当日到达大青沟。根据学校的安排他们住在一个同学家里,就在他家里吃住,住就是打地铺,吃就是玉米面糊糊。当时天气还是很冷,姚瀛艇患了感冒并得了痢疾。5月17日早晨又传来噩耗,说潭头已被日寇占领,好多老师、同学被俘做苦力,有些甚至已被害。他们5人(姚瀛艇还带病)又继续向西南方向奔逃。在《潭头逃难记》一文中,姚瀛艇说:"说到这里,我要感谢河大训导长赵新吾先生和生活管理组组长徐正斋先生,他们两位一直跟随我们逃难。赵新吾先生的夫人也跟我们一起逃难,赵新吾先生还指派孙芳藻同学(后来知道他是地下党员)在前面引路。"他们一行5人当中张信昌、贾文杰最能干,经常冲在前面,每到一处就赶紧买熟食、找住处。田培岳能紧紧跟上,常恩伦本来也可以跟上,但因为要照顾患病的姚瀛艇,所以两人走在最后面。这一天,已经是慌不择路,就在深山野林里钻。姚瀛艇是带病逃难,走一会儿就要拉痢疾。当天晚上,他们走到栾川镇,就住在栾川镇内。第二天,又向西行,中午时分到达陶湾镇。刚想躺下休息一会儿,吃些饭,不料又传来噩耗,日寇跟踪而至。但这次的信息是陶湾镇的土霸造的谣言,他担心大队的河大学生在此,会引来日本兵的注意。因此,逃难路上的师生没有休息,也没有吃饭,出陶湾西门,过伊河,这时天色已渐渐昏暗。好在孙芳藻已经安排不少同学打着松明,张信昌、贾文杰仍然冲在前头,常恩伦和姚瀛艇殿后,田培岳往来传递信息。直到黎明时分,走到伏牛山的主峰老界岭,再往南走就下山

走到伏牛山的南坡,当晚住在桑平。而此时姚瀛艇又得了感冒,

1999年10月,河南大学潭头时期在汴校友留影
(前排左一为姚瀛艇先生)

又病又困又累,也睡不安稳。第二天,他们又翻越好几架山,走到豫鄂陕三省交界的西坪镇,这是一个有名的大镇,丹江水从镇边流过。逃难队伍在西坪镇休整了三天,姚瀛艇的感冒和痢疾在经过西坪药店掌柜的治疗后,总算好了,但他已是骨瘦如柴,浑身无力。在这三天里,大家讨论下一步究竟逃向何处?有人主张按照当年刘邦进关中的路继续向西北,往西安;但大部分人都是又困又累又乏,主张避开大路再向南走约一百里到荆紫关进行休整。姚瀛艇这时病虽然已好,但身体极为虚弱,好在已经避开敌峰,拖着软弱无力的身体,一步三喘地在张信昌等4人的帮助下,总算走到了荆紫关。到达以后,大家各自结伙找伴住在

民房里，每天到学校临时办事处领熟食，自己在村子里买点青菜，这样总算在荆紫关安置下来。到达荆紫关的这一天，已经是1944年5月24日。从5月12日逃难开始，至此共13天，其中在大青沟停4天，在西坪镇停3天，实际走路只有6天，但这6天对于身患疾病、身体虚弱的姚瀛艇来说，已经是千难万险，在这些好心的同学的帮助、照顾下，他总算熬了过来。安定下来以后，姚瀛艇问贾文杰，经过这次逃难，你对我有何看法？贾文杰笑着说，你是个可怜虫，又补充说你是个高级可怜虫，既不能踢又不能咬，全靠别人，离了旁人的帮助，你饭也不得吃，觉也不得睡，你不是可怜虫，又是什么。到1945年3月，国立河南大学继续向西安转移，最后到宝鸡东面的石羊庙镇安顿下来。（不过，这已不属于逃难范围。）

在67年以后，重新回忆这段逃难经过，姚瀛艇说："我不胜感慨万千，啼笑皆非。但我还要衷心感谢赵新吾先生、徐正斋先生、孙芳藻学长以及张信昌、田培岳、贾文杰、常恩伦这些好心的同学们，在他们的帮助下，我才逃脱这一关。如果没有他们，我早已魂归仙境了！现在常恩伦已去世，张信昌、田培岳情况不明，唯有贾文杰仍然健在，住在陕西咸阳棉纺织厂家属院，他老伴王永芳是这个厂的退休干部，每年春节我们都要互通电话，祝贺节日，祝福平安，而我已经是孤身一人，但所幸我得到女儿姚志靖、女婿张西朋的细心照顾，安度晚年！"

潭头之后，姚瀛艇又随校流亡到荆紫关，从荆紫关又辗转到陕西宝鸡，再从宝鸡返回到开封……后来，先生又随母校河南大学曾迁往苏州。

几十年后,康得如(中)和姚瀛艇(右)及王云海先生(左)合影留念

三、毕生辛勤劳作,与母校荣辱与共

学生记者刘涵喆、赵萍于2006年曾写了一篇专题采访姚瀛艇的文章《健笔纵横气凌云 史海钩沉情深沉——访著名宋史专家、河南大学姚瀛艇教授》,借用该文中的一些内容,可以作为姚瀛艇毕生辛勤劳作,与母校荣辱与共的概览和缩影。

文中写道:"1947年,姚先生以全系第一名的优异成绩毕业留校,成为文史系的一名年轻助教。年轻的姚先生在古色古香的七号楼三楼西南角那间办公室备课、看书、思考问题。虽然时局动荡,但是那段相对安稳的日子带给先生的快乐却永远留在记忆中。此后很长一个时期,姚先生承担了历史基础课程教学任务,为学校的教育工作做着默默无闻的工作。在反右倾斗争和十年'文化大革命'中,较高的家庭成分,使姚先生的工作和生活受到了严重的影响,很长一段时间他没有能够继续他的历史研究。每当想到这些,姚先生总觉得遗憾,毕竟他错过了一段学术研究的黄金期。当所有的不幸渐渐远离,改革开放的春风吹来,先生感到了前所未有的轻松,他拿出每月并不太多的工资订了很多杂志,'我当时觉得又可以开始做我喜欢的研究工作了,心里特别高兴'。《宋代文化史》《北宋哲学史》《中国宋代哲学》的编撰,以及很多有很高学术价值的论文就是那个时期的成果。但是,怎奈造化弄人,就在先生的事业如日中天的时候,爱人却得了一场重病,偏瘫在床。姚先生心疼不已,只好把更多的时间和精力放在了照顾妻子上,他在历史研究中的探索再一次被迫画上了中止符。"

"采访中,帮姚先生到书房取地图时,发现他的老式木板床上堆放着几摞厚厚的、发黄的手稿。那是姚先生主编《宋代文化史》《中国宋代哲学》和撰写《论唐宋之际的天命与反天命思想》《论邢昺在儒家思想演变过程中的地位》等文章时的手稿。苍劲的笔迹、认真的书写,诉说着先生当年著书立说时是怎样的勤奋和意气风发。我国著名的史学大师漆侠先生这样评价他:'就只看《论邢昺在儒家思想演变过程中的地位》这一篇文章,就知道姚瀛艇先生是一个真正厉害的人物。'他之所以这样说,是因为一般研究宋代程朱理学的学者只关注朱熹、程颢和程颐的思想,很少有人再往前追溯它的历史,但是姚先生做到了。邢昺,正是在二程之前创建新儒学的代表人物之一,对他的思想的研究,无疑是填补了唐宋之际二百年间思想史研究的空白。"

第二章 少年立志,刻苦向学

"如今,姚先生由于心绞疼及心脏早搏频繁发生,已经不能再长时间用脑思考问题了,因而他不得不放弃钟爱一生的历史研究工作。回望来路,姚先生感慨良多,可是,自始至终他都在微笑着向我们诉说那段对于我们来说业已久远的岁月,没有丝毫的怨恨。'我没什么好抱怨的,史书研究多了就会明白,无论遇到多大的不幸,终究会有过去的一天。一个人不管你有多大的委屈,历史绝不会陪你哭泣。'先生的豁达与平静让我们再次感受到一位史学家的真正魅力。"

"采访的时候,姚先生还特地找出史料,给我们细细地讲解校训'明德新民,止于至善'的深切含义。他,一个老河大人,对母校的热爱是那样深沉而溢于言表,令人感动!"

"姚先生在河大园中生活了六十多个春秋,春风暖人,秋雨愁人,几多甘苦,都在心头。和世上许多地方一样,校园里也有阴晴圆缺,悲欢离合,道路充满坎坷。但是大礼堂前那片宽阔的草坪,正是河大精神的象征,它开阔舒展,因沉淀了厚重的历史而丰满,又因容纳了世纪的风雨而生机勃发。让生活在这里的学人,生命中充满了大历史的厚重与大时代鲜活的绿意。""白居易有诗云:道屈才方振,身闲业始专。姚先生就是这样,淡雅中时露峥嵘,瘦硬中饶有理智,这种学者的情感张扬和哲人的理性气度,让我们感到先生的儒雅和淡定。"

"采访结束的时候,我们提出请姚先生给河大后生说点什么。先生略略思考,提笔认真地写下了范仲淹的千古名句——先天下之忧而忧,后天下之乐而乐。嵩岳苍苍,河水泱泱,先生之风,山高水长。我们不知道该为先生再写些什么,这位把历史

姚瀛艇先生在河南大学校门前留影

学称为'数往来,育新人,示来者'的老一辈历史学者,穷其一生,用心诠释了百年来河大人百折不挠、奋发向上、乐观豁达的人生态度,给后来者留下了宝贵的精神财富。"[①]

由上可见,若从姚瀛艇1943年考取国立河南大学开始,直

---

① 刘涵喆、赵萍:《健笔纵横气凌云　史海钩沉情深沉——访著名宋史专家、河南大学姚瀛艇教授》,载新浪网《河大周刊》,http://blog.sina.com.cn/u/1878904220,2012-05-09。

时为青年教师的姚先生与诸同事合影(二排右一为姚瀛艇)

到先生2012年去世,他与河南大学风风雨雨一起相伴了69个年头。69年间,他与母校荣辱与共,血脉相连,见证了河大半个多世纪的沧桑。因此,姚瀛艇对母校河南大学有着一种特殊的感情,他曾说:"我对学校的感情可以相依为命来形容。"

第三章 受伯父影响，对学术研究一丝不苟

一、宋辽金元史研究名家——姚从吾先生

讲到姚瀛艇，就不能不提到姚从吾先生。姚从吾先生是姚瀛艇的伯父，其对姚瀛艇的影响在姚家的长辈中是最大的。姚从吾先生是我国著名的宋辽金元史研究专家，被称为"中国现代宋辽金元史奠基人之一"，他与姚瀛艇伯侄二人在全国宋史研究领域交相辉映，熠熠闪光。

（一）姚瀛艇在《记姚从吾先生》一文中对伯父的怀念

姚瀛艇在河南大学百年校庆前夕的2011年7月9日，曾撰文《记姚从吾先生》，深情回忆了伯父姚从吾先生的生平、他对河南大学所做出的贡献，以及对我国史学研究所做出的贡献。

文中讲道，1912年河南留学欧美预备学校成立，视为河南大学前身。从1912年到1948年，河南大学共有三个辉煌时期：第一时期是1934—1937年，校长为刘季洪。当时河南大学还属省立，因河南教学经费充足，刘校长得用高薪聘请国内著名教授，如著名学者高亨、蒙文通、范文澜等。第二个辉煌时期是

第三章 受伯父影响，对学术研究一丝不苟

姚瀛艇的伯父、著名宋辽金元史专家姚从吾先生

1939—1944年，当时校长为王广庆。王校长本身就是著名学者，对音韵训诂都有深刻研究。当时，河大在伏牛山深处，河南嵩县潭头镇，校址比较安静，因办校成效显著，1942年改为国立河南大学。第三个辉煌时期是1946—1948年姚从吾先生任校长时期。这个时期的辉煌主要表现在：一是将河大建制由文、理、农、医四院扩大为文、理、法、医、农、工六个学院；二是聘请著名学者来校任教，如闫振兴、严凯、李赋京、李赋都等，除此之外还经常聘请外校及外地学者来校讲学，如当时中央研究院历史研究所著名学者劳干来校讲授居延汉简，姚从吾先生也亲自讲授史学方法论，其结果把国立河南大学办成了院系齐全，教授阵容强大，学术空气浓厚，仅次于清华、北大、南开的学校，是屹立中原大地的高等学府。其中，著名水利专家严凯教授成为1949

年以后河海大学校长及工程院院士。

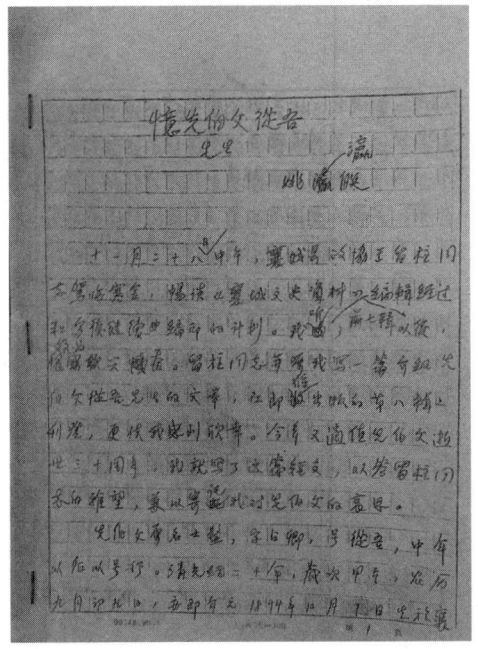

姚瀛艇回忆伯父姚从吾先生的手稿片断

该文也写到了姚从吾先生对我国史学研究的贡献。首先，姚从吾先生将19世纪德国兰克学派引入国内，介绍了这一种新的历史研究方法。兰克学派着重史源的研究，对史料有套严整的鉴别、考证、批评，把欧洲史学从天主教的蒙昧中解放出来，成为一种新的历史学。姚从吾先生在德国期间对这一派有深入的研究，回国后在北大主要讲这一派的史学方法，强调第一手资料，如当事人本人的记载也未必可靠，因此也要严格地鉴别，才能采用，总之要把史学研究建立在真正科学的基础上。姚从吾

第三章 受伯父影响,对学术研究一丝不苟

先生在国内任教共36年,这一派研究方法影响甚远。其次,姚从吾先生在西南联大时期培养了下一代的元史专家,其中包括已故南开大学教授杨志玖先生、已故云南大学教授方龄贵先生。杨先生在其著作《元史三论》的附录中曾谈到他是怎样向姚从吾先生学习研究元史的。他讲到,从研究元史的题目到主要内容以及参考书目等,姚从吾先生都详细地为他一一开列。当时在抗战期间,他是西南联大的一个穷学生,姚从吾先生千方百计为他筹集生活费,使他的研究工作得以继续,这使他对姚从吾先生深怀感激之情。至于对方龄贵先生的培养,也可从方先生在1995年姚从吾先生逝世二十五周年所写的《忆姚从吾先生》一文中,可以得知。方先生在文中详细叙述了姚从吾先生是怎样呕心沥血培养他研究元史的:"联大八年,可记的人和可记的事自然是很多的;但最使我终生难以忘怀给我影响最大的,却是本师姚从吾先生和邵循正先生。是这两位先师倾注大量心血,抚育我在学术上长大成人,为日后安身立命之本的。……在我读研究院时节,两位先生就如何对我进行指导的问题,是经过悉心思考,商量好了的。主要是教我读习基本史料并广泛涉猎跟蒙元史有关的中外典籍,在此基础上,拟定硕士论文题目,写好论文。姚先生教我认真读《元史》及其他史料,邵先生则开设讲座授课。姚先生教我读《元史》要求非常严格,每周要有一个下午汇报读书心得,呈交读书笔记,有问题可以提出来,问难决疑,得到姚师满意的解答。抗战期间,后方书不易得,姚先生就把自己常用的四部备要本《元史》送给了我。这书至今我珍惜异常,偶一翻检,不免睹物思人,兴起对先师的无限怀念之情。……姚先

生不但送给我一部《元史》，还把收藏的一些重要书籍长期借给我披览。如姚师母从北平寄给姚先生的《蒙兀儿史记》、叶刻本《元朝秘史》等等。姚师最注重史料的搜集、整理、校刊、辨伪的工作，坚持写文章、著书立说，一定要用原手史料，反对用间接史料或转手史料，尤忌不查原书的转引。在先生给我们讲授的'史学方法'一课中，论史料的部分占了很大比重。……先生讲到《秘史》时，屡曾道及循正先生对《秘史》有很好的研究，特精于对音之学，让我多向邵先生求教，其乐道人善如此。将近二十年后，先生于所撰《漫谈元朝秘史》文中，对邵先生在《秘史》研究上的贡献，仍然赞誉不遑。姚师的这些教诲，使我时刻铭记在心，不敢有违。自知平生无他长，但为学不敢自苟。偶有所作，于史料必力求微引原文，不甘转贩；对前修时贤所说，凡有可取，未尝掩善；差堪自慰，必须说，这都是先师言传身教所赐。……先生不但认认真真指导研究生的学习，在生活上也倍加关心。那时研究生每月有点津贴，但微薄不足以维持生活，先生知我举目无亲，替我在联大和北平图书馆合办的'中日战争史料征集委员会'北平图书馆编制内，谋到一个'半时助教'的名义，帮助翻译一点日文资料，贴补收入。后来物价飞涨，这也不行了，先生又乘杨志玖学长调往四川李庄中央研究院历史语言研究所的机会，要我去接替他的位置，在联大师范学院文史地专修科任'半时教员'（按联大规定，'教员'比'助教'略高一级），兼点课，领点薪水，这才不致荒废学业。先生为解决学生的生活困难，鼓励其安心向学，用心之苦又如此。……我的硕士论文《元朝建都及时巡制度考》，题目是姚先生提出，和邵先生共同商定的。姚先生认为：通常把大都(今北京)作为元朝唯一的都城，并不很妥当。有元一代，自世祖忽必烈以下诸帝，照例在三四月间携同后妃及文武百官赴上都(今内蒙古正蓝旗东北闪电河北岸)，照常处理政事，八九月间还大都，往返时巡，成为定制，实际上行的是两都并立的制度，值得做进一步深入探索。我遵循姚先生的思路，搜检《元史》和大量其他有关史料，经过反复考核论证，完成十余万字的论文，无可争辩地证明，先生的看法是完全正确的。这篇论文是在姚、邵两位先生指导下写作的，后来邵先生出国，由姚先生一个人指导，论文由创意命题到定稿，姚先生可谓始终其事。1946年5月，在姚师主持下，我参加了由雷海宗、徐炳昶、毛子水、吴晗、唐兰、向达诸位先生组成的答辩委员会的论文答辩，并通过答辩，在北京大学研究院文科研究所毕业，获得硕士学位。这一年，我结了婚，先生是我的当然主婚人。婚后留在昆明，先生为安排我的工作，又不辞劳累奔波，携同我拜见了云南大学文史系主任徐嘉瑞先生，从此在云大任教。先生北返临行前，还把手批的《辽史》《金史》《宋史纪事本末》等书赠给了我。这几本书，连同先生生前见贻的《元史》一起，至今一直珍藏着，成为我的'镇室之宝'。和先生昆明一别至今整整过去了半个世纪。回首前尘，往事历历在目，而先生早已仙逝，我这个当年的学生也已两鬓苍苍了。今年是姚师逝世二十五周年，隔海无从临吊，书此权当遥祭而已。"

此后，姚从吾先生在台湾任教期间，创办辽金元史研究室，开创了台湾地区的蒙元史研究，同时又培养了许多史学家，如宋史学家王德毅、金史学家陶晋生、元史学家萧启庆等。

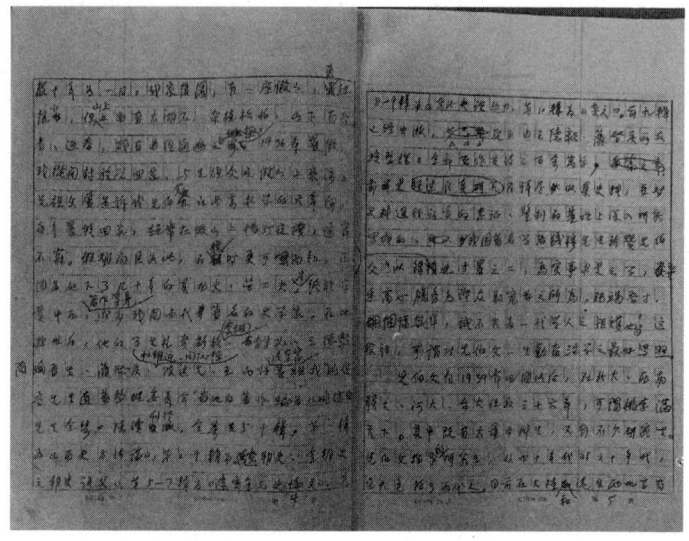

姚瀛艇回忆伯父姚从吾先生的手稿片断

姚瀛艇先生的文中,还记述了姚从吾先生个人的史学成就。文中说,姚从吾先生于1920年进入北京大学史学门学习,当时的系主任是朱希祖先生。朱先生很着重通史研究,在他的指导下,姚从吾先生曾把《资治通鉴》从头到尾点读一遍,因此对中国史的研究也颇有成就。姚从吾先生在德国柏林大学除了研究史学方法论以外,主要是研究大蒙古国历史。成吉思汗崛起之后,他和他的儿子们曾几次西征,往西到东欧。他的儿子在亚洲一直打到今天的伊拉克、土耳其,在这些地方建立许多汗国,因此当时的蒙古史研究是一门世界性的学问,中国人、欧洲人、波斯人、伊朗人都有许多著作。这里面涉及中西交通史、中西文化史、中西政治史许多问题。姚从吾先生在1928年曾写过一篇《中国造纸术流传欧洲考》的论文,在燕京大学《辅仁学报》上刊登,这篇文章引起了欧亚许多学者的关注,所以姚从吾先生在30多岁时就是享有世界声誉的学者。他又把柯劳斯教授的《蒙古史发凡》译为中文,并对原书中所引的史源进行订正和补充。由大蒙古史自然而然就引申到辽金元史,姚从吾先生1934年回国后,任北京大学教授,两年后任历史系系主任,专门讲授辽金元史,此后在西南联大、台湾大学一直讲授辽金元史,特别是对元史有更加精深的研究。关于辽金元史的研究,姚从吾先生写过很多文章,如《契丹汉化的分析》《从宋人所记燕云十六州沦入契丹后的实况看辽宋关系》《说阿保机时代的汉城》《契丹君位继承的分析》《说辽朝契丹人的世选制度》《说契丹的捺钵文化》《辽朝契丹族的捺钵文化与军事组织、世选制度、两元政治及游牧社会中的礼俗生活》《金世宗对于中原汉化与女真旧俗的态度》《女真汉化的分析》《金朝上京时期的女真文化与迁燕后的转变》《宋余玠设防山城对蒙古入侵的打击》《忽必烈对于汉化态度的分析》《元丘处机年谱》《漫谈元朝秘史》《旧元史达鲁花赤初期的本义为"宣差"说》《说旧元史太祖纪与畏达儿传中的俺答》《元初龙山三老之一李治与关于他的若干问题》《元宪宗(蒙哥汗)的大举征蜀与他在合州钓鱼城的战死》《余玠评传》《忽必烈汗与蒙哥汗治理汉地的歧见》《元世祖忽必烈统一中国前后的南人问题》《元世祖崇行孔学的成功与所遭遇的困难》《金元之际孔元措与"衍圣公职位"在蒙古新朝的继续》等。除了这些论文之外,姚从吾先生还很重视史料的整理。蒙古人所著的《元朝秘史》应该是研究元朝历史的珍贵史料,但在明朝保存下来的却是《汉字蒙音元朝秘史》,姚从吾先生到台湾后与他在北大时的蒙古族学生查奇斯钦相遇,两人励志将此书重新翻译并注释,写成现代汉语,使人明白可读,这是姚从吾先生与查奇斯钦最大的贡献。此外,他整理的史料还有《耶律楚材西游足本校注》《张德辉〈岭北纪行〉足本校注》(见《姚从吾先生全集》七第 203-348 页)。综上可见,姚从吾先生可谓辽金元史之集大成者。

关于姚从吾先生的人品,姚瀛艇先生在文中指出,从上引方龄贵先生的《忆姚从吾先生》一文可见姚从吾先生的人品,先生无论对同辈学人或后辈学人,乃至他的学生,都是谦虚、尊重、屡屡道人之善;在生活上,对学生的困难还经常主动帮助。《姚从吾先生哀思录》一书的第 81-85 页,有他的学生杜维运所写的《姚从吾师与历史方法论》一文,里面谈到姚从吾先生对他的帮助。"从吾师有关怀别人的真性情。别人有急难,他每自动援助。记得民国五十三年我结婚之初,经济其窘,中秋节即届,家中仅剩台币十余元,节前向朋友借钱,总是难以启口,正在愁苦之际,奇迹出现了,一封又厚又重的限时挂号信,由绿衣人送来,拆看之后,里面是封信与台币一千元,信是这样写的,'维运兄:兹奉上台币一千元,聊表想念。敬乞笑纳,为祷!弟姚从吾敬上。五十三年,九月十五日,午刻'。当时与内子真是又兴奋又感激!……师道之大,当时真正地领悟到了,传道授业解惑之外,又有同情与关怀,这是人世间最伟大的精神,不期而遇到,自幸之余,不自觉泪下潸潸了"!姚瀛艇先生的文章最后说到,姚从吾先生对学生在学问上勤加督促,在生活上又十分关心并主动帮助,他和学生之间就像家人一样,感人至深,这样的老师怎能不得学生的尊敬,所以他们的悼念文章写得情真意切,令人泪下。像姚从吾先生此人者又有几人?姚从吾先生可值得纪念、悼念的不仅是在学问上的成就,更在于他的道德上的崇高品质,高贵情操!今当河大百年校庆之时,谨写此文,以示哀悼!

姚瀛艇先生对姚从吾先生的纪念文章情深意切,既写出了姚从吾先生学术上精益求精做学问的严谨精神,以及学术上的累累成就和对国家做出的贡献;也写出了姚从吾先生对同人、对学生的以诚相待、乐于助人的高尚人品;更写出了姚从吾先生对姚瀛艇先生从做学问到做人、做事的全方位的影响。

(二)台湾学者王德毅在《姚从吾教授传记》一文中表露的崇敬之情

姚从吾先生的台湾弟子、著名学者王德毅在纪念姚从吾先生的《姚从吾教授传记》一文中,对姚从吾先生的治学、爱国、待人等方面,都有记述和评论,恰与姚瀛艇先生的回忆相印证。

王德毅在文中写到,姚从吾先生民国六年(1917年),以优异的成绩自中华大学预备科毕业,旋又考取国立北京大学文科史学门,师事张相文、陈汉章、朱希祖诸名教授,而友于傅斯年、毛子水、罗家伦、田培林、张傧生诸高才生,学日以新,德益以进。民国九年(1920年)毕业,又考入北京大学文科研究所国学门为研究生。前一年,曾参加全国高等文官考试,得中,分发至教育部社会司见习,担任编译工作。及北大毕业后,继续留部服务,并担任《地学杂志》之编辑委员,至民国十一年(1922年)考取赴

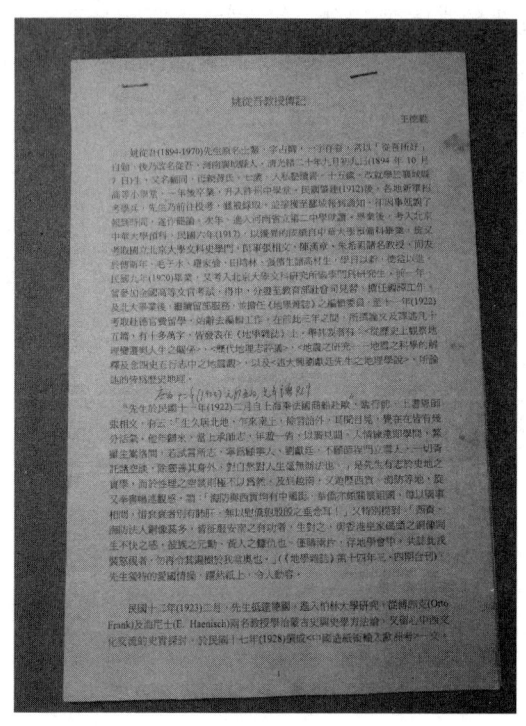

台湾学者王德毅撰写的《姚从吾教授传记》打印稿片段

德官费留学,始辞去编辑工作。在此前三年之间,所撰论文及译述凡十五篇,有十多万字,皆发表在《地学杂志》上。举其要者有:《历史上观察地理变迁与人生之关系》《代地理志评议》《地震之研究——地震之科学的解释及念四史五行志中之地震观》以及《述大兴刘献廷先生之地理学说》等,所论的皆为历史地理。

王德毅在文章中记述了姚从吾先生的拳拳爱国之情。文中写到,姚从吾先生于民国十二年(1923年)元月自上海乘法国商

第三章 受伯父影响，对学术研究一丝不苟

姚瀛艇先生的伯父、著名宋辽金元史专家姚从吾先生

船赴欧。临行前，上书恩师张相文，有云："生久居北地，乍来南土，除言语外，耳闻目见，觉在在皆有几分活气，他年归来，当上承师志，年游一省，以广见闻。人情练达即学问，鳌虽生嵩洛间，若试言所志，宁为顾宁人、刘献廷，不愿师程门立雪人，一切胥诿诸空谈，除独善其身外，对自然对人生毫无办法也。"是先生有志于史地之实学，而于性理之空谈则极不以然。及至越南，又游历西贡、海防等地。旋又奉书畅述观感，谓："海防与西贡均有中国街，华侨亦颇关怀祖国，每以国事相问，惜哀哀者别有肺肝，无以慰侨胞殷殷之垂念耳！"又特别提到：西贡、海防法人铜像甚多，皆征服安南之有功者，生对之，与香港皇家码头之铜像同生不快之感。彼族之元勋，黄人之雠仇也，仅购两片，存地学会中，共志

此戎装怒视者,勿再令其逼树于我堂奥也。(《地学杂志》第十四年三、四期合刊)先生独特的爱国情操,跃然纸上,令人动容。

王德毅在文中对姚从吾先生基于历史学者的使命感,在抗战中发起组织"中日战争史料征辑委员会",在极艰难的情况下竭力搜集战争史料,以供当时及后人研究的爱国精神及实践活动,予以较详细的记述。他从姚从吾先生考上公费留学,赴德国深造,抗战爆发后毅然返回,以报效国家写起。他写道,民国十二年(1923年)二月,先生抵达德国,进入柏林大学研究,从傅郎克(Otto Frank)及海尼士(E. Haenisch)两名教授学治蒙古史与史学方法论。又留心中西文化交流的史实探讨,于民国十七年(1928年)撰成《中国造纸术输入欧洲考》一文,发表在辅仁大学编印的《辅仁学志》一卷一期上,深受研究中西交通史的中外学者所重视。民国十八年(1929年),应莱茵河畔的波恩大学之聘,担任该大学东方研究的汉文讲师。为了研究匈奴史及蒙古史,特往匈牙利、奥地利、捷克等国实地考察匈奴西窜之迹及蒙古西征的古战场,并将欧洲汉学家研究匈奴史的成果汇集起来,撰成《欧洲学者对于匈奴史的研究》一文,寄到国立北京大学编印的《国学季刊》二卷三期发表。又撰《蒙古史发凡》,刊于《辅仁学志》第二期。至民国二十一年(1932年)秋,转任柏林大学汉学研究所讲师。时日本意图侵占我国东北,于民国二十年(1931年)九月十八日制造事端,攻陷沈阳,此后日本侵略野心日益猖炽,举国上下掀起了抗日运动,留居海外的学者纷纷返国服务,以报效国家。先生亦于民国二十三年(1934年)夏束装东归,返抵国门,受聘为母校国立北京大学历史系教授,主讲历史学方法论、宋辽金元史和蒙古史研究,介绍中外史料及德国学派的史观与方法,所撰《历史研究法》《宋辽金元史》,皆由北大印成讲义,供学生选课或自修之用。民国二十六年(1937年)七月七日,卢沟桥事变爆发,全面对日抗战开始,平津紧急,不久相继沦陷。北大、清华和南开三校师生相率逃出沦陷区,怀着悲壮的情绪,踏上征途。经过教育部和上述三所大学校长的磋商,决意先在长沙设立临时大学,以收容三校南来的师生。同年八月,日本军阀侵略上海,我军民誓死抵抗。十二月,日寇攻陷南京,屠杀无虚日,中央政府已于月前先西迁重庆,两湖震惊。次年,临时大学也奉命迁到云南昆明,定名国立西南联合大学。先生自抵长沙以后,就深感全国上下坚决对日抗战是中华民族存亡绝续的斗争,比北宋末年的靖康之难还要惨烈。这次抗日圣战,绝不是短期内能够结束的。缅怀南宋史家徐梦莘曾编有《三朝北盟会编》,李心傅曾编《建炎以来系年要录》,均详述那一次浩劫的由来和经过,浩劫后诸多追随高宗之志士仁人,共同致力于中兴复国之大业,以及一些敌后的英豪坚决抗金的丰功伟绩,都有翔实的记载。今者日本军在南京发起疯狂的大屠杀,要比靖康之难不知要悲惨多少倍。研究历史的学者,不能没有使命感。于是,先生乃发起组织"中日战争史料征辑委员会",开始征集战争史料,起于七七事变,终至战争结束而后止。西南联大成立后,征辑会又与国立北平图书馆驻昆明办事处合作,继续并扩大搜集史料工作,乃草拟一份《卢沟桥事变以来中日战争史料荟辑计划书》,初油印,后乃排印分赠各方学者,求示高见。该计划书纲目详明,规模宏远。据先生回忆说:"当时征辑会的组成,系由北平图书馆与西南联合大学文学院合办，采分工合作制度，行政与事务方面，如对外交涉、国际接洽、征购图书、收集有关抗战材料、购买使用器材等，由北平图书馆袁守和馆长主持。袁馆长并任征辑会主席，对外代表中日战争史料征辑会，西南联大文学院院长副之，协助并洽彼此合作事宜。在编辑整理方面，如征辑哪些史料，史料如何分与编目，如何写提要，如何分别剪贴日报、期刊，收贴相片、地图，以及有关材料等工作，均由从吾以西南联合大学教授，受征辑会的委托，负责主持。同时，组织工作研讨小组，与北平图书馆若干专家，共同指导西南联大历史系讲师、助教及北平图书馆一部分工作人员，推动各组征辑整理诸工作。数年以还。昆明虽数遭敌机轰炸，历经种种困难，而征辑工作幸未中断。当时且出有若干期工作报告，向外界报告中日战争史料征辑的情形。至民国三十四年（1945年）八月抗战胜利，北大、清华、南开三所大学同时复校，中日战争史料搜集工作告一段落，征辑会取消，所搜集之史料一百六十四箱，为便于保存计，悉数移交北平图书馆装运回北平，存放于北海公园之静心斋。"这是先生对于当代史史料征辑的最大贡献，所给予青年史学工作者的示范尤为重大。当时，北平图书馆还特地为此举行一次大型展览会，展出重要史料，让战时沦入敌人蹂躏下的同胞共同见证这一民族圣战之艰辛，历史是不能忘记的。回想抗战十四年期间，政府财政困难，在"军事第一，胜利第一"的大方针下，能用之于教育上的经费实在有限，教师薪资菲薄，生活极为艰苦。先生曾有言："国家多难，吃苦守正原是读书人的本色。"先生天性淡泊，虽常愁米愁炭，妻病，儿寒，但始安贫乐道，认真教学,在联大先后主讲匈奴史、蒙古史、史学方法论、中国史学史、宋史、辽金元史、中西交通史等课程,并指导研究生硕士论文,教学生注重史料的搜集、整理、校勘、辨伪的工作。他坚持做研究、写论文、著书立说,一定要用原手的史料,反对用间接史料或转手史料,尤忌不查原书的盲目转引。所以,经先生指导过的学生做史学研究,立基都非常的坚实。

西南联合大学在抗战胜利后,因为战时的教育使命业已完成,原来三所大学都迅速准备复校。联大初定校歌,其歌词始叹南迁流继之苦辛,中颂师生不屈不挠之壮志,终寄最后胜利之希望,至胜利后复员,竟乃若合符节,历历不爽,诚前古所未有者。民国三十五年(1946年)春,先生随北大复员返回北平故居,任历史系教授、系主任。十二月,忽奉教育部命,出任国立河南大学校长。时战后师资缺乏,设备简陋,经充实整顿,成立法、工两学院,合旧有的文、理、农、医四学院,颇具规模。先生虽忙于校务,仍亲授史学系历史方法论课程。并延揽董作宾、劳干诸学者至校讲学,提升教学品质。民国三十七年(1948年)年底,姚从吾先生辞去校长职务,改就故宫博物院文献馆馆长。次年元月,押运故宫文物来到台湾。因夫人陈女士任教彰化中学,乃寓居彰化,生活极为清苦。时北大老同学傅斯年正任国立台湾大学校长,即延聘先生为历史系教授,自此始安定下来,专心教学,其后21年,从未离开过此岗位。

王德毅文章中较详细地记述了姚从吾先生任教台湾大学的情形。他写道,先生在任教台大的21年中,教学最认真,著述最勤快、最丰富,贡献亦至巨。先生研究的领域为10—14世纪的

姚从吾先生(左)与其弟子、台湾学者李敖合影

中国史,包括五代十国及辽、宋、金、元四朝,这时期,在中国的土地上,除汉族所建的政权外,契丹、女真和蒙古三个北方游牧民族相继崛起,各自创立一个新王朝,从中华民族文化发展史的角度来看,是非常有意义的。先生曾在民国四十六年(1957年)八月应联合国同志会之邀请,发表专题演讲,讲题就是对国史扩大绵延的一个看法。先生指出,汉、唐所开拓的广大疆土,使我民族生存的空间宽裕,所以能建立一种多方面的、有弹性的、以农业为本的中原文化:本钱既是异常雄厚,因此内可以繁殖种姓,增进文化,外足以抵抗侵略,招徕归人。而富于人情味的儒家哲学,陶冶成我民族忠恕孝友的德性。同时,孔子有教无类的博爱精神和天下为公的政治理想,皆足以使学术与政治兼容并包,奠基深厚,故常能在稳定中得到发展。孔子又鼓励人择善而从,见贤思齐,乐于学习他民族的长处,迎头赶上。所以数千年来,虽屡次遭遇艰难,而仍能克难恢复。计自殷商的发祥,直到20世纪,曾经过五大酝酿、四大混合:有商周春秋战国的长期酝酿,而后有秦汉的第一次大混合;有魏晋五胡十六国的酝酿同化与南北朝的分途发展,而后有隋唐的第二次大混合;有五代的酝酿与辽、宋、西夏、金的分途发展,而后有大元帝国的第三次大混合;有明朝与蒙古的对峙与休息,而后有大清帝国的第四次大混合。自清末叶至今日已百多年,正处在第五次酝酿中,展望21世纪,必有第五次大混合。只就辽宋金元时代而言,实在是中国中原儒家文化接受考验的一个时期,中原文化所遭受的境遇亦极为恶劣,但后来仍发挥它伟大的力量,吸引了契丹、女真和蒙古人、色目人,他们皆自动地采行汉化,接受汉唐留下来的政治组织、立君习惯、考试制度,与广大的中原人民合作,共存共荣,接受了传统的生活方式。从辽金元史,甚至明清史中,真正能够体会中原儒家文化精神之客观价值。中国文化是多元的,以汉唐儒家文化为主流,而以黑水白山半农半猎的文化为第一支流,以草原游牧社会文化为第二支流,以西南夷文化为第三支流。就历史的形成说,东北区域尤为重要;就演进的大势说,汉唐中原农业文化是主体,第一、二、三支流文化是辅佐。这些对国史发展的深远看法和精辟分析,都是前贤所未曾阐发的。这些看法,曾先在民国四十三年(1954年)所写的纪念北大老同事芦逮曾的文章中述及,刊出后又手书一段增补的文字,记云:"中国在历史发展中能形成一个庞大的中华民族,推究原因当归功于中原汉人既有智慧,又有群力,所以汉唐盛时能建立大国,创造持久的文化。但现在情形有点不同了,我们的文化没有进步,而外国如英、美、德、日等则文化发达,超越吾人,若不努力直追,恐即有覆灭衰退的危险。日本人统治台湾五十年,台湾人中即有一部分拥护日本,忘弃了祖国,这一点很可以使我们警惕,使我们明了当前局势的危险,知道了努力的方向。犹太人的命运呢?日本人的中兴呢?这也值得我们好好地想一想呢!"先生从一生经历的内忧外患中,有了如此深刻的体认。吾人真应当好好想一想这一段发人深省的文字。先生对国史研究有无比热情,以诲人不倦的精神,教导出不少卓然有成的及门弟子。在历史学研究的提倡上,更是始终不遗余力。例如,中国历史学会(指台湾的历史学会——笔者注)在民国四十三年(1954年)春的复会,从筹备到举行大会,先生都非常热心,被推举为常务理事,因缺乏经费而告停顿。到了民国五十年(1961年)四月,先生又努力催促,召开了复会后的第二次会员大会,以最高票当选为理事,并被公推为理事长。次年十月,第二届亚洲历史学家会议在台北举行,先生为筹备委员,并在大会宣读《说阿保机时代之汉城》一篇论文,引发与会学者共同讨论亚洲城市的特色。自民国五十五年(1966年)以后,中国历史学会会员年有增加,每年举行年会,没有间断,先生亦从不缺席。如,宋史座谈会于民国五十二年(1963年)十一月成立,由先生和同道老友方豪、赵铁寒、蒋复璁和刘子健诸教授共同发起,结合治宋史之学者筹组的,先生兴趣最高,不只是每会必到,而且每次于主讲会员讲完后必发言,提出研究方向和史料批评等问题,引发大家讨论。年近七十的学者仍保有如此勤勉好学的精神,确实感动了不少后生晚学。

第三章 受伯父影响,对学术研究一丝不苟

此外,先生深感研究边疆民族历史必须了解边疆民族语文,以扩大研究领域与视野,且能直接利用这些民族留下的原始史料,乃商得文学院沈刚伯院长及史学系刘崇宏主任之赞助,延聘广禄教授开设满文,札奇斯钦教授开设蒙文。先生亦与学生共同学习,以为之倡。

姚从吾先生弟子陶晋生撰写的《追忆姚从吾先生》打印稿片段

民国五十年(1961年)后,先生不断获得中国东亚学术研究计划委员会(此为台湾的组织机构——笔者注)的专题研究补助,又屡蒙台大推荐受聘国家长期发展科学委员会及改组后之国家科学委员会研究讲座教授,获允聘请专、兼任助理各一人,研究工作得以顺利进行,每年都完成十万字左右之专论。民国五十六年(1967年),即以《余玠评传》获中山学术著作奖。先生研究元史,于元世祖忽必烈至为推崇,曾说:"忽必烈汗的成功不

在于臣服中国,而在于能将这一广土众民的大国加以统一后治之以安定。"又说:"元世祖崇行孔学大体上是十分成功的,他安定了广大的中国,同时也安定了更广大的蒙古帝国。从安定的观点来衡量他的成功,进行的步骤是由北而南,完成的顺序是由近及远。"从吾先生很珍惜在台湾研究学术的环境,所以不敢有任何松懈。诚如在民国五十四年(1965年)他写给台大校长钱思亮的信中所说:"多年以来,从吾既获安定研究环境,自当利用余年专心工作,一方面研究专题,冀续有进益;一方面将整理旧日已做工作,从事局部通史的撰写,期不负学校与科学会资助的深意。"正是肺腑之言。

民国五十九年(1970年)四月十二日,姚从吾先生应台南成功大学之邀前往讲演,十四日北返,未暇休息。十五日上午,又与往常一样来台大研究室看书,赶写论文或增订讲义,身心方面皆极疲劳。至中午,乃竟因心力衰竭倒在座椅上,经学生发现,立刻叫救护车送至台大医院急救,已经来不及了。就先生而言,正是死得其所,但对台大历史系及中国的史学界而言,则是莫大的损失。先生曾自谦才力不敏,但治学之勤确无人能比。他的格言是:"吃饭八分饱,睡觉十分好,按部就班干,听其自然老。"故一向对自己的健康很有信心,却没有想到就这样逝世了,享年七十有六。先生渡海来台后,养成写日记的习惯,自民国四十年(1951年)元旦开始写日记,至临终前未曾中断。名所居之室曰强学斋,因命名曰《强学斋日记》,以寓自勉之意。自序云:"余鲁拙,不适于学,况今日学问领域日新月异,牵涉益广,往往非兼通中外学术要义,难期真有所知。因而学而无所成就的人,在今日的中国多极了;以余鲁拙,年逾五十,而实一无所成,自亦不足为异。惟念自民国二十六年以来,两度逃难,幸尚苟安,时代艰迫,责任重大,亦惟有勉强认真教学,认真读史,认真从事写作,无愧良知而已!实不敢言学也。今日为阳历民国三十九年除夕,转眼旧历辛卯,即五十七岁,老已至而学未成,抚今追昔,良用愧恨。因决意从今日赶逐日略记所行与所思,以期有所成就。且以明我不是甘于饱食终日,全然无所用心的人,不是有心要作日记罢了!"足见先生非常谦抑,明言不是为作日记而逐日所行所思,而完全在于自反与策励,以期德业与时并进。古之贤哲如宋王应麟的以困学来自勉,清钱大昕的引十驾以自励,以是知强学之意,当不外是。先生逝世后,经故友门人李安、札奇斯钦、李守孔等帽哀思录,杜维运、陶晋生、王民信、王德毅等编辑已刊专著、论文和未刊之讲义及论文稿,总名《从吾先生全集》,交由正中书局出版,唯先生生前自编之《东北史论丛》,依然单行。

王德毅的纪念文章最后评论道:"综先生一生,忠厚诚恳,爱国爱人,在教育界服务三十六年,对青年学子尤谆谆善诱。平日治学谨严,虽一字之微,必求出处,一事之叙,必明原委。每开卷有得,辄废寝忘食。虽年逾七十,每日仍到研究室看书写记。诸生亲见先生好古敏求之精神,惰者亦知所以困勉,懦者亦知所以立志。先生平生生活简单朴素,安贫乐道,不忮不求,热爱国家,乐于助人,始保存着读书人的本色。……先生渡海来台后,任教台大最长久,培养了不少研究史学的后起之秀,历史系师生焉感念先生教泽,及身亡后捐赠藏书给本系之厚意,乃特关先生所使用之研究室为'姚从吾先生纪念室',以示尊仰。诗云:'高山仰

姚从吾先生与夫人陈女士

止,景行行止,虽不能至,心向往之',先生留给后学的正是典型的学者风范。"

二、多重因素使姚瀛艇对宋代思想文化研究情有独钟

(一)伯父研究领域的深切影响

透过上述姚瀛艇的《记姚从吾先生》一文,以及台湾学者王德毅所撰《姚从吾先生传记》,即可见其伯父姚从吾先生治学之态度、优良的人品以及所从事的专业研究,对姚瀛艇的深切影

响。前述在伯父姚从吾先生任北京大学史学系教授及系主任期间，姚瀛艇曾跟随其就读于北京的中学，在考大学时同时考中了北京大学、清华大学等三所大学，只是因为身体的缘故而在当时未能入校读书。但他所报考的均为文史系（或史学系），可见受伯父所从事的历史专业的影响极深。后来，在1943年，当他的身体恢复后，又一次参加高考，以优异成绩考入国立河南大学文史系，再次证明了他对史学的热爱。毕业留校后，正式从事中国古代史，尤其是宋代思想文化史的教学与科学研究工作，从此在宋代思想文化史领域耕耘了毕生，成为该领域闪耀光芒的卓有成就的著名学者。

当笔者采访河南大学历史文化学院老教授、明清史专家魏千志先生，请他谈谈有关姚瀛艇先生的情况时，魏先生也说，姚瀛艇先生研究宋史功底相当深厚，而且他的研究视野宽广，对知识掌握比较深刻，实际上他研究哪一段都行。这跟他的家教也有关系。他的伯父姚从吾先生是著名的宋辽金元史专家，而姚瀛艇先生又曾跟随其在北京读书，且姚从吾先生1946年8月至1948年12月在国立河南大学担任校长期间，姚瀛艇1947年毕业留校，这期间他仍受到伯父的许多影响。耳濡目染，无论从口头传授上，还是从资料的研究上，都有近水楼台的原因在里面，再加上姚瀛艇本人的勤奋和善思，使他学术功底非常深厚。若不是他的身体不好，使他的科研受到很大影响，就凭他的功底这样深厚，且善于思考，一定会有更多厚重的科研成果出来。

（二）曾经的北宋都城——开封的浸染

姚瀛艇1947年从国立河南大学文史系史组毕业后，即留校任教，直至2012年因病去世，65年间与开封这座城市结下了不解之缘。而实际上，姚瀛艇与开封的结缘还不止于此。前已述及，他在中学时代就曾从家乡一度来到开封读书，对开封已有所了解；大学时代，他所就读的学校——国立河南大学，正处于曾经的北宋都城所在地开封。虽然学校在抗战时期曾几度迁徙，远离了开封，但开封终究是学校的根基之所在，战事一停，师生即又返回了开封的大本营。可以想见，姚瀛艇先生对宋代研究情有独钟，恐怕在很大程度上也是源于开封这座历史文化名城，曾经是北宋王朝的都城，是北宋著名画家张择端笔下的《清明上河图》和北宋文学家孟元老笔下的《东京梦华录》的所在地吧。因此，身处这样的历史文化名城，自然会使作为一名历史学者的姚瀛艇对宋代文化的研究有一种天然的兴趣和爱好。其次，正因为开封特殊的地理位置，使河南大学对宋代历史的研究格外重视，学校先后成立了宋史研究室、宋代文化研究中心、宋代文化研究院等，投入了较多的人力和物力来加强对宋代历史与文化的研究，不断地产出一些有分量的成果，使河南大学成为宋史研究的一支重要力量。也可以想见，这更激励了姚瀛艇对宋史，尤其是宋代思想文化的研究热情，成为他研究的积极动力。而姚瀛艇参与宋史的研究，也为研究锦上添花，使河南大学成为全国性的宋史研究的重镇。再有，开封有关宋代研究的资料（无论是河南大学图书馆、历史文化学院资料室，还是开封市

第三章 受伯父影响，对学术研究一丝不苟

姚瀛艇先生在开封宋代钱币造型前留影

图书馆），比起其他地方来说，有着更为丰富的优势。开封有关宋代的古迹文物比比皆是，这种得天独厚的研究条件，也为姚瀛艇的研究提供了极大的方便。因此，无论从哪个角度分析，开封都是促使姚瀛艇进行宋史研究，尤其是宋代思想文化研究的一座历史名城。

（三）对家乡当年理学大家的尊崇激发理学研究志趣

还想提到的一点是，就笔者的感觉而言，从姚瀛艇所撰写的

姚瀛艇先生在开封菊花展留影

《记〈礼山园全集〉》一文中,可以感受到他对家乡襄城县当年的理学大家们的尊崇,这恐怕也是影响他日后走上宋代思想和文化史研究道路的重要原因之一吧(襄城县的理学大家虽然产生于明代及清代,但理学毕竟发端自宋代,且程朱理学成为后世理

学发展的根基)。在《记〈礼山园全集〉》一文中,姚瀛艇曾写道:

《礼山园全集》乃清初襄城著名学者李来章所著,他出身理学世家,他的曾祖父为李继业,继业的曾祖父为李敏,他们都是著名的理学家,李敏更是明代有名的"理学名臣"。

1930年和1931年,我在襄城县立第一小学读书,校址在城西北隅的校场,这里是清代的守备衙门。我家住在南大街大公馆的北隔壁,每天上学都要经过大十字街。大十字街南面不远处路西的墙边,也就是南大街北头路西的墙边,立有一块大石碑,上书"理学名臣"四个大字。我当时只有七八岁,根本不懂什么是"理学",也不懂什么是"理学名臣"。但每天上下午上学、放学都要看见这块大石碑,印象非常深刻。后来上了大学,才知道这位"理学名臣"就是襄城历史上的著名人物,明成化、弘治年间的户部尚书李恭靖公李敏。

……

李来章,名灼然,字来章,号礼山,后以字行。清顺治十一年(甲午,1654年)生于襄城。康熙七年(戊申,1668年),即十四岁时读书紫云山中。康熙十四年(乙卯,1675年),即二十一岁时,举于乡。康熙四十二年(癸未,1703年),即四十九岁时,任连山知县。连山(属广东省)是少数民族聚居区,经济文化都比较落后。来章到任后,厚农桑,兴学校,办学院,深受民众爱戴。康熙六十年(辛丑,1721年)五月初八日病逝,终年六十七岁。

他出身理学世家,笃信孔孟程朱之道,一生都是在读书、著书、讲学中度过的,即使在连山任上,也以兴学育人为己任。关于他的立身行事,可以于几个同时人的记述中窥知一二。襄城县令许子尊在《紫云书院学田记》中说:"余承乏襄城,六年于兹。于邑中贤士大夫无不缔交,而于李礼山先生尤佩服而心仪之。礼山笃志伊洛之学,与其弟璞园友爱朒至,同居共爨,读书养母,不问户以外事。其于令君之庭,非春秋月吉,饮射读法,绝迹不至,盖庄庄乎君子人也。"许子尊另外还写一篇题为《读紫云书院记书后》的文章,此文前大半部分详述李敏创建书院的经过,然后说:"越数世,公之娃孙肖云先生绳绳家学,弗废先业,令束鹿归,犹加讲肄,广学舍以居四方之从游。今其曾孙礼山先生,乙卯登贤书而念祖学之渊源,罔敢失坠,绩先德之绪论,恒屋绍闻。学弥大,声弥噪,更肆修葺以世为紫云书院主。其文章功业,行将与天壤同流。"南阳知府朱某于康熙三十年(辛未,1691年)长至日写了一篇《敕赐紫云书院志序》,文中说:"今夏南阳书院成,集宛壤多士,督课其中。帖括之外,思振古学,自伤孤另。秩间得交礼山先生,延诸书院。礼山强学好问,君子也。治学以六经为根底,以程朱为绳尺。凝寒静夜,朗月长霄,互相质疑,语必移晷,备述其祖恭靖公、肖云公敕赐紫云书院始末于予。则礼山家庭自为之序,文字懒傍门墙,其家学绳承,盖有自也。"清初著名学者登封耿介在《肖云李先生墓表》一文中有一段话说:"李氏自祖宗来积累深厚,至恭靖公遂开理学之传,远绍程朱。三世而肖云公源流似续,益广而大之。今又三世而礼山先生研究经学,窥天人性命之奥,肩荷斯道甚力。余幸得邂逅嵩阳,寒暑朝夕,相与订千秋之业。"这几段话,已从不同侧面,勾画了来章的道德文章与学术风采。许子尊《题紫云书院兼赠李礼山先生伯仲》的长诗中有两句话更值得注意,这两句话是"阐发性天何朗彻,躬行实践非虚文"。许子尊虽然是在称颂李敏,而实际上,对任何一位真正的理学家都应作为是观。他们都是表里如一,学行一致;既窥天人性命之奥,又讲生平践履之实。他们不愧屋漏,不惭衾影,既有极高明的学术造诣,又有极严格的道德自律精神,受人尊敬。在清初中州地区,即有被尊为"中州八先生"的八位理学家,就是这样的人物。八先生包括李来章,其他七人是苏门孙夏峰(1585-1675年)、睢州汤斌(1627-1687年)、登封耿介(?-1686年)、上蔡张沐(生卒年不详)、仪封张伯行(1651-1725年)、柘城窦克勤(生卒年不详)和中牟冉觐祖(1638-1718年)。他们既相互切磋,砥砺学行,又树立坛坫,讲学育人。他们都是学行兼优、俯仰无愧,体现了我国知识分子优良传统的大学者。①

姚瀛艇的字里行间,通过清代襄城县令许子尊、南阳知府朱某及著名学者耿介对襄城理学世家出身的李敏、李继业、李来章等从学术到人品的赞颂,流露出姚瀛艇对这些理学家的钦敬之

---

① 姚瀛艇:《记〈礼山园全集〉》,载姚瀛艇著《宋代思想文化研究》,河南大学出版社,2015,第158-159页。

情。这些人都是姚瀛艇的家乡人,可以想见,他们对于姚瀛艇而言,既有一种亲切感,又有一种令人神往的崇敬感。因此,笔者将姚瀛艇日后能在掌握宽厚知识的基础上对宋代思想文化研究情有独钟,并对宋明理学的研究具有较强的深刻性和独到性,其相当一部分原因归之于受到襄城理学名家的影响,应该不是空穴来风。

三、受伯父影响,对学术研究一丝不苟

伯父姚从吾先生对学术研究精益求精、至纯至真、一丝不苟的精神与品格,对姚瀛艇同样有着毋庸置疑的影响。在学术研究的道路上,姚瀛艇的学术敬畏精神和求真求实精神是人所共知、有口皆碑的。这凸显于以下几个方面。

(一)孜孜以求学问,淡泊利禄功名

纵观姚瀛艇的一生,他所追求的是对学术的真诚,因此对学术的思考几乎充盈于他的整个头脑,他无暇顾及,也不愿花过多的精力去追求一些身外之物和功名利禄。每次去看望先生,闲聊之中他与我们谈得最多的不是名利场上的追求,也不是家长里短的琐碎之事,而主要是学术本身的内容、对历史事件与人物的评说,以及对民族和国家前途命运的关心。先生同老一代的教授们一样,与百年河南大学于艰难之中踽踽前行、于曲折之中宠辱不惊的治学品格已经深深地融为一体,互为衬映。

笔者在2012年5月9日的《中国教育报》上曾发表过一篇纪念母校河南大学百年校庆的题目为《幸福在一所淡定的大

姚瀛艇先生参加1982年中国宋史研究会与代表合影

（前排左四为姚瀛艇先生）

学——母校河南大学建校百年的断想》的文章，其中写到百年河大百折不挠、踯躅前行的精神；写到与学校共荣辱、同命运的老教授们淡泊名利、孜孜治学的高贵品格。正是如此，才为今天河大一步步走向辉煌奠定了坚实的基础。文中写道："初进河南大学，我只知她是青年学子寻知探宝的根据地。时间一久，我才深切地了解到河南大学有太多太多的故事，太多太多的艰辛，但也有太多太多的执着，以及太多太多令人感动的艰难跋涉。在河南大学百年的发展中，曾有过令人羡慕的辉煌，但更多的是曲折坎坷、艰辛磨难。其中最使我动情的，是她无论在辉煌之时，还是在低谷之中，无论是曾拥有被命名为国立河南大学的骄人头衔，还是作为连'211'院校、甚至连省部共建都没有进入的地方普通高校，她始终从容淡定、执着进取、宠辱不惊。……河南大学太缺乏强有力的支撑。但即令在此境况下，倾心学术的老教授们也始终没有停止探索的脚步，因为在他们身上已深深融入了河南大学的办学精神与品性，他们与学校互为依靠、互为支撑，以其积累了一生的学养使河南大学在极其困难的时刻仍有标志性成果不断产生。这种精神,这种品性,也深深地影响了中青年一代的学者,使他们在感动之余也立身奋起,为学校的发展倾注生命。我亲身经历了河南大学从最低谷艰难而执着地向上爬行的过程。在这一过程中,河南大学不仅在人文社会科学领域保持着自己的优势地位,取得了值得自豪的成就,而且在理工科方面也迎头赶上,并在当今拥有了若干项具有国内领先地位的科学成果和学术带头人。"由此可以说,"艰难的经历也锻造了我们这代人淡定笃实、逆境奋进、宠辱不惊的品性,一如我的母校河南大学。我曾经宽慰抱怨自己生不逢时的学生,他们称自己是被试验的一代。我对他们说,假如你们是被试验的一代,我们就可以称为被遗忘的一代。被试验至少说明有人在关注你们。对于人生,无论我们处于什么样的时代,都不要抱怨、不要泄气,更不要沉沦,我们需要的是沉思、是面对、是行动"①。

　　这是我从百年河大逆境奋进的精神、从以姚瀛艇为代表的老一辈先生们的高贵品格之中所悟出的真理,也是对他们的一种由衷赞颂。记得有一次去看望先生时,适逢他患病多日,身体显得有些虚弱。我本不想多打扰,问候一下便告辞。不料当先生谈起学问的时候,像换了一个人似的,侃侃讲述,不时还加一些评论,甚至两眼生辉,看起来病痛在他的谈论中已经悄然退去。而我在聆听的过程中又增长了几多见识,感受到了真诚探究学问,对真正的知识分子来说恰似乃至胜过甘霖雨露。每当

---

① 李申申:《幸福在一所淡定的大学——母校河南大学建校百年的断想》,《中国教育报》2012年5月9日第7版(文化·文慧园版)。

姚瀛艇与王继麟、王云海先生（正面三人）等在教研室的学术研讨会上

我带着学生一起去看望他的时候,他都会很高兴,会不厌其烦地与学生攀谈起来,也使学生受益良多。这就是我为什么往往会带学生去探望他的主要缘故——感受大家的风范。

（二）于细微处求实,于前见中求真

在科学研究上,姚瀛艇先生的思维缜密而严谨,对史实的任何细小之处都力求准确而认真。我从河南大学出版社 2015 年出版的姚瀛艇的《宋代思想文化研究》中,读到先生的一篇文章

《关于赵翼①出生之年问题与胡适先生的通信》,心情非常激动,感到先生从青年时代就养成了对学术求真求实的品格,而且为求真敢于同大家、名家进行商榷。此处将该文的全文展示如下:

关于赵翼出生之年问题与胡适先生的通信

一、缘起

1947年6月,我从国立河南大学文学院文史系史组毕业。同年暑假后,文史系分为中文、历史两系,我留校任历史系助教。在此之前,我曾浏览过胡适先生所撰《章实斋年谱》。1948年春天,我又重读这本书,发现书中所记赵翼出生之年有误,就于5月24日给胡先生写信,请予教指。信中署名"姚竞存",这个名字也是从"物竞天择,适者生存"这句话中演化出来的。终我一生,这个名字也就只用过这一次。胡先生收到信后,很快于5月31日就写了回信,说明致误之由。我当时是一个25岁的青年,得到胡先生的回信,也颇有些沾沾自喜。不久,即同年6月,在开封的战役中将此信遗失,但没有想到的是,胡适先生用《更正〈章实斋年谱〉的错误》的题目,把这两封信刊登在当年6月12日《申报》的《文史周刊》上。两封信上都是"姚竞存"这个名

---

① 文中所提赵翼,为清代文学家、史学家、诗人。字云崧,一字耘崧,号瓯北,又号裘萼,晚号三半老人,江苏阳湖(今江苏省常州市主城区东半部分)人。乾隆二十六年进士。官至贵西兵备道。旋辞官,主讲安定书院。长于史学,考据精赅。论诗主"独创",反摹拟。所写五、七言古诗中有些作品,嘲讽理学,隐喻对时政的不满之情,与袁枚、张问陶并称清代性灵派三大家。所著《廿二史劄记》与王鸣盛《十七史商榷》、钱大昕《二十二史考异》合称"清代三大史学名著"。

字,但在全文的署名上,被误排为"姚敬存"。我从未订阅《申报》,也就从不知道这件事。光阴荏苒,不觉到了20世纪70年代,我无意间在中国科学院历史所编的《中国史学论文索引》续编中发现了这篇文章,心中颇为惊喜。但在当时那样的环境中,又怎敢去复印这篇文章,也只好藏在心里。但在改革开放的大好形势下,我这个心愿终于在1993年实现了。当年河大宋史硕士研究生赵永良等人到上海去,我就让他们请求华东师大裴汝诚教授协助,终于从上海图书馆所藏的《申报》1948年6月12日的《文史周刊》上把这两封信复印下来。一转眼,又快10年了,复印的字迹有不少已经模糊不清。这两封信所讨论的不过是赵翼出生之年这样一个小而又小的问题,本没有多大价值。但毕竟也算是研讨学问,又是我第一次具有学术意义的活动,因此,就把这两封信重抄下来,留作纪念,并借此向裴汝诚教授与赵永良等同志深表谢忱。

二、致胡适先生信

适之先生:

您十九年前的旧作《章实斋年谱》明快扼要,实在是一部好书。半年前,我曾浏览一遍。今日我又从头细读,在年谱正文第三页和第四页的不满三百字中,发现有两处可以商量的,愿向先生说明,先生明达,当能谅其愚等。

首先,我将先生的原文抄写如下:

乾隆三年,戊午(西历一七三八年)先生生。(任幼植别传)

前一年,丁巳,先生之父骧衢先生会试下第,寓从子垣业(允功)家。(从嫂荀孺人行实)大约旋即回绍兴。

是年,先生之友任大椿(幼植)生于兴化(任别传)。是年,先生之师朱筠(竹君、河)已十岁。同时名人,袁枚(子才)已二十三岁。钱大昕(晓徵、辛楣)已十一岁,戴裘(东原)已十六岁。浙东前辈万经(贞一)已八十岁,全祖望(绍衣、谢山)已三十四岁。

乾隆四年,己未(一七三九年)

先生二岁。

二三岁时,从叔衡一常携向邻店朱叟索酒,日以为常(十叔父八十序),故先生长而善饮。

这年七月,清建修明史告成。学风一变而矜尚四书文艺了。(东华绿叶鹤涂文者序)

乾隆五年,庚申(一七四〇年)

先生三岁。

这年,崔述生于大名,赵翼生于阳湖。

清修大清一统志成(志序)

乾隆六年,(一七四一年)

先生四岁。

这年,万经卒,年八十(原书此处无标点)

以上这四条内,有两处可议:

第一,关于万经的享年。乾隆三年,他既已八十岁,乾隆六年卒时,不应仍为八十。这一点,也许排版时为手民所误。先生的原稿,当不是这个样子。

第二，关于赵翼的生年。以上几条，则赵翼生于乾隆五年，比实斋小两岁，比钱大昕小十三岁。但钱大昕作《二十二史劄记》序中，明明说：

"余(大昕)生平嗜好与先生(赵翼)同，又少于先生二岁。"

可见，赵翼比钱大昕还要大两岁，又要比实斋大十三岁了。他的生年应在雍正四年，丙子(西历一七二六年)，不当在实斋已三岁的乾隆五年。这个推论，与先生的说明相去十五年。且先生于乾隆五年赵翼生于阳湖条下，又未注明出处，未知孰是？

以上两点，如蒙指示，则不胜企盼之至。再：我所看的《章实斋年谱》是商务印书馆出版，民国二十二年五月国难后第一版。我所看的《二十二史劄记》是世界书局印行的，民国二十五年十二月第一版，合并声明，以供先生参阅比较。

敬祝安好！

姚竞存上　三七，五，二十四日

三、胡适先生复信

竞存先生：

谢谢您的指教。

《章实斋年谱》是我在二十多年前做的。印行之后，我才得见刘翰怡先生刻的章氏遗书，其中有《庚辛之间亡友传》。那时我就想修正这部年谱。后来一位青年学者姚名达先生把新出的材料加进我的原书，就成了你看见的《章实斋年谱》。那是用胡适姚名达两人的姓名出版的(民国十一年的原版只用我一个人的姓名)。

我读了你的来信,就翻开我的原书,才知道你指出的错误都是姚名达先生修改此书时偶然不小心的错误。我的原书只有乾隆三年与乾隆七年。中间乾隆四年至六年的记载都是姚君补加的。

乾隆三年之下"大约旋即回绍兴"一句是姚君加的。又万经、全祖望的年岁也是姚君加的。万经生于顺治十六年己亥(一六五九),到乾隆三年(一七三八)是八十岁,到乾隆六年(一七四一)他死时应该是八十三岁。

钱大昕生于雍正六年正月初七日(一七二八年二月十六日)这是根据王昶作的墓志。乾隆三年钱氏十一岁,是不错的。

赵翼生于雍正五年十月二十二日(一七二七年十二月四日),故他比钱大昕只大两个半月。钱氏作《二十二史劄记》序,说他比赵氏小两岁,似是误记,也许"二岁"是"二月"的误写。你推算赵翼生于雍正四年,是错了一年。姚名达先生大概把雍正五年看作乾隆五年,故错了十三年。

关于赵翼生的年月日,孙星衍作的墓志没有记载。全集附录有此年谱,说他是生于雍正五年十月二十二日,与此诗集卷四四及卷四八所记生日相合。故钱大昕序说他小二岁必是错误。此序不曾收在《潜研堂文集》里,故我们没有别本校订这一个"岁"字了。

您读书如此细心,一定还可以校出姚名达先生和我两人更多的错误。姚君现在已作了古人,我要特别谢谢你。

胡适　三七,五,三十一

2002年1月19日(农历辛巳年十二月七日)姚瀛艇重抄于汴京夕照堂①

由上述笔者全文摘录的姚瀛艇的文章可见,姚瀛艇先生和胡适先生都是做学问十分认真的人。姚瀛艇先生读书如此细心,并敢于同大家商榷,其求真精神已跃然纸上。而胡适先生作为前辈著名学者、更大的名家,真的是虚怀若谷,有着"谦谦君子,卑以自牧也"②的风范,对后学提出的问题反复考证,精心研究,有错即改,有需解释之处耐心解释,并在《申报》上将两人的来往信件展示出来,真无愧是做学问之楷模。

还有一篇发表于《河南大学学报》(哲学社会科学版)1989年第4期上的文章《论北宋朝廷对七经疏义的整理》,也凸显了姚瀛艇这种做学问的求真求实精神。该文一方面论证了宋廷"对七经疏义的整理,不仅是宋廷提倡儒学的一项重大措施,而且是统一、熔铸儒学的一项重大措施"。与此同时,另一方面,该文还对其中的诸多细节问题进行了考证与辨析。如:关于李至向宋太宗建议整理七经疏义的时间,文中写道:"至于李至建议的时间,据本传(指《宋史·李至传——笔者注》),似为淳化五年(994年),其实不然。《玉海》卷41《咸平孝经论语正义》条云

---

① 姚瀛艇:《关于赵翼出生之年问题与胡适先生的通信》,载姚瀛艇著《宋代思想文化研究》,河南大学出版社,2015,第166-168页。

② 《易·上经·谦卦》,黄寿祺、张善文撰《周易译注》,上海古籍出版社,2004,第129页。

1978年12月28日,日本大正大学访问团来校访问与历史系同行合影(二排右二为姚瀛艇先生)

'至道二年(996年),判监李至请命李沆、杜镐等校定《周礼》《仪礼》《谷梁传》疏,及别纂《孝经》《论语》正义,从之。'这里明言李至建议为至道二年,而非淳化五年。李至兼判国子监,始于淳化五年,本传所记并未误,建议校定七经疏义,则为至道二年。而《宋史》列传,常将时间上不相衔接的几件事,连续叙述,很容易造成误解。下面将要提到的《邢昺传》,也有这种情况。"关于邢昺何时代替李至、李沆主持这项工作,文中也辨析道:"邢昺于何时代替李至、李沆?《玉海》卷41《咸平孝经论语正义》条说得非常清楚:'咸平三年(1000年)三月癸巳(十六日)命祭酒邢昺代领其事。杜镐、舒雅、李维、孙奭、李慕清、王焕、崔偓佺、刘士元预其事。'同书卷43《咸平校定七经疏义》条亦云:'咸平三年三月癸巳,命国子祭酒邢昺等校订《周礼》《仪礼》《公羊》《谷梁传》正义;又重定《孝经》《论语》《尔雅》正义.'而《宋史·邢昺传》的记载,则颇易引起误解。本传云:'咸平初,改国子祭。二年,始置翰林侍读学士,以昺为之。受诏与杜镐、舒雅、孙奭、李慕清、崔偓佺等校定《周礼》《仪礼》《公羊·谷梁春秋传》《孝经》《论语》《尔雅》义疏。及成,并加阶勋。'根据这段话,很容易把邢昺代替李至等误为咸平二年(999年)。其所以引起误解的原因,与上述李至传相同。读宋史列传,要特别注意这种情况。"关于对七经疏义整理完成的时间和总卷数,该文进行了详密、认真的考察后指出,"完成的时间,《续资治通鉴长编》卷49《咸平四年九月丁亥》条云:'先是,诏国子祭酒邢昺等校印《周礼》《仪礼》《公羊》《谷梁传》正义。丁亥,昺等上其书,凡一百六十五卷,命模印颁行,赐宴国子监,并加勋阶。于是九经疏义悉具矣。'按是月己巳朔,丁亥应为十九日。《玉海》卷41《咸平孝经论语正义》条亦云:'(咸平)四年九月丁亥以献,赐宴国子监。十月九日,命杭州刻板。'同书卷43《咸平校定七经疏义》条既云:'(咸平)四年九月丁亥,翰林侍读学士邢昺等及直讲崔偓佺表上重校定《周礼》《仪礼》《公羊》《谷梁传》《孝经》《论语》《尔雅》七经疏义凡一百六十五卷,赐宴国子监。昺加一阶,余迁秩。一本云一百六十三卷。十月九日,命摹印颁行,于是九经疏义具矣',又于'丁亥'下加小注云:'一作丁丑(初九日)。'三者所记,稍有歧异。但丁亥、丁丑都是'上表以献'的时间,虽有差别,但完成的时间,至迟当在咸平四年九月,则无可疑。至于卷数,当以一百六十五为是。因为上引《长编》及《玉海》均作一百六十五卷,而下面将要引用的材料,更有具体的计算。据上引《咸平孝经论语正义》条,可知重新校印后的七经疏义有两种情况。一是'贾公彦《周礼》《仪礼》疏各五十卷,《公羊》疏三十卷,杨士勋《谷梁》疏十二卷,皆校旧本而成之';另一是'《孝经》取元行冲疏,《论语》取皇侃疏,《尔雅》取孙炎、高琏疏约而修之,又二十三卷'。前者基本上是旧疏,邢昺等加工不多,故仍署旧疏作者的姓名。后者基本上是新修,故均由邢昺署名。经过这一次校印,十三经中的十二经,均有了奉敕修撰,经朝廷认可的法定解释。本条所述卷数,又恰为一百六十五卷"。关于旧疏的作者,特别是《公羊传》疏的作者和《尔雅》疏的作者,该文进行了较翔实的考证后指出:"关于旧疏的作者,尚有两个问题,需要加以解释。其一,是《公羊传》疏的作者。现行《十三经注疏》中《春秋公羊传》的疏作者为徐彦,何以王应麟在上引材料中列举旧疏作者时,竟未提到他的名字?原来其中本有疑问。按:《公羊传何氏解诂疏》不载于唐志,宋《崇文总目》始著录,亦不著撰人姓氏,只称'或云徐彦',而不详其事迹。董逌《广州藏书志》亦称世传徐彦,不知时代,意其在贞元长庆之后。《四库提要》赞同董逌之说,以为'疏中郯之战一条,犹及见孙炎《尔雅注》完本,知在宋以前;又葬恒王一条,全袭用杨士勋《谷梁传疏》,知在贞观以后;中多自设问答,文繁语复,与邱光庭《兼明书》相近,亦唐末之文体。董逌所云,不为无理。故今从逌说,定为唐人焉'。而王鸣盛《蛾术篇》卷7《公羊传疏》条又谓《公羊》疏为北史之徐遵明所作。故《公羊》疏的作者,究竟是否徐彦,尚在疑似之间。邢昺校定七经疏义时,尚不知徐彦其人。王应

第三章 受伯父影响，对学术研究一丝不苟

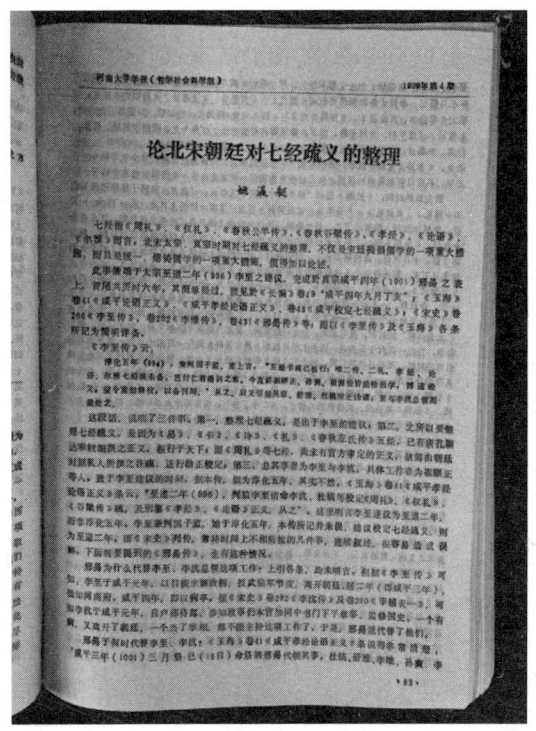

**姚瀛艇发表于《河南大学学报》(哲学社会科学版)
1989年第4期的论文《论北宋朝廷对七经疏义的整理》**

麟是一个笃实的学者,对《崇文总目》所谓'或云徐彦'云云,持谨慎态度。故在列举旧疏作者时,不提徐彦的名字。其二,是《尔雅》疏的作者孙炎。邢昺在《尔雅》疏叙中说:'夫《尔雅》者,先儒授教之术,后进索隐之方,诚传注之滥觞,为经籍之枢要者也。……其为注者,则有犍为文学、刘歆、樊光、李巡、孙炎,虽各名家,犹未详备。唯东晋郭景纯,用心几二十年,注解方毕。甚得六经之旨,颇详百物之形,学者取马,取为称首。其为义疏

67

者,则俗间有孙炎、高琏,皆浅近俗儒,不经师匠。今既奉敕校定,考案其事,必以经籍为宗;理义所诠,则以景纯为主'。在这段话里,'孙炎'出现两次,究竟是一个人,或是两个人,看来应是两个人。前一个为《尔雅》作注,后一个为《尔雅》作疏;前一个还可以名家,后一个则是浅近俗儒。前一个孙炎字叔然,曹魏乐安人,为郑玄再传弟子,人称东州大儒。事迹见《三国志》卷十三《魏志·王肃传》。王肃集《圣证论》以讥郑玄,炎亦作论攻王肃。又作《周易·春秋例》《毛诗》《礼记》《春秋三传》《国语》《尔雅》诸注及《书》注十余篇。这样的人,当然不是浅近俗儒。故吴承仕先生《经典释文序录疏证》断言被邢昺讥为'浅近俗儒'的孙炎为'此别一孙炎,非东州大儒叔然也'。"①另外,文中对参与校订七经疏义的人等,也都进行了较详密的考证。

除此之外,在姚瀛艇的另外两篇文章《关于陈亮上〈中兴五论〉的年代》(发表于《河南师大学报》〈社会科学版〉1980年第5期)、《论黄宗羲对张载的疏证》(发表于《史学月刊》1987年第1期)之中,也可以清晰地看到先生那种"于细微处求实,于前见中求真"的严谨学风(限于篇幅,此处不再赘述)。

这种严谨的学风、这种较真的精神,确实值得今天的学者所效法。

(三) 眼界宽阔,基础坚实,且宽、深结合

前已述及,由于多重因素,使姚瀛艇对宋代思想文化研究情

---

① 姚瀛艇:《论北宋朝廷对七经疏义的整理》,《河南大学学报》(哲学社会科学版)1989年第4期。

第三章 受伯父影响，对学术研究一丝不苟

有独钟，在这一领域辛勤耕耘了几十年，但是，作为宋代思想文化史研究的大家，姚瀛艇先生的知识面并未仅仅局限于宋代的思想文化领域，他是一位学识渊博、视野开阔、通览中国历史的真正学者。先生在谈话中常告诫我们，研究历史的人不能眼光太窄，一定要有对历史的通盘了解。即使研究断代史的人，也要具备宽泛的视野和扎实广阔的知识基础，这样学问做起来才能到位，才能求得较正确的结论。这就是说，既要能深入研究对象中去，又要能从研究对象中跳出来、超脱出来，以更为深邃、悠远的历史眼光去把握研究对象；既要全面地认识"这是什么"，同时在此基础上又要分析"为什么是这样"，这正是一种历史唯物主义和辩证唯物主义的思维方法。姚瀛艇对那种浅尝辄止，只囿于自己的研究范围而不愿多涉猎知识的人，非常地不以为然。当今时代，社会发展对知识的需求，也恰恰证实了先生的这一观点。

而姚瀛艇先生在此方面也确实为我们做出了榜样。他不仅在讲到宋史时旁征博引、侃侃而谈，而且在讲到《论语》《孟子》《左传》《易经》《诗经》等古代经典时也如数家珍，谙熟于心。他所撰写的论著，除了大量的对宋代思想文化的研究之外，还有对其他历史阶段人、事、思想进行阐释的文章，或者阐释宋儒对于古代经典的不同观点的文章，而且对其中所涉及的内容也非常娴熟。如：他撰写的《明清之际何以会产生像顾炎武、黄宗羲、王夫之那样卓越的思想家？》《关于〈魏晋南北朝时期〉历史分段问题的初步意见》《张良故里考》《论孔颜乐处》《宋儒关于〈孟子〉的争议》《宋儒关于〈周礼〉的争议》《范仲淹的〈易〉论》等。先

生不仅主编有《宋代文化史》,而且还参与编撰了《北宋哲学史》《中国宋代哲学》等著作,以哲学的眼光研究宋代社会和文化的发展。正由于眼界开阔,基础坚实,使姚瀛艇先生能由宽而深,在宋代思想史,尤其在程朱理学的研究方面有很深的造诣。这种深厚的造诣,使他对宋代思想文化的研究多有创见,也有不少补白之作,从而奠定了他在国内宋代思想文化研究中的应有地位。

姚瀛艇(左二)与赵宝俊先生(右二)、魏千志先生(右一)等在隋唐史专业硕士生毕业论文答辩会上

因此,拜读姚瀛艇先生的学术论著,就有几点明显的感受:一是,他能以大量的史料来佐证他的论点,而且用得恰到好处,感觉史料对他来说能信手拈来。若不是书读得多、读得扎实,这看似不难的事情实在是不容易做到。二是,从他的论著的字里行间,透射出他开阔的学术视野和深厚的理论功底。他写东西并非限于所写对象本身,而是能从对象本身联系其前因后果进行剖析。上至天文星宿,下至地理沿革;前至三皇五帝、先秦诸子,后至元明清诸朝、民国时代等,都有先生所涉及的内容。而且,在涉及这些内容时,与对宋代思想文化的研究一样,先生都谙熟于心,把握得非常准确,因此对问题分析得深刻,也就在情理之中了。三是,他对问题的分析有一种高屋建瓴的眼光和站位,善于以历史唯物主义和辩证唯物主义的理论厚度分析历史中的人和事,从而使他的理论研究水平令人敬佩,也使他的研究结论令人折服。四是,读姚先生的文章,时时能被中国传统士人(含士大夫),即中国传统知识分子的那种忧国忧民的情怀、自我修炼的浩然正气、为万世开太平的救世济民精神所深深感动,由此使读者自己的情感和品质也在无形之中得到了升华。因此说,读姚先生的论著,如饮甘泉玉露,是一种享受的过程,更是一种学习的过程,一点儿也不为过。

河南大学历史文化学院宋史研究专家刘坤太教授(也是曾经的宋史专业研究生)在回忆姚瀛艇先生时就说道:"在全国的宋代思想文化研究方面,河南大学是走在前列的。而姚瀛艇先生作为一位研究宋史的专家,他的研究成就、他在宋史研究领域的建树,以及他组织撰写新中国成立以来国内第一部有关宋代文化的专著——《宋代文化史》,使他成为河南大学宋史研究中扛大旗的人。但是,姚先生的知识领域绝不限于宋代思想文化研究,他是一位贯通儒家学说乃至贯通中国文化史的人。他对宋代哲学史乃至中国哲学史的研究,恐怕在河南大学来说,也是数一数二的。也正因为如此,更促使他在宋史研究领域卓有建树。此外,姚瀛艇先生的博学,还体现在他不仅对思想家的哲学思想了然于心,而且对他们精心育人的教育思想和实践也能透彻地把握。姚先生的论文《论朱熹——宋代杰出的学问家和教育家》就是这方面很好的体现。因此可以说,姚先生对人物的思想,领会、认识得非常深刻。这么多年过去了,读姚先生的文章到现在还记忆犹新,他的文章给人印象非常深刻。姚先生的文章从数量上看,并不是很多,但他没有应景文章。姚先生自己也说过,文章不在多少,要能研究时代精神。到现在他的文章仍能填补空白。例如,到现在为止,学界研究唐宋之际儒家的代表人物邢昺时,仍然还要看姚先生的论文《论邢昺在儒家思想演变过程中的地位》,这篇文章到现在仍未能被超越,仍是一篇补白之作。可以说,他们那代人的文章基本都是精品,经得起实践的检验。而且,读姚先生的文章就好像读他自己,可以想见他的音容笑貌;他分析人物就好像是他自己思想的流露,这都是后来人所不能比的。"

姚瀛艇先生与河南大学历史文化学院年轻的宋史学者们在一起

(四) 治学严谨,一丝不苟

此点与前述(二)中有相通之处,唯视角有所区别。关于先生的严谨治学,可以从一件事情上再加以说明。姚瀛艇先生在世时,笔者曾不止一次地劝他把用毕生心血撰写的研究论文结集成文集予以出版,一来是他一生成果的总结,二来也以其深邃的思想和睿智的见地昭示后人。并且,笔者表示愿为文集的出版从经费到力量上尽力而为。但当时先生并未允诺。他说自己身体已比较虚弱,没有精力支撑着一点点地去校对繁杂、艰涩的古文献资料。因我们也都多重任务在身,实在没有时间帮先生校对,就提出让研究生帮助校对。先生听后摇头说,古文字校对还是我自己来,让人代为校对我不能放心。同时,先生未能允诺出书的另一个原因是,他也不想因自己出书而劳驾别人出资出

姚瀛艇先生安坐在书房

力。他就是这样一个严谨的人,这样一个自觉的人。帮他出文集的事就这样搁置下来了,一想到此,总感到一种遗憾。后来,先生生前所在单位出资,并组织人力为先生出版了文集《宋代思想文化研究》(由河南大学出版社 2015 年出版),这样也算可以告慰先生了。

关于姚瀛艇先生主编《宋代文化史》一书,刘坤太教授回忆到(刘坤太教授参与撰写了该书的两章内容),主编这本书时,姚先生下了很大工夫,放下了一切工作,全力投入到组织编写工作中。从该书体例的制定、重要理论的撰写与编排的确立、具体写作任务的分配与组织等,都由他亲自来做。而且,他在忙于主编工作的同时,亲自撰写了该书的"绪论""结束语""后记",以及分量厚重的有关宋代思想发展的五、六、七三章的内容,充分彰显了老一代先生严谨认真的治学品格。正由于姚瀛艇先生的认真组织、严格把关和高质量地亲自撰写重要章节,使该书出版后在国内产生了较大影响,并获得 1990-1992 年度河南省社会科学优秀成果二等奖。

第四章 学术论文,彰显深厚功力

正是姚瀛艇先生一丝不苟地追求研究的质量,方使其成果掷地有声,在国内产生了较大影响。他每写论文,都是在深思熟虑基础上的有感而发,这就使他的论著立论厚重,具有历史和现实的双重价值。可以说,至少到目前为止,在河南省的宋代思想史研究领域,先生堪称位居前列的佼佼者。即令在国内的宋史研究中,姚瀛艇先生也称得上是当之无愧的大家。

一、对宋代学术思想研究之深刻成为国内的佼佼者

理学是宋代思想家阐释、论证伦理道德问题的主要学术思潮,经由二程奠基,到朱熹成为集大成者,其中云集了众多思想家。而理学的一个重要特色,就是其所具有的较强的思辨性——融合了佛学的思辨和儒家传统中一些经典,如《周易》《孟子》《中庸》中形上学的内容,构成了以理、气、心、性等为基本内容的新的儒学伦理学说。因此,一般人都认为理学研究难度较大,颇费心思。姚瀛艇先生在宋明理学的研究中是一个辛勤的探索者,他以其较厚实的学术根底、认真的探究精神、善于独立思考的睿智,对理学思想进行了较深刻的研究,提出了自己的一些独到见解,成为国内此方面研究无可否认的佼佼者。此外,姚瀛艇先生对宋代史学、各家哲学思想等方面的研究也很有

建树。

姚瀛艇先生(中)在宋史硕士生学位论文答辩会上

(一) 论著对程朱理学的意蕴有新的阐述

1.《论孔颜乐处》——析周敦颐、二程对"孔颜乐处"的进一步阐发

"孔颜乐处"是孔子赞扬他的著名弟子颜回"一箪食,一瓢饮,在陋巷,人不堪其忧,回也不改其乐。贤哉,回也"[①]的"安贫乐道"精神的概括和提炼。时至今日,"孔颜乐处"已成为中国人,尤其是中国知识分子为追求真理、追求理想而淡薄物质利益、以苦为乐的精神象征和表述。姚瀛艇先生发表于《中州学

---

① 《论语·雍也》,杨伯峻译注《论语译注》,中华书局,2009,第58页。

刊》1986年第1期的论文《论孔颜乐处》指出:"寻孔颜乐处,是宋明理学的一个根本问题。"文中首先分析了"孔颜乐处"的精神内涵,之后着力阐释了周敦颐,尤其是二程对"孔颜乐处"的进一步理解和发挥,指出二程将"孔颜乐处"与其所说的哲学的最高范畴"天理"联系起来。姚瀛艇先生指出:"在春秋战国之际,即我国由奴隶社会向封建社会过渡的大变革时期,孔子提出了'修己''安人''安百姓'的思想,既反映了儒家所理想的政治,也反映了儒家所理想的完美的人格和最高尚的情操。唐宋之际是我国封建社会发生重大转折的时期,周敦颐、二程又对孔子的思想做出了新的解释,使其有了新的发展,不仅赋予它哲理的说明,而且把它变为永远无限的责任,变为人人自然而然的行动。当然,儒家所主张的各得其所的理想政治在阶级对立的社会中是永远不能实现的,但作为一种理想却是很可贵的。孔子和二程阐发的最完美的人格和最高尚的情操,丰富了我国封建主义的精神文明,这些都是值得批判继承的历史遗产。"他还指出:"如果说,范仲淹等人的'以天下为己任'的思想主要表现在政治活动中,那么,周敦颐、二程的思想则主要表现在理论活动中。"

从对"孔颜乐处"进一步发挥的角度,姚瀛艇先生指出:"周敦颐是宋儒中第一个提出以伊尹、颜回为榜样的人,这样,就把'以天下为己任'的思想形象化,比起范仲淹来说,进了一步。"文中指出,"周敦颐在《通书·志学》中说:'圣希天。贤希圣,士希贤。伊尹、颜渊,大贤也。伊尹耻其君不为尧舜,一夫不得其所,若挞于市。颜渊不迁怒,不贰过,三月不违仁。志伊尹之所志,学颜子之所学。过则圣,及则贤。不及则亦失于令名。'周敦颐在这里提出了'士希贤'的要求,他心目中的大贤就是伊尹和颜渊。志伊尹之所志,就是要人人各得其所,也就是孔子所说的'安百姓'。颜子所学,就是能推己及人"。而且,周敦颐对"孔子、颜回'贫而乐道''安人''安百姓'的思想做了进一步的阐释"。文中指出,"周敦颐在《通书·颜子》章中又说:'颜子一箪食,一瓢饮,在陋巷,人不堪其忧,回也不改其乐。夫富贵,人所爱也。颜子不爱不求,而乐乎贫者,独何心哉!天地间,有至贵至爱可求而异乎彼者,见其大而忘其小焉尔。见其大,则心泰;心泰,则无不足;无不足,则富贵贫贱,处之一也;处之一,则能化而齐;故颜子亚圣。'在这段话里,除了对颜回深表钦敬之情外,还解释了颜回所以不改其乐的道理。这个道理,就是颜回'见其大而忘其小'。所谓小,当然是世俗所谓的富贵贫贱。所谓大,即'至贵至爱可求而异乎彼者'。朱熹认为'至爱'二字之间,当有'富可'二字,因而这句话应是'至贵至富可爱可求而异乎彼者'。它究竟是指什么,在这段话中没有说明。但周敦颐在《通书·富贵》章中却对'富贵'有一个解释,他说:'君子以道充为贵,身安为富,故常泰无不足;而铢视轩冕,尘视金玉,其重无加焉尔。'明初曹月川曾把这两段话合起来加以解释,说:'天地间至贵至富可爱可求者,仁而矣。仁者,天地生物之心,而人所受以生者,为一心之全德,万善之总名。体即天地之体,用即天地之用。有之则道充,居之则身安,故孟子既以天之尊爵目之,复以人之安宅名之,所以为天地间之至贵至富可爱可求也。岂轩冕金玉之富可同日而语哉'!(转引自《周子全书》卷九)这段解释,符合周敦颐的本意"。因此说,"周敦颐这两段话对孔子、颜回'贫而乐道''安人''安百姓'的思想做了进一步的阐释"。

姚瀛艇先生(前左二)与王云海(前右一)、郭光(前右二)、安淑珍(前左一)老师等在教研室研讨会上

而二程的"万物莫不遂其性",则超出"人己"的范围,进入"人物"之间,由人类社会进入自然界,胸怀更为广阔了。而且,二程把孔颜之乐做了细致的区别:子路"求仁"、颜渊"不违仁"、孔子"安仁",孔子的"仁"达到了"天理之事",因此,"二程……要求人们学孔子,要像孔子那样,自然而然地'推己及人''推己及物',使人人各得其所,使万物皆遂其性,这是二程对'孔颜乐处'所做的重大发展"。还有,二程把"'博施济众''修己以安百姓',变成了永远的无限的责任,这又是何等广阔的胸襟!"不仅如此,"二程不是空言'孔颜乐处',而是见之于实际行动"。

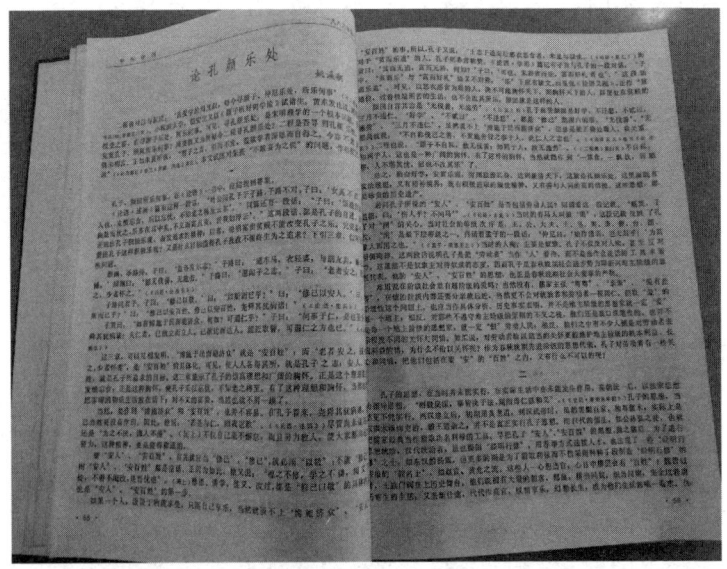

姚瀛艇先生发表于《中州学刊》1986年第1期的论文《论孔颜乐处》

文中对于二程将"'孔颜乐处'做了更细致的发挥",进行了具体阐释。

"第一,二程在解释《颜渊、季路侍》章所记孔子、颜渊、季路之志时说:'子路、颜渊、孔子皆一意,但有大小之差,皆与物共者也。'(《二程集》中华书局1981年版,第21页)又说:'孔子之志,在于'老者安之,朋友信之,少者怀之',使万物莫不遂其性。'(《二程集》第369页)这样就把'推己及人'发展为'推己及物',把'人人各得其所'发展为'万物莫不遂其性'。'修己''安人''安百姓',固然是一步推进一步,但终究还是在'人己'之间;而'万物莫不遂其性',则超出'人己'的范围,进入'人物'

之间,由人类社会进入自然界,胸怀更为广阔了。"

"第二,二程认为子路、颜渊与孔子之志,有大小之差,差别何在?二程解释说:'夫子安仁,颜渊不违仁,子路求仁。'(转引《论语集注》卷三)又说:'子路曰:"愿车马、衣轻裘与朋友共,敝之而无憾。"此勇于义者。观其志,岂可以势利拘之哉!盖亚于浴沂者也。颜渊"愿无伐善,无施劳",此仁矣,然尚未足以有为,盖滞迹于此,不得不尔也。子曰:"老者安之,朋友信之,少者怀之。'此圣人之事也。颜子,大贤之事也。子路,有志者之事也。'"(《二程集》第107页)又说:'"愿无伐善",则不私矣;"无施劳",则仁矣。颜子之志,则可谓大而无加矣。然以孔子之言观之,则颜子之言,出于有心也。至于"老者安之,朋友信之,少者怀之",犹天地之化,付与万物,而己不劳焉,此圣人之所为也。'(《二程集》第368页)二程发了这么多议论,足见他们对《颜渊、季路侍》章的重视。他们把子路、颜渊、孔子区别为三个层次(或境界),界限十分清楚。子路'求仁',当然还没有达到'仁'的要求。而颜渊'不违仁',则是有心为'仁';孔子'安仁',则是自然而然,动静语默,无不是'仁'。所以,颜子只能是大贤,而孔子就是圣人了。为什么颜子'未免于有为',做不到孔子那一步呢?根本原因就在于'"无伐善,无施劳"是他颜子性分上事。孔子"安之,信之,怀之",是天理上事'(《二程集》第87页)。这样,二程就把孔、颜的区别同他的哲学最高范畴——'天理'联系起来。……二程把孔颜乐处,做了细致的区别,要求人们学孔子,要像孔子那样,自然而然地'推己及人''推己及物',使人人各得其所,使万物皆遂其性。这是二程对'孔颜乐处'所做的重大发展。"

"第三,孔子是不是可以学以至呢?小程在《颜子所好何学论》中给以肯定的答复。他认为颜子所好就是学以至圣人之道,而且颜子一定能达到孔子那样的境界。他指出:颜回所异于孔子者,盖孔子则不思而得,不勉而中,从容中道;颜回则必思而后得,必勉而后中。颜子与孔子,相去不过一息。而孔子之所以能不思而得,不勉而中,则是孔子经历了一个'造次必于是,颠沛必于是,出处语默必于是'的过程,也就是经历了一个'思'和'勉'的过程。由'思而后得'到'不思而得',由'勉而后中'到'不勉而中',关键在于好学。颜回不幸短命死矣,如假之以年,以其好学之心,颜子是定能达到孔子那个地步的。颜回通过好学,可以成圣人。一般人是否也可以通过好学成为圣人呢?小程没有明说。但他的意思却是很清楚的。他说:'后人不达,以谓圣本先知,非学可至,而为学之道遂失。不求诸己而求诸外,以博闻强记巧文丽辞为工,荣华其言,鲜有至于道者,则今之学,与颜子所好异矣。'这段话,可以说是从反面回答了我们所提的问题吧!"

"第四,孔子在《博施济众》章与《子路问君子》章曾两次说到'尧舜其犹病诸'。一般解释为虽以尧舜之圣,也不能完全做到'博施于民而能济众'与'修己以安百姓'。二程却赋予新解,他们说:'《论语》有二处'尧舜其犹病诸','博施济众',岂非圣人之所欲?然必五十乃衣帛,七十乃食肉,圣人之心,非不欲少者亦衣帛食肉也,顾其养有所不瞻耳,此病其施之不博也。济众者,岂非圣人之所欲?然治不过九州。圣人非不欲四海之外亦兼济也,顾其治有所不及尔,此病其济之不众也。推此以求,修

第四章　学术论文，彰显深厚功力

姚瀛艇先生面向师生做学术报告

己以安百姓，则为病可知。苟以吾治已足，则便不是圣人。'（《二程集》第169页）这样一讲，就把不能完全做到发展成为永远不能满足，因而要经常想到'施之不博''济之不众'，永远不要满足于已有的'所施'和'所济'。这样就把'博施济众''修己以安百姓'，变成了永远的无限的责任，这又是何等广阔的胸襟！"

在具体阐释了二程对"孔颜乐处"所做的细致发挥以后，文中强调了二程自身践行"孔颜乐处"的精神。指出："二程不仅这样说，而且这样做。杨时曾说：'明道先生作县，凡坐处皆书"视民如伤"四字，常曰："颢常愧此四字。"（《二程集》第429页）'视民如伤'就是要使人人各得其所，'常愧此四字'，也就是'其犹病诸'。正因为有此思想，所以大程在晋城、上元、扶沟任内，常能兴利除弊。有时为了减轻百姓一些负担，即使冒犯上级,亦在所不惜。小程在为他写的《行状》中记载了这样一件事:'内侍都知王中正巡阅保甲,权宠至盛,所至陵慢县官,诸邑供帐,兢务华鲜,以悦奉之。主吏以请,先生曰:"吾邑贫,安能效他邑?且取于民,法所禁也。今有故清帐,可用之。"先生在邑(扶沟县)岁余,中正往来境上,卒不入。'(《二程集》第636页)类似的事还有许多,俱见于《行状》,不再赘述。由此可知,二程不是空言'孔颜乐处',而是见之于实际行动。"①

由此可见,周敦颐、二程等理学家们在恪守儒家伦理传统的同时,对其有了进一步的发挥和发展,而且能躬行实践,着实使人深受启发。

2.《试论理学的形成》——深剖理学产生之多重因素

在收录于《宋代思想文化研究》书中的《试论理学的形成》一文中,姚瀛艇先生以其对理学产生因素的深刻把握,从经济基础、政治背景、思想渊源等五个方面,用翔实的资料论证了理学,即"专指二程(程颢、程颐)所创立的那个学派的理论而言",之所以产生于北宋时期的必然原因。

其一,"唐宋之际中国封建社会的重大变化是理学所以产生的经济基础"。唐宋之际的经济形势相对于南北朝士族门阀掌握政权时期发生了很大变化,农民对地主的人身依附关系相对地减弱了。"为了适应这些变化,地主阶级除了强化国家机器,从政治上加强对农民的统治外,迫切需要建立一套能把自然观、认识论、伦理观、道德观等有机地联系在一起的哲学体系,以

---

① 姚瀛艇:《论孔颜乐处》,《中州学刊》1986年第1期。

第四章　学术论文，彰显深厚功力

姚瀛艇(右三)与王云海先生(右二)等在宋史硕士生学位论文答辩会上

便全面地对自然社会、人生等问题做出有利于地主阶级的解释，从思想上加深对农民的麻痹。汉儒章句训诂之学当然不能适应这种需要，赤裸裸的天命论虽然仍是地主阶级的有力武器，但也远远不能适应这种需要。于是，以'穷理尽性'为核心的'理学'就应运而生了。"

其二，"赵宋王朝实行集权，重整伦常，是理学所以产生的政治背景"。赵宋王朝是在经历了唐末五代以后长期混乱局面和伦理纲常遭受严重破坏之后建立起来的，"为了使自己不成为第六个短命的王朝，它必须一方面实行集权，加强朝廷的统治力量；一方面重整伦常，恢复并发展封建伦理秩序"。"为了重整伦常，北宋朝廷不断旌表忠孝节义之士。"而更为主要的是，"摆在北宋王朝和宋代地主阶级面前的一个迫切历史任务就是进一

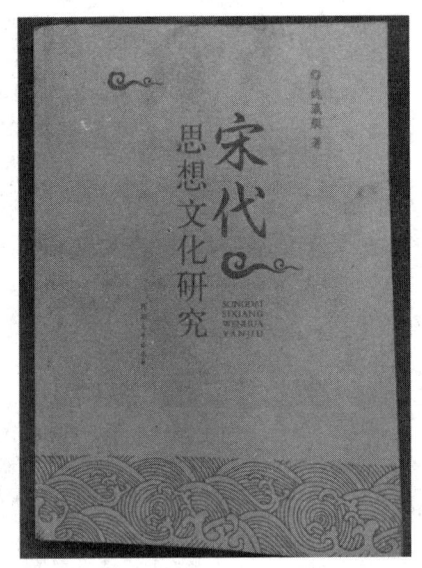

河南大学出版社2015年出版的姚瀛艇先生著作
《宋代思想文化研究》封面

步改造神学化的儒学,创造一种新儒学,使之更富于思辨的色彩和理论内容,为伦理纲常制造一个哲学根据,北宋王朝和地主阶级的思想家为此都做了大量的工作"。"北宋王朝用全力提倡儒释道三家思想,力图以儒学为核心,建立一个新的思想体系。""但新体系的建立,毕竟要通过地主阶级的思想家才能完成,二程就是应运而生的思想家。通过他们的努力,终于初步建立了一套唯心主义的新体系,为伦理纲常制造了哲学根据。从此以后,伦理纲常不再是几条干巴巴的教条,也不再蒙上神学的迷雾,而是涂上了思辨的色彩,被赋予理论的说明,其为巩固封建统治服务也就更为有效了"。

其三,"韩愈所倡导的儒学复兴运动是理学的先驱"。"孔孟本不善于抽象思辨和逻辑分析,他们所讲的,主要是修齐治平之道和礼乐刑政之术。两汉时期,儒术独尊,但两汉的儒生,或埋头于章句注疏,皓首而不能穷一经;或与神仙方士相结合,衍为迷信谶纬之学,在思想理论方面,毫无建树。魏晋以降,佛学大行,儒学日趋衰微。这一时期,也有人批佛。例如,范缜提出《神灭论》,批判了佛教的神不灭论,但也只是在形神关系方面批判了佛教,尚未能提出比较完整的体系。直到韩愈,才把反佛斗争推到新阶段。""韩愈鲜明地打出复兴儒学的旗帜,力图恢复儒学在思想领域中的正统地位。他写了《原道》《原性》两篇著名的文章。他在《原道》一文中,第一,划清儒、佛之'道'的界限,认为佛家之'道'是小人之道,佛家之'德'是凶德;儒家之'道'是君子之道,儒家之'德'是吉德。第二,明确建立了尧、舜、禹、汤、文、武、周公、孔、孟一脉相承的儒家道统,以对抗佛教各宗派传法世系的宗教法统。第三,宣扬儒家《大学》的唯心主义体系,以对抗佛教的宗教唯心主义体系。第四,对佛、道两教,主张'人其人,火其书,庐其居'。在《原性》一文中,他提出了'性三品说',并以是否符合封建伦理规范作为划分三品的根据,用以对抗佛教出世的人性论。由此可见,韩愈对佛教的批判,无论是在广度还是深度上,都超过了前人。""作为儒学复兴运动的倡导者,韩愈尚不可能建立起严密的理论体系,也不可能从根本上把佛学批倒。但是,他所提出的自尧舜以下的儒家道统说为二程所继承,他所阐明的儒家之'道'为二程所承认,他所提倡的'性三品说'为二程提出气质之性和天理人欲之辨开辟了道路。因此,可以说韩愈倡导的复兴儒学运动是理学的先驱。"

姚瀛艇(左二)与王云海先生(右二)等人
在宋史硕士生学位论文答辩会上

其四,"儒释道三家相互融合是理学的思想渊源"。"儒释道三家思想的融合从魏晋南北朝时就已开始,那时的主要特点是儒释并存或儒释道并存,而又各自独立,互不相混。……到唐宋时期,儒释道三家才逐步融为一体;融合之后,又都不是任何一家的本来面目。……赵宋王朝力图糅合三教,正是顺应了这种趋势,而且促使这种趋势更快向前发展。正是在这样的历史大潮流中,大程才可能泛滥百家,出入老释,返求六经,而后创立自己的体系。""那么,二程究竟从老释那里吸取了什么东西?"其实,"理"这个"脱离现实世界,超越一切,不以人们意志为转移的、永恒存在的精神本体","它和佛家所说的'真如'(或称'佛性',意为最后的真理)完全是一码事。禅宗大师大照已称'佛性'为'理'。所以二程所说的'理',其实是套自禅宗的真如佛性。至于二程所说'一物之理即万物之理',更是华严宗'理事说'的翻版"。而接下来,又"怎样体验掌握这个'天理'呢?"那就是,"使'心'不受外物的干扰","对外界事物不作任何研究,终日坐在屋里",采用"主一,无适,以求豁然贯通,天理自明的体认'天理'的方法",这与"禅宗所说不读经,不苦行,只是坐禅入定,以求顿悟成佛"的方法,如出一辙。"为了使'心'不受外物的干扰,大程提出了'定性说'",即是要做到"无心,无情,内外两忘,物来顺应,反对用智,反对规规于外诱之除",这又与老子的思想完全一致。"关于人性论,二程除了受韩愈'性三品说'的影响外,还受道教思想的影响。"因此可以说,二程的自然观、认识论、人性论各个方面都可以看出佛、道的烙印。"由此可知,二程是吸取佛、道,融合三家之后才提出了那个'天理',构成了一个完整的体系。用这个体系来解释人类社会,其必然的结论只能是'父子君臣,天下之定理,无所逃于天地之间'(《河南程氏遗书》卷五)。于是,伦理纲常就成为神圣不可改变的'恢恢天理'。二程就这样初步完成了宋代地主阶级思想家的历史任务。所以,儒释道三家思想的融合是理学的思想渊源,理学是一种被改造过的新儒学或者是佛道化的新儒学。"

其五,"中唐以后疑古惑经风气的盛行为理学的产生创造了有利的环境"。"汉儒治经,无论今文、古文,都是笃守师说,不敢越雷池一步。末流所及,竟然出现了'宁道孔颜误,讳言服郑非'的怪现象。唐初孔颖达撰《五经正义》,仍然沿袭这种家法。当时《易》用王弼注,《书》用伪孔传,《诗》用毛传、郑笺,《礼记》用郑玄注,《春秋左氏传》用杜预注。正义解释传注,不得与传注有出入,这一原则,叫作'疏不破注'。士人应明经进士考试,不得违背正义,否则,就成异端邪说。所以,《五经正义》虽然统一了经学内部今文、古文、郑学、王学、南学、北学的争议,却又束缚了儒学的发展。不突破这种束缚,理学是决然不能产生的。""首先突破这种束缚的是唐中期的啖助、赵匡、陆淳师徒三人,他们都是春秋学家。……他们解释《春秋经》,不仅不为三传旧说所束缚,而且专攻三传之失,甚至一字一句而攻诘之。从'疏不破注'到'舍传求经',这是一个可贵的突破。""宋儒更进一步,全凭己意论经。为了发挥自己的观点,他们不仅舍传,而且疑经;不仅疑经,而且改易经文。这种情形,到仁宗庆历年间,已经充分表现出来,其中特别值得注意的有三个人:一个是欧阳修,他写《易童子问》三卷,力辩《系辞》以下非孔子之言;又写《毛诗本义》十六卷,专攻毛、郑之失。嘉祐二年(1057年),他权知礼部贡举,又在所出策问中对《周礼》提出疑问,这就由'舍传'进而'疑经'。另一个是刘敞,他写《七经小传》,就由'疑经'进而'易经'。……再一个是王安石,他亲自撰写《周官新义》,作为变法的证据。他撰写经义,虽不改易经文,但对先儒传注,完全废弃,而只是断以己意。……以新义与旧疏相较,则新义不仅较旧疏为胜,而且表现了王安石的朴素辩证法思想。……除此三人外,如李觏、司马光之疑《孟子》,苏轼之讥《尚书》,晁补之之黜《诗序》等,蔚为成风。陆游曾概括这种情况说:'唐及国初,学者不敢议孔安国、郑康成,况圣人乎?自庆历后,诸儒发明经旨,非前人所及。然排《系辞》,毁《周礼》,疑《孟子》,讥《书》之《胤征》《顾命》,黜《诗》之序,不难于议经,况传注乎?'(《困学纪闻》卷八《经说》)""对这种风气,正宗经学颇为不喜。例如,四库馆臣批评啖助说:'舍传求经,实导宋人之先路,生臆断之弊,其过不可掩。'(《四库全书总目提要》卷二六)又批评欧阳修说:'自唐以来,说《诗》者莫敢议毛、郑;虽老师宿儒,亦谨守小序。至宋而新义日增,旧说几废。推原所始,实发于修。'(《四库全书总目提要》卷一五)王应麟批评刘敞、王安石说:'自汉儒至于庆历间,说经者守训故而不凿。《七经小传》出而稍尚新奇矣。至三经义行,视汉儒之学若土梗。'(《困学纪闻》卷八《经说》)平心而论,宋儒说经,实不免有臆断之弊。但从'疏不破注'到'舍传求经',到'疑经改经',确实是一次思想解放运动。这一运动造成了两汉以来中国学术史罕见的活跃气氛,正是在这样的气氛中,新的儒学才得以酝酿成长起来。如果不从'疏不破注'的束缚中解放出来,宋儒怎敢糅佛入儒,糅道入儒?不糅合三家,怎能改造旧儒学,创立新儒学?所以,唐中期以来学风的转变是理学赖以形成的必不可缺的条件。"

"总结上述可知……于是,二程应运而生,新的体系——理学的产生就成为历史的必然了。在这样历史背景下形成的理学,其阶级实质和政治内容也就无须多说,但也不能因此就把理学一概否定。仅从儒学的发展来看,理学把儒学从神学的迷雾中解脱出来,使之哲理化,这本身就是一个进步;再结合宋代的具体情况看,赋予伦理纲常的说明,使之深入人心,也有利于巩

姚瀛艇（右）与王云海先生（中）等人的合影

固统一，有利于制止混乱局面的再现；士大夫的节操，也因重整伦常而大为发扬，这些都应当说是理学所产生的积极作用。"①

如此全面而深刻的解析，使人对理学之所以产生于北宋时期的深层原因有了一个明晰的认识，拓宽了知识视野，同时也提升了思考问题的水平。这可以说是宋代思想史研究中的浓墨重彩的一笔。

3. 对二程、朱熹思想的阐释有新的意蕴

（1）《论二程的务实精神》——解理学奠基者的务实精神

收录于《宋代思想文化研究》书中的《论二程的务实精神》

---

① 姚瀛艇：《试论理学的形成》，载姚瀛艇著《宋代思想文化研究》，河南大学出版社，2015，第9-15页。

第四章 学术论文,彰显深厚功力

一文,在一般人认为二程开创的宋代理学仅是空谈"性命义理"之学,而少有务实精神的情况下所写成。在文中,姚瀛艇先生较详细地阐释了二程的务实精神,使人耳目为之一新。文章一开始就写道:"一提到'务实'精神,人们自然会联系到'经世致用'之学,联系到唯物主义思想家。如果要探讨张载的'务实'精神,大概不至于引起异议。但对二程这样的唯心主义思想家,也要探讨他的'务实'精神,恐怕就要引起人们的怀疑了。"

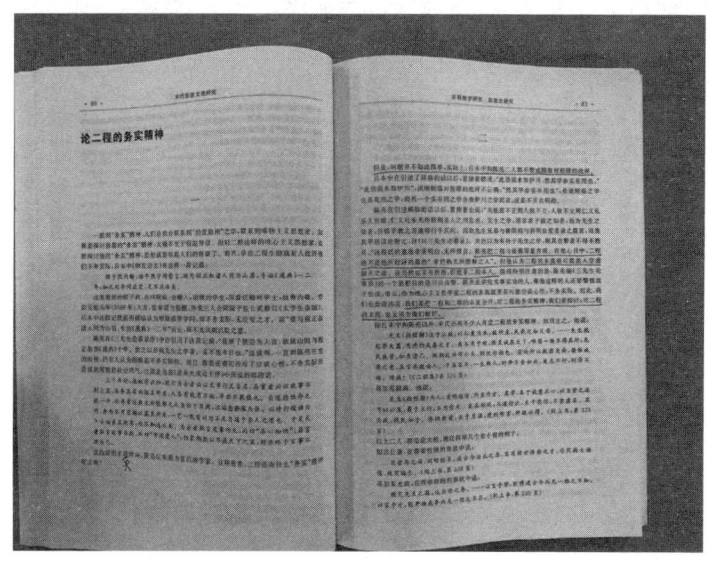

**收录于《宋代思想文化研究》一书中的姚瀛艇先生的论文
《论二程的务实精神》**

确实,吕本中在《师友杂志》中提到胡瑗的弟子、曾任翰林学士的顾临一段话,"说明顾临认为程颐虽有学问,却不务实际,无应变之才"。"陈亮在《三先生论事录序》中亦引用了这段记载:'昔顾子敦尝为人言,欲就山间与程正叔读《通典》十年。世之以是病先生之学者。盖不独今日也。'这说明,一直到陈亮在世的时候,仍有人认为程颐是不务实际的。而且,陈亮还痛切指斥了空谈心性,不务实际所造成的腐败的社会风气。"但是,吕本中和陈亮并不赞成顾临对程颐的批评。"吕本中在引述了顾临的话以后,紧接着就说:'此语固未知伊川,然其学亦实有用也。'""陈亮在引述顾临的话以后,紧接着也说:'夫法度不正则人极不立,人极不立则仁义礼乐无所措,仁义礼乐无所措则圣人之用息也。先生之学,固非求子敦之知者,而为先生之徒者,吾惧子敦之言遂得行乎其间。因取先生兄弟与横渠相与讲明法度者录之篇首,而集其平居议论附之,目曰《三先生论事录》。夫岂以为有补于先生之学,顾其自警者不得不然耳。'这段话的意思非常明白,无待烦言。陈亮把二程与张载等量齐观。在他心目中,二程绝不是他所批评的那些'常烂熟无所能解之人'。但他认为二程的末流很可能流入空虚寂灭之途。这当然也实有所指,但绝非二程本人。"

姚瀛艇先生在文中指出,"除吕本中和陈亮以外,宋代还有不少人肯定二程的务实精神",如刘立之、范祖禹、吕公著、朱光庭、邢恕、张南轩等人。文中也不吝笔墨地引用这些人的原话来加以佐证。其中,邢恕此人还"名列《宋史·奸臣传》。他原游二程之门,后来又支持蔡确,在政治上与程颐处于对立的地位。哲宗绍圣四年(1097年),程颐编管涪州,时邢恕官御史中丞,不仅不加救援,反而落井下石,为程门弟子所不齿"。

除了引用他人的话之外,姚瀛艇先生又以大量事实为基础,

姚瀛艇的教授任职资格职称证书

论述了二程务实精神的具体所作所为：一是，"他们都有忧国忧民之心"；二是，"他们都关注当时社会的弊端和存在的问题"；三是，"他们对当时一些重大的政治事件都有比较公允的态度"；四是，"他们都有很好的政治才干"。"上述四个方面说明一个问题，即二程都是既有忧国忧民之心，又有政治头脑、政治才干和献身精神的思想家，他们决非冬烘先生，更非寻常烂熟无所能解之人！"这种务实精神，"是对先秦儒家积极淑世精神的继承和发展"。"范仲淹所说的'先天下之忧而忧，后天下之乐而乐'；李觏所说的'以康国济民为意'；周敦颐所说的'志伊尹之志，学颜子之学'；张载所说的'为天地立心，为生民立命，为往圣继绝学，为万事开太平'，都表现了以天下为己任的广阔胸怀与伟大抱负。二程的贡献则是提出了一个'理'字，把儒家传统的'内圣外王'之学统摄起来,推到一个新的境界。""从这个高度、这个境界产生出来的'务实'精神,就不是只讲实事实功的功利主义者所能比拟。因为它有一个理想的人格做支柱。它不仅知道要干什么,而且知道为什么。为了实现自己的理想,随时可以奉献一切,直至生命。试看'见民疾苦,如在诸己','救民获罪,所不辞也','常愧此四字',这是何等精神,何等情操,何等境界!"

文章最后,姚瀛艇先生点出了二程务实精神的现实意义:"在这样的社会里产生出这样的政治理想和这样广阔的胸怀和精神则是非常可贵的。这是我国传统文化中的优秀遗产,在建设具有中国特色的社会主义的今天,在建设高度发展的物质文明和精神文明的今天,我们不是正需要更多的'常愧此四字'的人吗?不是正需要更多的'忧公如家'的人吗?不是正需要更多为'四化'献身的'志士''仁人'吗?那么,这些文化遗产不是可以给我们许多有意义的启示吗?"[①]

(2)《论二程思想》——释其核心是将"明庶物"与"察人伦"的结合建基于哲学基础之上

发表于《河南大学学报》(社会科学版)1985年第4期的《论二程思想》一文,对二程思想的核心及其价值进行了精辟的阐述,指出二程"以儒为本,糅合三家,提出'天理'二字,为'人伦'制造一个哲学基础,把'察人伦'更深入一步,也把儒家思想推

---

① 姚瀛艇:《论二程的务实精神》,载姚瀛艇著《宋代思想文化研究》,河南大学出版社,2015,第80-85页。

进到一个新阶段"。姚瀛艇先生说:"浅见认为,'明于庶物,察于人伦。知尽性至命,必本于孝悌;穷神知化,由通于礼乐'

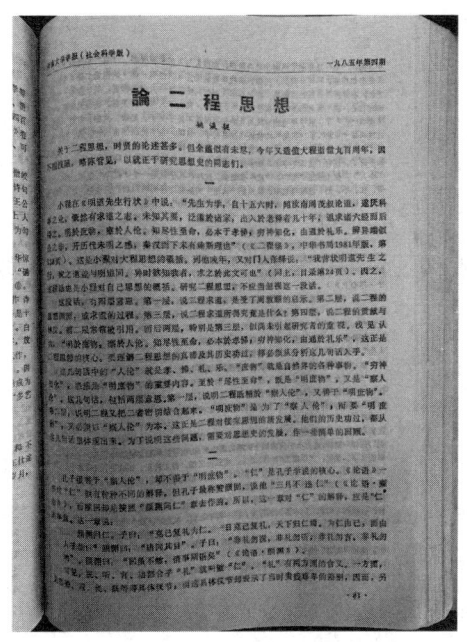

姚瀛艇先生发表于《河南大学学报》(社会科学版)
1985年第4期的论文《论二程思想》

(《二程集》,中华书局1981年版,第638页),这正是二程思想的核心。要理解二程思想的真谛及其历史功过,就必须从分析这几句话入手。""这几句话中的'人伦'就是孝、悌、礼、乐,'庶物'就是自然界的各种事物,'穷神知化'当然是'明庶物'的重要内容,至于'尽性至命',既是'明庶物',又是'察人伦'。这几句话包括两层意思:第一层,说明二程既精于'察人伦',又善于'明庶物';第二层,说明二程又把二者密切结合起来。'明庶物'是为了'察人伦';而要'明庶物',又必须以'察人伦'为本。这正是二程对儒家思想的新发展,他们的历史功过,都从这几句话里体现出来。"

文中,姚瀛艇先生回顾了儒家思想关于"察人伦"与"明庶物"关系的历史发展,指出:"孔子很善于'察人伦',却不善于'明庶物'";"孟子比孔子进了一步。……孟子为伦理纲常找到一个'人心'的根据,也就是说,遵守伦理纲常是'人心'的必然要求。可见,孟子对伦理纲常初步做了一些分析。他'察人伦'就比孔子前进了一步,但他还是从'人'这个范畴或社会这个范畴中来分析,也没有把'察人伦'与'明庶物'联系起来";"董仲舒比孟子又前进一步。他是儒家营垒中从'人伦'与'庶物'的相互关系中来'察人伦'的第一个人。"在董仲舒那里,"无论自然界的万事万物,还是人类社会的封建统治秩序,都为'阴阳'所支配,都成了'天'的有目的的有意识的安排。'天'也就成了有感情有意志的人格神,这个'神'表示其喜怒哀乐的手段就是'灾异'和'祥瑞'。董仲舒就是这样从'庶物'与'人伦'的相互关系中来'察人伦',从而为伦理纲常制造一个神学的基础"。

之后指出,"二程的贡献在于以儒为本,糅合三家,提出'天理'二字,为'人伦'制造一个哲学基础,把'察人伦'更深入一步,也把儒家思想推进到一个新阶段"。

这就是:"第一步,他们从'明庶物'入手,提出'一物须有理''万物皆有理'的命题;又吸收佛道思想,特别是华严宗的'理事说',把具体的'物理',上升为宇宙本原的精神性本体——'天理'。""第二步,再用这个'天理'去论证自然界和人

姚瀛艇先生在教研室讨论会上

类社会。……于是,这个'理'就成为自然界和人类社会的最高原则,成为统摄'天''人''庶物'的最高精神实体;而自然界和人类社会的一切事物和现象都不过是'理'或'天理'的化身,这就叫作'万物皆只是一个天理'(《二程集》第30页)。封建的统治秩序和封建的伦理纲常当然也就成为神圣不可改变的恢恢天理。就是这样,二程为伦理纲常制造了一个精致的哲学基础。""第三步,从'万物皆只是一个天理'再发展一步,必然的结论,就是'万物一体'(《二程集》第33页)。'人'是万物之一,又是万物之灵,从'万物一体'来要求'人','人'自然应当'浑然与物同体'(《二程集》第16页),这就是二程所提出的理想人格或最高境界。大程把达到这个最高境界的'人',叫作'仁者',并具体描绘了'仁者'的形象:与人同,与物同,与道同(参看《秋日偶成二首》,见《二程集》第482页)、合内外、一天人,廓然大公,物来顺应,从容自得,其乐融融(参看《定性书》,见《二程集》第460-461页《识仁篇》,《二程集》第16-17页)。""第四步,提出实现这个理想的人格或达到这样境界的具体途径。这就是……'本于孝悌''通于礼乐'。"而"本于孝悌""通于礼乐"又怎能成为"浑然与物同体"的"仁者"?为什么"本于孝悌"就能"尽性至命"?"通于礼乐"又怎能"穷神知化"?文中引用了程颐的话,一一做了解答。并指出:"在二程的体系里有两个飞跃。一个是,'一物须有一理'→'天下只有一个理'→'父子君臣,天下之定理'。这个飞跃,从理论上沟通'物''我',沟通'庶物''人伦'。另一个是,'本于孝悌,通于礼乐'→'尽性至命,穷神知化'→'浑然与物同体'。这个飞跃,从实践上沟通'物''我',沟通'人伦''庶物'。这两个飞跃和两个沟通,都是为了更好地'察人伦'。在'察人伦'这一点上,二程可说是精义入神,远远超过了孔孟和董仲舒。"

总之,"从中国思想史的发展来看,二程把儒家的伦理思想哲理化,这就是他们的重大贡献";而且,其社会积极作用也不容忽视。"宋朝是在唐末五代以来长期混乱、伦理纲常遭受严重破坏之后建立起来的封建王朝,重整伦常是宋王朝所必须完成的一个迫切任务,这也正是二程思想所以产生的政治背景。二程思想赋予伦理纲常以理论的说明,使之深入人心,有利于制止混乱局面的再现,有利于巩固统一,因而有利于历史的发展。……从长远看,士大夫的节操,也因重整伦常而大为发扬。宋以前,王朝灭亡,为之死难者不多,而投靠新朝者则不少。而宋以后,情况就大为不同。例如,小程的儿子程端中,于宋高宗建炎年间知六安军,为抗拒金兵,城破被杀。朱熹的曾孙朱浚,于宋亡后,亦殉节而死。南宋灭亡时,不仅出现了像陆秀夫那样慷慨死难的志士,而且出现了像文天祥那样从容就义的仁人。明朝灭亡时,殉难死节的人就更多,如史可法、张苍水、阎应元、夏晚淳等,都是彪炳史册的人物。这些人物的产生,不能说与二程思想的传播无关。"①

通过姚瀛艇先生精到的阐释与分析,二程思想的核心及其价值即清晰地呈现于人们面前。

(3)《论朱熹——宋代杰出的学问家和教育家》——谈朱熹治学著述之精要

发表于《史学月刊》1980年第3期的《论朱熹——宋代杰出的学问家和教育家》一文,是姚瀛艇先生与张秉仁先生(张先生也是河南大学的宋史专家,也已去世)合著的一篇力作。从文章的标题即可看出,张、姚二先生是从学问家和教育家的角度来研究朱熹,其新意不言自明。文中开篇就点明了本文写作的重点和目的:"朱熹生于宋高宗建炎四年(1130年)九月十五日,卒于宁宗庆元六年(1200年)三月九日,共活了七十岁。他虽然早年登第,十八岁就考中了进士,但此后五十余年间,仕宦的日子却不多;他的一生,主要是在读书、著书、讲学中度过的。他学识之博,著述之富,门人之众,影响之深,不仅并世无双,在整个宋元明清时期,也罕有其匹。作为一个哲学家,对他的研究已经很多

---

① 姚瀛艇:《论二程思想》,《河南大学学报》(社会科学版)1985年第4期。

姚瀛艇（前左一）和王云海（前右一）、赵宝俊（后右二）、周宝珠（后右三）教授等人在学术研讨会上

了；作为一个学问家和教育家，似乎研究得很不够。他自己是怎样读书做学问的，又是怎样教育学生的，其中是否还有可资借鉴之处，探讨一下这些问题，对于纠正浮夸空疏的不良习气，发扬朴实认真、实事求是的优良学风，造就新一代的学问家，也许还不是一件毫无意义的事。"

文中首先指出，"作为封建社会的一个知识分子，朱熹当然要走'学而优则仕'的道路，但他却不十分热衷于做官……前后仕宦不过七年半的时间"。"正因为他不热衷于做官，所以才能把主要精力集中于读书、著书、讲学之中。而且即使在做官时期，亦未完全放弃讲学。他知南康军，就修复白鹿洞书院，制定学规，亲临讲学。知潭州，又修复岳麓书院，白天办公事，晚上和书院诸生讲论。知漳州,首兴学校,还牵挂留在故里的学生(《朱子语类》卷121吴必大所记)。因此,可以说,朱熹从五岁开始读书,直到七十岁逝世,一生之中读书、著书、讲学从未中辍。"也正是因此,"在治学方面,朱熹有许多经验之谈":一是,提出"'为学是自博而返诸约'(《朱子语类》卷108),他自己正是这样走过来的。……他的私淑弟子魏了翁曾概括他的学习过程说:'朱文公先生始以彊志博见,凌高历空。自受学延平李子,退然如将弗胜,于是敛华就实,反博归约。迨其蓄久而思浑,资深而行熟,则贯精粗,合外内,群献之精蕴,百家之异指,毫分缕析,如视诸掌。'(《鹤山大全文集》卷54《朱文公年谱序》)……由博返约,是一般学习规律。凡是真正有成就的学者,无不是这样走过来的。孤陋寡闻,基础薄弱,很难造就一个名副其实的学问家"。二是,"朱熹反复要求他的学生下苦工夫,而他自己就是一个下苦工夫的典型。……所谓下苦工夫,就是不能取巧。所以他又说,'某尝谓人之读书,宁失之拙,不可失之巧,宁失之低,不可失之高'(《朱子语类》卷122),'虽有聪明之资,必须作迟钝功夫始得'(《朱子语类》卷8)。这些话,道出了他自己学习的甘苦,说得多么亲切深刻"。三是,"朱熹还反复强调要下狠工夫,切切实实把问题弄懂。他告诉他的学生徐容父说:'为学须是裂破藩篱,痛底做去。所谓一杖一条痕,一捆一掌血,使之历历落落,分明开去,莫要含糊。'(《朱子语类》卷115,类似的话,还见于卷10,不再征引)为此,他还以打仗、断狱、捉贼为譬喻……以上这些话都极精湛,其基本意思都是说为学要下真工夫,下狠工夫,踏踏实实,穷追到底,切不可浮光掠影,浅尝辄止;

或模棱含糊,似懂非懂"。四是,"朱熹还强调反复思量。他说:'看道理若只恁地说过一遍便了,则都不济事,须是常常把起来思量始得。看过了后,无时无候,又把起来思量一遍。十分思量不透,又且放下,待意思好时,又把起来看。恁地将久,自然解透彻。延平先生尝言,道理须是日中理会,夜里却去静处坐地思量,方始有得。某依此说去做真个是不同。'(《朱子语类》卷104)"。五是,"朱熹又强调系统熟读,这一类话在《朱子语类》中甚多,无法一一引用;而他自述读《孟子》的一段经历,却更说得亲切透辟。他说:'孟子若读得无统,也是费力。某从十七八岁读至二十岁,只逐句去理会,更不通透。二十岁以后,方知不可恁地读。原来许多长段都自首尾相照管,脉络相贯串,只恁地熟读,自见得意思,从此看孟子,觉得意思极痛快。'(《朱子语类》卷105)"。张、姚二先生评论道:"上述数事,看来并没有什么高深的理论,很多话在朱熹以前也有人说过,并非朱熹的创造。关键是朱熹不仅这样说了,而且这样做了,因而他才能取得那样大的成就,他的重大成就证明,他的治学精神是我国历史上的宝贵财富。"

于治学的同时,"朱熹一生,著述极富,据周予同先生统计,共有八十一种之多,涉及经、史、子、集各个方面(见周予同所著《朱熹》第七章《朱熹之著作》。其中包括朱熹所编和所校订的书,如《程氏遗书》《上蔡语录》等;亦包括后人所纂卷数不同的朱熹的文集,而不包括后人所编的朱熹的语录或语类)。重要的有《论语要义》《论语训蒙口义》(以上成于隆兴元年,即1163年),《程氏遗书》(成于乾道四年,即1168年),《论孟精义》《通

第四章 学术论文,彰显深厚功力

姚瀛艇(前排右二)、赵宝俊(前排右一)二先生与相关学者在中岳庙合影

鉴纲目》《西铭解义》(以上成于乾道八年末,即 1172 年),《太极图说解》《通书解》《伊洛渊源录》《程氏外书》(以上成于乾道九年,即 1173 年),《古今家祭礼》(成于淳熙元年,即 1174 年),《近思录》(成于淳熙二年,即 1175 年),《论孟集注》《论孟或问》《诗集传》《周易本义》(以上成于淳熙四年,即 1177 年),《易学启蒙》《孝经刊误》(以上成于淳熙十三年,即 1186 年),《小学书》(成于淳熙十四年,即 1187 年),《大学章句》《中庸章句》(以上二书早已写成,并多次修改,至淳熙十六年,即 1189 年,始序而行之),同时又著《大学或问》《中庸或问》《韩文考异》(成于庆元三年,即 1197 年),《楚辞集注》(成于庆元五年,即 1199 年)等。此外,朱熹还化名邹䜣,注释道教经典《参同契》。这些情况说明,朱熹的学问非常渊博"。而且,"朱熹著

书,极为严肃认真。他说:'某释经,每下一字,直是称等轻重,方敢写出。'(《朱子语类》卷105)他是这样说的,也确是这样做的,他写《论孟集注》就是一个典型的例子"。而"朱熹为什么用这样严肃认真的态度,写出那样多的书?……朱熹以天下为己任,是要做些事的,他做的事便是著书"。

姚瀛艇和张秉仁二先生合发于《史学月刊》1980年第3期的论文《论朱熹——宋代杰出的学问家和教育家》

朱熹授业,门人众多,"学生中有不少是父子兄弟同在朱熹门下……传为佳话"。根据《朱子语类》的记载,张、姚二先生文中对朱熹"每日的活动""讲问的内容""讲论的方式""朱熹对弟子们的督促和关心"等方面,都进行了较详细、认真的探讨。关于朱熹讲论的方式,可以说直至今天都有着现实意义。文中说到:"朱熹当然要讲授,但弟子们绝不是处于被动状态。《语类》卷126有一段郭友仁的记载:'问:圣门说知性,佛氏亦言知性,有以异乎? 先生笑曰:也问得好。据公所见如何? 试说看。'这是让郭友仁先发表意见。卷119有一段黄义刚的记载:'包显道(即包扬)领生徒十四人来,四日皆无课程,先生令义刚问显道所以来故。于是次日皆依精舍规矩说《论语》。一生说时习章。……一生说务本章。……一生说三省章。……一生说敬事而信章。……一生说入孝出弟章。……一生说温良恭俭章。……一生说颜子不愚章。……'这说明学生先讲,是精舍的规矩。另外,'道夫有疑目质之先生,其别有九'(《朱子语类》卷115);'友仁初参拜毕,出疑问一册,皆《大学》《语》《孟》《中庸》平日所疑者'(《朱子语类》卷116);'淳有问目段子,先生读毕曰:大概也说得好'(《朱子语类》卷117)。这些记载说明:弟子们都是有准备地向朱熹发问。还有一段沈僩的记录,文字很长,内容是朱熹和门弟子谈论'复仇之义'与对金和战问题。先由弟子提出问题,朱熹解答;弟子又提出不同意见,朱熹再作解答(《朱子语类》卷133)。从这些记录中,可以看到师徒之间相互辩论的情况。以上种种情况说明,讲论是在相当生动活泼的气氛中进行的。"关于朱熹对弟子们的督促、严格要求、训勉和关心,文中也都列出实例和原话加以述说,读来也令人感动。文中指出,"朱熹对门人的要求很严,学生如有懈怠,或学习不专心,他都加以呵斥……朱熹不仅在学习方面,对弟子严格要求,在道德品质方面,更不放松";"门人辞归,朱熹总要训勉再三"。因此,"从中也可概见朱熹作为一位老师,对弟子是多么认真负责,多么诚恳恻怛,多么严格要求,又是多么热情关怀! 这就无怪乎弟子们对他怀有深厚的感情了"。

当"'伪学之禁'兴起以后,朱熹的处境日益困难。有人劝他散了学徒,闭户省事,以求避祸。他回答说:'祸福之来,命也'"(《朱子语类》卷107)。"在学禁期间,朱熹不仅坚持讲学,而且继续著书。庆元二年(1196年)开始修《礼书》,三年,著《韩文考异》,四年,集《书传》,五年,著《楚辞集注》。六年入春以后,朱熹病势日趋严重,但他仍继续讲学,修改旧著,直到临终,还以学生的学习为念。"①

由上可见,学而不厌、诲人不倦的精神与品格用来形容朱熹的一生,毫不为过。因此可以说,在"文化大革命"刚刚过去的1980年,张、姚二先生就对作为学问家和教育家朱熹的治学、著述品质进行了挖掘和阐释,这其中的新意是不言而喻的。

(二) 诸多有关宋代思想史的论文具有相当高的学术价值

除上述论著之外,姚瀛艇先生诸多有关宋代思想史的论文,如《欧阳修的史论》《论〈新五代史〉的人物评价》《论〈庆历新政〉对宋代吏治的改革》《危言谠论持正不阿的蔡襄》《宋儒关于〈周礼〉的争议》《宋儒关于〈孟子〉的争议》《论北宋朝廷对七经疏义的整理》《论王安石的〈虔州学记〉》《论司马光经学、史学思想的哲学基础》《黄士毅与〈朱子语类〉》《从〈宋论〉看王船山的历史观》等,都具有相当高的学术价值。此处仅以其中四篇做一

---

① 张秉仁、姚瀛艇:《论朱熹——宋代杰出的学问家和教育家》,《史学月刊》1980年第3期。

第四章 学术论文,彰显深厚功力

姚瀛艇先生到宾馆拜访友人,并亲切交谈

简要分析。

1.《欧阳修的史论》——总结其史论思想的三大精髓

发表于《河南师大学报》1980年第2期的论文《欧阳修的史论》,在繁杂的史论资料中,总结出了欧阳修进步的、值得后世深思的思想观点。文中指出:"欧阳修编撰《新五代史》,写了五十多篇序和论,还有二百多条小注……后来,他奉敕参与修《新唐书》的本纪、志、表三部分,又写了序、赞二十余篇。这些序、论、赞所涉及的问题虽然很多……但也绝不是泛滥无归,没有主题。这个主题就是'治乱盛衰之理'。"论文从三大方面总括了欧阳修史论的基本观点。

其一,"盛衰之理,虽曰天命,岂非人事"。文中引用了欧阳修所举具体事例,以及对"天人关系"的论证和对"五行灾异"

"祥瑞"等的批驳,证实欧阳修的结论:"一个王朝盛衰兴亡的关键何在?是天命,还是人事?欧阳修在《新五代史》卷37《伶官传序》中有一个明确的回答。他说:'盛衰之理,虽曰天命,岂非人事哉?原庄宗之所以得天下,与其所以失之者,可以知之矣。'"欧阳修论点的积极意义在于,"思想方面,它是一道划破神秘主义浓雾的异彩;政治方面,它是间接敲给北宋朝廷的警钟。……到了王安石,除了在思想上继续破除神秘主义以外,在政治上,更直截了当地向仁宗提出了'社稷之托、封疆之守,陛下岂能久以天幸为常,而无一旦之忧'(《王文公文集》卷一《上皇帝万言书》)的警告!在这两方面,欧阳修都可以说是王安石的先驱"。

其二,"道德仁义,所以为治"。文中指出:"王朝盛衰的关键,既然在于人事,而人事之中,哪一方面又是根本?"欧阳修认为,"道德仁义,所以为治","盖得其原,虽万国而治;失其所守,则虽一天下,不能以容,岂非一本于道德哉!""可见,欧阳修认为'道德'是'为治之原',为人君所应守。'道德'当然包含有个人品德修养的内容,但其最本质的东西则是人与人之间互相关系的准则,也就是伦理纲常;而伦理纲常的最核心的部分则是'父子君臣之义'。唐末五代,可以说是封建伦理纲常大破坏的时代。当此之时,子弑其父,臣弑其君者有之;朝秦暮楚,叛附无常者有之;历事数姓,不以为耻,反以为荣者有之;勾引外敌,争当儿皇帝、卖国贼者有之,等等,真是'君不君,臣不臣,父不父,子不子,至于兄弟、夫妻人伦之际无不大坏'(《新五代史》卷34《一行传序》)的乱世。在伦理纲常经历这样一场大破坏之后建

第四章 学术论文，彰显深厚功力

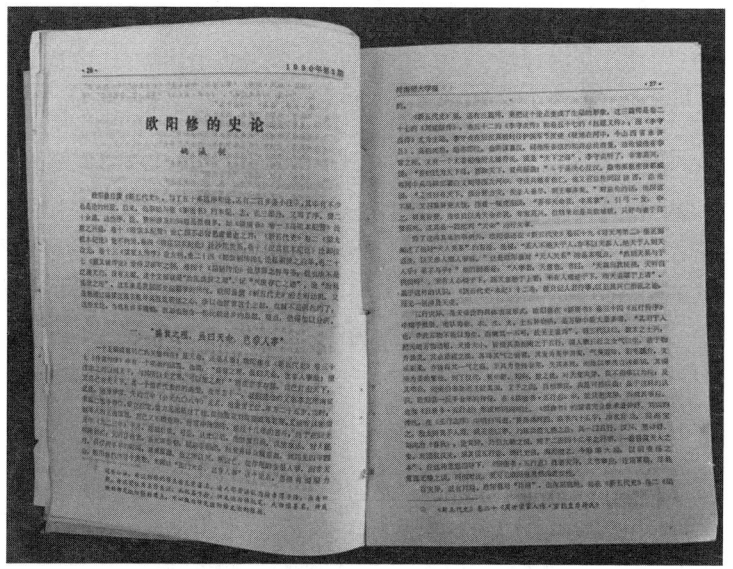

姚瀛艇先生发表于《河南师大学报》（社会科学版）1980年第2期的论文《欧阳修的史论》

立起来的赵宋王朝，迫切需要重整伦常；皇帝、理学家、史学家无不致力于重整伦常的工作。欧阳修把'道德'作为'为治之原'，正是这种需要在史学工作中的反映。"在以大量实例说明"欧阳修重整伦常的工作，是通过对五代人物的褒奖讽刺而进行的"之后，文章评论道："当然，应当看到封建伦常是为巩固封建统治服务的。但也应看到宋儒重整伦常，有其历史的必要，而且从当时具体情况看，也还有一定的进步意义。试看：宋代的士风，相对而言，不是比五代时要好一些吗？个人气节不是有所发扬吗？宋以后，以身殉国的人不是多一些了吗？这不能不说是宋儒重整伦常的功效。"

其三,"为国者,有深可畏者六"。这即是指"贤士藏匿深可畏,四民迁业深可畏,上下相徇深可畏,廉耻道消深可畏,毁誉乱真深可畏,直言不闻深可畏……欧阳修引用这六可畏,特别是贤士藏匿、毁誉乱真、直言不闻等,可以认为是对当时政治的婉言讽喻,也是发抒他个人的感慨。……稍读宋史的人,均可以知道欧阳修这些话,都是有所为而发。但他并不仅仅消极地发抒自己的感慨,而更迫切地希望宋代皇帝能纳直言,屏小人,用贤臣"。

姚瀛艇先生在开封清明上河园留影

"总之,'重人事''整伦常''纳直言''任贤臣'就是欧阳修反复论述的'治乱盛衰之理'。这些,从当时的具体情况看,都不失为具有积极意义的观点。……欧阳修并不是一个思想家,但他在史论中所表现的思想观点,却是我们研究宋代思想文化问题时不应忽视的一个侧面。"①

论文对欧阳修上述思想的论证,为当代的治国理政提供了明鉴,其政治意义和学术价值都是清晰可见的。

2.《宋儒关于〈周礼〉的争议》——评述争议并论其价值

发表于《史学月刊》1982年第3期的论文《宋儒关于〈周礼〉的争议》,述说并评析了宋代多位学者,如欧阳修、李觏、王安石、二程、苏辙、晁说之、杨时、胡宏、魏了翁等人对《周礼》的不同解析与评价及其争论,并指出了这种争论所具有的价值。实际上,"《周礼》历来就是一部有争议的书。西汉末年的刘歆和东汉末年的郑玄都认为《周礼》是周公致太平之迹;与刘歆同时的太常博士则斥《周礼》为刘歆所伪造,与郑玄同时的何休则目《周礼》为六国阴谋之书,二者形成尖锐的对立。到了宋代,由于疑古惑经风气的盛行,又由于王安石援引《周礼》进行变法,遂使围绕《周礼》所开展的争议更趋复杂激烈。"由此,"研究《周礼》在宋代"成为"一门'显学'",而"分析这些争议,应是宋代经学史乃至思想史研究中的一个重要课题"。

之后,姚瀛艇先生在文中逐一分析了宋代多人对《周礼》的不同态度,及其相互之间的争论。

"北宋时期较早较系统地对《周礼》提出疑问的是欧阳修"。文中引欧阳修原话指出,欧阳修对《周礼》提出两点疑问:一是,《周礼》所述"公卿大夫士,下至史胥徒,以相副贰;外分九服,建

---

① 姚瀛艇:《欧阳修的史论》,《河南师大学报》1980年第2期。

五等,差尊卑,以相统理","而六官之属略见于经者五万余人,而里闾县鄙之长、军师卒伍之徒不与焉。王畿千里之地,为田几井,容民几家,王官王族之国邑几数,民之贡赋几何,而又容五万人者于其间?其人耕而赋乎?如其不耕而赋,则何以给之?夫为治者,固若是之烦乎?"二是,"秦既诽古,尽去古制。自汉以后,帝王称号,官府制度,皆袭秦故,以至于今。虽有因有革,然大抵皆秦制也,未尝有意于《周礼》者。岂其体大而难行乎?其果不可行乎?夫立法垂制,将以遗后也。使难行而万世莫能行,与不可行等尔。然则,反秦制之不若也。脱有行者,亦莫能兴;或因以取乱,王莽后周是也。则其不可用决矣"。后在《南省试进士策问》三首中的第二首中,又对《周礼》所实施的制度提出了疑问。对此,姚瀛艇先生的文章中评论道:"欧阳修这三问,问得有道理,有意义。说他有道理,是因为这几点确实可疑;说他有意义,是因为这三问之中包含有疑古惑经的精神。……他不仅对《周礼》提出疑问,而且对《周易》《毛诗》也提出了疑问。他在《易童子问》中,力主《系辞》《文言》以下非孔子之言;在《诗本义》中,又力辨毛、郑之失。他不仅疑注,而且惑经。这种怀疑精神,在当时起了解放思想的作用,在经学研究中掀开了新的一页。"

"与欧阳修同时的李觏,对《周礼》却是另一种态度。他在《周礼致太平论》的叙中写道:'昔刘子骏、郑康成皆以《周礼》为周公致太平之迹;而林硕谓末世之书,何休云六国阴谋。然郑义获申,故《周官》遂行。觏窃观六典之文,其用心至悉,如天焉有象者在,如地焉有形者载,非古聪明睿智,谁能及此!其曰周公

第四章 学术论文,彰显深厚功力

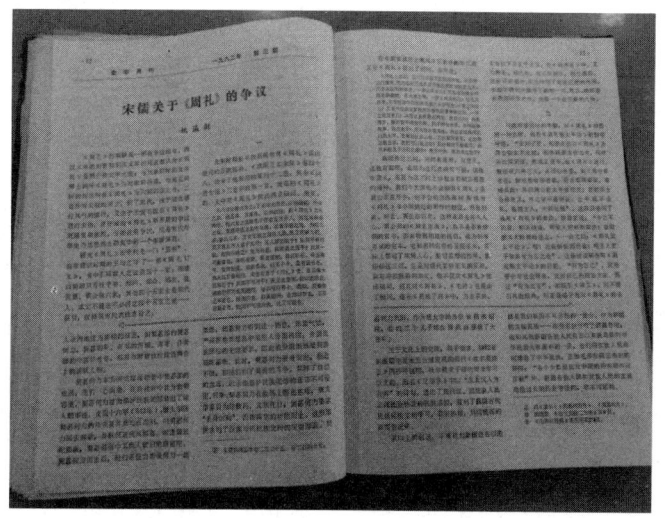

姚瀛艇先生发表于《史学月刊》1982年第3期的论文《宋儒关于〈周礼〉的争议》

致太平者信矣!'"他写《周礼致太平论》的目的,就是要针对社会现实发挥自己的政治主张,提出救时的方案。而他援引《周礼》而不援引其他经典,则正是基于他对《周礼》的认识。"他在二十三岁时曾自述他的志愿是'鸡鸣而起,诵孔子孟轲群圣人之言,纂成文章,以康国济民为意,余力读孙吴书,学耕战法,以备朝廷犬马驱指'(《直讲李先生文集》卷27《上孙寺丞书》)。这说明他不是'皓首穷经'的书呆子,而是关心社会现实的思想家。由于他的社会地位比较低下,对现实有比较清醒的观察,因而他多少看到了当时的阶级矛盾和统治阶级内部的矛盾。《周礼致太平论》就是他针对这些矛盾所提出的解决方案。"如,提出"平土"("均田")、"免役"或"均役"的主张等。文中指出:

"李觏与欧阳修是同时代人,对《周礼》的态度却截然相反。他们之间,是否发生过直接的争议,无法断定。……但欧、李二人却可以作为当时对《周礼》持不同态度的两派人的代表。李觏骂过去怀疑《周礼》的人是'盗憎主人',批评'今之不识者','抑又诡诡,将使人君何所取法',言辞相当激烈。这就反映了围绕《周礼》所进行的争议所达到的程度,虽然这些争议不一定直接发生在欧、李二人之间。"

"王安石则用《周礼》指导自己的政治实践。在他执政时期,亲自训释《周礼》,写了十余万字的《周礼义》,作为新法的理论根据。"姚瀛艇先生文中列举了王安石训释《周礼》的诸多内容,以说明他推行新法的理论根据有三:"第一,王安石对《周礼》一书的认识。他说:'其人足以任官,其官足以行法,莫盛乎成周之时。其法可施于后世,其文有见于载籍,莫具乎《周官》之书'(《王文公文集》卷36《周礼义序》)。但是,'自周之衰,以至于今,历岁千数百矣。太平之遗迹,扫荡几尽,学者所见,无复全经'(同上),因而完全'追而复之'(同上)又是不可能的。""第二,既然不能'追而复之',为什么还要训释《周官》?这里牵涉到王安石的一个根本思想。他在《上仁宗皇帝书》中,早就指出:'法先王'不是'一二修先王之政',而是'法其意'而已。但孔子所传的经籍,经秦火之后,源流失正;汉儒的章句传注,又是烦琐破碎,陷溺人心,因而先王精义,隐而不见,淫辞诐行,却到处泛滥,所以必须重新训释(参见《王文公文集》卷18《谢除左仆射表》)。""第三,凭什么训释《周礼》?他说:'以所观乎今,考所学乎古,所谓见而知之者,臣诚不自揆,妄以为庶几焉。'(《王文公文集》卷36《周礼义序》)也就是用他自己的思想来训释《周礼》,使其义理明白。同时,通过训释《周礼》,更进一步阐明自己的思想。"因此,"王安石训释《周礼》,不是做烦琐的章句注疏,而是用自己的哲学思想和政治观点来阐明义理。这不仅赋予《周礼》以新义,使之成为变法的指导思想,而且开宋儒义理之学的先声,在中国经学史上具有重要的意义"。

姚瀛艇先生在开封清明上河园中的鸿福寺门前留影

"王安石变法,在北宋统治阶级内部激起轩然大波。反对变法的人,不仅反对新法,而且反对王学。由于王安石亲自训释《周礼》,于是《周礼》和《周礼义》遂成为众矢之的。反对王学的人,或维护《周礼》借以攻击《周礼义》;或因攻击《周礼义》,进而攻击《周礼》。这种攻击,断断续续,一直持续到南宋末年,成为两宋经学史上的一个重要问题。""首先是二程。二程不怀疑

《周礼》,但攻击《周礼义》,并认为王安石不能实行《周礼》。""接着是苏辙。他不仅攻击《周礼义》,而且怀疑《周礼》。""接着是司马光的私淑弟子晁说之……他比苏辙更进一步,直斥《周礼》为'残伪之物',说《周礼》是'烦礼渎仪,靡政僭刑,苛令曲禁,重赋专利,忌讳祈禳'之书,即令没有残缺,'王者犹损益之,况残伪之物乎?'王安石据残伪之物以变法,这样的变法,还有什么道理?王安石为残伪之物作训释,这样的训释,还有什么价值?所以,晁说之短短一句话,既彻底否定了《周礼》,又彻底否定了《周礼义》和王安石变法。""接着是二程的门人杨时。他不攻《周礼》,而专攻《周礼义》。……从此以后,王学坏人心术,王学为北宋败亡之根,就成为一切反对王学的人的基调。""接着是杨时的门人胡宏……他直斥《周礼》为乱臣贼子刘歆的伪作,证据之一就是冢宰的职掌及属官。……言辞之偏激,达到了最高峰。""接着是朱熹的私淑弟子魏了翁",他对《周礼义》批驳道:"王介甫错看膳夫一义,以为王者受天下之奉。后王黼等置应奉司,以为当受四海九州之奉。不知他经元无此义,独《周礼》膳夫一职有备享之事。介甫差处,只为大荒大札不举;今无此,可以备享。解经如此,最关利害。政宣之误,至于亡国,皆膳夫一句误之。古人只说恭俭非饮食底事,此一职几乎开后世人主之心,释经者可不严哉!"对此,姚瀛艇先生文中通过对王安石《周礼义》所说的"膳夫"一词含义的理解指出:"杨时、胡宏、魏了翁都说王安石的经义启人主奢侈之心,造成政宣之误,乃至亡国。其实都是不实之词。……宋徽宗奢侈腐化,是由他的本性决定的。如果有人助长的话,那是蔡京及其所倡的'丰亨豫大'

之说,与王安石的经义毫不相涉。"

论文的最后,画龙点睛地对这场争议进行了点评:"从西汉末年到清朝末年,一千八九百年间,我国学术史上,围绕《周礼》屡起波涛。两宋时期,这个波涛,似乎更显得汹涌澎湃,而且旷日持久。其所以呈现这种情况,既有学术上的原因,又有政治上的原因,二者又往往交织在一起。由于情况复杂,就不能一概而论。肯定《周礼》者,未必皆是,怀疑《周礼》者,未必全非。同是肯定《周礼》,二程不同于王安石;同是怀疑《周礼》,苏辙有别于欧阳修。对每一家都应作具体的分析。要而言之:欧阳修对《周礼》并无专著,但他对《周礼》提出疑问,开宋儒疑古之先声,对两宋经学产生深远影响。李觏援引《周礼》发挥自己的政治主张,具有卓见。王安石训释《周礼》,确有新义。二程以下以《周礼》为政治斗争的工具,实无助于《周礼》之研究。这就是我们对这场波涛的粗浅的认识。"①

可以说,这篇论文不仅使人对宋儒围绕《周礼》斗争的性质及不同人的观点有了进一步的认识,而且通过姚瀛艇先生的深刻分析,也进一步启迪了人们对问题认知和分析的智慧,提升了思维水平。

3.《论北宋朝廷对七经疏义的整理》——明示此举为宋廷提倡、统一、熔铸儒学的重大措施

发表于《河南大学学报》(哲学社会科学版)1989年第4期的论文《论北宋朝廷对七经疏义的整理》,一开始就点名了宋廷

---

① 姚瀛艇:《宋儒关于〈周礼〉的争议》,《史学月刊》1982年第3期。

为何要对七经疏义进行整理:"七经指《周礼》《仪礼》《春秋公羊传》《春秋谷梁传》《孝经》《论语》《尔雅》而言。北宋太宗、真宗时期对七经疏义的整理,不仅是宋廷提倡儒学的一项重大措施,而且是统一、熔铸儒学的一项重大措施,值得加以论述。"

就统一、熔铸儒学的过程和具体情况来说,文中指出:"从西汉开始,经学内部就存在严重对立。如两汉的今古文之争,魏晋时期的郑学、王学之争,南北朝时期的南学、北学之争。而这种对立,又往往和政治斗争联系在一起,因而斗争剧烈,势同水火。这种情况,当然不利于封建统治。随着隋唐大一统帝国的出现和中央集权制的加强,经学内部的分歧,也应当统一起来了。隋朝立国太短,尚来不及做这件事。唐太宗时,全国统一,政治安定,就有条件办这件事了。贞观四年(630年),唐太宗命颜师古考定五经(《周易》《尚书》《毛传》《礼记》《春秋左氏传》)经文,以后,又命孔颖达等撰五经疏。贞观七年(633年)十一月,颁行新定五经,自此经文有了定本,不再有因文字不同而解释各异的弊病。贞观十六年(642年),五经疏成,称为正义。以后又经过多次修改,到永徽四年(653年)三月,唐高宗颁行《五经正义》于天下。自此,经义有了定准,东汉以来纷纭矛盾的师说,一扫而空,怒目相向、各是其是的宗派从此失势。唐代大约用了二十多年的时间,初步实现了经学内部的统一。由此可知,《五经正义》的颁行,是一统中央集权制的发展在学术思想领域的反映。北宋王朝对七经疏义的整理,正是继承这一发展趋势,使十二经都有了法定的解释,进一步加强了经学的统一。"而"值得注意的是,这次政治上的大一统,是北方统一了南方,而经学上的大一统,却是南学统一了北学。南学与北学的主要区别,在于是否排斥魏晋南北朝时期流行的玄学。这又表现在两个方面:一方面,是所用的经注……北学,《易》《书》《诗》《礼》皆宗郑玄,《左传》虽宗服子虔,而郑、服本是一家,宗服即所以宗郑,北方完全是郑学的天下。南学,除《诗》《礼》以外,皆与北方不同;而注《易》之王弼,更是魏晋玄学的重要倡导者。可见,南学能吸收玄学。另一方面,是讲经的方法,则'南人约简,得其英华;北学深芜,穷其枝叶'(《北史·儒林传序》),可见,南北学风完全不同。南学不纠缠于名物训诂,直探义理,故能简约,得其英华;北学则以章句训诂为学,所以深芜,穷其枝叶。关键就在于是否能吸收玄学及郑学以外的其他经说。南学能不拘家法,兼容并蓄,阐明经义,贵有心得;北学则独持一家,讲明训诂章句,不敢在家法外别出新义,仍是东汉以来的旧面貌。两相比较,南学自然优于北学。所以,自南北朝以来,北学即逐渐折入南学。……从五经正义到七经疏义,是南学统一北学的过程,也是玄学注入儒学、重新熔铸儒学的过程,儒学逐渐在改变旧面貌。这是儒学发展史上,也是我国思想发展史上一件值得大书特书的事件,也是宋廷整理七经疏义的重大意义。这就是本文所要阐明的主旨"①。

此外,该文还多处对相关史料进行了考证,如对李至向宋太宗建议整理七经疏义的时间,邢昺何时代替李至、李沆总领这项

---

① 姚瀛艇:《论北宋朝廷对七经疏义的整理》,《河南大学学报》(哲学社会科学版)1989年第4期。

姚瀛艇先生(左二)在宋史研讨会上

工作,这项工作完成的时间和总卷数,以及旧疏的作者和参与校订七经疏义的人等,都进行了较详密的考证(关于这一点,前文写姚先生做学问"于细微处求实,于前见中求真"一节中已有较详细地引证和阐释,兹不再赘述)。这种精神,无疑是后辈学者须不懈追寻和认真学习的。

4.《论司马光经学、史学思想的哲学基础》——熔司马光哲学、经学、史学于一炉,对其学术思想做全面评价

收录于《宋代思想文化研究》一书的论文《论司马光经学、史学思想的哲学基础》,熔司马光哲学、经学、史学于一炉,较深层地探讨了司马光经学、史学思想之所以形成的根源和基础。该文开始就指出:"1949年以来,论述《资治通鉴》的鸿篇巨制已有很多。本文不拟专论《资治通鉴》,而试图论述司马光的'天

人观',从而对他的经学思想和史学思想进行一些探讨。"

首先,司马光既强调天命决定论,又强调通人理、重人事。论文引证司马光在《易说》《司马文正公传家集》中的话指出,"司马光相信天命,是一个天命决定论者,这一点,在他的许多著作中都有反映"。如:"天实为之,谓之何哉"(《易说》卷三,《武英殿聚珍版丛书》第一函);"知《易》则吉凶有命,唯天所授而乐之,夫复何忧"(《易说》卷五);"天使汝穷而汝强通之,天使汝愚而汝强智之",就"必得天刑"(《司马文正公传家集》卷74《迂书·士则》),都说明了他的天命决定观。但是,这并非司马光"天人观"的全部内容。他又说:"天之所不能为而人能之者,人也。人之所不能为而天能之者,天也";"天力所不及者,人也,故有耕耘敛藏。人力所不及者,天也,故有水旱螟蝗。"(《司马文正公传家集》卷74《迂书·天人》)文中对此评论道:"值得注意的是:(1)这里所说的'天'显然是自然意义上的'天';(2)在这个领域,'天'和'人'均有'能'和'不能',而不是'天'决定一切。"而司马光在《原命》(《司马文正公传家集》卷67)中说:"天道精微,非圣人莫能知";"天道窅冥恍惚,若有若亡。虽有端兆示人,而不可尽知也。非天下之至神,其孰能与于此";"未能通人理之万一,而遽从事于天,是犹未尝操舟而欲涉海,不陷溺者,其几矣";"是以圣人之教,治人而不治天,知人而不知天"。文中对此又评论道:"这里所说的'天'显然是社会意义上的'天'。值得注意的是,他反复强调通人理、重人事的重要性,而把'天道'视作'窅冥恍惚,若有若亡',非常人所能知的东西。"由此可见,"无论在自然意义方面还是在社会意义方面,司马光都很强调人的作用,这是司马光'天人观'的又一个重要方面"。那么,"既承认自然意义上的'天',又承认社会意义上的'天';既强调天命决定论,又强调通人理,重人事,岂不是自相矛盾?确实是自相矛盾,但这对矛盾却是不可避免,又是可以理解的。……司马光……是一个很有作为的封建地主阶级政治家。他深知宣扬'天命'和强调人事都是巩固封建统治所必需,这样,在他的'天人观'中形成相互矛盾的两个方面,这不但是不可避免的,而且是可以理解的。因此,我们在研究司马光的'天人观'时必须看到这两个方面,不应偏废任何一个方面。而后一个方面对司马光的经学思想和史学思想都发生了深刻的影响"。

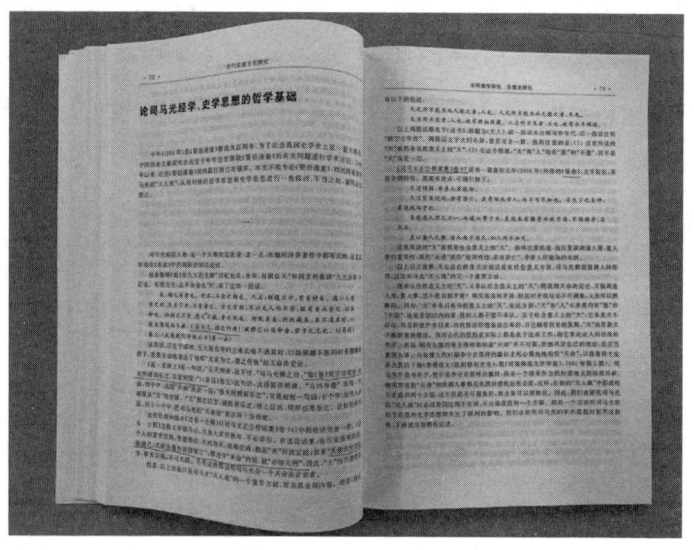

收录于《宋代思想文化研究》一书中的
姚瀛艇先生论文《论司马光经学、史学思想的哲学基础》

其次，文中指出，"司马光不仅用'通人理'、'重人事'的思想去训释《周易》，而且在训释《周易》的过程中，还阐明如何'通人理'，提出不少'重人事'的具体途径"。一是，"自强法天，厚德法地"。"司马光在训释《坤》卦的象辞时表达了这样的思想。……'乾之象曰自强不息，坤之象曰厚德载物，何也？曰：强者，勉之谓也；载者，安济之谓也。君子自强法天，厚德法地。德不厚则物不得而济也。是故自强不息，则道无不臻；厚德载物，则物无不济。夫乾坤者《易》之门户，二象者道德之关枢也。'（《易说》卷一）……司马光这段话显示了一种积极进取的精神。在解释《乾》卦九三的爻辞时，司马光还对如何保持这种积极进取的精神做了说明。……这段话（此段话在此省略——笔者注）的精彩处在'勉则进乎上，怠则退乎下'（《易说》卷一）两句。只有'终日乾乾'，才能真正自强不息，永远保持一种积极进取的精神。司马光在这里言之谆谆，是值得人们深思的。"二是，"见微而知彰，原始而知终"。"司马光在训释《坤》卦初六的爻辞和同爻的象辞时表达了这样的思想。……'初六者，阴之始也。于律为林钟，于历为建未之月。阳气方盛，阴生而物未之知也，是故君子谨之。其曰履霜坚冰至，霜者，寒之先也，冰者，寒之盛也。君子见微而知彰，原始而知终；攘恶于未芽，杜祸于未萌，是以身褆而国家乂宁也。'（《易说》卷一）这段话很精彩。第一，借用'霜'和'冰'的关系形象地论述了'微'和'彰'、'始'和'终'这两对矛盾；第二，指出'阳气方盛'、'阴气始生'是个关键时刻，对这个时刻，必须谨之。人们认识了'微'和'彰'、'始'和'终'的相互关系，又能紧紧抓住事物开始转变的关键时刻，自然就可以'攘恶于未芽,杜祸于未萌',取得身褆而国宁的效果。"三是,"辨物之宜,处之以道"。"司马光在训释《未济》卦的象辞时表达了这样的思想。……'既济、未济、反复相承也。险难未济,功业未成,故君子以谨慎之心,辨物之宜,处之以道。如是,则险无不济,功无不成。无(按:原文如此,疑误)所复为,则又思未萌之患而预防之。是以君子能康民物,而永葆其安荣也。'(《易说》卷四)这段话尤为精彩。第一,点明'既济''未济',这一对矛盾是'反复相承'的关系。这实际是说,原有的矛盾解决了,新的矛盾也就跟着产生了。第二,在取得了成功(即'既济',亦即原有矛盾的解决)之后,就要立即想到下一步的'未萌之患'(即'未济',亦即新的矛盾的产生)而为之备。第三,要做到这一点,就必须以谨慎之心,慎辨事物之宜,处之以道,即研究事物的内在规律,并按照事物的规律,制定妥善的解决办法,以求得新的成功。这段话里实在包含丰富而深刻的辩证法思想。"四是,"议之而后动,动而中节"。"司马光在总论《节》卦时表达了这样的思想。他说:'节者,贵于适事之宜者也,故初无咎即二有凶也。君子以制数度,议德行。德行者,议之而后动,动而中节,然后为善也。兑,说也;和,易也,坎,险也;严,峻也。知说而不知险,则民不肃;知险而不知说,则民不亲。不肃则慢,不亲则乖。慢与乖,乱亡之道也。是以说以行险,得节之宜也。三极说而过乎中,故曰不节若则嗟若。上极险而过乎中,故曰苦节不可贞。节物者无位则不能也,故曰当位以节。子臧曰:圣达节,次守节,下失节。九五正不违中,中不离正,达节者也。六四以下承上,以柔逞刚,而不失其正,守节者也。九二以阳居阴,六三以阴居阳,失夫节者也。九五居夫尊位,以中节物,故曰居位中也。'(《易说》卷四)……其精彩之处:第一,司马光指出'节'就是'适事之宜';第二,论述了'说'和'险'、'肃'和'慢'、'亲'和'乖'这几对矛盾;第三,指明了在认识活动中'动而中节'的重要性和'极说''极险'的危害性;第四,为了'动而中节'就必须'议而后动';第五,援引子臧的话说明在认识活动中可能出现的'达节''守节''失节'这三种情况。应当承认,所有这些论述都是很中肯的。""总括上述可知,司马光训释《周易》,毫无神秘荒诞色彩,所讲的都是切近的道理。虽然这些道理都是为了君子的康义民物,永葆安荣,但师其意而用之,对我们仍有借鉴的意义。"

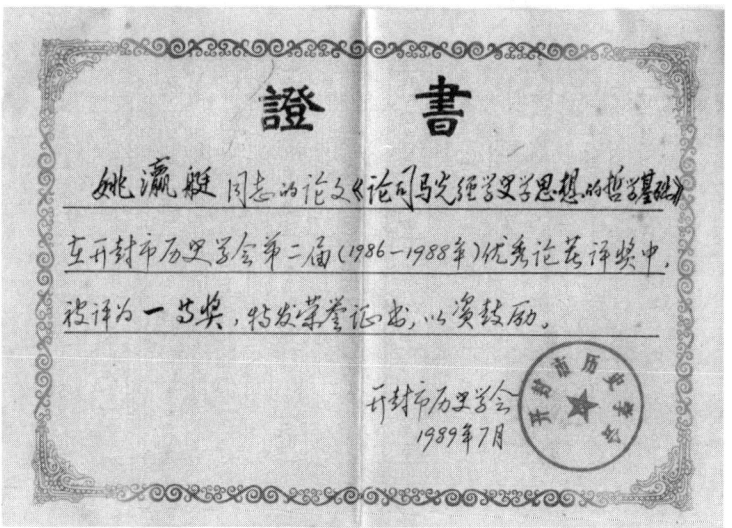

姚瀛艇先生的论文《论司马光经学、史学思想的哲学基础》获奖证书

再次,文中指出,司马光历史观的积极因素与可取之处,即是他在历史研究中所宣传的"通人理""重人事"的思想。文中说:"作为封建时代地主阶级的思想家,司马光的历史观只能是唯心主义的,但不能因此就说司马光的历史观中没有积极因素与可取之处,这些积极因素就是他在历史研究中所宣传'通人理''重人事'的思想。《资治通鉴》之所以可贵,不仅在于它是一部编年史的巨制,也不仅在于它在历史编纂方面做出了卓越的贡献,也不仅在于它为研究中国古代史提供了一部必不可缺的典籍;而且,还在于它在我国古代史学思想的发展中增添了积极因素。在这部皇皇巨著中,司马光倾其全部注意力,精心论述的,都是关乎国家盛衰,系生民休戚,善可为法,恶可为戒者,全都是说得清楚,听得明白的人事。这是《资治通鉴》一书'通人理''重人事'的一个重要方面。另一个方面则是对符命、灾祥、谶语、迷信等'虚妄荒诞'之类的批判。对这一类东西,司马光有两条原则:'妖异止于怪诞',则坚决不取;'妖异有所儆戒'(《司马文正公传家集》卷63《贻范梦得》),则并存之。可见,司马光是坚决反对'虚妄荒诞'之类的。《资治通鉴》之所以还记载一些这类东西,完全是为了有所儆戒,别有深意。""《资治通鉴》对'妖异'的记载大体有三种类型:一是因信妖异而生事者,二是滥信妖异而败事者,三是不信妖异而成事者。前一类为司马光所明言,见《司马文正公传家集》卷63《贻范梦得》;后两类为近人张煦侯先生所揭示(见所著《通鉴学》第四章)。这三种类型都表现了对'妖异'的批判态度,都具有'有所儆戒'的意义。"之后,该论文中列举了司马光所述三类中的六件事例,指出这些事例"从不同角度反映了司马光对'妖异'的批判精神,这是《资治通鉴》这部书'通人理''重人事'的又一个重要方面,也是司马光史学思想中最可取的积极因素。从中国史学史的发展过程看,这种思想就弥足珍贵"。在宋代史学领域,"出现了一种批判'阴阳灾异'的思潮。欧阳修、司马光、郑樵、马端临是这种思潮的代表人物……司马光对这种思潮的发展,起了推动作用,这是应当充分肯定的"。之所以会在宋代产生这种思潮,文中分析道:"如果深一层考察,则可发现宋代史学领域中这种思潮的发展与当时自然科学的成就和哲学领域中理性主义的发展有密切的联系。因为对'阴阳灾异'的批判,实即对董仲舒、刘向、班固以降的神学思想的批判。没有自然科学的发展和理性主义的发展,就不可能对神学思想进行比较深刻的批判。"

文中最后总结性地进一步指出了写作本文的意义:"司马光哲学思想中有不少积极因素,这些积极因素就构成他的经学思想、史学思想的哲学基础。无论在哲学方面还是在经学、史学方面,司马光都有重要的贡献,在中国思想史上应给他一定的地位。但近年来,研究哲学史的同志往往只强调其社会意义上的'天',而忽视其自然意义上的'天';在社会意义方面,又只强调天命决定,而忽视人力可为。因而,也就不能对司马光的哲学思想作出公正的评价。研究史学史的同志则仅限于列举司马光有积极意义的史学观点而不去探求这些观点的哲学根据,因而,这些有积极意义的史学观点也就成为无源之水、无本之木。至于司马光的经学思想,则更少有人涉及。这不能不说是对司马光研究中的缺陷,本文试图熔司马光的哲学、经学、史学于一炉,对

姚瀛艇先生在家中

其学术思想做全面的评价。这实非本人功力所能及,但窃以为这是研究司马光思想的必由之路,所以不揣浅陋,做一初步尝试,疏漏谬误之处很多,深切盼望能得到同志们的指正。"①

二、诸多论著成为唐宋之际二百年间思想史研究的补白之作

考察学者们的研究成果会发现,学界对唐代或宋代一些著名的思想家的思想研究较多,成果丰硕。但是,对唐宋之际二百年间的学术思想就有所忽视,成果很少,然而这些思想又往往对

---

① 姚瀛艇:《论司马光经学、史学思想的哲学基础》,载姚瀛艇著《宋代思想文化研究》,河南大学出版社,2015,第72-79页。

后世有着举足轻重的影响。诚如姚瀛艇先生在《论唐宋之际的天命与反天命思想》中所说:"韩愈、柳宗元以后到李觏、周敦颐以前的这大约二百年间好像是我国思想史上的一段空白,在此期间,无论唯心主义和唯物主义似乎都断了线,当然,实际情况绝非如此。这一时期也许没有产生具有重大影响的思想家,但思想的发展绝不会中断,只是由于我们研究不够,未能揭示其真相罢了。这种情况说明,加强唐宋之际思想史的研究应是思想史工作者的当务之急。"①也如他在《论邢昺在儒家思想演变过程中的地位》一文中所说:"邢昺是宋代著名的经学家,过去写经学史,还有人提到他的名字,但很少有人从哲学史或思想史的角度对他加以论述。新中国成立以来,已有好几部中国思想史或哲学史的专著,除了杨向奎先生的《中国古代社会与古代思想研究》以外,其他都没有提到邢昺。杨先生的书,博大精深,不乏真知灼见,但对邢昺的论述,似嫌不足。至于单篇论文,以笔者之孤陋寡闻,似亦未见一篇。这种情况表明,对邢昺的研究尚未引起思想史工作者的注意。浅见以为,邢昺虽以经学知名,但从思想史的角度来看,却是董仲舒与二程之间的过渡人物,因而也是宋代新儒学运动的先驱,在儒家思想演变过程中,应给以足够的重视。"②姚瀛艇先生的诸多论文可以说成为这方面的补白之作,其价值与意义,是不言自明的。

---

① 姚瀛艇:《论唐宋之际的天命与反天命思想》,载姚瀛艇著《宋代思想文化研究》,河南大学出版社,2015,第 16 页。
② 姚瀛艇:《论邢昺在儒家思想演变过程中的地位》,《河南师大学报》(社会科学版),1984 年第 1 期。

下面以三篇文章为例,予以说明。

(一)《论唐宋之际的天命与反天命思想》

收录于《宋代思想文化研究》中的论文《论唐宋之际的天命与反天命思想》,较翔实地论述了唐末五代的天命与反天命思想,以及赵宋王朝建立之初的天命与反天命思想的进一步发展。

一是,论文列举许多实例指出,"唐末五代是天命思想恶性泛滥的时期",其表现有如下几个方面:"第一,体现'天命'的形式,名目繁多。除了常见的祥瑞、灾异之外,还有符谶、童谣、妖言、不祥之言、鬼神、怪异、妖梦、异梦等,真是无奇不有。一部《旧五代史》,可说是'天命'思想的恶性泛滥史。""第二,'天命'的效应活灵活现。不但帝王之兴必有祥瑞,王朝之败必有灾异;就是个人的生死祸福,穷通荣辱,亦必有先兆。'人事'依附于'天命',如影之随形,紧密相连。如果对这些祥瑞、灾异或其他先兆细加分析,又可发现一些有趣的现象。就帝王来说,越是穷凶极恶,祥瑞越多;越是势力微小,预兆越为神奇。就个人来说,固然吉人自有天相,即使庸碌无能,也仍是天助。""第三,从事'天命'活动的人物各色各样。除了占星者、望气者、卜者、相士、术士之外,还有妖人、道士、尼僧以及和尚。这些人物的活动充斥于《旧五代史》,可以举出许多例子。……说明佛教僧侣在这一时期'天命'活动中所起的重要作用。""除了这些'专职'的妖人、妖道、妖僧之外,还有一个值得注意的现象,即在一般士大夫中也大有精通术数者在……正好从另一侧面反映了这一时期'天命'思想的流行。""第四,相信天命,搞得身败名裂的愚人,比比皆是。范延光、杨光远、安重荣、李守贞是其中的典型代表。"在论述了唐末五代天命思想恶性泛滥的四种表现后,该文总结道:"上述四个方面的材料可以说明,唐末五代时期天命思想恶性泛滥的情况,也可说明其所以泛滥的根本原因。那些已经爬上帝王宝座的割据者和企图爬上帝王宝座的野心家都拼命制造和宣传'天命',这是政治上的原因,佛道思想的流行则是思想上的原因。这些大大小小的割据者和野心家都是赳赳武夫,或出身于社会下层,或出身于少数民族,本乏文化素养,佛道思想虽有哲理,但其流行部分则为妖妄迷信,这两种情况又决定了这一时期的'天命'论只能采取粗糙的直观的形式,而不能被涂抹上理论的或思辨的色彩。这便是唐末五代时期'天命论'的特点。"

二是,列举康澄、赵凤、赵延义等人的具体实例,说明与天命思想的泛滥相对,唐末五代时期也有一些头脑清醒的人士具有反天命思想。文中指出:"但是,这一时期王朝旋兴旋灭、迅速更迭这一严酷的现实不能不促使一些人认真考虑国家的治乱兴亡的关键究竟何在。因此,就在'天命'思想恶性泛滥的时期仍有一些人对'天命'具有清醒的头脑,提出一些值得重视的思想;也有一些人对那些猖狂一时的妖人、妖僧之类具有清醒的态度,采取一些正确的措施。"例如:"唐明宗时期的大理少卿康澄,他在两部《五代史》中都没有专传。但《旧五代史》卷43'长兴三年十月壬申'条保留了他的一篇奏疏。……他上疏说:'臣闻安危得失,治乱兴亡,诚不系于天时,固非由于地利;童谣非祸福之本,妖祥岂隆替之源!故虽雊雉升鼎而桑谷生朝,不能止殷宗之

安坐书房中慈祥、平和的姚瀛艇先生

盛；神马长嘶而玉龟告兆，不能延晋祚之长。是知国家有不足惧者五，有深可畏者六。阴阳不调不足惧，三辰失行不足惧，小人讹言不足惧，山崩川涸不足惧，蟊贼伤稼不足惧，此不足惧者五也。贤人藏匿深可畏，四民迁业深可畏，上下相徇深可畏，廉耻道消深可畏，毁誉乱真深可畏，直言蔑闻深可畏，此深可畏者六也。……不足惧者，愿陛下存而勿论；深可畏者，愿陛下修而靡忒。加以崇三纲五常之教，敷六府三事之歌，则鸿基与五岳争高，盛业共磐石永固。'这短短一段话，说得多么痛快淋漓！读《旧五代史》，本来已被那些祥瑞、灾异、妖僧、左道之类搞得头脑发昏，忽然读到这一段，简直像服了一杯清凉饮料，头脑顿时清爽起来。《旧五代史》的编者撇开了他的五不惧，也承认'澄言可畏六事，实中当时之病，识者许之'。欧阳修则称赞整个这

第四章 学术论文,彰显深厚功力

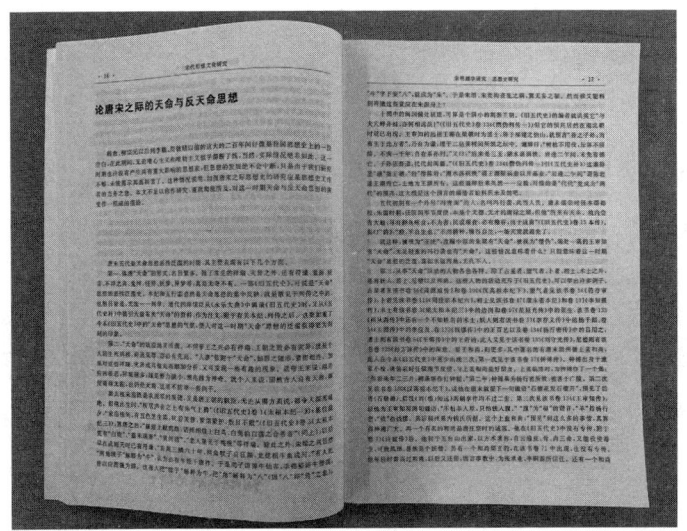

收录于《宋代思想文化研究》一书中的姚瀛艇先生论文《论唐宋之际的天命与反天命思想》

(原文载由河南人民出版社 1984 年出版的邓广铭、郦家驹等主编《宋史研究论文集》)

段话'岂止一时之病,凡为国者,可不戒哉!'(《新五代史》卷 6《明宗本纪》,论中所引康澄之言,文字稍有出入,但原意无误。)王船山则指出,澄所言不足惧,为王安石之先驱。……而王船山指出康澄是王安石的先驱,则正好恰当地说明了康澄这段话在我国思想史上的地位,尽管他不是一个思想家。"又如:"唐明宗时的中书侍郎同平章事赵凤,此人在《旧五代史》卷 67 有专传。他是一个儒生,唐庄宗时曾任中书舍人,明宗初年,与冯道俱任端明殿学士。他办了两件快事:一件是毁佛牙。天成年间,'有僧自西国取经回,得佛牙大如拳,褐渍皴裂,进于明宗。凤扬言:

"曾闻佛牙键锻不坏,请试之。"随斧而碎。'这一斧真是大快人心,而且取得了实际效果:'时官中所施已逾数千缗,闻毁乃止。'再一件是阻止明宗重用……周玄豹。明宗即位前,对周玄豹就很信任。'即位之明年,一日谓侍臣曰:"方士周玄豹昔曾言朕诸事有徵,可诏北京(按:今之太原)津置赴阙。"赵凤奏曰:"……若诏赴阙下,则奔竞之徒,争问吉凶,恐近于妖惑。"乃止。'(《旧五代史》卷71《周玄豹传》)'恐近于妖惑',话虽说得委婉,但揭穿了周玄豹的真面目,令人畅快。"再如:"赵延义,此人在《旧五代史》卷131和《新五代史》卷57均有专传。他出身于一个术数世家。……天成年间,得蜀旧职,以后又历任晋、汉、周的司天监。正因为他出身于这样的世家,深知天象变异均属自然现象,以之影射人事实属荒诞,怎能言而必中?他的父亲就由于为王建占吉凶而不中屡被诘责。临终时告诫以他途致身,不要再干这一行当。所以在这个术数世家的头脑里具有浓厚的反术数思想。唐末帝清泰年间,他与枢密直学士吕琦(即宋初名臣吕余庆和吕端之父)同宿于内庭,琦因从容问国家运祚,他说:'保邦在刑政,保祚在福德。'(《旧五代史》卷103)汉隐帝自平定李守贞、王景崇、赵思绾等三叛之后,稍生骄易,尝因乾象差忒,宫中或有怪异,召延义讯其休咎。延义对以修德即无患;又问何者为德?延义劝其读《贞观政要》。郭威篡汉后,召延义问之,'汉祚短促者,天数耶?'(《旧五代史》卷131)延义言:'王者抚天下,当以仁恩德泽。而汉法深酷,刑罚枉滥,天下称冤,此其所以亡也。'(《新五代史》卷57)这三段话讲的全是'人事',最后一段更明确指出汉祚短促,不是'天数'。从一个明于术数人的口中说出否定'天命'的话,这正是对'天命论'的最好批判。"该文在此段最后指出:"这三个人都说不上是思想家,他们反对'天命'也只是从朝代兴亡的具体事例上得出结论,缺乏理论深度,因而具有直观性。但具体到唐末五代那个时期,他们的言论却极可珍视。如果说当时的'天命论'是笼罩六合的浓浓迷雾,那么,他们的言论就是射向这团迷雾的几道异彩,闪烁着耀眼的光辉。"

三是,述说赵宋王朝建立后,大力宣扬天命论,以为王朝统治寻求合理性与合法性。而且,此时的天命论有所发展,"义理分析的气味相对加强"。文章讲道:"赵匡胤篡夺周政权时,本来就借助于'天命论',所以,即位以后,仍然宣传'天命'。"而与此同时,"他是采取严刑峻法来禁止别人的'天命',其主要措施有二":"一是禁谶书","二是严禁私习天文及术数"。该文又分析了《旧五代史》"对'天命'的宣传亦颇符合宋初统治者的意图"。这是因为,"第一,《旧五代史》连篇累牍地记载有关朱温、李存勖、李嗣源、李从珂、石敬瑭、刘知远、郭威、柴荣等人的祥瑞与符谶,努力宣传这些人的'天命',对赵宋王朝的'天命'不仅无损,而且有利。因为他们都已爬上皇帝的宝座,反复宣传他们的'天命',正是更好地宣传'帝王之兴,自有天命'这一根本思想,也就有利于赵宋王朝的'天命'。第二,《旧五代史》也不放松直接宣传赵宋王朝的'天命'。……第三,对范延光、杨光远、安重荣等人,虽也记载了他们的一些'符瑞',但目的却在于暴露他们冀无妄之福的丑恶面貌。又在传论中斥之为'怙乱以灭身','狼子野心,盈贯而死',并明白告诫:'后之拥强兵莅重镇者得不以为鉴乎!'第四,对钱镠、李昇等人虽也记载了他们的一些'符瑞',但在传论中却强调他们'走梯航而入贡,奉正朔以来庭'的'事大勤王之节',其目的仍然是宣传中原地区王朝的'天命',亦即宣传赵宋王朝的'天命'。由此可知,《旧五代史》的编者在宣传赵宋王朝的'天命'方面是很费心思的。"之后,文章进一步指出:"然而,宋初的统治者并不以此为满足,这些以符瑞等形式表现出来的'天命'毕竟过于粗糙,不能适应建立一统集权的王朝的需要,于是宋初的统治者还想进一步赋予'天命'以理论上的说明。这个任务由宋初著名的经学家邢昺完成了。"邢昺"受诏与杜镐、舒雅、孙奭、李慕清、崔偓佺等校定《周礼》《仪礼》《春秋公羊传》《春秋谷梁传》《孝经》《论语》《尔雅》义疏。《论语义疏》于《五十而知天命》《获罪于天无所祷也》《子畏于匡》《天何言哉》等章,均大谈'天命',特别是宣传孔子知'天命',借以提高'天命'的权威"。"就这样,在宋初实行集权,加强一统的历史条件下,在突出宣传赵宋王朝的'天命'的过程中,符谶、妖人、左道之类相对敛迹,荒诞妖妄的色彩相对减退,义理分析的气味相对加强,这便是宋初'天命'思想的一个较明显的变化。当然,这也并不排除赵宋王朝继续宣扬以符谶、灾祥等形式表现出来的'天命'思想,因为这仍然为赵宋王朝所需要。宋真宗大搞'天书'的闹剧就是突出的例证。"

四是,文章论证了"与上述天命思想的变化相适应,宋初的反天命思想也相对地摆脱了直观性,加强了义理的分析,最有名的就是张景的思想"。论文引用郑涵对张景及其所著《洪范论》的考证和研究指出,张景对《洪范》有一个根本的认识:"仲尼

第四章 学术论文，彰显深厚功力

思想深邃、平易近人的姚瀛艇先生

没，微言绝，学者殊途异轨，各骋智辩。历春秋，逮战国秦汉之世，天地日月星辰多灾变而妖兴，是故学《洪范》及《春秋》者，以言灾异多为能。班固述《五行志》，何休注《公羊春秋》，凡灾异之起，又以时事配之，多非其义，皆失圣人之意。夫《洪范》九畴，其始也，言五行之常性；其中也，言政教之常道；其末也，言五福六极之常理。学者宜先通政教之得失，则五福六极各知其所自矣。知五福六极之所自，则五行之变动自可推其类而察焉。政教者本也，灾异者末也。学本而不学末斯可矣，学末而不学本不可也。"因此，"从这个根本观点出发，《洪范论》就处处强调'人事'。……张景还进一步指出，《洪范》中凡言'用'者，'皆人君之所用'。……张景反对'天命'，不简单地反对灾异，也不像康澄那样,仅仅从国家的治乱兴亡上来强调'人事',而是通过训释经义、阐明义理,来论证'人事'的重要性,比起康澄,是一个明显的进步"。文章还指出:"另一个值得提出的是孙奭。大中祥符初,得'天书'于左承天门,真宗召宰相对崇政殿西庑,王旦等曰:'天贶符命,实盛德之应',皆再拜称万岁。又召问奭,对曰:'臣愚,所闻"天何言哉",岂有书也?'他巧妙地引用孔子一句话,赋予新义,就把'天'变成一个既不能'言',更不会有'书'的自然的'天',恢复了'天'的本来面目。此后,他又多次谏止真宗封泰山、祀汾阴、祠老子,又谏《乾祐天书》,发朱能之奸,凡此均表明孙奭的反天命思想。"

五是,论文对唐宋之际的天命与反天命思想做了一个总的评价:"当然,宣扬'天命'是为了巩固封建统治,反对'天命',强调'人事',也是为了巩固封建统治,所以康澄、赵延义、张景的言论,都为皇帝所赏识。康澄上疏后,唐明宗优诏奖之。赵延义对郭威问后,竟保全了苏逢吉、刘铢二家,免遭族诛。宋英宗也称赞'景所说,过先儒远矣'。孙奭的谏议虽不为宋真宗所采纳,但亦未因此获罪。不仅唐明宗、周太祖、宋英宗如此,凡是稍有头脑的皇帝,亦莫不是既宣扬'天命',又重视'人事'。……但从思想史的角度看,宣扬'天命'必然是宣扬唯心主义,强调'人事',则具有唯物主义的倾向,要比前者进步得多。""当然,不论康澄、赵延义还是张景、孙奭,也仅仅是强调'人事',仍不能摆脱'天命';他们都不能比较彻底地区别'天道'与'人道',不能划清'天''人'的界限。直到唯物主义者王安石出来,才比较好地解决了这个问题,把反天命思想推向一个新阶段。"①

(二)《论邢昺在儒家思想演变过程中的地位》

发表于《河南师大学报》(社会科学版)1984年第1期的论文《论邢昺在儒家思想演变过程中的地位》,对学者们较少研究,但"从思想史的角度来看,却是董仲舒与二程之间的过渡人物,因而也是宋代新儒学运动的先驱"的邢昺,"在儒家思想演变过程中的地位",进行了较为系统的阐释。

其一,为了明晰地论证邢昺在儒家思想演变中的地位,该文对邢昺的生平和所处的时代进行了分析。"邢昺(932-1011年,后唐明宗长兴三年至宋真宗大中祥符三年)……于太宗太平兴国初年擢九经及第,官大理评事,知泰州盐城监。明年,召为国子监丞,专讲学之任。后又选为诸王府侍读,为太宗诸子讲孝经、论语、礼记、书、易、诗及左氏传。真宗咸平元年(998年),任国子祭酒。次年,任翰林侍读学士。又次年,受诏与杜镐、舒雅、孙奭、李慕清、崔偓佺等校定《周礼》《仪礼》《春秋公羊传》《春秋谷梁传》《孝经》《论语》《尔雅》诸经义疏。及成,并加勋阶。后累官礼部尚书,大中祥符三年病卒。"由其生平可见,"邢昺生活在五代宋初,亦即唐宋之际。在我国封建社会长期而缓慢的发展过程中,唐宋之际是一个重大的转折时期。这个转折表现在地主阶级方面,是南北朝以来通过对荫庇制下的部曲、佃客的

---

① 姚瀛艇:《论唐宋之际的天命与反天命思想》,载姚瀛艇著《宋代思想文化研究》,河南大学出版社,2015,第16-23页。

直接人身控制进行剥削奴役的士族门阀最终退出历史舞台,代之而起的,是通过租佃制对客户进行剥削的'官户'和'乡户'地主;表现在农民阶级方面,是南北朝以来荫庇制下的部曲、佃客最终退出历史舞台,代之而起的是租佃制下的客户。由于这两个变化,遂使地主与农民之间的阶级关系和地主阶级内部阶层关系发生了一些重大变化。正是这些变化,开始了我国封建社会发展过程中的新阶段。""从阶级关系来看,地主对农民的直接人身控制相对削弱了,农民对地主的人身依附相对缓和了。""从地主阶级内部的阶层关系来看,由于官位不能世袭,'官户'常常下降为'乡户';由于科举制的推行,'乡户'常常上升为'官户'。因此,地主阶级内部阶层间的升降浮沉就频繁得多了……这就使得宋代地主阶级内部阶层间的关系紧张而复杂,宋代的党争,就根源于此。""宋代阶级、阶层间关系的这些变化,不能不对宋代的政治、思想产生深刻的影响。""从政治上看,由于单个地主对单个农民的直接人身控制相对削弱,地主阶级就要求强化国家机器,通过封建国家加强对整个农民阶级的统治;由于地主阶级内部阶层间的关系紧张,地主阶级也要求有一个强有力的国家机器来调整地主阶级内部的关系,保持政治上的稳定,这就促使宋代中央集权制的进一步加强。北宋朝廷不仅有效地遏止了五代以来骄兵悍将发动叛乱、变国易君的恶习,而且基本上肃清了秦汉以来反复出现的宗室、外戚、宦官、权臣之乱。终有宋一代,无论中央或地方,均未能形成威胁皇权的力量。这种情况表明,中央集权制在宋代发展到一个新高度。""从思想上看,由于对农民的直接人身控制相对削弱了,宋代的地主阶级迫切需要建立一套能把自然观、认识论、伦理观、道德观等有机地联系在一起的精致的哲学体系,以便全面地对自然、社会、人生问题等等做出有利于地主阶级的解释,从思想上加深对农民的麻痹。汉代古文经所讲的名物制度、章句训诂之学,当然根本不能适应这种需要;即使今文经所讲的微言大义、天人感应之类,虽然仍是地主阶级手中的有力武器,但也远远不能适应这种需要。于是,改造旧儒学,创造新儒学,就成为历史向宋代地主阶级知识分子提出的新使命。邢昺就是生活在这样的时代。他是作为完成这个历史使命的先驱人物登上历史舞台的。"

姚瀛艇(右)与王云海先生(左)等人在河南大学校门前合影

其二,论文分析了"邢昺是宋代新儒学运动的先驱"。文章指出,在上述历史条件下,邢昺通过主持整理、校订群经义疏,成为宋代新儒学运动的先驱。"咸平年间,北宋朝廷校定群经义疏,不仅是提倡儒学的重大措施,而且是改造儒学的一项重大措施,它对宋代乃至后世思想都发生了重大影响。因而,在我国思想史上是一件值得大书特书的事件。邢昺就是这件事的主持人,并且亲自撰写《孝经》《论语》《尔雅》三经的正义。这种情况不仅表明邢昺在宋初思想界的地位,而且也表明他在我国思想史上的地位。"之后,文章通过对邢昺撰写的《论语正义》的分析,论述了为什么说北宋朝廷校定群经义疏"是改造儒学的一项重大措施"?文中说:"《论语》是孔门弟子所记孔子言行的总集,具体编者,已很难考定。两汉三国时期,流行的本子有鲁论、齐论、古论三种,章节颇有出入。注解的人也很多,著名的有西汉临淮太守孔安国、安昌侯张禹、东汉大鸿胪包咸、南郡太守马融、大司农郑玄、曹魏司空陈群、卫将军王肃、太常博士周生烈等人。魏正始(240-248年)中,驸马都尉、关内侯何晏等集诸家之善,记其姓名,有不安者颇为改易,名曰《论语集解》,上之朝廷。南北朝时,梁国子助教皇侃又本何晏集解,并择江熙所集晋太保卫瓘、中书令范宁等十三家所为论语注解及'别有通儒解释'之善者,写成《论语义疏》行于世。邢昺受诏校定群经义疏,其《论语正义》即因皇侃《论语义疏》刊定而成。所以皇疏即邢疏之蓝本。""这里值得注意的是,何晏是善谈名理的魏晋玄学的领袖人物,所谓'正始之音'就是由他开创的。其所为《论语集解》,对旧注之不安者,颇为改易。所谓不安者,不合于玄学也;颇为改易者,以玄学改易也。这实际上,已把玄学思想,注入经学了。皇侃是南朝的经学家,而南朝经学家解经,从来不排斥玄学。……邢昺又剪皇疏之枝蔓,稍傅以义理,自然与汉儒说经大相径庭了。由此可知,邢昺是继何晏、皇侃之后,把玄学思想注

第四章 学术论文,彰显深厚功力

入经学的又一人。这实际上是对旧儒学的改造。所以我们说咸平年间北宋朝廷校定群经义疏是改造儒学的一项重大措施。而邢昺也因为主持这一工作,并亲自撰写《论语正义》而成为改造旧儒学,创造新儒学的先驱。""清代四库馆臣曾这样评价《论语

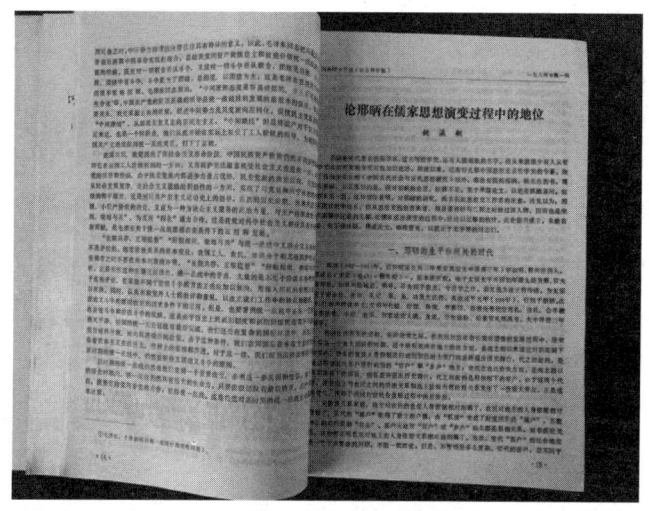

姚瀛艇先生发表于《河南师大学报》(社会科学版)1984年第1期的论文《论邢昺(昞)在儒家思想演变过程中的地位》

正义》:'今观其书,大抵剪皇氏之枝蔓,稍傅以义理,汉学宋学,兹其转关。是疏出而皇疏微,迨伊洛之说出而是疏又微。故中兴书目曰其书于章句训诂名物之际详矣,盖微言其未造精微也。然先有是疏而后讲学诸儒得沿溯以窥其奥。祭先河而后海,亦何可以后来居上遂尽废其功乎?'这段话明确指出邢昺是由汉学向宋学转变的关键人物,邢昺是伊洛诸儒之先河,这两点是很有见地的。但他们仍然是从经学史的角度来论述邢昺的;而且

145

用名物训诂来概括汉学,也不完全符合汉学的实际情况。因为汉儒解经之作,除详于名物训诂外,亦大有义理在。……既然汉儒亦讲义理,因此,四库馆臣把变训诂为义理视为由汉学向宋学转变的关键,也就不够确切。我们还是应当从思想史的角度出发,来探求邢昺所以成为'汉学宋学,兹其转关'的真正根源。这就需要对邢昺的思想加以分析,看他是怎样开始以新的义理代替汉儒的旧义理的。"

其三,文章从分析邢昺的思想本身入手,来论证"邢昺对旧儒学的改造"。文章指出:"从思想史的角度来考察,则可以清晰地看出邢昺是从汉学转变为宋学的关键人物;或者确切一些说,是从董仲舒到二程的过渡人物。为了说明这个问题,还需要从邢昺怎样改造以董仲舒为代表的旧儒学这一点开始。"以下,文章从三个方面来加以说明:"第一,对旧儒学的改造,是从重新塑造'天'的'形象'开始的。之所以必须从这一点开始,是因为董仲舒思想的核心是'天人性命'。为了适应汉代大一统的需要,董仲舒把儒家思想与阴阳五行家思想结合起来,把'天'塑造成一个有感情有意志的能主宰人间一切的人格神。它君临人间,对天子和庶民都具有绝对的权威。人间的一切都是它有目的有意识的安排,任何人都只能对它顶礼膜拜。它显示其权威和意志的手段是所谓'灾异'和'祥瑞'。这样,董仲舒就为人间的封建统治秩序制造了一个神学的根据。但这样的'天',实际是一个妖妄的'天';这样的'天命论',实在粗糙。""第二,这样的天命论,为什么必须改造?因为这种粗糙的天命论,经过东汉王允、唐代柳宗元、刘禹锡的批判,已充分暴露出其弱点,不能适应唐宋之际已经变化了的历史情况,即不能全面地为地主阶级的利益进行辩护。所以,从历史发展的趋势来说,对这种天命论的改造,已是历史的必然。如果从北宋现实的政治来看,则这种'妖妄'的'天',也颇不利于北宋的统治。……赵匡胤篡夺后周政权时,就利用了这种天命思想。但他篡位之后,又怕别人依样画葫芦,来篡夺他的王位。因而,在宋初就用严刑峻法来镇压私习天文、妖言利害的人。……但是,镇压尽管严厉,终究还是消极的措施,只能收效于一时。从长远着想,还是应当重新塑造'天'的形象,使天命思想披上新装,以便更好地为人间的统治秩序辩护。所以,改造旧儒学,塑造'天'的新形象,也是宋初现实政治的需要。这一任务,在太祖、太宗时期,未能完成,最终就落在邢昺身上。""第三,邢昺怎样重新塑造'天'的形象?"此处,文章在阐释了邢昺对《论语》中多处所出现的有关"天""命"的表述的理解之后,指出:"一、在邢昺笔下,'天'是自然的'天',他反复强调'天本无心''天本无体''天无言语之命',因而'天'也没有'意志'可言,汉儒所加于'天'的妖妄荒诞的色彩,剥落殆尽。二、他所强调的'天道',乃自然而然之道,而不是什么神意的表现。三、天之所以能命,或者是天的自然功能,如利益庶物,四时之令递行,百物依时而生,万物资始,等等;或者是圣人以人事托之,如天之四德,等等;或者是人感自然而生,若天之付命遣使之然,如贤愚、夭寿之类。而所有这些都不是'天'的意志的表现,都不是'天'的有意识有目的的安排。由此可知,邢昺虽仍讲'天命',但'天'为什么能'命',邢昺的解释却与董仲舒迥然不同。他理解的'天'是自然的'天',天之所以能命,他力图从理论上去分析,而不诉诸'神意',因而'灾异''祥瑞'之类也就不见于他的笔下。这样的天命论,较之汉儒的天命论,显然已摆脱直观粗糙的形式,初步具有理论的色彩;而'天'的形象,也就随之得到初步的改造。""当然,在邢昺笔下,'天'

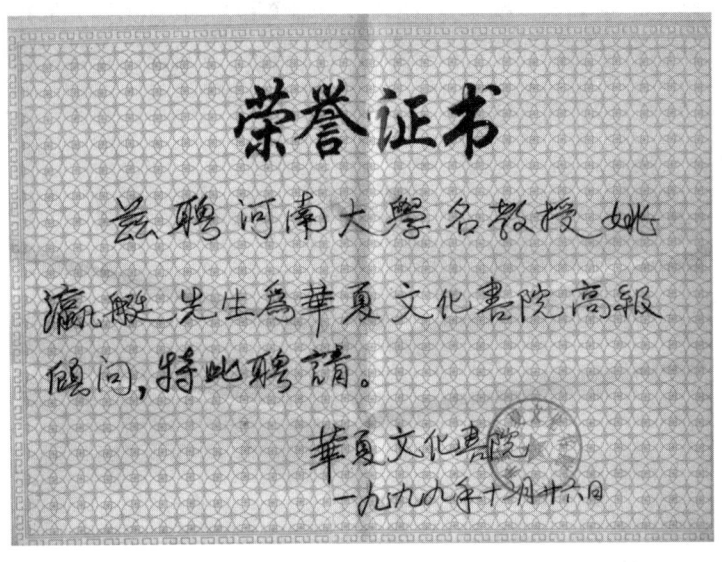

1999年10月,华夏文化书院聘请姚瀛艇先生为"高级顾问"的荣誉证书

仍残留着'神'的形象。《论语·季氏》:'君子有三畏:畏天命,畏大人,畏圣人之言。'……邢昺疏解释说:'畏天命者谓作善降之百祥,作不善降之百殃,顺吉逆凶,天之命也。故君子畏之。'邢昺这段话与皇疏基本相同,说明皇疏即邢疏之蓝本。而这段话中的'天',能降百祥,降百殃,显然是一个能赏善罚恶的'神'。这与上面所说的'自然'的'天',自然有矛盾。但这种矛盾,表现在邢昺身上,却也是可以理解的,或者是必然的。因为

董仲舒的思想,流传已久,邢昺只是对之进行初步的改造,因之,在邢昺思想中,仍然保留着董仲舒的影响,也就不难理解了。而总起来看,'自然'的'天',却是邢昺笔下的'天'的基本形象,所以,邢昺的思想较董仲舒的思想,是大大前进了一步。"

其四,文章指明了邢昺的思想是从董仲舒向二程思想的过渡。文中说:"然而,邢昺毕竟只是对董仲舒的思想进行了初步的改进,因而,这个改造,也就必然存在很多缺陷:一、他只是涉及了天人关系问题,而未能形成一个比较完整的体系。二、为了改造妖妄的'天'的形象,势须恢复自然的'天'的本来面目。既然恢复了'天'的本来面目,也就很难再坚持'天命论'。因为从自然的'天'出发,合乎逻辑的必然结论是应当否认'天命',走向唯物主义。柳宗元、刘禹锡走的就是这条道路。而邢昺既恢复了'天'的本来面目,又要坚持'天命论',这就为自己制造了困难。尽管他力图从各个角度去论证自然的'天'之所以能'命'的道理,但总显得格格不入,软弱无力。三、恢复了'天'的本面目,固然有利于制止妖妄荒诞思想的流行,有利于制止不逞之徒'妖言利害',但如果真的进一步否定了'天命',则更不为最高皇权所喜。所以,邢昺未能圆满实现宋代最高统治者的意图。所有这些缺陷,有待于后来人进一步消除,二程就是这样的后来人。"文中指出,"大程在《定性书》中说:'夫天地之常,以其心普万物而无心,圣人之常,以其情顺万事而无情。'(《二程集》中华书局1981年版,第460页)这段话是大程27岁时在写给张载的信中说的。其基本思想,与邢昺所说完全一样,这当然不是偶然的巧合。因为重新塑造'天'的形象是当时历史的要求;而要改造'妖妄'的天,第一步势须要恢复'天'的自然性质。在这一点上,大程和邢昺走着相同的道路。因此,他强调天地无心,圣人无情,可以说是对邢昺思想的合乎逻辑的继续和发展"。"但是,大程并不到此为止。如果到此为止,他仍然不能摆脱邢昺所遇到的困难。于是,他和小程进一步从佛家的真如佛性说中悟出一个超越时间空间的限制、不以人们意志为转移的'理',用以说'天'说'人'说'事',提出了'天即理也','性即理也','有理而后有象,有象而后有数','父子君臣,天下之定理'等一系列命题。这样,二程就用'理'把'天''人''庶物'统摄起来,将'天'变成了义理的'天',将'天命'变成了'天理',既重新塑造了'天'的形象,又坚持了'天人相与'的观点,把'天命论'建立在更精致的理论基础之上。并由此进一步展开,初步建立了一个能把自然观、认识论、人性论、道德观等等有机地联系在一起的哲学体系。于是,二程就将邢昺所遗留的问题全部解决,初步完成了历史向宋代地主阶级知识分子所提出的新使命。"

其五,文章用几句简短的话精彩地点出了邢昺思想的历史地位:"以上所说,便是由汉学向宋学演变的一个极为粗疏的轮廓。虽然粗疏,但思想演变过程清晰可寻。董仲舒吸收阴阳五行家思想,以'神'说'天',把'天人相与'的思想,建立在神学的基础上。邢昺吸收魏晋玄学思想,恢复了天的'自然'性质,初步改造了'天'的形象;而又力图论述'天命'。二程第一步继承邢昺,恢复天的'自然'性质,又进一步吸收佛家思想,以'理'说天,重新塑造了'天'的形象,用更精致的理论,发展了'天人相与'思想。在这个过程中,显然可见邢昺是由董仲舒向二程过渡的桥梁人物,'汉学宋学,兹其转关'的真正根源,就在这里。这还只是从唯心主义思想这条线上来说。如果把视野扩大,从唯心主义与唯物主义的相互关系来看,那么,从董仲舒经王充、柳宗元、刘禹锡到二程,显示了我国哲学史上一个螺旋上升的圆圈。董仲舒坚持'天人相与',塑造了一个'妖妄'的'天';王充、柳宗元、刘禹锡坚持'天人相分',用'自然'的天来否定董仲舒;二程又用'义理'的天,否定王充、柳宗元、刘禹锡,把'天人相与'思想推向新的高度。但在重新塑造'天'的形象的过程中,邢昺实开二程之先河,二程实即继承并完成了邢昺所未能完成的任务。因此,应当说,邢昺思想是这个螺旋上升的圆圈中的一个必不可缺的环节。"①

经姚瀛艇先生在文中的论述,一个清晰的邢昺呈现在人们面前;邢昺的思想作为从董仲舒向二程思想过渡的必不可缺的环节,也使人们了然于心。而且,在这一认识的过程中,人们的思维水平也随着文中的分析,而自然有所提升。

(三)《范仲淹的〈易〉论》

发表于《河南大学学报》(哲学社会科学版)1987年第1期、由姚瀛艇先生和李保林合著的论文《范仲淹的〈易〉论》,对往往被人们所忽略的范仲淹的易学思想进行了较深入的探讨。该文

---

① 姚瀛艇:《论邢昺在儒家思想演变过程中的地位》,《河南师大学报》(社会科学版)1984年第1期。

开始就指出:"范仲淹对《易》有深入的研究。《宋史》本传说他'泛通六经,长于《易》,学者多从质问,为执经讲解,亡所倦'。现存《范文正公文集》卷五有《易义》一篇,解释了乾、咸、恒、遁、大壮、晋、明夷、家人、睽、蹇、解、损、益、夬、萃、升、困、井、革、鼎、震、艮、渐、丰、旅、巽、兑等二十七卦。《文集》卷二十和《别集》卷二、卷三还有几篇赋,如《蒙以养正赋》《穷神知化赋》《乾为金赋》《易兼三材赋》《天道益谦赋》《水火不相入而相资赋》等等,都是发挥《易》义的。……范仲淹的《易》论,不仅包含有相当丰富的唯物主义和辩证法思想,而且在北宋哲学思想的演变过程中,又是一个不可缺少的环节。"

首先,文章简述了范仲淹的个人经历和所处的时代背景,点明了他易学思想产生的基础。就个人经历来说,范仲淹"在青少年时期,因为父亲早丧,母亲改嫁,经历了一段艰难困苦和勤奋读书的生活。宋真宗大中祥符八年(1015年),登进士第,时年二十六岁,初任广德军司理参军。从此到仁宗皇祐四年(1052年)五月二十日病逝于徐州,在政治和学术舞台上,活跃了三十七年,共享年六十三岁。青少年时期的困苦经历,使他对社会情况有比较深的了解;儒家经典的熏陶,使他具有'以天下为己任'的胸怀。这种了解和胸怀不仅使他在所到之处,都能关心民瘼,兴利除弊,而且使他早在天圣五年(1027年)守母丧期间,就不顾世俗的非议,上书当时的宰相王曾、张知白,参政知事鲁宗道、吕夷简,要求改革。苏轼在《范文正公文集序》中指出:'古之君子如伊尹、太公、管仲、乐毅之流,其王霸之略,皆定于畎亩之中,非仕而后学者也。淮阴侯见高皇帝于汉中,论刘项短长,画取三秦,如指诸掌。及佐帝定天下,汉中之言,无一不酬者。诸葛孔明,卧草庐中,与先主策曹操、孙权,规取刘璋,因蜀之资以争天下,终身不易其言。此岂口传耳授,尝试为之,而侥幸其或成者哉!公(指范仲淹)在天圣中居太夫人忧,已有忧天下致太平之意。故为万言书以遗宰相,天下传诵。至用为将,擢为执政,考其生平所为,无出此书者。'这段话说明,范仲淹不仅'忧以天下,乐以天下',有淑世之志,而且很早就有一贯的政治主张。以后随着北宋社会矛盾的发展,终于形成了以他为领袖的改革派,并以对西夏战争的失利为契机,在庆历三年(1043年)上台执政,进行改革,这就是有名的'庆历新政'"。就当时的时代背景来说,"范仲淹生活的时代,很值得注意。第一,从大范围看,这个时代,正是中国封建社会发展过程中的一个新的转折时期。虽然这个转折,肇端于唐中期,但所有重大的变化,如封建土地私有制的进一步发展,官田的私田化,不立田制、不抑兼并政策的推行;品官地主代替门阀地主,客户代替部曲、佃客,封建租佃制代替荫庇制,直接生产者人身依附关系的相对削弱;地主阶级内部士庶界限的泯没,阶层间升降浮沉的频繁,婚姻不问阀阅;中央集权制的进一步加强,科举制度中荐举制遗存的最后消失,学校科举向地主阶级下层乃至工商杂类的转移;等等,都是到北宋时期才逐步定型。因此,可以说,北宋时期是我国封建社会发生重大变化的时期。第二,从小范围看,这个时代,又是北宋社会发展过程中的一个转折点。这个转折,不仅表现为政治上的变法改革,而且表现为学术上的学风丕变、学统四起,二者又是密切相应。而这个时期学术上的变化,更是那个大范围内经济基础和上层建筑领域中所发生的重大变化在意识形态领域内所引起的必然反映。正是这样的时代,把范仲淹推上历史舞台,而且把他变成了当时改革派在政治上和学术上的领袖和名垂青史的历史人物"。

姚瀛艇先生与李保林合发表于《河南大学学报》(哲学社会科学版)1987年第1期的论文《范仲淹的〈易〉论》

其次,文章从三个方面总结了范仲淹《易》学观的要点:"第一,《易》是研究自然界和人类社会发展变化规律的,其中又包含三层意思。""第一层,《易》包括自然界和人类社会。《易兼三材赋》就是阐明这个观点的。在这篇赋的题目下自注云:'通彼天地人谓之易。'……上、下、内、外,都包括在《易》之中。因此,最后的结论,必然是'统三材而成易'。""第二层,自然界和人类社会都是在发展变化着的。他在《易兼三材赋》中说:'昔者有圣人之生,建大易之旨。观天之道,察地之纪,取人于斯,成卦于彼。将以尽变化云为之义,将以存洁静精微之理。'这段话清楚说明:自然界和人类社会是在不断运动变化着的,而且变化是有规律的,规律又是可以认识的。""第三层,自然界和人类社会都不神秘。在《易兼三材赋》中,范仲淹这样描绘自然界和人类社会:'若乃高处物先,取法乎天。所以显不息之义,所以轸行健之权。保合太和,纯粹之源显著;首出庶物,高明之象昭宣。此立天之道也,御阴阳而德全。又若卑而得位,下蟠于地。所以取沉潜之体,所以拟广博之义。寂然不动,既俾厚载之容;感而遂通,益见资生之利。此立地之道也,自刚柔而功备。于是卑高以陈,中列乎人。刚而上者宜乎主,柔而下者宜乎臣。慎时行时止之间,宁迷进退;察道长道消之际,自见屈伸。此立人之道也,敦仁义而有伦。'这段话,实即《易·序卦》所说'立天之道曰阴与阳,立地之道曰柔与刚,立人之道曰仁与义'的发挥。其中所说的'人之道',毋庸讳言,是封建等级秩序。而所说的'天之道'与'地之道'……丝毫没有神秘的色彩。至于'地之功备',是和厚载、资生联系着的;'天之德全',也是和阴阳联系着的,因而不存在神秘因素,更没有把'天''地'道德化和伦理化。凡此种种,都表现了范仲淹思想中的唯物主义倾向。""第二,研究《易》的目的,是为了指导人事。这一点,贯串于他所写的《易义》的始终。他在解释每一卦时,都要指出这个卦显示了什么样的时机,君子应当如何行动。……对每一卦所显示之'时'的判定,主要是根据卦象。……他很欣赏《易·艮》象辞所说'时止则止,时行则行,动静不失其时'这句话,用它来作为解释《易》义的指导思想,处处强调'时机',以取得人事活动的成功,则是很值得称道的。""第三,解释《易》的方法,仍沿用爻位说、得中说、相应说、卦德说等。'爻位说'是指六爻皆得其位,即初、三、五为阳爻,二、四、上为阴爻。……'得中说'的'中',是指在内卦和外卦都居于中间的那个位次,也就是一个完整的卦的第二和第五两个位次。……'相应说'是指'初、四''二、五''三、上'各爻位均能阴阳呼应。……'卦德说',是指'乾'刚,'坤'柔,'巽'顺,'兑'说,'震'动,'艮'止,'坎'陷,'离'明之类。……他在解释《易》义时,却从未使用过汉儒所惯用的爻辰、纳甲等象数学的方法。因而在他的《易》论中,也没有丝毫荒诞神秘的色彩。这一点是应当指出的。"

善于思考、勇于在宋代思想史领域进行开拓性研究的姚瀛艇先生

再次,文章从四个方面阐释了范仲淹《易》论中的哲学思想及建基于哲学思想之上的政治思想。文章说道:"范仲淹的《易》论,接触到了宇宙万物的本原问题,他在《乾为金赋》中说:'大哉乾阳,禀乎至刚。……运太始之极,履至阳之位。冠三才而中正,秉一气而纯粹。万物自我而资始,四时自我而下施。'这就是说,'乾'秉纯粹至刚的阳气,是万物的根源。……而在其他地方又说,'天地动而万物生'《易义·艮卦》,则又把'天地'看作万物的本原。看来,范仲淹并没有构成一个宇宙演化的模式,这本来不是他研究《易》义的出发点嘛。但他既把'天'(即乾)视作纯阳之气,那么,不言而喻,'地'就是纯阴之气。天地化生万物,实即阴阳二气化生万物。这虽是前人早已说过了的话,但毕竟具有'气本论'的色彩。因而在本体论上,范仲淹具有唯物主义因素。"而"范仲淹的《易》论,更多地阐述了自然界和人类社会的'变化云为之义',即发展变化的规律"。这就是,"第一,物极必反。他在《易义·丰卦》中说:'日之动也,丰乎正中焉。……过乎正中,日斯昃矣',这是讲自然界。又说:'文明之动也,丰乎皇极焉。……过乎皇极,文明亏矣',这是讲人类社会。在《大壮》卦中又说:'雷在天上,万物以震;威行天下,万邦以恐。天地之壮见乎雷,圣人之壮见乎威。威壮而不节于天下,暴矣,壮其丧矣'。明白了这个道理,就应当'戒于盈','节其壮'。戒于盈,才能保其丰;节其壮,才能保其威"。"第二,损而后益。他在《天道益谦赋》中说:'原夫杳杳天枢,恢恢神造。损有余而必信,补不足而可考。……龙蛇蛰而后震,草木落而还芳。于以见其物理,于以见其天常。月既亏而中盈,于时不昧;阳尽剥而求复,其义爰彰。……得不观庶物之情,究至理之本,贵必始于贱,益乃生于损。既人事之在斯,又天道之奚远。'这段话说得很精彩。开头几句,说明损有余而补不足,乃是天道,中间几句,举自然界和人类社会的事物为例,最后说明'损而后益',乃是普遍规律。因而,君子法而为政,就必须'敦称物平施之心';圣人象以养民,就必须'行哀多益寡之道'。既然要'称物平施''哀多益寡',就必须有所损,有所益。那么,损谁,益谁呢?在《易义》'损''益'两卦中,范仲淹又作了很好的分析。'损'卦是兑(泽)下艮(山)上,其象是'山泽通气',其义是'取下益上'。'益'卦是震(雷)下巽(风)上,其象是'刚来助柔'(阳多为刚,阴多为柔),其意是'自上惠下'。为什么'取下益上'为'损','自上惠下'为'益'?因为'下者,上之本也','益上则损下,损下则伤其本也,是故谓之损。损上则益下,益下则固其本也,是故谓之益。本斯固矣,榦斯茂矣,源斯深矣,流斯长矣。下之益上,则利有竭焉,上之益下,则因其利而利之,何竭之有焉'。这些话,是对儒家'民为邦本''本固则邦宁'的政治主张所做的最深刻的哲学说明。""第三,睽而后合。范仲淹在解释'睽'卦时阐述了这个观点。'睽'卦是兑(泽)下离(火)上,火之性炎上,在本卦中又居上;泽之性润下,在本卦中又居下,其道违而不相接,所以叫作'睽'。自然界和人类社会中,这类现象非常多。如天在上,地在下;男居外,女处内;君在上,臣在下;等等,都是互相睽离。但是天地虽睽,而阴阳合焉;男女虽睽,而礼义成焉;上下虽睽,而君臣合焉;万物虽睽,而情类聚焉。有了天地之睽,才有阴阳之合;有了男女之睽,才有礼义之成;有了上下之睽,才有君臣之会;有了万物之睽,才有情类之聚。这当中

第四章 学术论文,彰显深厚功力

包含了多少深刻的辩证法思想。""第四,不相入而相资。范仲淹在《水火不相入而相资赋》中阐明了这个观点。题目下自注云:'其性相反,同济于用。'这八个字就是'不相入而相资'的含义。文章一开头说明水火之性不同:'水以流而顺,火以明而盛。一彼一此,自分燥湿之情';但笔锋一转:'离(火)坎(水)诚非其一致,阴阳安得而两忘。虽天生之材,本四象而区别;盖日用之利,合二体以交相。道非独善,功不相远。翻疑乎方以类聚。何患乎体与情反。作咸作苦,始殊同气之求;曰炎曰凉,岂宜相得之晚。施之无穷,和而不同。亦犹天地分而其德合,山泽乖而其气通。日月殊行,在昭临而相望;寒暑异数,于化育以同功。则知质本相远,义常兼济。六府辩盛德之美,九鼎洽大亨之惠。分而为二,曲直相入以诚难;会之有无,胡越异心而自契。'这段话首先说明水火之性虽相反,但必须互相配合,才能有济于用。接着就推而广之,说明自然界(天地、山泽、日月、寒暑)无不如此。而其所以如此的根本原因就在于'质本相远,义常兼济'。把这个道理,应用于人事,那么,从政者,就必须'宽猛相须';为道者,就必须'恬智交养',而不能偏于一端。"之后,文章指出:"以上的分析表明:范仲淹对自然界和人类社会'变化云为之义'的认识,是相当深刻的。他的哲学思想,不乏唯物主义和辩证法因素;他的政治思想,也不乏'民主性的精华'。这些都是可珍贵的历史遗产。但他毕竟是封建时代地主阶级的政治家和思想家,自有其历史和阶级的局限。尽管他承认自然界和人类社会是运动变化着的,但'变'之中仍然有'常'。这个'常',表现在自然界,就是'天尊地卑,道之常矣';表现在人类社会,就是'君在上,臣处下,理之常矣;男在外,女在内,义之常矣'。二者结合起来:'天地、君臣、男女各得其正,常莫大焉'。(《易义·恒卦》)一切都可变,但天地、君臣、男女各得其正,却是不可变的;道、理、义也是不可变的。这就是范仲淹的局限。"但是,应当看到,"范仲淹研究《易》义的出发点和归宿是指导人事,指导人事的方法,是用自然规律比附人类社会。他没有把自然界神秘化,也没有把自然界道德化,这都是范仲淹哲学思想中的积极因素。……他反对'天'福朱门、祸赤子这种思想;也反对把人间治乱,归之于历数。但盼望'天'赐圣君,明如日月,恩同雨露,在此前提下,天人两忘,物情自欣。可见,他仍然承认'天意',但不把'天意'当作人间兴亡祸福的根源。他所强调的是人事,因而在《易》论中,就着重探究自然界和人类社会的变化规律,并用自然规律去论证人类社会。比起董仲舒、刘向等汉儒所宣扬的天人感应、灾祥休咎之学来说,应是一个巨大的进步。如果把他的思想,放在整个北宋哲学思想的演变过程中来考察,则更具有特殊的意义"。

最后,文章述说、评论了范仲淹《易》论在北宋哲学思想演变过程中的地位。文中指出:"北宋哲学思想的演变过程,实即对以灾祥休咎为特征的汉学逐步进行改造的过程;其所要解决的根本问题,是对伦理纲常进行新的论证。"因为,北宋阶级关系的变化和巩固中央集权的王权需要,都迫使"汉儒灾祥休咎之学必须改造……汉儒的灾祥休咎之学,为伦理纲常制造了一个神学基础,固然有利于巩固人间的封建统治,但这个神学基础,不仅在理论上过于粗糙,而且在实践中很容易被地主阶级内部

第四章 学术论文,彰显深厚功力

2001年4月18日,姚瀛艇先生(左)与姚从吾先生孙子的合影

企图改朝换代的野心家和农民起义所利用,对皇权有一定的危险性。……于是对这个神学基础的改造,也就成为北宋初期现实政治的需要"。"宋儒对汉学的改造,大体经历了三个阶段。""第一个阶段的代表人物是邢昺和张景。""邢昺、张景二人在宋儒改造汉学的道路上,迈出可贵的一步,但他们也都有自己的困难。对邢昺来说,既要恢复'天'的自然性质,而又坚持'天命',在理论上就有不可克服的矛盾。对张景来说,否定'天'的权威,并不一定完全符合最高皇权的愿望。这一切就需要后继者来解决。""第二个阶段的代表人物就是范仲淹、欧阳修等。他们都是'庆历新政'的积极参加者。在思想领域,他们必须解决两个问题。一个是为变法改革,提供理论根据;一个是在改造汉学的道路上再迈出一步。这两个任务又紧密连在一起。范仲淹则比较好地完成了这两个任务。如上文所说:他强调自然界和人类社会的'变化云为之义',这就为变法改革提供了理论根据。他强调'天'的自然性质,不突出'天命',而用自然法则比附社会法则,这就避免了邢昺所遇到的困难。他强调人事,又不公开反对'天命',就比张景更能适应最高皇权的需要。但范仲淹也有自己的困难。第一,很难用'气本论'去论证伦理纲常,因而他无力从本体论的高度为伦理纲常提供理论根据,只好用自然法则去比附社会法则。第二,自然的'天'和有意志的'天'在他的思想中并存。尽管他不强调'天命',但这个理论上的不彻底性,却是他无力克服的缺陷。所有这些,也有待于后续者来解决。二程就是这样的后续者,他们在改造汉学的道路上,迈出了第三步。"因此,第三个阶段的代表人物就是二程。"大程在《定性书》中强调天地无心、圣人无情;《二程遗书》卷十一所载刘绚所记大程的语录也说:'言天之自然者,谓之天道;言天之付与万物者,谓之天命。'可见,自然的'天'与有意志的'天'也曾在大程思想中并存。但他终于自家体贴出了'天理'二字,作为他的最高哲学范畴,于是他就解决了四个大问题:第一,他用'理'去统摄'天''人''庶物',把'理'贯串于自然观、认识论、人性论、伦理观等各个领域,构成了一个精致的'理本论'的体系;第二,有了这个体系,他就能从本体论的高度去论证伦理纲常,于是,伦理观与本体论融为一体,再也不截为两橛;第三,他以'理'说'天',就把自然的'天'和有意志的'天'统摄起来,解决了两个意义上的'天'并存于一个体系中的矛盾状态;第四,他提出了一个完美体现'天理'的最高境界以及达到这个境界的途径。这就完成了从'神学目的论'向'理本论'的转变,亦即由汉学向宋学的转变。从此以后,妖妄的'天',变成了义理的'天','天命'变成了'天理';'皇权'由天之所命,变成了'天理'的化身;伦理纲常由'神意'变成了'天理';服从伦常由服从'神意'变成了自我人格的完美体现。总之,'皇权'与'伦常'得到了完美的论证,获得了坚实的理论基础。从而'皇权'再不必耽心'天命可改',再也不必去干既提倡'天命'又严禁别人'妖言利害'那样自相矛盾的事了。这就是宋儒在改造汉学,重新论证'伦理纲常'的长途中迈出的第三步,也是最关键的一步。二程解决了邢昺、张景、范仲淹等所未能解决的问题。这就是二程思想最终成为官方哲学的关键所在。"

姚瀛艇先生(右一)与荣铁生教授(右二)等友人合影

"总括上文可知,宋儒对汉学的改造经历了曲折的道路。在这个长途中,范仲淹的思想,是一个承上启下而不可缺的环节。他强调自然的'天',这是对邢昺和张景的继承;他又不突出'天命'和否认'天命',这是对邢昺、张景的修正。而他用自然规律去比附人类社会,则对二程有启示作用。二程就是在'明庶物'的过程中,在自然界的万物中提炼出一个超越万物的'理',又吸收佛教的佛性说,把这个'理'变成了既超越自然界又超越人

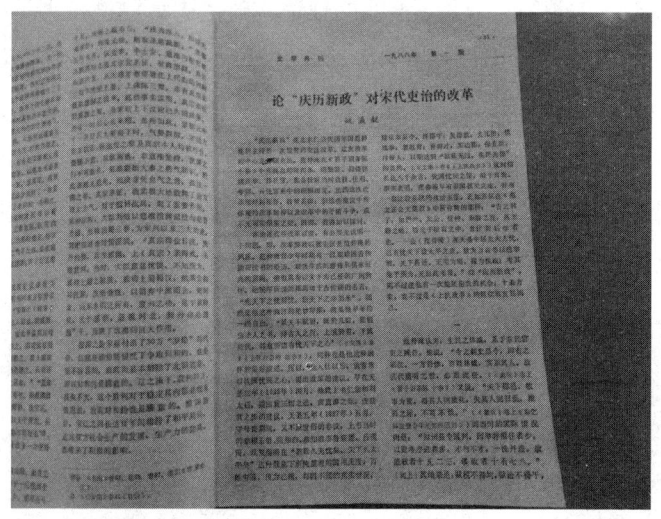

姚瀛艇先生发表于《史学月刊》1988年第1期的论文
《论"庆历新政"对宋代吏治的改革》

类社会的最高本原(参看姚瀛艇:《论二程思想》,载《河南大学学报》1985年第4期)。这是二程对范仲淹思想的重大发展。有了这一重大发展,二程就能从本体论的高度为人间的封建统治秩序进行辩护,而不必像范仲淹那样用自然规律去比附人类社会了。在范仲淹那里,自然界和人类社会仍然是两截;在二程那里,自然界和人类社会已融为一体。在董仲舒那里,自然界和人类社会之间的联系是'神';在二程那里,自然界和人类社会

之间的联系是'理'。对汉学的改造,二程作了最重要的贡献;而范仲淹所起的承上启下的作用,也不应忽视。这就是范仲淹思想在北宋哲学思想演变过程中的地位。"①

由上述可见,姚瀛艇先生对范仲淹之易学思想、宋代理学思想、由汉学向宋学的转变,乃至中国整个历史上儒学思想的发展与演变,理解、论述之深刻程度,不能不令人感到钦佩,也不能不令人对以姚瀛艇先生为代表的前辈学者的治学精神肃然起敬。

---

① 姚瀛艇:《范仲淹的〈易〉论》,《河南大学学报》(哲学社会科学版)1987年第1期。

第五章　率团队开拓创新，主编新中国成立后第一部《宋代文化史》

由河南大学出版社1992年2月出版的《宋代文化史》，是姚瀛艇先生主编的新中国成立以来有关宋代文化研究的第一部专著（这部书的"后记"落款的年月是1990年10月，看来该书完成的时间要更早一些），其学术价值为学界所共知。该书除"绪论""结束语"和"后记"之外，以17章的篇幅，体系完整地阐述了"促进宋代文化发展的诸因素"（1—4章）、"宋代儒学复兴运动与新儒学的形成"（5—12章）、"商品经济的发展在文化领域所发生的重大影响"（13—17章）等宋代文化的各个方面。而姚瀛艇先生作为主编，不仅亲自撰写了"绪论""结束语"和"后记"，而且亲笔撰写了分量厚重的有关宋代儒学、哲学思想的发展演变及理学的形成、各学派之间的论争的五、六、七三大章，撰写字数占到该书由八人完成的总字数的三分之一还要多。这就是前辈学者著书立说的品质，绝不占有主编的空名，而是实实在在地编，实实在在地著；绝不是为达某种功利性的目的而著书，而恰恰是为了宣传文化、宣传思想而著书，为了推动学术的发展而著书。

下面仅就姚瀛艇先生在该书的"绪论"与"结束语"中论述宋代文化的特点、历史地位及撰写本书的现实意义，以及所撰第

第五章　率团队开拓创新，主编新中国成立后第一部《宋代文化史》

儒雅翩翩的智者姚瀛艇先生

五、六、七章的内容，加以简要梳理和分析。

一、论述宋代文化的特点、历史地位及撰写本书的现实意义

（一）论宋代文化的特点及宋代文化在中国文化史上的地位

姚瀛艇先生在该书的"绪论"和"结束语"中，论述了"为什么研究中国文化史""宋代文化的特点"和"宋代文化在中国文

化史上的地位",实际上就阐明了写作该书的初衷及价值。

1. 论"为什么研究中国文化史"

在该书的"绪论"中,姚瀛艇先生首先谈到了"为什么研究中国文化史":"为什么研究中国文化史?我们的答案是:研究中国文化史,是对中国传统文化进行反思;反思的目的,是为了更好地建设具有中国特色的社会主义,为了更好地实现四个现代化。'古为今用',这是编写本书所必须遵循的一个原则。"

"中国传统文化能不能为实现四个现代化服务?答案是肯定的。因为,在中国实现四个现代化,不能脱离当代中国的实际;而当代中国则是从古代中国发展来的。中国的传统文化,在今天社会生活的许多方面,还有深远的影响。当然,中国传统文化中有精华,也有糟粕,对今天的影响,有积极的,也有消极的。对中国传统文化中的精华,要批判地继承,为四化服务;对其糟粕,要坚决摈弃。这便是我们对待中国传统文化的态度,也是编写本书所必须遵循的一个原则。"

"中国传统文化在民族精神、道德情操、思维方式及至立身处世等许多方面,都给我们留下非常丰富的优秀遗产。比如刚健有为,自强不息;忧以天下,乐以天下;临难不苟,威武不屈,富贵不淫,贫贱不移;杀身成仁,舍生取义;不欺暗室,不愧屋漏以及形神相依,形谢神灭;等等。这些优秀遗产,比起建立在资本主义私有制基础上的极端个人主义、拜金主义、纵欲主义来说,有天壤之别。在建设高度发展的社会主义精神文明中,值得继承和发扬。""当然,中国传统文化中,也有许多糟粕,诸如等级制、官本位、家长统治、特权思想独断专行、长官意志等等,在今

第五章 率团队开拓创新,主编新中国成立后第一部《宋代文化史》

河南大学出版社1992年出版的姚瀛艇先生主编《宋代文化史》封面

天也还发生着恶劣的影响。对这些腐朽的东西,自然应当在建设具有中国特色的社会主义过程中,彻底加以肃清。"

"有一种彻底否定中国传统文化、主张全盘西化的思想。这种思想,完全抹杀了中国传统文化的优秀精华,是非常错误的……""当然,对资本主义文化中的有益的东西,也应当积极吸取,不应当排斥。这些有益的东西,不仅局限于先进的科学技术,也应当包括先进的管理科学和哲学、文学、艺术等意识形态领域内的优秀成果。对这些有益的东西,都应当努力学习、吸收、消化、发展。这就叫'洋为中用'。'古为今用''洋为中用',

这就是毛泽东同志早就提出来的建设社会主义新文化的途径。经过十年动乱和十年改革正反两方面的经验,我们对这条道路的认识,就更为深刻和清楚了。"①

2. 论"宋代文化的特点"

在"绪论"中,姚瀛艇先生又谈到了"宋代文化的特点"。在较系统地论述了宋代社会从土地所有制、地主阶级与农民阶级的关系、地主阶级内部阶层的关系、地主阶级与皇权的关系、农民阶级与封建国家的关系,到独立的工商业者的社会地位等方面的变化之后,书中论证了宋代文化的五大特点。其中论道:"植根于这样历史素地中的宋代文化,无论在人生理想、精神境界、道德情操、审美意识、价值观念或社会心态、礼俗风尚乃至生活情趣等方面,自与前代有所不同。这种不同,就构成了宋代文化的特点。这些特点,大致可概括如下。"这就是:

其一,"社会文化素质,较前代为高。由于宋代高等教育、科举考试向地主阶级的下层乃至工商杂类转移,地方学校的设立较为普遍,私学与书院的发展,加上雕版印刷的盛行,书籍的出版、流布较易等等,于是读书人增多,著书的人也增多,公私藏书亦更为丰富,全社会的文化素质,自然较前代为高。《宋史》卷155《选举志一》说的'学校之设遍天下,而海内文治彬彬',就是最好的写照"。

其二,"知识受到尊重。由于门阀士族衰落,士庶界限泯没,门第血统关系在社会政治生活中的支配力量就大大削弱;又由

---

① 姚瀛艇:《宋代文化史》,河南大学出版社,1992,绪论,第1—3页。

第五章 率团队开拓创新,主编新中国成立后第一部《宋代文化史》

于科举制的推行,为地主阶级的下层乃至自耕农民、工商杂类提供进身之路,读书受教育、学知识,就受到社会的普遍的重视;知识和个人的才能在社会政治中的作用大大增强。'万般皆下品,唯有读书高'这样的社会心态,正在逐渐形成"。

姚瀛艇先生(左)与友人在白马寺前合影留念

其三,"先秦儒家的积极淑世精神,得到发扬。先秦儒家本有一种积极淑世的精神,孔子自言其志是'老者安之,朋友信之,少者怀之'(《论语·公冶长》)。他一生到处奔走,希望实现一个人人各得其所的社会。他虽然到处碰壁,但知其不可而为之,表现一种顽强的执着精神。他的理想虽未能实现,却给后世留下一笔可贵的精神财富。汉代的经生,以儒经为追求功名富贵的工具;魏晋南北朝时期的士族,幻想长生,纵情享乐,过着极端腐朽的生活。他们都把先秦儒家的积极淑世精神抛之脑后。历史发展到唐宋之际,发生了巨大的变化。如上所说,新登上历史舞台的'官户'或'乡户'地主,都不能直接控制劳动者,他们的政治经济地位都极不稳定。他们的生死荣辱,又和皇权的兴衰休戚相关。这种情况,使宋代的地主阶级既不能像士族门阀那样纵情享乐、腐朽败坏,又不能不有所作为,关心国事。尽管有所作为的终极目的是为了维护地主阶级的根本利益,但也不能不考虑作为地主阶级对立面的农民,再加以儒家思想的熏陶,于是,在一些地主阶级的知识分子中,逐渐产生一种'以天下为己任'的思想。范仲淹所说的'先天下之忧而忧,后天下之乐而乐',李觏所说的'诵孔子、孟轲群圣人之言,纂成文章,以康国济民为意'(《李觏集》,第296页,中华书局,1981),张载所说的'为天地立心,为生民立道,为去圣继绝学,为万世开太平'(《张载集》,第326页,中华书局,1970),都是这种思想的体现。他们不仅这样说,而且这样做,范仲淹是其中的杰出代表。他惟恐朝廷有过,生民有怨,大半生为改革弊政、拯民水火而奔走号呼,自己的利害得失,全不放在心上,不愧为当时士大夫的表率。在他的倡导之下,涌现了不少砥砺名节,关心民瘼,忧以天下,乐以天下的贤士大夫。这样,先秦儒家的积极淑世精神,在宋代就大大弘扬!而宋代士风之美,也更为后世所艳称"。

其四,"学风丕变、儒学复兴与新儒学即理学的产生。中唐以来,中国封建社会发生巨变,以汉代今文经学和古文经学为主体的传统儒学,本已不能适应变化了的政治经济情况;唐初颁发《五经正义》,儒学又陷于僵化;加以佛道盛行,儒学日益式微。于是,从中唐开始,就逐渐兴起一股复兴儒学的思潮,并且迅速形成为一种运动。这个儒学复兴运动,以古文运动为表现形式,以怀疑传统经学为起点,以批判并吸收佛老,改造以董仲舒为代表的旧儒学为主要内容。首先举起古文运动和儒学复兴运动旗帜的是韩愈;而怀疑传统经学则由先于韩愈的啖助、赵匡发其端。宋儒继承啖助、韩愈的未竟之业,由疑传惑经发展到以己意说经,形成一次强大的思想解放运动;由批判佛老到吸取佛老,融合三家,终于形成一种支配宋元明清思想界的新儒学,即理学。二程就是理学的奠基人。理学的产生,是宋代文化上的大事,也是中国文化史上的大事,值得大书特书"。(文中还不吝笔墨,从四个方面阐释了理学产生的意义,即"促进理性主义思想的发展""促进了'天人合一'思想的发展""发展了道德自律精神""为儒家的'内圣外王'之学,提供了哲理的基础"。限于篇幅,此处不再展开。——笔者注)

其五,"商品经济空前发展,在文化领域产生了重大影响。宋代城市、商品、货币关系的空前发展,不能不在社会生活、社会心态、学术思想、文学艺术等领域发生重大影响。这些影响,实在是宋代文化领域中极为引人瞩目的新变化"。"影响之一,是社会心态上的对金钱的崇拜。""影响之二,是社会政治生活中商人地位的提高。""影响之三,是学术思想领域中的重商思想的出现。如果说,这种思想,在北宋时期还不太明显的话,那么,在南宋思想家的著作中,却清晰可寻了。""影响之四,是文学艺术领域中反映城市工商业者的思想情感的民间文学与市肆画的发展。这种民间文学的主要形式就是'话本'。……市肆画(《清明上河图》是其杰出代表),也是随着宋代商品经济空前发展而出现的、在我国绘画史上具有划时代意义的新事物,在过去是不曾有过的,因而值得大书特书。""影响之五,是城市生活的丰富多彩。音乐、舞蹈、戏剧、杂技、茶楼、酒肆……令人目不暇接。这不仅促进了音乐、舞蹈……的发展,而且促进了茶文化、酒文化、饮食文化的发展。这一切都是非常引人瞩目的"。

"总之,宋代文化,绚丽多姿,成就极高,影响极大。"①

姚瀛艇先生主编的《宋代文化史》获奖证书

3. 论"宋代文化在中国文化史上的地位"

在该书的"结束语"中,姚瀛艇先生谈到了"宋代文化在中国文化史上的地位":"至于宋代文化在中国文化史上的地位,则可用'承上启下'四个字来概括。也就是说,宋代文化结束了

---

① 姚瀛艇:《宋代文化史》,河南大学出版社,1992,绪论,第8—14页。

中国文化史上的一个旧阶段,同时又开辟了一个新阶段。"

"从哲学思想来看,历来'汉宋'并称,'宋明'并称。'汉宋'并称,说明由'汉学'演变为'宋学';'宋明'并称,说明'宋学'一直延续到明清时期。这个'宋学',就是我们上文用极大篇幅论述过的以程朱理学为主体的新儒学。……从史学思想来看……以史明理、明道,或劝或戒必以儒经之旨为归,成为宋代史家们普遍接受的信条;司马光更明白地说,史学乃儒之一端。这说明'圣人'之是非,已完全支配了史学思想,史学变成了儒学的附庸,史学著作,成为宣传伦理纲常的阵地。这种情况,一直延续到明清时期,没有改变。"

"从经济思想来看,从秦汉时期的'重本抑末',到宋代陈亮所说的'商藉农而立,农赖商而行,求以相辅,而非求以相病',叶适所说的'夫四民交致其用,而后治化兴,抑末厚本非正论也',到明末清初黄宗羲所说的'工商皆本',重商思想一步步兴起,而转折点正在宋代;黄宗羲的思想,正是陈亮、叶适思想的进一步发展。"

"从文学艺术领域来看,韩愈、柳宗元所倡导的,由欧阳修、苏轼等所继承的古文运动,开辟了中国文学史上的一个新阶段,这是人所共知的事。这个新阶段,不仅在形式上摈斥骈偶,而且在内容上主张'文以载道'。唐宋八大家无不如此。明代茅坤、归有光的古文乃至清代'桐城派'的古文仍然沿着这条道路发展下去。宋代的话本,上承唐代的俗讲和变文,下开明清白话小说发展高潮的先河,这也是人所共知的事。再如宋代的杂剧,是随着城市经济的繁荣而发展起来的一种艺术。……宋代杂剧正是元代杂剧的基础。至于南宋时期在南中国兴起的'戏文',更是元明'南戏'的始祖。还有绘画,唐代以前的人物画,主要画贵族仕女和宗教故事,宋代则突破这种局限,开始描绘农民、小市民和其他劳动人民的现实生活;而且随着商品经济的发展,市肆画大批涌现,张择端的《清明上河图》,是其杰出的代表。明清时期,市肆画始终不衰,其转折点亦在宋代。至于明清蔚为画坛大崇的文人画,则更由宋代的文同、苏轼发其端。自此均可见宋代文化在文学领域中承上启下的地位。"

"从社会心态来看,一个突出的现象是'名分'思想对人们的支配作用,明显地超过了'天命'思想。……宋代的理学家,特别是二程,用'理'来联结天人,把'君臣、父子'之分,变成了'天理'的化身,为'名分'提供了一个哲学的基础。宋代的史学家如欧阳修、司马光也都是借史学著作宣扬'名分'的。从此,'名分'思想深入人心。明清时期,'名分'思想对人们的支配作用,达到登峰造极的地步,导致在文学作品中,也出现形形色色的维护'名分'的艺术形象。"

"从以上几个不同的侧面,可见宋代文化在中国文化史上的地位。其实,宋代文化不仅影响到明清时期,而且对近代中国也发生影响。关于这一点,晚清的严复似曾意识到了。他在写给熊纯如的信中就说:'古人好读前四史,亦以其文字耳!若研究人心政俗之变,则赵宋一代,最宜究心。中国所以成为今日现象者,为善为恶,姑不具论,而为宋人之所造就,什九可断言也。'(《学衡杂志》第13期)台湾已故宋史专家赵铁寒教授也说:'元、明、清以来的政教大经,以至社会现象,人群的生活意识形

第五章 率团队开拓创新,主编新中国成立后第一部《宋代文化史》

态,除去近百年来受到西方文化的冲击变动的成分不算,若在我国文化史上找它的根源,那么,宋代的320年,便是中继线上的一个新的起点了。严几道(严复)的几句话,道出实情,一点也不过分。'(《宋史资料萃编代序》)正是宋代与近代中国如此密切相关,所以对宋史的研究,引起了国内外学者的重视,成为一门国际性的学问。"[①]

(二)论编写本书的现实意义

"结束语"中明确指出:"研究宋代文化史的现实意义,可以用两句话来概括,即为弘扬民族文化振兴中华所必需,亦可为建设社会主义精神文明提供可贵的借鉴。"

1. 弘扬民族优秀传统文化

就弘扬民族优秀传统文化而言,"中国是具有5000年文明历史的古国,中华民族创造了光辉灿烂的古代文化,对整个人类的进步发展做出过重大贡献。宋代不仅是中国封建社会发展过程中的新的发展时期,而且经济文化的发展,都居于当时世界的最前列。正如邓广铭教授曾指出那样:宋代物质文明和精神文明所达到的高度,在中国封建社会历史时期之内,是空前的;在当时世界上也是居于领先地位的。……宋代中国在当时世界上的这种地位,是我们的骄傲。研究宋代文化,可以弘扬民族文化,对全国人民进行爱国主义教育,提高民族自尊心、自信心,因而可以大大有利于我们正在从事的'振兴中华'的伟大事业"。

[①] 姚瀛艇:《宋代文化史》,河南大学出版社,1992,结束语,第571-574页。

2. 为建设社会主义精神文明提供借鉴

就"研究宋代文化为建设社会主义精神文明提供借鉴一事"而言,"至少有三点可说"。

"第一,就是本书所着重论述的关于宋代士大夫和知识分子'以天下为己任'的思想。尽管这种思想和我们今天所倡导的共产主义理想和全心全意为人民服务的思想,有本质的区别,但是,他们,或者如范仲淹,唯恐朝廷有过,生民有怨,一生为兴利除弊而奔走号呼,屡遭挫折而不悔;或者如二程,把先秦儒家推己及人及物的思想,上升到本体论的高度,变为自觉的行动和永远无限的责任。他们的道德情操和精神境界,与今天某些只知以权谋私的人或只求索取不讲奉献的人来说,不是有天壤之别吗?我们今天处在社会主义初级阶段,共产主义理想、大公无私,只是某些先进人物的精神境界;对绝大多数人来说,能做到公而忘私或先公后私就算不错了;极少数人变成社会蛀虫,人群败类,也不足为奇。面对这样的现实,进行共产主义理想教育,固然十分必须;继承我国传统文化中的珍贵遗产,宣传诸如范仲淹、二程这样的人物,对于净化人们的灵魂,不是也能起到一些'他山之石可以攻玉'的作用吗?"

"第二,就是本书所着重论述的宋代知识分子的严格的道德自律精神。他们用当时的道德规范来约束自己,完全是出于自觉,具有自我意识,而不是屈从于神意、社会压力或追求外界的功利、幸福,谋个人的名利。这种严格的道德自律精神,是非常可贵的。德国著名哲学家康德一生严格以道德自律,并在他的墓碑上刻上'位我上者灿烂的星空,道德律令在我心中'这样的字句,因而受到人们的尊敬。宋儒的严格的道德自律精神,决不在康德之下。相对于今天社会中所存在的不讲公德、道德败坏或毫无道德观念的现象,宋儒的严格的道德自律精神,不是很值得发扬吗?"

"第三,就是在宋代随着商品经济的发展而产生的对金钱的崇拜以及对金钱的贪欲和掠夺。这种情况,与一些人利用改革、开放,发展商品经济而鼓吹的'一切向钱看'的思想,有惊人的相似。他们对金钱的崇拜,严重地腐蚀了人们的灵魂,导致犯罪,这和宋代也是相同的。商品经济的发展,是经济发展的主要标志。商品经济不能不发展,对伴随商品经济大发展而产生的拜金思想也必须要批判、抵制和肃清。在这方面,宋人也给我们做出先例。……李之彦的随笔,陈与义的诗,都是嘲讽这种腐朽思想的。当然,宋人没有能力把这种思想彻底肃清。但他们对这种思想的批判,是很值得效法的。我们今天有党的领导,有先进的社会主义制度,有马克思主义的世界观和方法论,有雷锋以及一大批雷锋式的先进人物做榜样,有优秀的历史遗产可资借鉴,我们一定能创造出社会主义新文化,建设高度发展的社会主义物质文明和精神文明。行文至此,更增强了我们的历史使命感和社会责任感,也更增强了我们建设具有中国特色的社会主义的信心。祖国的前途,无限光明,我们的责任,无比艰巨,让我们奋起去创造更美好的明天吧!"[①]

---

① 姚瀛艇:《宋代文化史》,河南大学出版社,1992,结束语,第574—577页。

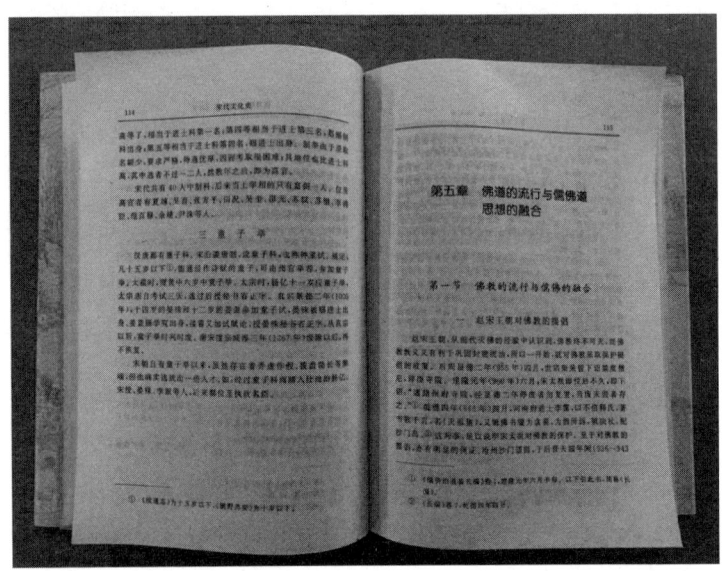

姚瀛艇先生在主编的《宋代文化史》一书中亲撰第五章"佛道的流行与儒佛道思想的融合"

二、亲撰宋代儒学与哲学思想发展及演变内容三章

与所发表的学术论文相呼应,姚瀛艇先生在《宋代文化史》的五、六、七三章中,对宋代新儒学——理学形成的思想因素、有利环境、形成的过程及主要内容,以及理学形成以后各学派之间的论争,以深厚的知识功底、大量的史料与史实、高屋建瓴的思维,进行了深刻的论证和阐释。

第五章 率团队开拓创新,主编新中国成立后第一部《宋代文化史》

(一) 以深厚的知识功底阐释"佛道的流行与儒佛道思想的融合"

在第五章中,姚瀛艇先生阐释了理学形成的思想因素——"佛道的流行与儒佛道思想的融合"。对佛道思想在宋代的流行及演变,以及儒佛道思想最终合流的谙熟与精准把握,显示出姚瀛艇先生深厚的知识功底。

1. 论佛教的流行是赵宋王朝对佛教提倡的结果

书中论述了佛教的流行是赵宋王朝对佛教提倡的结果。

"赵宋王朝,从前代灭佛的经验中认识到,佛教终不可灭,而佛教教义又有利于巩固封建统治,所以一开始,就对佛教采取保护提倡的政策。……建隆元年(960年)六月,宋太祖即位后不久,即下诏:'诸路州府寺院,经显德二年停废者勿复置,当废未毁者存之。'……开宝四年(971年)遣内侍张从信到益州雕造《大藏经》,依《开元释教录》所载佛经,次第雕版,到太平兴国八年(983年)完成,共雕版13万块,所收大小乘佛典及圣贤集传,共1076部,5048卷。这是我国雕印全部藏经之始,不仅为我国佛教发展史上的一件大事,而且对日本、朝鲜等国雕印佛经发生了重大影响。"

"宋太宗对佛教的作用,更有深刻的认识。他曾对赵普等人说:'浮屠氏之教有裨政治,达者自悟渊微,愚者妄生诬谤,朕于此道,微究宗旨。……虽方外之说,亦有可观者,卿等试读之。'从此,他更努力提倡佛教。除了在五台山、峨眉山、天台山等地大建佛寺外,还办了两件大事。一件是编撰僧史僧传。……再一件是恢复了唐宪宗元和以来久已停止的译经事业。……真宗即位后,继续翻译佛经,亦为新译佛经作序。大中祥符四年(1011年),又开始编撰新的经录,主其事者为赵安仁、杨亿等人,至六年(1013年)完成,赐名《大中祥符法宝录》,所载译籍乃从太平兴国七年(982年)到大中祥符四年30年间所译者,共计222部,413卷。此外还收东土撰著11部,160卷。由此可知这次译经的规模和取得的成绩。"(关于译经,主要根据《长编》卷24,《宋会要辑稿》道释2·5—7。)

"真宗虽然狂热提倡道教,但仍极力提倡佛教。除继续翻译佛经外,并亲自为佛经作注,又撰《释氏论》,'以为释氏戒律之书,与周、孔、荀、孟迹异道同,大指劝人之善,禁人之恶,不杀则仁矣,不窃则廉矣,不惑则正矣,不妄则正矣。苟能遵此,君子多而小人少'(《长编》卷45,咸平二年八月丙子)。对于各地寺院,也屡加赏赐……他还广设度僧的戒坛,除京师外,各地共有72所,因而出家为僧尼者日益增多。到天禧五年(1021年),宋朝统治区内共有僧39.7万余人,尼6.1万余人,成为赵宋一朝僧徒最多的时期。"(《长编》卷45,咸平二年八月丙子。)

"太祖、太宗对佛教的提倡、保护政策,为后世历代皇帝所继承。徽宗时虽曾一度提高道教的地位,佛教受到一些压抑,但很快就纠正过来。至南宋孝宗皇帝,也认识到佛教的重要性。他曾对径山住持蕴闻说:'三教一也,但门户不同。'由此可知,提倡佛教,是赵宋王朝的基本国策。"

姚瀛艇先生漫步于公园留影

2. 以翔实资料阐述宋代"佛教的流行与儒佛的融合"

书中以翔实的资料阐述了宋代"佛教的流行与儒佛的融合"。先是阐述了佛教各宗派在两宋的流行、各派的基本观点及其论争,在此基础上,论证了宋代佛教和儒学的关系,寻找到儒佛合流的根基。

"儒佛道三家融合,已有长久的历史,到宋代已成为不可抗拒的历史潮流,并结出新成果。从佛与儒的关系来看,有三点值得注意。""第一,佛教大师与儒家学士大夫,有密切的交往。这类事例,俯拾皆是。""第二,佛教各宗之间出现了逐渐融合的趋势。……而佛教各派在思想上的趋于一致,也就使所传习的经论集中于有限的几部,如《华严》《楞严》《圆觉》《起信》等,这就更便于儒家营垒的人物学习佛家思想,有利于两家的融合和新儒学的诞生。""第三,援儒入佛,疏通儒佛,使之融会贯通。这是上述趋势进一步发展的结果。"

"从儒佛关系来看,也有三点值得注意。""第一,出现了许多不出家受戒的佛门弟子。……还有更多的士大夫,虽未皈依佛门,却精通佛典。""第二,在宋代,仍有人激烈批佛,如孙复的《儒辱》、石介的《怪说》、李觏的《常语》、欧阳修的《本论》等等。这些都是从社会、伦理的角度批佛,并不是单从理论上批佛,亦不能真正把佛批倒。这是宋代儒佛关系的一个方面。""第三,宋代的重要思想家,几乎都有'出入释老'的经历,因而都精通佛典,而且吸收佛教哲理、命题、概念来塑造自己的理论体系。……说明佛教思想,是新儒学所赖以形成的必要条件。这正是宋代儒佛关系的重要方面。"①

3. 论赵宋王朝对道教的提倡

书中论述了"赵宋王朝对道教的提倡":"道教为中国土生土长的宗教。赵宋王朝从前代佛道的斗争中,认识到道教对巩固封建统治亦不可缺,所以,从建国之初,就对道教大力提倡。宋初著名的道士有张守真、陈抟、丁少微等人,张守真甚得太祖、太宗的信任。太宗并曾多次召见陈抟、丁少微,赐陈抟号'希夷先生',又在汴京、苏州等地建立道观。对于在五代兵火中散失的道教经典,则多方收集,共得7000余卷,命徐铭、王禹偁等校正。真宗更是道教的狂热提倡者。从大中祥符元年(1008年)开始,他演出了一连串的'天书'闹剧,又虚构一个赵姓祖先赵

---

① 姚瀛艇:《宋代文化史》,河南大学出版社,1992,第115-128页。

第五章 率团队开拓创新，主编新中国成立后第一部《宋代文化史》

玄朗，奉为道教天神，尊为'圣祖'，上尊号曰'圣祖上灵高道九天司命保生天尊大帝'。为了奉祀'天书'和'圣祖'，又在汴京修建'玉清昭应宫'和'景灵宫'，备极华丽。……但在整理道藏方面，却取得很大的成绩。大中祥符五年（1012年），真宗任命张君房为著作佐郎，专修道藏。到天禧三年（1019年），编成《大宋天富宝藏》七藏。君房又取其精华，提要钩玄，撰成《云籍七签》一书，对道教典籍的保存，起了不小作用。徽宗对道教的提倡，更超过真宗，他自称是神霄帝君临凡，讽臣下册封他为'教主道君皇帝'。政和三年（1113年），诏求道教仙经于天下。四年，置道阶，有先生、处士等名，秩比中大夫至将仕郎，凡二十六级。后又置道官二十六等，有诸殿侍宸、校籍、授经、以拟待制、修撰、直阁之名。六年，从道士林灵素之言，立道学，自元士至志士，凡十三品；又用蔡京言，集古今道教为纪、志，赐名道史。重和元年（1118年），颁《御注道德经》，又诏太学、辟雍各置《内经》《道德经》《庄子》《列子》博士二员。宣和元年（1119年），更寺院为道观，改佛号大觉金仙，僧为德士，尼为女德，又诏德士并许入道学，依道士之法。把道教置于佛教之上。又追封庄周为微妙元通真君，列御冠为致虚观妙真君，并配享混元皇帝。诸如此类，不胜枚举。由于朝廷的提倡，道教在两宋时期极为流行。"

4. 以翔实资料阐述宋代"道教的流行与儒道的融合"

书中以翔实的资料阐述了宋代"道教的流行与儒道的融合"。先是阐述了道教中的天师道和全真道在两宋的流行与发展，在此基础上，论证了"儒道的融合"。

"宋代儒道的融合，表现在以下几个方面。""第一，道教中反映出三教合一的思想。这一点,在张伯端、王喆(王喆为道教中全真道北宗的祖师;张伯端为北宋中期著名道士,被附会为全真道南宗的祖师——笔者注)的著作中都有表现。""第二,是儒学吸收道教思想。最典型的例证是邵雍、周敦颐二人。他二人的思想,都深受宋初著名道士陈抟的影响,这是学术界公认的事实。……再如张载,在人性论方面也深受张伯端的影响。……后来的朱熹,在人性论上,吸收了张载的思想,实际是吸收了张伯端的思想。这些例证都说明道教思想是宋明理学的一个源泉。""第三,是道教吸收儒家思想。典型的例子就是白玉蟾。他虽是一个道士,但深受禅宗的影响,对朱熹又非常尊敬。所以,他的思想也是道家、理学、禅宗三者的混合。"①

(二) 以大量的史料与史实论述"疑古惑经之风与经学的演变"

在第六章"疑古惑经之风与经学的演变"之中,姚瀛艇先生通过大量的史料与史实加以论证,指出宋代"疑古惑经之风的盛行",为理学的产生提供了有利的环境。

1. 概述宋代因疑古惑经风气的盛行而使经学具有三大特征

第六章开篇,即概述了宋代因疑古惑经风气的盛行,而使此期的经学具有明显的三大特征:"清末今文学派经学大师皮锡瑞在所著《经学历史》一书中,把宋代列为'经学变古时代'。所

---

① 姚瀛艇:《宋代文化史》,河南大学出版社,1992,第129-134页。

第五章 率团队开拓创新,主编新中国成立后第一部《宋代文化史》

姚瀛艇先生(中)与历史系七八级几位毕业留校的学生合影

谓变古,就是改变汉儒说经的传统。汉儒说经,是严禀师承,笃守家法,不敢逾雷池一步。而宋儒则全凭己意说经。为了独抒胸臆,宋儒不仅不守传统,甚至疑经改经,完全荡弃了所谓师承家法。这是宋代经学的一个显著特点。之所以发生这样的变化,则是宋儒要通过解释儒家经典,来发挥自己的哲学思想与政治观点,建立新的儒学体系,以适应唐宋以来政治、经济的新变化对意识形态领域所提出的新要求。正是这样,《易》《周礼》《春秋》就成为宋代的显学。因为宋儒多是通过阐释《易》理,来发挥自己的哲学思想;而《春秋》'以道名分',《周礼》为'周公致太平之迹',更适宜于为宋代进一步发展了的中央集权制度进行论证。这是宋代经学的又一个显著的特点。但仅凭这三部经书,还建立不起足以与佛老特别是与浮屠相抗衡的儒家的新理学说，于是宋儒就把《孟子》一书，与《礼记》中的《大学》《中庸》两篇提出，与《论语》合在一起，称为'四书'，并使之经典化。朱熹通过毕生的努力，完成《四书章句集注》一书，成为元、明、清时期科举考试的法定读物。《四书》经典化，这是宋代经学的又一个显著的特点。第一个特点，造成了两汉以来中国学术史上少有的活跃气氛，为新儒学的产生，创造了有利的环境。后两个特点，则为新儒学提供了思想资料。"

姚瀛艇先生在主编的《宋代文化史》一书中亲撰第六章"疑古惑经之风与经学的演变"

2. 以大量的史料和史实阐述宋代疑古惑经之风的盛行

之后，该章以大量的史料和史实，具体阐述了宋代疑古惑经之风盛行的具体情况。"疑古惑经的风气，始于唐中期的啖助、

第五章 率团队开拓创新,主编新中国成立后第一部《宋代文化史》

赵匡、陆淳师弟三人。……啖助撰有《春秋统例》6卷,后由陆淳加工整理,定名为《春秋集传纂例》,成于代宗大历十年(775年),全书共40篇,分为10卷。陆淳另撰有《春秋微旨》3卷、《春秋集传辨疑》10卷。这三部书都表现了一种'舍传求经'的新学风。他们不仅不为三传旧说所拘束,而且专攻三传之失。……对这种新学风,柳宗元、程颢皆表赞同。""但旧的传统,并不因此一击而破。……汉儒笃守注疏的传统,仍然束缚人心。""然而,啖助、陆淳等人开创的新学风,亦不因旧传统的束缚而中断;宋儒为了发挥自己的观点,不仅疑传,而且怀疑经文,删改经文。这种情形,到仁宗时期已充分表现出来,其主要代表人物有欧阳修、刘敞、王安石三人。"

"欧阳修著有《易童子问》3卷及《毛诗本义》16卷。前者力辨《系辞》以下,非孔子所作,后者则专攻毛、郑之失,而断以己意。""刘敞……学问渊博,长于《春秋》,著有《春秋树衡》17卷、《春秋传》15卷、《春秋意林》5卷、《春秋文权》2卷、《春秋说例》2卷。又著《七经小传》3卷,乃杂论经义之书。七经乃指《尚书》《毛诗》《周礼》《仪礼》《礼记》《公羊传》《论语》而言。吴曾《能改斋漫录》谓:'庆历以前,多尊章句注疏之学,至刘原父为《七经小传》,始异诸儒之说。'四库馆臣亦谓:'今观其书……皆改易经字以就己说。……盖好以己意改经,变先儒淳实之风者,实自敞始。'(《四库全书总目》卷33,《七经小传》条。)这段话对刘敞虽不无微词,但确能道出刘敞经学的特点及其在经学史上的地位。好以己意改经,正是宋代经学的新精神。""王安石在变法时期,主持纂修三经新义,作为变法的依据。其中《周礼义》为他亲自撰写。他撰经义,虽不改易经文,亦不讲章句,但对先儒传、注却废而不用,而只是断以己意。"

"程朱一派的理学家,为了发挥自己的思想,在颠倒删削经文方面,比刘敞走得更远。上文曾说程颢赞扬啖助,正说明程颢和啖助是走的同一条道路。程颢不仅赞扬啖助,还改正《尚书·武成》篇,又改正《礼记·大学》篇。程颐的四传弟子朱熹,作《大学章句》,不仅把《大学》分为经1章,传10章,而且以《大学》旧本有错简缺文为辞,自己补写了一章《格物致知》传。朱熹的三传弟子王柏,撰《书疑》9卷,并《舜典》于《尧典》,合《益稷》于《皋陶谟》;以《论语》'咨尔舜'22字补'舜让于德弗嗣'之下,以《孟子》'劳之来之'22字补'敬敷五教在宽'之下;对《尧典》《皋陶谟》《说命》《武成》《洪范》《多士》《多方》《立政》8篇,更以己意转移,有割一两节者,有割一两句者,一概归之于错简。王柏又撰《诗疑》2卷,'攻驳毛郑不已,并从本经而攻驳之;攻驳本经不已,又并本经而删削之'(《四库总目提要》卷17,《诗疑》)。"

"陆九渊一派的理学家,虽不删改经文,但却用自己的思想观点去解释经文。九渊弟子杨简,撰《慈湖诗传》,就显示了这个特点。"

"平心而论,从啖助到宋儒,解说经义,实不免有臆断之弊。但从当时来看,却具有突破藩篱、解放思想的作用。正是在这种突破家法、疑古惑经的气氛中,宋儒才敢于糅合佛老,反求六经,创立并发展了新儒学。也正是在这样的气氛中,吴棫、朱熹才敢于怀疑《古文尚书》为伪作,初步揭开了伪古文之谜。这更是宋

第五章　率团队开拓创新，主编新中国成立后第一部《宋代文化史》

晚年享受着幸福生活的姚瀛艇先生

儒的一个具体贡献。"①

3. 以邵雍、程颐、朱熹为例阐述宋代学者对《易》学的研究及特点

书中阐述了宋代的《易》学研究及其特点。书中指出："宋儒释《易》之书甚多。《四库全书》经部易类共著录158部，1757卷，宋儒之作，即占56部，605卷，无论部数、卷数都占三分之一以上；而范仲淹《易义》、李觏《易论》、欧阳修《易童子问》等，非单行之本者，尚不在内。由此可见，宋儒对《周易》的重视。"具

---

① 姚瀛艇：《宋代文化史》，河南大学出版社，1992，第135—141页。

体来讲,"到宋代,邵雍著《皇极经世书》,刘牧著《易数钩隐图》,朱震著《汉上易传》,为象数派之代表;胡瑗著《周易口义》,程颐著《易传》,李光著《读易评说》,杨万里著《诚斋易传》,为义理派之代表。朱熹之《易本义》,则兼象数、义理而并存之。此宋儒易学之大概"。

书中"以邵雍、程颐、朱熹为例",较详细阐述了宋代学者研究《易》学的具体情况、研究的初衷及特点。

邵雍以所著《皇极经世书》中的图形来解释易经。姚瀛艇先生在书中说:"道教有一个根本思想,即认为人身是一个小宇宙,其中亦有阴阳八卦。人要想长生,就得依据宇宙间阴阳消长的道理来修炼自己身中的'精神''气'。而《周易》一书,就是用卦爻之象和解释卦爻之辞来解释宇宙阴阳消长变化之道的,因而也可以用来解释人身这个小宇宙的阴阳消长变化之道。这样,不仅把道教的炼丹术与《周易》联系起来,而且,道教的炼丹术中也有了关于宇宙阴阳消长变化的理论。而道教徒又往往用图形来表示修炼的过程,如《周易参同契》中的《水火匡廓图》《三五至精图》就是这样的图形。相传陈抟也画有《无极图》,刻于华山石壁之上,这也是道教的炼丹图。这实际也开了用图解《易》、用图解释宇宙演化的先声。宋儒又把这些炼丹图吸收过来,加以改造,用来解释《周易》,用来构筑自己的宇宙模式,发挥自己的哲学思想。周敦颐是如此,邵雍也是如此。""邵雍所著《皇极经世书》中附有许多图形。其重要者有《伏羲始画八卦图》(亦称小横图)、《伏羲八卦方位图》(亦称小圆图)、《经世衍易八卦图》《经世天地四象图》《经世天地始终之数图》《经世一

第五章 率团队开拓创新,主编新中国成立后第一部《宋代文化史》

元消长之数图》与《经世四象体用之数图》等等。邵雍就是用这些'图',概括自然界和人类社会的发展变化,因而被称为'图书之学'。这些图,又都托始于伏羲,称之为'先天之易',所以又被称为'先天学'。这些图中又都包含有'象'和'数',所以又被称为'象数学'。自然界的一切事物,本来都具有一定的形象,表现为一定的数量。根据'有形而后有象''有象而后有数'的原则,从'象''数'的角度去解释宇宙万物,不失为一种探讨自然界的方法。但邵雍却颠倒了'形''象''数'的关系,认为'形由象生,象由数设',其结果不仅把'数'神秘化,成为决定一切变化的根源;而且必然由'数'可以预知'形'(即一切事物)的变化的荒谬结论。后世的算命先生,都标榜'康节神数',把他奉为祖师,其源盖出于此。"通过《伏羲始画八卦图》《伏羲八卦方位图》和《经世衍易八卦图》,可见邵雍关于宇宙生成、万物衍化的理论。但"无论哪个图,都是'太极'生八卦,八卦相错,生天地万物。所以,'太极'是宇宙万物的本原。但'太极'又是什么?邵雍解释说:'心为太极','道为太极','太极,一也';又说'道与一,神之强名也'(《观物外篇上》)。可见,'太极'即为道、一、心、神,而实质不外乎一种精神性的本体。以'太极'这一精神本体,作为宇宙的本质,表明邵雍的宇宙观是唯心主义的。""整个宇宙的生成过程,就是'象'和'数'的演化过程,而演化的动力,则是那个不可思议的'神'。这就是邵雍所虚构的宇宙生成的基本图式。""至于《伏羲八卦方位图》,则是用来说明自然阴阳消长变化的原理。""《经世天地始终之数图》和《经世一元消长之数图》,表达了邵雍对时间(亦即人类社会的历史)

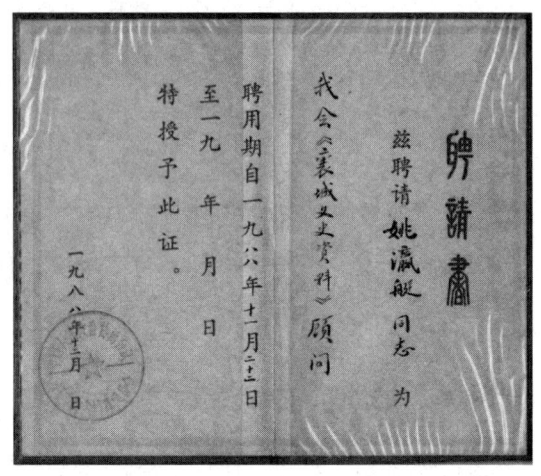

1988年12月,襄城县政协为姚瀛艇先生颁发的"《襄城县文史资料》顾问"聘书

的根本观点。……简言之,邵雍认为人类社会的变化,也是按照'数'的原则进行的。"总括来说,"《皇极经世书》的基本内容,也是邵雍所编织的自然界和人类社会发展变化的图式。这个图式是以《易》八卦为骨架;以所谓伏羲先天易数为血肉而构筑起来的,其中弥漫着唯心主义甚至神秘主义的迷雾。但他要在一部书中概括宇宙,综合天文,对整个自然界和人类史进行总的论述,确实表现了宋儒在认识自然和认识社会方面所达到的新高度,也表现宋儒的理论胆略和勇气。这一点,很值得称道"。

"程颐则反邵雍之道而行之。……他坚决反对《易》之义本在于数,但承认要'因象以明理',然而'理既见乎辞矣,则可由辞以观象',所以'理'乃是《易》之根本,而理就包括在'辞'(指卦辞、爻辞)里。所以他明白宣称:'吉凶消长之理,进退存亡之

第五章 率团队开拓创新，主编新中国成立后第一部《宋代文化史》

道,备于辞。推辞考卦,可以知变,象与占在其中矣。……得于辞,不达其意者有矣;未有不得于辞而能通其意者也。……予所传者辞也,由辞以得意,则存乎人焉。'(《二程集》,中华书局1981年7月版,第582—583页)因此,他的15万字的《易传》,就专讲义理而不讲象数。""综观程颐《易传》,可知他所阐述的'理',包含有诸种意义。但最重要的是精神本体、事物规律和道德标准三种含义。他在《易传序》中说:'至微者理也,至著者象也。体用一源,显微无间。'(《二程集》第582页)这说明,他把'理'看作'体',把'象'看作'用',而且认为二者有一种内在的联系,密不可分。在《答张闳中书》中,更明确地说:'……有理而后有象。'这都说明,'理'具有精神本体的含义。至于事物规律的含义,在《易传》中更多。很典型的一条,是他对'离卦'九三爻辞的解释。……他在这里,不仅把'盛必有衰、始必有终'看作事物的必然规律,并以人之死生为例,要求人们要做'知其常理'的'达者',要顺理为乐,不要做'恒有将尽之悲'的'不达者'。至于道德准则的含义,在《易传》中也很多。如'土地之富,人民之众,皆王者之有也,此理之正也'(《二程集》第770页);'下顺乎上,阴承乎阳,天下之正理也'(《二程集》第749页);'天在上,泽居下,天下之正理也。……君子观履之象,以辨别上下之分,以定其民志。夫上下之分明,然后民志有定。民志定,然后可以言治。民志不定,天下不可得而治也'(《二程集》第750页);等等。'理'的这三层含义,说明程颐通过《易传》,用'理'贯穿于自然观、认识论、道德观各个方面,从而建立了一套能把自然观、认识论、道德观有机地联系在一起的精微的哲学体系。由此可知，程颐所著《易传》，不仅是北宋理学的重要著作，而且是理学思想趋于成熟的标志。"

欢送七零届毕业生合影（后排右一为姚瀛艇先生）

"朱熹则认为专讲象数，或专讲义理，都有弊病，而不能得《易》之本义。他说：'诸儒之言象数者，倒皆穿凿；言义理者，又太汗漫，故其书难读。'（《晦庵文集》卷60，《答刘君房》第2）又说：'近世学者，类喜谈《易》而不察乎此，专于文义者，既支离散漫而无所根著，其涉于象数者，又皆牵合附会。'（《易学启蒙序》）前者是指程颐一派的流弊，后者是指邵雍一派的缺点。他认为：'《易》本卜筮之书'（《朱子语类》卷66），因此，他主张：'要须先以卜筮占决之意，求经文本意，而复以传释之，则其命词之意，与其所自来之故，皆可渐次而见矣。'（《朱文公别集》卷3，

《与刘季和书》第5)这就是朱熹所提出的由'象''辞'以明'理',以求《易》之本义的途径。基于这样的认识,他对程颐《易传》,颇多批评。一则说:'伊川《易经》,亦有未尽处。当时康节传得数甚佳,却轻之不问'(《朱子语类》卷67);再则说:'程子解《易》,说得拘了'(《朱子语类》卷68);甚至说:'伊川要立议论教人,可向别处说,不可硬配在《易》上说'(《朱子语类》卷69)。为了纠《程易》之偏,朱熹在48岁时作《周易本义》,57岁时又作《易学启蒙》。在这两部书的开端,都画出河图、洛书,还绘有伏羲的先天四图(即《伏羲八卦次序图》《伏羲八卦方位图》《伏羲六十四卦次序图》《伏羲六十四卦方位图》),文王的后天二图(即《文王八卦次序图》《文王八卦方位图》),还有一幅卦变图(即《文王六十四卦卦变图》),合称'河洛九图'。由此可见朱熹对图书象数的重视。而《易学启蒙》,更是为初学《易》者编写的入门书。其中包括《本图书》《原卦画》《明蓍策》《考变占》四篇,最足以说明朱熹的由卜筮象数以探索本义的《易》学方法论。到宋元之际,朱熹的后学胡方平与胡一桂父子二人,一则著《易学启蒙通释》,一则著《易学启蒙翼传》,更把朱子的《易》论发挥到极致。"(参见钟肇鹏:《朱熹的易学思想》,载《论宋明理学》,浙江人民出版社1983年10月出版。)①

4.以孙复、胡安国为例谈宋儒的《春秋》观及围绕《春秋》所生的论争

书中先概述了《春秋》学在宋代受到重视及其原因,以及围

---

① 姚瀛艇:《宋代文化史》,河南大学出版社,1992,第141-152页。

绕《春秋》所产生的论争。"清代四库馆臣有云：'说《春秋》者莫夥于两宋。'(《四库全书总目提要》卷29，《日讲春秋解义》条)四库《春秋》类，共著录114部，1838卷，而宋人之作，即占38部，689卷。以部数论，恰为三分之一；以卷数论，则为三分之一以上；而欧阳修《春秋论》、程颐《春秋传》等尚不在内。由此可见宋儒对《春秋》之重视。""宋儒之所以重视《春秋》，主要是适应政治的需要。北宋是承五代长期混乱之后建立起来的第六个王朝。五代时期，政权频繁更替，伦常遭到严重破坏。北宋建立后，不得不全力厉行集权，重整伦常，以巩固其统治。而'《春秋》以道名分'，发挥《春秋》的微言大义，正适应这种需要。""但王安石却与众不同。他斥《春秋》为'断烂朝报'，在他执政时期，科举考试不考《春秋》，太学里面不讲《春秋》，皇帝经筵，也不讲《春秋》。而反对王安石变法的人，则极力表扬《春秋》，两派之间，围绕《春秋》，又展开一场斗争。这也是说《春秋》者莫夥于两宋的一个重要原因。"

书中指出，宋儒解释春秋的代表人物为孙复和胡安国："汉儒解释《春秋》不外两派。古文学家详'事'不详'义'，或重'事'不重'义'，《左传》及主其传者，即属于这一派；今文学家则略'事'详'义'，或借'事'明'义'，《公羊》《谷梁》及主其传者，即属于这一派。宋儒解释《春秋》，除个别人如张大亨著《春秋五礼例宗》专释'五礼'外，绝大多数都是阐明《春秋》的'大义'，与汉代今文学派为同调。其最有代表性者，为孙复之《春秋尊王发微》与胡安国之《春秋传》。"

宋初的孙复讲《春秋》，强调"尊王"，强调《春秋》的贬刺，以

第五章 率团队开拓创新,主编新中国成立后第一部《宋代文化史》

姚瀛艇先生(中)和女儿姚志靖(右)在家乡襄城县已成为学校一部分的故居前留影

为赵宋王朝的中央集权的国家政策服务。书中指出:"两汉今文学家,均认为《春秋》是通过对历史人物的褒贬美刺,以阐发'尊王''攘夷'之'大义'。"而孙复作《春秋尊王发微》12卷,为了给赵宋王朝的"守内虚外"国策提供理论基础和历史根据,他"讲《春秋》,便有两个特点。第一,强调'尊王'而不强调'攘夷'。《春秋尊王发微》这个书名,足为明证。第二,强调《春秋》只有贬刺,而无褒美;不仅贬诸侯、大夫之'专擅',而且刺周天子之'失礼';贬诸侯、大夫,是为了'尊王',刺周天子,则从另一角度'尊王'"。因此,孙复认为,"天王使石尚来归脤,非礼也"(《春秋尊王发微》卷11)。齐桓公之灭遂为"贪土地之广,恃甲兵之众,驱逐逼协,以强制诸侯。惧其未尽从也,约之以会,要之以盟,临之以威,束之以力。有弗徇者,小则侵之伐之,甚则执之灭之,其实假尊周之名,以自封殖耳"(《春秋尊王发微》卷3)。襄公三年六月的鸡泽之会是"诸侯既盟,而陈袁侨至,无盟可也。己未诸侯盟,戊寅大夫又盟,是大夫强,诸侯始失政也"(《春秋尊王发微》卷10)。襄公十六年正月的溴梁之会是"案三年……言诸侯之大夫。此直曰戊寅大夫盟,不言诸侯之大夫,鸡泽之会,诸侯始失政也。至于溴梁之会,则又甚矣。溴梁之会,政在大夫也。政在大夫,故不言诸侯之大夫。不言诸侯之大夫者,大夫无诸侯也"(《春秋尊王发微》卷3)。襄公二十七年七月的宋之会(有名的弭兵会议)是"宋之会,大夫会也。……噫!天下之政,中国之事,诸侯专之,犹曰不可,况大夫乎!故宋之盟,不与大夫无诸侯也。宋之盟不与大夫无诸侯者,孔子伤天下之乱,疾之之甚也"(《春秋尊王发微》卷10)。之后,书中评论道:"从鸡泽之会,到溴梁之会、宋之会,每况愈下,一蟹不如一蟹。诸侯日削,大夫日盛,周天子更有名无实。因此,对这三次会,孙复反反复复,再三发议论,讥刺诸侯,更讥贬大夫,其目的,都在于尊周天子。尊周天子的目的,是尊赵宋的皇帝。《发微》的实际意义,就在于此。"

"胡安国……对二程非常钦佩,成为二程的私淑弟子。""他差不多用了毕生的精力,写了一部30卷的《春秋传》。……他又自述写这部书的根据是:'事按左氏,义采公羊、谷梁之精者。大纲本孟子,而微词多以程氏之说为证。'(胡安国:《春秋传》卷首,叙传授)所谓'程氏之说',即程颐未写成的《春秋传》。这再次说明胡安国之学与二程有渊源关系。程颐认为《春秋》'为百

第五章　率团队开拓创新，主编新中国成立后第一部《宋代文化史》

王不易之大法'(《二程集》,第1125页),他作《春秋传》的目的,是'俾后之人通其文而求其义,得其意而法其用,则三代可复也'(《二程集》,第1125页)。胡安国也自述其作《春秋传》的目的是'尊君父,讨乱贼,辟邪说,正人心,用夏变夷,大法略具,庶几圣王经世之志,小有补云'(胡安国:《春秋传序》)。可见,程、胡二人研究《春秋》都是求其义,为经世之用。""在胡安国所列举的几项中,'尊君父,讨乱贼'是核心。《春秋》中所记的'乱臣贼子'很多,胡安国对他们都是要讨的。但他最关心的是那些掌握兵权,进而'篡国弑君'的乱臣贼子,这是适应赵宋建立以来集中军权的需要,特别是宋高宗猜忌诸大将的需要。这正是胡安国苦心孤诣之所在。这一苦心,突出表现在他对公子翚、公子庆父和公子遂的讽刺上。"在《春秋传》卷2、卷3中,讥讽了公子翚的弑君等不义之举,反复强调防微杜渐的重要性之后,胡安国"在《春秋传》卷7'庄公二年夏公子庆父帅师伐于余丘'条下又发议论,集中对公子翚、公子庆父和公子遂进行讥贬。他说:'按二传,于余丘,邾邑也。国而曰伐,此邑尔,曰伐,何也?志庆父之得兵权也。庄公幼年即位,首以庆父主兵,卒致子般之祸。于余丘法不当书,圣人特书,以志乱之所由为后戒也。鲁在春秋中见弑三君,其贼未有不得鲁国之兵权者。公子翚再为主将,未会诸侯,不出隐公之命。仲遂(即公子遂)擅兵两世,入杞伐邾,会师救郑,三军服其威令之日久矣!故翚弑隐公,而芎氏不能明其罪!庆父弑子般,而成季(即季友)不能遏其恶;公子遂杀恶及视,而叔仲惠伯不能免其死。夫岂一朝一夕之故哉!《春秋》所书,为戒远矣!'胡安国这些防范权臣、控制大将的议论,深得高宗之心,又合秦桧之意。王夫之就明确指出胡安国'与秦桧贤奸迥异,而以志合相奖'(《宋论》卷10,宋高宗);并对胡氏《春秋传》有所批评:'尝读胡氏《春秋传》而有憾焉。是书也,著攘夷尊周之大义,入告高宗,出传天下,以正人心,而雪靖康之耻,起建炎之衰,诚当时之龟鉴矣。顾抑思之,夷不攘则王不可得而尊。王之尊非唯诺趋伏之能尊,夷之攘非一身两臂之可攘。师之武臣之力,上所知上所任者也。而胡氏之说经也,于公子翚之伐郑,公子庆父之伐于余丘,两发兵权不可假人之说。不幸而翚与庆父终弑逆,其说伸焉。而考古验今,人君驭将之道,夫岂然哉!'(《宋论》卷10,宋高宗)王夫之的议论,正好说明胡安国《春秋传》在南宋现实斗争中所起的副作用。""除了对公子翚这一类乱臣贼子以外,对'君父'有不合于纲常名教的行动,胡安国也要讽刺。"书中举出两例:"《春秋》这部书,何以始于鲁隐公?"和"《春秋》于隐公元年,不书隐公即位,这是何故?"加以说明。"总上可知,'尊君父,讨乱贼'是《春秋传》的核心。他所发挥的微言大义,更能适合两宋以后中央集权进一步加强的需要。所以,胡安国在世时,就被认为是名儒,《春秋传》也受到重视,逐渐盛行。到元朝仁宗延祐年间(1314-1320年),正式规定《四书》《五经》取士。《四书》全用朱子章句和集注;《书》用蔡沈集传,《春秋》就用胡安国传。历元、明两代,胡传都成为官学,这绝不是偶然的事。"

书中也阐述了宋代围绕《春秋》所产生的争议:"王安石斥《春秋》为'断烂朝报',见周麟之《孙觉春秋传序》,蔡上翔力辨其诬。但在安石执政时期,确是贡举不以《春秋》取士,庠序不

第五章　率团队开拓创新，主编新中国成立后第一部《宋代文化史》

昔日姚瀛艇家乡的故居，已成为今天供孩子们读书的学校

以设官，经筵不以进读。反对变法的人，执此以为口实，与王安石一派反复争论，自熙宁以迄靖康，成为党争的一个重要侧面。"

"熙宁六年（1073年）十月，英宗的女婿、驸马都尉、光州刺史张敦礼上疏乞立《春秋》于学官，并要求在政事堂和王安石单独见面。王安石以未奉圣旨为由，拒绝了他的要求，乞立《春秋》于学官，当然不会批准。反对变法的人，便在民间讲授《春秋》，如陈襄的再传弟子林石，从陈襄弟子管师学习《春秋》，'临川王氏三经行，先生（林石）独不趋新学，以《春秋》教授乡里，既而《春秋》为时所禁，乃绝意仕进'（《宋元学案》卷5，《古灵学案》）。林石的弟子沈躬行，亦因'王氏废《春秋》，先生（躬行）独手摹石经《春秋》藏于家'（《宋元学案》卷32，《周许诸儒学案》）。哲宗元祐元年（1086年），司马光执政。当年六月，在太学立春秋博士,二程的门人刘绚,当上了这个职务。绍圣年间(1094-1097年),章惇执政,又取消了这个学官。但仍然有个秀才崔子方,三次上书乞置春秋博士,当然不会成功。他就隐居在江苏六合,杜门谢客,专门著述,研究《春秋》,著《春秋经解》12卷,《春秋本例》《春秋例要》20卷。元符三年(1100年)正月,哲宗病死,向太后执政,当年十一月,又设置春秋博士。过了一年多,到崇宁元年(1102年)七月,蔡京为相,复罢春秋博士。宣和七年(1125年)冬,金兵南下,形势紧张。当年十二月,徽宗禅位给钦宗。次年(靖康元年)四月,开封刚刚解围,就又设置春秋博士,以后又罢王安石配享孔子庙廷。这就是那首'不管太原,却管太学;不管防秋,却管《春秋》;不管炮石,却管安石;不管肃王,却管舒王(即安石)'民谣的由来。春秋博士的兴废,历哲、徽、钦三朝,三起三落,简直成了政治上的晴雨表。可见新旧两党在这个问题上的斗争多么尖锐。"①

(说明:该章第4节所阐述的"宋儒对《周礼》的研究与争议"之内容,与本书前面分析的姚瀛艇先生在《史学月刊》1982年第3期发表的论文《宋儒对〈周礼〉的争议》之内容基本相同,因之此处不再赘述。)

5.论《四书》逐渐受到重视并经典化之过程及朱熹等人在其中的贡献

书中首先概述了《四书》地位的历史演变:"《论语》《孟子》本为孔、孟弟子所记孔、孟之言行;《大学》《中庸》本为《小戴记》

---

① 姚瀛艇:《宋代文化史》,河南大学出版社,1992,第153-161页。

第五章 率团队开拓创新,主编新中国成立后第一部《宋代文化史》

中之两篇,原无四书之名。自朱熹以毕生之精力,著《大学》《中庸》章句,《论语》《孟子》集注,《四书》之名,开始产生。元仁宗延祐年间(1314-1320年),正式规定以《四书》《五经》取士,朱注遂成为法定的读本。元邱葵撰《周礼补亡》,在序中说圣朝以六经取士,可见元人已以《四书》为一经。明永乐十三年,胡广奉敕编《四书大全》30卷与《五经大全》并颁学官;而科场之中,《四书》义比《五经》义更受人重视。《明史·艺文志》经部特立《四书》一门,清《四库全书》经部亦立《四书类》。清圣祖康熙且御定《日讲四书解义》26卷。四库馆臣亦认为'内圣外王之道备于孔子,孔子之心法寓于六经,六经之精要括于《论语》,而曾子、子思、孟子衍其绪。故《论语》始于言学,终于尧舜汤武之政,尊美屏恶之训;《大学》始于格物致知,终于治国平天下;《中庸》始于中和位育,终于笃恭而天下平;《孟子》始于义利之辨,终于尧舜以来之道统。圣贤立言之大旨,灼然可见。盖千古帝王之枢要,不仅经生章句之业也'(《四库全书总目提要》卷36,《日讲四书解义》条)。凡此,均可见《四书》在元、明、清三代所受之尊崇,因此,《四书》之经典化,实为宋代经学的一个重要问题。然追原溯始,学、庸、论、孟之受到重视,也有一个过程。"

一谈,《论语》逐渐受到重视的过程。"据赵岐《孟子题辞》,可知西汉孝文帝时曾立《论语》博士。以后虽罢博士,但传习仍盛。……在两汉人心目中,《论语》乃六艺之附庸,经六之传、记。此时,《论语》未列为经典,但著录于经部,足见其地位之重要。""到唐代,五经逐渐演化为九经,《礼记》《春秋左氏传》为'大经',《毛诗》《周礼》《仪礼》称中经,《周易》《尚书》《春秋公

姚瀛艇先生（正中）和友人欢聚一堂

羊传》《春秋谷梁传》为小经,这九经,都在国子监里讲授。卒业的标准是通二经（大经、小经各一种,或中经二种）,通三经（大经、中经、小经各一种）,通四经（大经二种,中经、小经各一种）。而《孝经》和《论语》则为共同必修课。唐文宗开成年间（836-840年）,于国子学刻石经,共12种,其中即有《论语》。自此,《论语》正式列入经部。""唐太宗时期,命国子祭酒孔颖达等撰诗、书、易、礼、春秋（左氏传）五经义疏,642年书成,称《五经正义》,653年,唐高宗颁行《五经正义》于全国。这是奉敕编撰由朝廷公布的法定读本。其他诸经,虽各有传疏,但未经朝廷审定。到宋太宗至道二年（996年）,判国子监李至上言:'五经书疏已颁行,唯二传、二礼、孝经、论语、尔雅七经疏未备,岂副仁君垂训之意。今直讲崔熙正、孙奭、崔偓佺皆励精强学,博通经义,

第五章 率团队开拓创新,主编新中国成立后第一部《宋代文化史》

望令重加雠校,以备刊刻.'(《宋史》卷766,《李至传》)朝廷听从他的建议,开始了勘正七经义疏的工作,由李至与李沆总领其事。真宗咸平三年(1000年)三月,邢昺代领其事。咸平四年九月九日,七经义疏告成,共165卷,上之朝廷。其中,《周礼》《仪礼》《公羊》《谷梁》四经义疏,皆校旧本而成之,基本上是旧疏,仍以旧疏著者贾公彦(《周礼》《仪礼》),徐彦(《公羊传》),杨士勋(《谷梁传》)署名;《孝经》《论语》《尔雅》三经义疏,皆据旧疏约而修之,基本上是新撰,故均由邢昺署名,而不署旧疏作者元行冲(《孝经》),皇侃(《论语》),孙炎、高琏(《尔雅》)之名。自此,十二经皆有官方颁行的法定正义。北宋至道、咸平年间校定七经正义,是我国经学史上一件大事。而《论语正义》的编成,在我国思想史上还有特殊的意义。"

二谈,《孟子》逐渐受到重视的过程。其中,宋儒对《孟子》颇有争议。"据赵岐《孟子题辞》,可知在西汉文帝时期,《孟子》与《论语》《孝经》《尔雅》皆置博士。……两汉学者均置《孟子》一书于'传'之列。""唐文宗开成年间(836-840年),石刻十二经于国子学,尚无《孟子》。五代末,蜀主孟昶命毋昭裔楷书易、书、诗、三礼、三传、论语、孟子十一经刻石,是为蜀石经。宋太宗翻刻之,是为北宋石经。自此,《孟子》正式列入经部。""宋真宗大中祥符年间(1008-1016年),又诏孙奭校刊《孟子》赵岐注。孙奭遂根据唐张镒《孟子音义》、丁公著《孟子手音》及陆善经《孟子注》等书,撰《孟子音义》两卷,以补唐陆德明《经典释文》之缺。可见,对《孟子》一书,宋真宗有表章之功,孙奭亦有训释之勤。唯现行十三经注疏中之《孟子注疏》,并非孙奭所作。

署名孙奭,乃南宋邵武士人所伪托。朱熹对此有明确的论断。孙奭对《孟子》的贡献,在《音义》,而不在《注疏》。""王安石变法时期,改革科举考试制度。熙宁四年(1071年)二月决定:罢诗赋、帖经、墨义,专以经义、论、策试士。士各占治易、诗、书、周礼、礼记一经,兼论语、孟子。每试四场:初场试本经;次场试兼经,大义凡十道;再次试论一首;再次试策三道。于是,《孟子》与《论语》都成了科举考试的必修课。王氏门人,亦有训释二书者,如陈祥道著《论语全解》10卷,许允成著《孟子新义》13卷,均为荆公新学中的重要著作。""但《孟子》的地位,在宋儒心目中并不牢固。在王安石变法以前,本有人攻击《孟子》;又因王安石尊崇《孟子》,以《孟子》取士,激起反对变法者的不满,遂使对《孟子》的攻击更加剧烈。因此,围绕《孟子》也展开了种种争论。邵博《闻见后录》卷11至13,汇集了《荀子》以下批评《孟子》者共十家,其中宋儒占九家……由北宋中期到南宋末期,对《孟子》的攻击,一直没有停止。""综观这些攻击,大致有三种情况":"李觏是一种情况。他指责《孟子》是'名学孔子而实背之者也'。因为,第一,'孔子之道,君君臣臣也;孟子之道,人皆可以为君也'(转引《邵氏闻见后录》卷12);'五霸帅诸侯事天子,孟子劝诸侯为天子。苟有人性者,必知其逆顺耳'(转引《邵氏闻见后录》卷12)。第二,'孔子"君命召,不俟驾行矣"',但'齐王欲见孟子,(孟子)而称有疾。……是孟子之骄习矣,宜乎其教诸侯以反天子也'(同上书卷13)。可见,孟子的言行,完全违反了君臣之义、孔子之道。李觏作《常语》,批评孟子,目的就是要'以正君臣之义,以明孔子之道,以防乱患于后世也'(同上书卷13)。北宋朝廷厉行集权,重整伦常,非常需要对君臣之义作进一步的发挥。李觏这些议论,正适应了这种需要。""司马光、晁以道又是一种情况。他们名为攻孟子,实际是反对王安石。白珽《湛渊静语》已明白指出了这一点:'或问文节倪公思曰:司马温公乃著《疑孟》,何也?答曰:盖有为也。当是时,王安石假孟子大有为之说,欲人主师尊之,变乱法度,是以温公致疑于孟子,以为安石之言,未可尽信也。'(《湛渊静语》知不足斋丛书本卷2)这是说司马光。致于晁以道,本是司马光的私淑弟子。司马光号'迂叟',他就号'景迂',所以,他攻孟子,亦是步司马光之后尘。……他的侄子晁公武在《郡斋读书志》中,也把《孟子》列入子部,以示讥贬。所以,司马光和晁以道之反《孟子》,实际上是一种进行政治斗争的手段。因此,他们反《孟子》,也遭到别人的反对。……南宋初,张九成著《孟子传》29卷,称孟子尊王贱霸有大功,拨乱反正有大用。稍后于张九成的余隐之则著《尊孟辨》,反驳司马光。清代四库馆臣称赞这部书说:'当群疑蜂起之日,能别是非定一尊,于经籍不为无功。但就其书而观固卓然不磨之论也。'(《四库全书总目提要》卷35,《尊孟辨》条)""叶适批评孟子,则是为了从根本上批评程朱,反映了两个学派的对立。大家知道,《孟子》一书,是程朱思想的一个重要渊源。孟子的性善说、四端说、养气说和心性天一体说,均为程朱所继承并有所发挥,从而构成他们的唯心主义哲学体系。叶适则是一个唯物主义者。他所写的《习学记言序目》,对程朱多所批评,对孟子也有批评。""总之,《孟子》一书,在宋代颇多争议。但孟子的地位,终究是驳不倒的。自朱熹《四书集注》悬为功令之后,《孟子》更成了家喻户晓、人人必读之书了。"

1996年8月,姚瀛艇先生(前排左五)与其他先生一起参加历史系五八届同学联谊会合影

三谈,《大学》逐渐受到重视的过程。"《大学》本是《小戴记》中的一篇。它的主旨在阐明儒家的政治哲学。它的基本思想就是后来宋儒所概括的'三纲领'(明明德、新民、止于至善)和'八条目'(格物、致知、诚意、正心、修身、齐家、治国、平天下)。它把治国平天下的原理与个人的道德修养的原理紧密地联系在一起,并且把个人的道德修养当做治国、平天下的前提,把治国、平天下看做个人道德修养的结果。它的写成年代,应在孟、荀以后,董仲舒以前。由于两汉时期,以董仲舒为代表的神学目的论盛行,魏晋时期玄学的盛行,《大学》未引起人们的重视,亦无单行之本。直到唐代韩愈为了反对佛教,才把《大学》

第五章 率团队开拓创新,主编新中国成立后第一部《宋代文化史》

突出出来。他所写的《原道》一文,就是用《大学》所讲的修身、齐家、治国、平天下的理论去反对佛教只讲个人修养身心的出世原则。《原道》一文,在我国思想史上具有重要意义。宋代的二程,继承韩愈,更推重《大学》,把它看成是'孔氏之遗书,而初学入德之门'(朱熹:《大学章句》引程子语)。为了更好地藉《大学》以发挥自己的思想,二程均曾颠倒改正《大学》原文的次序。朱熹更用毕生精力,写《四书集注》,对于《大学》,则区分为经一章,认为是孔子之言,而曾子述之;传十章,则曾子之意而门人记之。并补写了《格物致知传》一章。直到他易箦的前一夕,还在修改《大学》诚意章。由此可见朱子对《大学》的重视。"

四谈,《中庸》逐渐受到重视的过程。"《中庸》也是《小戴记》的一篇。它的主旨在阐明儒家的伦理哲学。它开宗明义就说:'天命之谓性,率性之谓道,修道之谓教',表明它是从天人关系的哲学高度来论证宗法伦理的合理性。它又说:'诚者,天之道也;诚之者,人之道也。'表明它把'诚'看做是贯通天人的手段,并用大量的朦胧的词句加以描绘。子贡曾说:'夫子之文章可得而闻也;夫子之言性与天道,不可得而闻也。'(《论语·公冶长》)《论语》一书对'性'与'天道'的论述,确也不多。《中庸》一篇,实在是儒门中最富有哲理的专论'性'与'天道'的著作,所以,比较引人注意。《汉书·艺文志》载有《中庸传》二篇,说明西汉时期,已有人专门研究《中庸》。到了南北朝时期,佛教的心性学说流行,儒家营垒中就有人糅合儒佛,发挥儒家的心性说。刘宋时期的戴颙撰《中庸传》,梁武帝萧衍亲撰《中庸讲疏》,还有无名氏撰《中庸义》,都是这类著作。于是《中庸》就成为沟通儒、佛的桥梁,而戴颙等人的著作,也就成为援佛入儒的初步尝试,表现了儒家对佛教哲理的初步消化。到了唐朝,韩愈的学生李翱作《复性书》,不用传统的章句注疏,而采用'以心通'的方法,来发挥《中庸》中的性命之道,力图建立一套具有儒家特色的心性论。当然,也应看到《复性书》亦受到佛教'见性成佛'说的影响。所以,《复性书》也是儒、佛融合的产物和标志。宋儒研究《中庸》的更多。南宋时期,与朱熹同时的石𡒃,曾编《中庸辑略》2卷,其中就征引周敦颐、二程、张载、吕大临、谢良佐、游酢、杨时、侯仲良、尹焞之说。朱熹更把《中庸》视为子思笔之于书,以授孟子的'孔门传授心法',认为'其书始言一理,中散为万事,末复合为一理,放之则弥六合,卷之则退藏于密,其味无穷,皆实学也。善学者玩索而有得,则终身用之,有不能尽者矣'(朱熹:《中庸章句序》)。这段话,既说明朱熹对《中庸》的重视,也表明《中庸》是一部讲'理一分殊'的书。其实,'理一分殊'是程朱的思想,来源华严宗的'理事说',而《中庸》本无此义。可见,朱熹是吸取佛教思想,为《中庸》作章句,以发挥自己的哲学思想,建立自己的体系。"

在阐述了《四书》逐渐受到重视的过程之后,书中做了总结,并点明了程朱一派理学家尤其是朱熹在其中所做出的突出贡献,及朱熹以后《四书》的经典化。书中说:"总上可知,《大学》《中庸》《论语》《孟子》受到重视,有一个发展过程,到朱熹以毕生精力为《大学》《中庸》作章句,为《论语》《孟子》作集注,《四书》之名,正式出现。到了元朝悬为功令,《四书》与《五经》并列;到明清两代,《四书》的地位,甚至超过了《五经》。《四书》

第五章 率团队开拓创新,主编新中国成立后第一部《宋代文化史》

之经典化,固然是通过了程、朱等人的努力,但实际也是中国思想史发展的必然,也是儒、佛、道三家思想融合的必然。如果说,戴颙、梁武帝等人的著作,表现了儒家对佛家思想的初步消化,那么,朱熹的《四书集注》则表现了儒家对佛家思想的完全消化。从此,一种新儒学,一种既谈性与天道,又讲伦理纲常,并把二者紧密结合起来的富有哲理思辨性的新儒学形成了。这就是宋儒特别是程朱一派理学家对我国思想史的贡献。"①

姚瀛艇先生与女儿姚志靖(左)、外孙女张歌(右)合影留念

---

① 姚瀛艇:《宋代文化史》,河南大学出版社,1992,第171-178页。

(三) 以高屋建瓴的思维辨析"新儒学的形成与哲学思想的演变"

书中第七章所写"新儒学的形成与哲学思想的演变",基本涵盖了两宋时期新儒学——理学的形成,以及理学形成以后各学派林立与相互之间的论争。笔者以为,宋代理学的形成及各学派之间的争鸣,成为我国学术史上继春秋战国百家争鸣之后的又一次学术繁荣与各学派平等争鸣的高峰。而本章的内容恰恰涵盖了宋代学术繁荣与争鸣的全貌。

1. 以邢昺、范仲淹等人思想为主线论"北宋前期对旧儒学的改造"

此处所述邢昺、范仲淹、欧阳修、李觏等人思想,与笔者前面对姚瀛艇先生论文分析中所涉及的这些人的思想多有交叉,因之此处仅略述书中所写之概貌。

书中首先以董仲舒的思想和赵匡胤的宋初政策做铺垫。书中指出:"为了适应汉代大一统的需要,董仲舒把儒家思想与阴阳五行家思想融合起来,把'天'塑造成一个有感情有意志的主宰人间一切的人格神。它君临人间,对天子和庶民都具有绝对的权威,人间的一切都是它有意识有目的的安排。这样,董仲舒就为人间的封建统治秩序和伦理纲常制造了一个神学的基础。这种思想,从汉代起,对巩固皇权,发生了重大作用。但这样的'天',实际是一个妖妄的'天',这样的'天命论',实在粗糙;而且在现实的政治斗争中,往往被企图改朝换代的野心家所利用。

第五章　率团队开拓创新，主编新中国成立后第一部《宋代文化史》

五代时期，就出现了不少这样的野心家，赵匡胤就是其中的一个。他在篡夺后周政权时，就利用了这种天命思想。(《续资治通鉴长编》卷1，建隆元年正月癸卯条)但他深知这种思想对皇权的危害性，因而，就用严刑峻法来镇压私习天文、妖言利害的人。……为什么采取这样严厉的镇压政策？就是怕人'妖言利害'，威胁自己的宝座。但是，镇压尽管严厉，终究还是消极措施。从长远着想，还是应当重新塑造'天'的形象，使天命思想披上新装，以便更好地为人间的统治秩序辩护。所以，改造旧儒学，塑造'天'的新形象，就成了宋初现实政治的需要。这个任务，由邢昺首先承受。"

(1) 论由汉学向宋学转变的关键人物邢昺

"邢昺(932-1011年)……是宋初著名的经学家。……邢昺笔下的'天'，便不同于董仲舒所描绘的'天'。"在引用了邢昺对《论语》中所述"天"的理解之后，书中指出："一、在邢昺笔下，'天'是自然的'天'。他反复强调'天本无心''天本无体''天无言语之命'，因而'天'也没有意志可言，汉儒所加于'天'的妖妄荒诞的色彩，剥落殆尽。二、他所强调的'天道'，乃是自然而然之道，而不是什么神意的体现。三、天之所以能命，或者是天的自然功能，为利益庶物，万物资始，四时之令遞行，万物依时而生，等等；或者是圣人以人事托之，如天之四德，等等；或者是人感自然而生，若天之付命遣使之然，如贤愚、寿夭之类。而所有这些都不是'天'的意志的体现，都不是'天'的有意识有目的的安排。可见，邢昺虽然仍讲'天命'，但'天'为什么能'命'，邢昺的解释却与董仲舒迥然不同。他理解的'天'，是自然的天；

'天'之所以能'命',他力图从理论上去分析,而不诉诸'神意',因而'灾异''祥瑞'之类,也就不见于他的笔下。这样的天命论,较之汉儒的'天命论',显然已摆脱直观粗糙的形式,初步具有理论的色彩;而'天'的形象,也就随之得到初步的改造。""当然,在邢昺笔下,'天'仍残留着'神'的形象。……但这种矛盾,表现在邢昺身上,却是可以理解的。因为董仲舒的思想流传已久,邢昺只是对之进行初步的改造,因之,在邢昺思想中,仍然保留着董仲舒的影响,也就不难理解了。而总体来看,'自然'的'天',却是邢昺所描绘的'天'的主要形象。所以,邢昺的思想较之董仲舒的思想,是大大前进了一步。"

1991年8月1日,姚瀛艇先生与台湾学者王德毅在东京大饭店合影

"清代的四库馆臣,曾这样评价《论语正义》:'今观其书,大抵翦皇氏之枝蔓,稍傅以义理,汉学宋学,兹其转关。是疏出而皇疏微,迨伊洛之书出而是疏又微。故中兴书目曰其书于章句训诂名物之际详矣,盖微言其未造精微也。然先有是疏而后讲学诸儒得沿溯以窥其奥。祭先河而后海,亦何可以后来居上遂尽废其功乎?'这段话明确指出邢昺是由汉学向宋学转变的关键人物,邢昺是伊洛诸儒的先河。"

"然而,邢昺只是对董仲舒的思想进行了初步的改造,因而,这个改造,也就必然存在很多缺陷。一,他只是涉及了天人关系问题,而未能形成一个比较完整的体系。二,为了改造妖妄的'天'的形象,势须恢复自然的'天'的本来面目。既然恢复了自然的'天'的本来面目,也就很难再坚持'天命论'。这就为自己制造了困难。因为从自然的'天'出发,合乎逻辑的必然结论,应当是否认'天命',走向唯物主义。而邢昺既恢复了'天'的本来面目,又要坚持'天命论',这就为自己制造了困难。尽管他力图从各个角度去论证自然的'天'之所以能'命'的道理,但总显得格格不入,软弱无力。三,恢复了'天'的本来面目,固然有利于制止妖妄荒诞思想的流行,有利于制止不逞之徒'妖言利害',但如果真的进一步否定了'天命',则更不为最高皇权所喜。所有这些缺陷,都有待于后来人进一步消除。范仲淹就是这样的后来人。"

(2)论在改造旧儒学的道路上比邢昺又前进一大步的范仲淹

"范仲淹……不仅是个政治家、文学家,而且是一个思想家;他不仅是庆历时期改革派的政治上的领袖,而且是当时学术界的领袖。后人为他在政治上和文学上的盛名所掩,往往不知道或忽略了他还是个思想界和学术界的领袖。其实,在他周围集聚了胡瑗、欧阳修、李觏等人。这些人如同范仲淹一样,不仅是政治家,而且也是思想家。……综观他们的哲学思想,又有几个共同的特点。一,他们都研究周易,都强调自然界和人类社会的运动变化,并探求运动变化的规律;二,以自然法则比附人类社会,用以论证伦理纲常;三,不讳言'天命',但强调'人事'。这些共同点,并非偶然的巧合,而是有着深刻的社会根源。这个根源就在于他们都是改革派,在思想领域,面临着必须解决的共同的问题。这些问题有两个:一个是为变法改革提供理论根据;一个是在改造旧儒学、创造新儒学的道路上再迈出一步。这两个任务,又紧密连在一起。共同的任务形成了他们思想上的共同点。"

姚瀛艇先生在主编的《宋代文化史》一书中亲撰第七章
"新儒学的形成与哲学思想的演变"

接着,书中"以范仲淹的思想为主",阐释"他们是如何解决这些任务的。""第一,范仲淹强调《周易》是研究自然界和人类社会发展变化的规律的。这里面又包含三层意思。""第一层,

第五章 率团队开拓创新,主编新中国成立后第一部《宋代文化史》

《易》包含自然界和人类社会。""第二层,自然界和人类社会都在发展变化着。""第三层,既然事物都在不断发展变化,人们的行动,就要随时变易,掌握时机。……不言而喻,这种随时变易的思想,就是他进行变法改革的理论基础。而他对北宋社会现实的观察,则早在天圣五年(1027年)就已看出在'朝廷久无忧矣,天下久太平矣'这种假象所掩盖着的国用无度、百姓困穷、民力已竭、邦本不固的真实情况;发出一旦乱阶复作,将使天下为血为肉数百年的警告,提出改革吏治的主张,以期达到'朝廷无过,生民无怨'的目的(参看《范文正公文集》卷8,《上执政书》)。可惜,这封万言书,没有引起丝毫重视。直到16年以后,才有机会进行一次短暂的改革。但他的变革的理论和实践,却在我国思想史上留下了可贵的篇章。""第二,范仲淹所阐明的'变化云为之义',大概有三条。""首先,物极必反。""其次,损而后益。""再次,睽而后合。""上述种种,说明范仲淹对'变化云为之义'的认识是相当深刻的。但归根结底,他又认为'变'之中仍然有'常'。这个'常',表现在自然界就是'天尊地卑,道之常矣';表现在人类社会,就是'君在上,臣处下,理之常矣;男在外,女在内,义之常矣'。二者结合起来,'天地、君臣、男女各得其正,常莫大焉'(《易义·恒》)。一切一切都可变,但天地、君臣、男女各得其正,都是不可改变的;道、理、义也是不可改变的。范仲淹最终还是回归到形而上学。""总括上述,可知范仲淹认为自然界和人类社会有着相同的运动变化规律;在论述这些规律时,总是先讲自然界,后讲人类社会;总是用自然界的法则去比附人类社会的法则。就其'变'者而言,则用自然法则去论证人事应如何活动;就其不变者而言,则用'天尊地卑'去论证'君臣''夫妇'等伦理纲常的合理性和永恒性。他没有把自然界神秘化,也没有把自然界道德化。他所讲的全是'变化云为之义',根本不讲什么灾祥休咎等荒诞无稽之类,这是范仲淹思想的特点。""第三,范仲淹是否承认'天命''天意'?"在引述范仲淹的话并分析之后,指出:"范仲淹所讲的是自然的'天'。这样的'天',当然无'天意'可言。"然而,"他最终仍然承认'天意',表现出阶级的和历史的局限性。但仍应指出,他不把'天意'当作人间祸福的根源,他所强调的是人事,因而在《易》论中,就着重探究自然界和人类社会的变化规律,并用自然规律去论证人类社会。比起董仲舒所宣扬的天人感应、灾祥休咎之说法,应是一个巨大的进步"。"这种'轻天命''重人事'的思想,在欧阳修、李觏的著作中,也有明显的表现。""第四,范仲淹怎样认识万物的本原?范仲淹在这个问题上,没有多大建树。他在《乾为金赋》中说:'大哉乾阳,禀乎至刚。……运太始之极,履至阳之位。冠三才而中正,秉一气而纯粹。万物自我而资始,四时自我而下施。'这就是说:'乾'秉纯粹至刚的阳气,是万物的根源。但这纯阳之'乾',怎样产生万物,则没有具体的说明。在《易义·艮》中又说:'天地动而万物生',则又把'天地'看作万物的本原。天地化生万物,实即阴阳二气化生万物,这虽是前人早已说过了的话,但毕竟具有'气本论'的色彩。因而在本体论上,范仲淹具有唯物主义因素。"

"把范仲淹与邢昺相比较,则可见在改造旧儒学的道路上,范仲淹又大大前进了一步。他们都强调自然的天,不讲灾祥休

安享晚年的姚瀛艇先生

咎,这是相同之处。但邢昺既强调自然的天,又讲天命,势必要陷于困境;范仲淹则既强调自然的天,又不突出天命,这就避免了邢昺所遇到的困难。他用自然法则,去论证社会法则,去论证伦理纲常的合理性,当然,也比邢昺用'天命'去论证伦理纲常的合理性更前进了一步。而且他已接触到本体论问题,力图超越'天人关系',建立一个哲学体系,比起邢昺来说,更是大大地前进了一步。""但范仲淹也有自己的困难。第一,很难用'气本论'去直接论证伦理纲常,因而他无力从本体论的高度为伦纲常提供理论根据，就只好用自然法则去比附社会法则。第二，自然的'天'和有意志的'天'，在他的思想中并存。尽管他不强调'天命'，但这个理论上的不彻底性，却是他无力克服的缺陷。第三，他尚不能提炼出一个用以贯串本体论、认识论、道德论等方面的最高哲学范畴。因而他尚不能建立起比较完整的体系，甚至还不成体系。虽然在改造旧儒学的道路上，他大大前进了一步，但创造新儒学的任务，还有待于后来人的努力。"

本节最后明确指出："范仲淹不仅在改造旧儒学方面有贡献，而且在开一代士风方面也有重大贡献。他青少年时期有一段艰难困苦和勤奋读书的经历。艰苦生活的磨炼和儒家经典的熏陶，使他具有以天下为己任的广阔胸怀。天圣八年（1030年）他在写给晏殊的一封信中有一个自白：'某天不赋智，昧于几微，而但信圣人之书，师古人之行，上诚于君，下诚于民，韩愈自谓有忧天下之心。'（《范文正公文集》卷8，《上资政晏侍郎书》）这段话就是他这种胸怀的最好描述。从他进入仕途以后，就常常以忧国忧民之心，一方面所到之处兴利除弊，一方面上书朝廷，要求改革，以期达到'朝廷无过，生民无怨'的目的，终于在他晚年发出了'先天下之忧而忧，后天下之乐而乐'这句千古传诵的名言。这句话，不仅是他自己广阔胸怀的写照，也道出了有宋一代有理想有抱负的儒士的心声。由于范仲淹的倡导与实践，'忧以天下，乐以天下'，蔚然成风。宋代士风之美，为后代所艳称。"[①]

[①] 姚瀛艇：《宋代文化史》，河南大学出版社，1992，第179-190页。

2. 以洛学为重、以王、关、濂学为简阐述"新儒学的初步形成"

此方面,书中先概述了王、关、濂、洛各学派的兴起及至洛学时新儒学的初步形成。"庆历时期,学统四起。以后蔚为大宗的有王安石所创的新学,张载所创的关学,周敦颐所创的濂学和二程所创的洛学。他们都是既谈性与天道,又谈伦理纲常和道德修养的哲学家;都有一套比较完整的从自然观到道德修养论的理论体系;在改造神学化的旧儒学的过程中,都有积极的贡献。但真正完成历史所提出的使命,创立一套能把自然观、认识论、伦理观、道德观等有机地联系在一起,并为封建统治秩序进行新论证的哲学体系的,却只有二程一家。因此,洛学的出现,标志着新儒学的初步形成,标志着汉学向宋学转变的完成,故本节所述,以洛学为重点。对其他各家,则仅举出其要点,给以适当的评价。"

之后,书中对王、关、濂、洛各学派的兴起进行了具体阐释。

(1) 对王安石"新学"的阐释

书中指出:"王安石建立了一套相当完整的'气本论'体系,比较严格地区别了'天道'和'人道',深刻地批判了董仲舒、刘向等人的'天人感应'说。因而,他对我国唯物主义和辩证法思想的发展,做出过重大贡献。"

"首先,在宇宙本原和万物生成的问题上,他具有唯物主义思想。他说:'道者天也,万物之所自生,故为天下。'(《道德真经集注》卷13,《天下有始章第五十二》)可见,宇宙的本原是

中年时期劳动中的姚瀛艇先生(前排右二)与同伴合影

'道'。'道'又是什么？他说：'道有体有用,体者,元气之不动。'(同上,《道冲章第四》)可见,'道之体'为物质性的元气。那么,道(或元气)又怎样产生万事万物？他说：'一阴一阳之谓道'(《道德真经集注》卷13,《天下有始章第五十二》),这是说,道(或元气)分化为阴阳二气。又说：'天(阳)一生水','地(阴)二生火……天三生木……地四生金……天五生土'(《王文公文集》卷25,《洪范传》)。这是说,天地(亦即阴阳二气)产生五行。又说：'五行,天所以命万物者也。'(《王文公文集》卷25,《洪范传》)这是说自然界用五行造化万物。而根据《洪范传》的解释,五行都具有物质的属性。总之,元气分化为阴阳二气,阴阳二气产生金、木、水、火、土五种物质,这五种物质元素的变化,形成万事万物。这就是王安石关于宇宙本原及万物生成的论点。这显然是唯物主义的观点。"

第五章　率团队开拓创新，主编新中国成立后第一部《宋代文化史》

"其次，王安石还认为自然界和人类社会都在运动变化着，而变化的动力，又存在于事物的内部。他说：'尚变者，天道也'（同上书卷30，《河图洛书义》），'夫天下之事，其为变岂一乎哉？'（《王文公文集》卷28，《非礼之礼》）在'字说'中解释'除'字时，又说：'除：有阴有阳，新故相除者，天也；有处有辨，新故相除者，人也。'（《龟山文集》卷7，《字说辨》引）总之，无论自然界或人类社会都处在不断的新故相除的过程中，所以不断产生变化，又非神意，而是事物本身'有耦''有对'。他说：'五行之为物……皆各有耦……耦之中又有耦焉，而万物之变遂至于无穷。'（《王文公文集》卷25，《洪范传》）又说：'有之与无，难之与易，高之与下，音之与声，前之与后，是皆不免有对。'（《道德真经集注》卷1，《天下皆知章第二》）这就是说，事物中存在着对立面，所以事物才不断变化。他还注意到事物变化过程中的'渐变'与'突变'的区别，指出'因形移易谓之变、离形顿革谓之化'（《二程辩言》卷上，《论道篇》引）。这都表明王安石具有朴素的辩证法思想。

"再次，在天人关系方面，王安石从他的唯物主义自然观出发，坚持'天人相分'的观点。在他看来，天是'无作好、无作恶、无偏无党、无反无侧'的自然界，它按照自己的规律运行，无论是'阴阳代谢，四时往来，日月盈亏'等正常现象，或'三辰失行''日月薄食'等异常现象，都是'天道'，和人事无关，非关人事得失；人虽有意志，也不能改变'天道'。而人也是按照自己的道路活动着，个人的荣辱穷通，国家的治乱兴衰，天亦无所作为于其间。因此，人的活动就应该重人事，而不能信天命。……王安石对我国唯物主义思想的发展,确有重大的贡献。"

"但是,王安石也有他的困难。作为封建社会地主阶级的思想家,他不可能将'天人相分'的观点坚持到底。因为,如果彻底割断了天人的联系,结果就必然要割断皇权与'天'的联系。这是任何封建时代地主阶级的思想家所不能为,也不敢为的。就以王安石而论,不是也一再说:'天者,因人君所当法象也'(《王文公文集》卷25,《洪范传》),'人君因辅相天地以理万物者也'(《王文公文集》卷25,《洪范传》),'人君承天以从事'(同上书卷30,《策问十道》之五),'王建太常(天子用的旗帜,上面画有日月),则志天道也'(《周官新义》卷11,《司常掌九旗之物名》条)。这些话中所说的天,究竟是自然的'天'或是有意志的'天'呢?很清楚是后者,而不是前者。两种意义上的'天',在他的思想中并存。这是王安石无法克服的困难。""而更大的困难,还在于他不能用'气本论'去直接论证人间的封建统治秩序,去论证人间皇权的合理性,因而他就不能从本体论的高度去论证'君臣''父子'之义。于是他的自然观和政治伦理观,就不能融为一体,他的政治伦理观,就缺乏哲学基础。这就是新学虽然盛极一时,但终于迅速衰落的根源。"

(2)对张载"关学"的阐释

书中论道:"张载也是一个唯物主义思想家,对我国唯物主义思想和辩证法思想的发展,也有重大的贡献。"

"在自然观方面,他把物质性的'气',作为宇宙的本原。他说:'凡可状皆有也,凡有皆象也,凡象皆气也。'(《正蒙·乾称》)'凡有'即万事万物,万事万物都是'气'。他又借用我国古

第五章 牵团队开拓创新,主编新中国成立后第一部《宋代文化史》

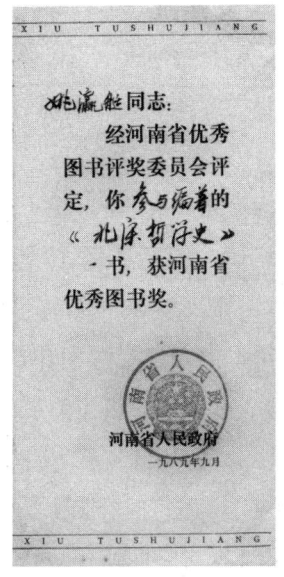

姚瀛艇先生参编的《北宋哲学史》获奖证书

代的一个概念'太虚'来说明'万物'和'气'的关系。他说:'太虚不能无气,气不能不聚而为万物,万物不能不散而为太虚。'(《正蒙·太和》)这是说,太虚不是虚无寂静的真空,而是充满着'气','气'聚而为万物,万物散而又归于太虚。由此可知,'太虚'是'气'散而未聚的本然状态。'太虚'既然是'气'的本然状态,所以他又提出'太虚即气'(《正蒙·太和》)这个命题。他还认为世界的本体(气)是处在不断聚散的过程之中,'气'只有聚散,而无'生灭'。……世界上却没有绝对虚无的'气'。所以,他又强调说,'知太虚即气,则无"无"'(《正蒙·太和》)。这样,张载就在宇宙本原这个根本问题上,用'气'不灭的唯物主义观点明确论证了物质世界的独立性和统一性,不仅批判了自老子以来的'有生于无'的唯心主义观点,而且批判了佛教以心的生灭论证天地生灭,把山河大地当作人的主观幻觉,以人的有限的主观认识器官去妄测天地的种种谬论。""至于为什么'气'有聚散、发展、变化?张载又提出了一个具有朴素辩证法思想的'一物两体'的命题。他继承了古代朴素辩证法的传统思想,认为'气'有阴阳两体。两体对立,也叫做'二端'。既然万物都是'气'之所聚,那么,万物也就有阴阳两体。天地间一切变化都不外是阴阳二端相互交感的作用。这就是'一物两体'的含义。关于'两'和'一'的相互关系,张载认为二者是相互依存的。他说:'不有两,则无一。'(《正蒙·太和》)又说:'两不立,则一不可见;一不可见,则两之用息。'(《正蒙·太和》)这就是说,如果没有对立的两面,就不会有统一;没有统一,两端的相互作用也就没有了。由此可知,张载已初步摸索到对立统一的关系。"

在阐释张载自然观的基础上,书中指出,张载通过"人性论",把他的本体论与伦理观连在了一起,"上面简单的叙述,说明张载对我国唯物主义和辩证法思想的发展是有贡献的。但他和王安石一样,未曾从他的'气本论'去直接论证封建统治秩序和封建道德伦理规范,他不能说皇权是'气'的化身,也不能直接从'气'中引申出君臣父子之义。他的'本体论'和'政治伦理观'也不能融为一体"。"不过,在论证伦理纲常方面,张载却超过王安石。短短一篇《西铭》,提出'乾称父,坤称母;予兹藐焉,乃混然中处';'天地之塞,吾其体;天地之帅,吾其性'的命题,就把'天道'与'人道'联系在一起。在张载看来,乾坤(即天地)

第五章 率团队开拓创新，主编新中国成立后第一部《宋代文化史》

是天地和万物的父母，人是天地间藐小的一物，却与天地混然共处于宇宙之中。由于天地人三者，都是'气'聚之物，故天地之始，就是人之性。这种天地之始，乃是纯然至善的。但张载又认为'形而后有气质之性'。这形而后的气质之性，结合每个人的具体条件，有善有恶，却是不同的。'故气质之性，君子有弗性者焉。'（《正蒙·诚明》）必须'善反之'，以恢复'天地之性'。如何'善反'？那就是'学习'。他说：'为学大有益，在自能变化气质'（《经学理窟三·义理》）；又说：'为气质恶者，学即能移。'（《经学理窟二·气质》）学什么？他没有明说，但却说了什么是好'气质'：'使动作皆中礼，则气质自然全好。'（《经学理窟二·气质》）由此可知，所要学的还是'纲常名教'之类。完全按照'纲常名教'办事，就是气质全好，就是善反，恢复天地之性了。这样，张载拐了一个弯，通过'人性论'，把他的本体论与伦理观连在一起了。""张载的'人性论'很能博得封建统治阶级的赞扬。因为，第一，这种'性论'，说明人为什么有善有恶的问题；第二，这种'性论'又说明了人可以改恶从善。所以，朱熹就称赞张载提出'天地之性'与'气质之性'，是'有功于圣门，有补于后学'（《朱子语类》卷4），就是说既宣传了纲常名教，又给人以成贤成圣的希望。"

书中还指出，张载不仅是一位思想家，而且是一位胸襟宽阔、忧国忧民的实践家。书中写道："上文曾说过，'以天下为己任'，不仅反映了范仲淹的高尚情操与广阔胸怀，而且也反映了宋儒的精神风范。张载就是具有这种风范的思想家。他明确说过，他的抱负是'为天地立志，为生民立道，为去圣继绝学，为万世开太平'(《张子语录》中)。这段话表明了他在学问和事功方面的思想。在《西铭》中他又提出了'民吾同胞,物吾与也'的思想。他不仅这样说,而且这样做。他严以律己,生活上虽然粗食陋居,但昼夜苦读,志道精思,未始须臾息,亦未尝须臾忘;对从学弟子,则要求他们必如圣人而后已;为政则注重尊老抚幼,救灾济贫;以至'见饿殍者食便不美';他理想的社会是'民相趋为骨肉','谋人如己,谋众如家',并且自信,如许试其所学,就可以实现这种理想。如此等等,在我们面前显示了一个气质刚毅、德盛貌严、胸襟宽阔、忧国忧民的思想家的形象。"

（3）对周敦颐"濂学"的阐释

书中论道:"周敦颐是对我国唯心主义思想发展做出重要贡献的思想家。他的主要著作是《太极图·易说》一卷、《易通》四十章,总计不足3000字。据近人研究,周敦颐的《太极图》,脱胎于道家的《水火匡廓图》和《三五至精图》,并传自陈抟;《太极图·易说》渊源于道教《上方大洞真元妙经图》里的《太极先天之图》的说明;《爱莲说》显示了他与佛教的因缘(参见:侯外庐等主编《宋明理学史》第1编第2章)。由此可见,他的哲学思想是以儒家的经典《易传》和《中庸》为核心,又接受道教、佛教的影响而形成的。""据洪迈所撰《国史·周敦颐传》,可知《太极图·易说》的第一句为'自无极而为太极',后被朱熹篡改为'无极而太极'。今日研究周敦颐的思想,自应以《国史》所载本传为依据。'无极'一词,出于《老子·知其雄》章,并不是儒家的概念,于此,又可看出周敦颐所受道家的影响。"

《太极图·易说》中,"从'自无极而为太极'到'万物生生而

姚瀛艇先生(右四)与赵宝俊先生(右二)、魏千志先生(右一)等人在隋唐史专业硕士生毕业论文答辩会上

变化无穷焉',是讲宇宙本原和万物的演化过程。……可知周敦颐认为宇宙的本原是'无极',其演化过程,是由'无极'而'太极',由'太极'而'阴阳',由'阴阳'而'五行';无极之真与二(阴阳)五(五行)之精,妙合而凝,就产生了人和万物。这样一来,周敦颐的思想,就成了老子'天地万物生于有,有生于无'的翻版。正因为这样,朱熹才把它篡改成'无极而太极',并反复说明:'周子所谓"无极而太极",非谓"太极"之上别有"无极"也;但言"太极"非有物也','"无极而太极"只是说无形而有理'(《朱子语类》卷94)。按照朱熹的说法,'太极'也还是个无形无象不可捉摸的'理'。不论'无极'也罢,'太极'也罢,都不是物质的东西,它是脱离人的主观而独立存在的。所以,周敦颐

建立了一个客观唯心主义的体系"。

同时,《太极图·易说》中,"从'唯人也得其秀而最灵'到'小人悖之凶',是讲人性善恶的问题。周敦颐把'人性'与宇宙万物的演化连在一起,认为人性善恶,是由于五行之气感动而生。人性既有善恶,圣人就规定以'中正''仁义''至静''无欲'作为人的最高标准。'中正''仁义'是孔孟所讲过的,而'至静''无欲',孔孟不曾讲过,这是他注入传统儒学的新因素"。

还有,《太极图·易说》中,"从'故曰:立天之道'到'斯其至矣',是全文的结语。'立天之道'云云,抄自《易·序卦》,'原始反终'云云,抄自《易·系辞上》。这两句话讲到天道、地道、人道和死生问题,与上文所讲,似有联系,故引用来作为结语。但'曰刚曰柔'云云及死生之说等,在上文根本不曾出现。所以这一段与上文的联系,并不十分密切,而其真实的命意,却是十分模糊的"。

"但是《太极图·易说》毕竟还是一篇了不起的著作,不足300字的一篇短文,就从'无极'讲到'人极',从'天道'讲到'人道',从宇宙本原讲到人性善恶,形成一个比较完整的体系,在儒家营垒中,可说前无古人。从这个意义上,可以说周敦颐是宋明理学的开山之祖。"

书中对周敦颐另一部著作《易通》中反映出的思想也加以阐释:"周敦颐另一重要哲学著作是《易通》,全文分40章,共20601字。这篇著作,涉及宇宙论、性论、道德论、教育论、政治论等等,内容比较多。其中许多问题,是《太极图·易说》不曾谈到的;有些是《太极图·易说》谈到的,但说法又不完全相同。

最明显的是宇宙论,据《太极图·易说》,宇宙的本原是'无极',而《易通》一书中,却根本不谈'无极'。这个问题,如何解释,很值得深入研究。《易通》里,突出讲了一个'诚'字。'诚'这个概念,首先出现于《中庸》:'诚者,天之道也;诚之者,人之道也。'这样的'诚'当然不是人与人之间的诚实不欺的品质,而是一个贯通'天''人'的神妙莫测的东西。周敦颐所讲的'诚',则既具有道德论的意义,又具有宇宙论的意义。如:'寂然不动者,诚也'(《易通·圣第四》);'诚天为'(《易通·诚几德第三》);'诚一静无而动有,至正而明达者也'(《易通·诚上第一》)。这样的'诚',就是具有宇宙本原的意义。再如:'诚者,圣人之本……纯粹至善者也'(《易通·诚下第二》);'圣诚而已矣。诚,五常之本,百行之源也。'(《易通·诚下第二》)这样的'诚'又成为人的至善的本性,是五常、百行的本原。圣人也不过是'诚'的化身。周敦颐用'诚'将宇宙本原和先验的人性以及封建伦理统摄起来了。"

"这样,我们就发现周敦颐体系中的一些问题。第一,对宇宙的本原,一会儿讲'无极',一会儿讲'诚',究竟以何为准?'无极'与'诚'又有什么必然的联系,都没有讲清。看来,周敦颐尚无法把道家的'无极'与儒家的'诚'融为一体。第二,从'无极'出发,可以讲到'人极';但无法把'无极'讲成'五常之本''百行之源',无法直接从'无极'引出君臣父子之义;于是只好藉助于'诚'。第三,以'诚'为宇宙本体,固然可以把宇宙观与政治伦理观融为一体,但'诚'怎样演化为宇宙万物,这个演化过程又实在讲不出来。所有这些,都是周敦颐的困难。因而,他尚不能完成历史所提出的创建新儒学的使命。但他毕竟首先为宇宙论过渡到伦理观搭上第一座桥梁,终于被朱熹加以改造,被捧上理学开山之祖的宝座,受元明清三代统治者的尊崇。"

"周敦颐的另一个重要贡献是'寻孔颜乐处'。他不仅自己寻,而且屡次叫二程去寻孔颜所乐何事。这个问题,牵涉到宋儒的理想、情操、胸襟、风范,不仅是宋明理学的一个大问题,而且对我国的精神文明有重大影响。"

学生时代的姚瀛艇(后排左三)与同学合影

(4)对二程"洛学"即新儒学初步形成的阐释

书中对新儒学——理学的初步完成者二程的思想,进行了重点而又思路非常清晰的分析。书中分析道:"大程在早年所写的《定性书》中反复强调天地无心、圣人无情;大程又曾说过:'言天之自然者,谓之天道;言天之赋予人者,谓之天命。'(《二程集》,第125页)可见,大程也曾强调自然的'天',而且自然的'天'和有意志的'天'在他的思想中并存。但他在泛滥诸家,出入老释,追求六经的过程中,终于体会出了'天理'二字,不仅用以统摄'天道''天命',解决了两种意义上的'天'并存于一个人的思想中的矛盾;而且用以统摄'天''人',建立了一套能把自然观、认识论、伦理观、道德观有机地联系在一起的'理本论'体系,从而解决了范仲淹、王安石、张载、周敦颐都不能解决的从本体论的高度论证伦理纲常的任务,赋予封建统治秩序以新的哲理的基础。因而,洛学的形成,标志着对以董仲舒为代表的旧儒学的改造的初步完成,标志着新儒学的初步形成。"

"但这'天理'二字,并非轻易得来,它有一段艰苦的探索过程。"

"这个过程是从'明庶物'开始,也就是探索自然界之理开始的。……在首先探求自然之理这一点上,二程和范仲淹是一致的。但二程在探求自然之理的基础上,升华出一个超越'庶物''人伦'的'天理',然后以之统摄'庶物''人伦',形成一个圆融的体系。这就是二程超越范仲淹的地方。所以,如果说邢昺、范仲淹是对旧儒学的初步改造的话,那么,二程就完成了这个改造,初步形成了新儒学。""二程这段探索的过程"分为四步:

"第一步,从'明庶物'开始,提出'一物须有一理','万物皆有理'的命题;又吸收佛道思想,特别是华严宗的'理事说',提出'天下只有一个理'的命题,把具体的'物理'上升为宇宙本原的精神性本体——'天理'。""二程很重视对自然现象的观察。大而至于'天地之化''阴阳之类''天下之或寒或燠''名山大川何以能兴云致雨',次而至于'钻木取火''陨霜不杀叶''长安西风而雨',小而至于'汝之多瘿''扶沟水皆咸'等等,他们都有论述。……从对自然现象的分析中,二程自然而然地提出了'一物须有一理'(《二程集》,第193页)的命题。从这个命题再推进一步,必然的结论当然是'万物皆有理'(同上书,第123页)。对这些具体事物之理,二程称之为'物理',并说:'物理最好玩。'(同上书,第39页)""既然'万物皆有理',于是,'理'就成了千差万别的'事物'的共性,'理'就从'万物'中游离出来;再进一步,他们又吸取了华严宗的'理事说',提出'天下只有一个理'(同上书,第196页)的命题。把这个从'万物'中游离出来的'理'涂抹成不以人们意志为转移、不受时间空间限制的,永恒存在的精神本体,这就是'天理'。"

"第二步,再用这个'天理'去统摄自然界和人类社会。对自然界,则'天者,理也'(同上书,第132页),'有理而后有象,有象而后有数'(同上书,第615页)。对人类社会,则'君道即天道也'(同上书,第118页),'父子君臣,天下之定理,无所逃于天地之间'(同上书,第77页),'为君尽君道,为臣尽臣道,过此则无理'(同上书,第77页)。对一个个具体的人,则'仁、义、礼、智、信五者,性也'(同上书,第14页),而'性即是理'(同上书,第204页);'禀于天曰性,而所主在心。才尽性即是知理,知性即是知天'(同上书,第208页)。于是,这个'理'就成为自然界和人类社会的最高原则,而自然界和人类社会的一切事物,都不过是'理'或'天理'的化身,这就叫做'万物皆只是一个天理'(同上书,第30页)。封建统治秩序和封建伦理纲常,也就成为神圣不可改变的恢恢天理。就是这样,二程从本体论的高度论证父子君臣之义,为伦理纲常制造了一个精致的哲学基础。"

"到此为止,二程对历史向宋代地主阶级思想家所提出的使命只完成了一半。这一半,是从'明庶物'开始,到'察人伦'结束,亦即从物到我,从客观到主观,在理论上构成一个精微的体系,论证了伦理纲常的合理性和永恒性。如果就此止步,二程就不成其为二程。他们还必须完成另一半任务。这一半,是从'察人伦'开始,到'明庶物'结束,亦即从我到物,从主观到客观,从实践上提出一个理想的人格或最高境界及实现这一人格或达到这一境界的具体途径。只有完成了这后一半的工作,才算圆满实现了历史的要求。"

因此,"第三步,从'万物皆只是一个天理'再发展一步,必然的结论,就是'万物一体'(同上书,第33页)。'人'是万物之一,又是万物之灵,从'万物一体'来要求'人','人'自然应当'浑然与物同体'(同上书,第16页)。这就是二程所提出的理想人格或最高境界。大程把达到这个最高境界的'人',叫做'仁者',并具体描绘了'仁者'的形象:与人同、与物同、与道同、合内外、一天人、廓然大公、物来顺应,从容自得,其乐融融。其实,这也就是大程的自我写照"。

"第四步,提出了实现这个理想人格或达到这样境界的具体途径,这就是'本于孝悌''通于礼乐',也就是在实践中严格遵照封建伦理纲常的要求来立身行事。'本于孝悌''通于礼乐',又怎能成为'浑然与物同体'的'仁者'? 小程答复说:本于孝悌,就能尽性至命;通于礼乐,就能穷神知化。既能尽性至命,又能穷神知化,自然就做到了主观与客观的统一,当然是'浑然与物同体'了。""然而,'本于孝悌',又怎能'尽性至命'? 小程说:'后人便将性命别作一般事说了,性命孝悌只是一统底事,就孝悌中便可尽性至命。'(同上书,第225页)在小程看来,性命孝悌密不可分。决不可把性命看作高远的事,把孝悌看作浅近的事;把性命看作'精',把'孝悌'看作'粗';把性命看作'本',把孝悌看作'末'。它们都是'理'的体现,所以是'一统底事'。既是'一统底事',自然就孝悌中便可'尽性至命'了。""'通于礼乐',又怎能'穷神知化'?小程认为'礼只是一个序,乐只是一个和'(同上书,第225页)。天下无一处没有'序'与'和',也无一物没有'序'与'和'。……盈宇宙间,一事一物,一处一地,都体现着'序'与'和',都体现着'礼'和'乐'。说到底,'礼'和'乐'体现了天地之序与天地之和。所以'通于礼乐',就能参天地之化育,也就是'穷神知化'了。""孝、悌、礼、乐本来是'察人伦'(或尽人伦)范畴的事。经小程这样一论证,却成了'尽性至命''穷神知化',也就是实现理想人格的根本和必由之路。二程就是这样完成了这后一半的任务。"

姚瀛艇先生三十年教龄证书

"总上可知,在二程的体系里,有两个飞跃。一个飞跃是:'一物须有一理'→'天下只有一个理'→'父子君臣,天下之定理'。这个飞跃是从理论上沟通'物''我',沟通'庶物''人伦'。另一个飞跃是:'本于孝悌,通于礼乐'→'尽性至命,穷神知化'→'浑然与物同体'。这个飞跃,从实践上沟通'我''物',沟通'人伦''庶物'。这两个飞跃,就是二程搭在'宇宙论'过渡到'伦理观'的桥梁。有了这两座桥梁,二程就解决了邢昺、范仲淹、王安石、张载、周敦颐所不曾解决的问题。从此以后,宇宙观和伦理观才不再截为两截;自然的'天'与有意志的'天'并存的矛盾才得到解决;伦理纲常才得到哲理的论证。也就是说,历史向宋代地主阶级思想家所提出的使命才算初步完成。因此,严格说来,二程才是新儒学(即宋明理学)的真正的奠基人。"

在阐述了二程的哲学思想之后,书中评论道:"总之,洛学为皇权和伦理纲常提供了坚实的理论基础,使皇权和伦理纲常得到了完美的论证。这就是洛学终于成为官方哲学的关键所在。但是,并不能因此就认为二程思想的社会效果全部是反动的,毫无可取之处。由于二程思想赋以伦理纲常以哲理的说明,使之深入人心,当时士大夫的节操大为发扬,对以后的影响很大。……对我国封建主义精神文明的发展,二程是有积极贡献的。"

由此,书中论道,二程在提升国民道德情操、精神境界方面,有过重大贡献:"道德情操,精神境界,也是一个民族的精神文明的重要组成部分。在这方面,二程与宋代的思想家,如范仲淹、张载、王安石、周敦颐一样均有过重大贡献。""二程十五六岁时,曾从学于周敦颐。每次见面,周敦颐就叫他们寻仲尼、颜子乐处,所乐何事。在周敦颐的影响下,二程遂厌科举之业,慨然有求道之志。由此可知,寻孔颜乐处,是周敦颐和二程十分关心的事。"(关于这一点,笔者前面在分析姚瀛艇先生《论孔颜乐处》一文中有关周敦颐、二程对"孔颜乐处"的进一步阐发时,已有详细阐述,此处从略。)同时,"二程不仅这样说,而且这样做。……由此可知,二程不是空言孔颜乐处,而是见之于实际行动"。

综上所述,书中指出:"洛学对后世产生了深远的影响。晚明东林党人的首领顾宪成、高攀龙都服膺二程之学,而且在实践上完全体现了二程的思想。'风声、雨声、读书声,声声入耳','家事、国事、天下事,事事关心'。这是悬挂在东林书院中的一副对联。这副对联,充分体现了东林党人的政治思想与高尚情操。""当然,无论孔子的'安百姓',或是范仲淹的'先天下之忧而忧',张载的'开太平',周敦颐的'伊尹之志',二程的'视民如伤',东林党的'天下事',归根结底是属于地主阶级范畴的事。他们所要维护的是地主阶级的根本利益和长远利益。但他们所追求的毕竟不是一己的或某一部分人的私利。而要维护地主阶级的根本利益,也并非容易的事。因为,要维护地主阶级的根本利益,一方面,不能不使农民'得其所'(尽管这个'所',很不像样子),这就需要一些远见卓识;另一方面,又不能不对地主阶级内部不遵守地主阶级的原则的邪恶势力作斗争,而这些斗争,又往往与是否让农民'得其所'连在一起,这也需要一些勇气和牺牲精神,有时甚至要牺牲身家性命。东林党人反阉党的斗争,不正是如此吗?所以,并不是地主阶级的每一个人都能维护地主阶级的根本利益和整体利益,具有远见卓识、勇气和牺牲精神的人毕竟是少数。这些人就成为我国历史上杰出的政治家、思想家、文学家和艺术家。他们的思想、言论和行动就构成了我国封建文化中的积极面,成为我国封建主义精神文明的主要内容,成为珍贵的历史遗产。范仲淹、王安石、张载、周敦颐和二程、东林党人都是对我国古代精神文明做出过杰出贡献的当之无愧的人物。"①

3. 论朱熹对新儒学的发展及考亭、象山、永康学派的鼎立

书中在该节先概述了二程洛学其后的壮大与发展:"王安石、张载、二程都从事讲学,但王门、张门均不如程门之盛。张载死后,弟子中不少人归附程门。王学虽在相当长的时间内处于官学地位,但及门弟子及再传弟子并不多。钦宗即位后,下诏禁行老庄、《字说》,王学的官学地位就随之取消,并日益衰落下来。而程门弟子则遍及蜀中、关中、河东、中原、湖湘、吴越、闽赣诸地区,程学风行全国。朱熹兴起后,又以小程为宗主,熔铸周、张,兼融佛、老,遂集理学之大成,使新儒学大大发展,最终完成了历史向宋代地主阶级思想家所提出的使命。"之后,阐述了"朱熹对新儒学的发展"、陆九渊的"象山学"派及与朱熹的论争、陈亮的"永康学"派及与朱熹的论争。

(1)论"朱熹对新儒学的发展"

朱熹创立的学派称为"闽学"(因朱熹在福建讲学,弟子多为福建人,形成的学派世称"闽学"),或"考亭学派"[建阳考亭为朱熹父朱松生前选定的居住地。熹承父志,自绍熙三年(1192

---

① 姚瀛艇:《宋代文化史》,河南大学出版社,1992,第191-213页。

年)至庆元六年(1200年)定居于此并建考亭书院讲学,故名],或"紫阳学派"(朱熹自号"紫阳",后有学者称朱熹为"紫阳夫子",因此闽学又称为"紫阳学派")。

书中,首先阐述了"朱熹的一生,主要是在读书、著书、讲学中度过的……他并不十分热衷于做官。……而且,即使在做官时期,亦未放弃讲学。……可以说,朱熹从5岁开始读书,直到70岁逝世,一生之中,读书、著书、讲学从未间断"。而且,"朱熹一生,著述极富",且"朱熹著书,极为严肃认真。……直到他易箦的前一夕,还在修改大学诚意章。像这样严肃的态度,实在罕见"。在读书为学方面:"朱熹读书为学,有一个'自博而反诸约'的过程。……正是青少年时期能够'强志博见',中年以后才能'贯精粗','合内外',形成自己的一套体系。朱熹之所以成为我国历史上有重大影响的哲学家,实在不是一件偶然的事。"(关于朱熹治学著述方面,前面在分析姚瀛艇先生的论文《论朱熹——宋代杰出的学问家和教育家》中已有所述及,此处从简。)

之后,书中论到了朱熹的哲学思想:"在自然观方面,他坚持并发展了二程的'理本论'。他说:'未有天地之先,毕竟也只是理。有此理,便有此天地,若无此理,便亦无天地,无人无物,都无该载了。'(《朱子语类》卷1)又说:'且如万一山河大地都陷了,毕竟理却是在这里。'(《朱子语类》卷1)又说:'此理之流行,无所适而不在'(《文集》卷70,《读大纪》),'此理自无止息时,昼夜寒暑无一时停'(《朱子语类》卷99)。这几段引文说明:第一:'理'是最高的、永恒的、唯一的存在,天地、人物,都是

第五章 率团队开拓创新,主编新中国成立后第一部《宋代文化史》

姚瀛艇先生(中)与儿子姚志翔(右)、女儿姚志靖(左)合影

由'理'产生的。第二,'理'又是运动不息、充塞宇宙、无所不在。总之,'理'是宇宙万物的根源。封建统治秩序和伦理道德规范,当然也是'理'的体现。关于这一点,朱熹说得既明确又肯定。他说:'未有这事,先有这理。如未有君臣,已先有君臣之理;未有父子,已先有父子之理。不成元无此理,直待有君臣父子,却旋将道理入在里面!'(《朱子语类》卷95)又说:'宇宙之间,一理而已。……其张之为三纲,其纪之为五常,盖皆此理之流行。'(《文集》卷70,《读大纪》)这些都说明:'理本论'可以直接去论证伦理纲常,宇宙观与伦理观融为一体。这正是新儒学的本质所在。""朱熹又用'理'来解释周敦颐的'太极',这样,就把周敦颐的思想纳入洛学的体系,而实际上则把二程变成了周敦颐的学生。……二程只讲'理',不讲'太极';周敦颐只讲'太极',不讲'理';而朱熹既说'太极'为万化之原,又用最高道德准则去充实'太极'的内容。这就是朱熹对二程和周敦颐的继承和发展。""至于万化之原的'理'(或太极)又怎样产生万事万物？这是二程所不曾解决而朱熹又不能回避的问题。""他说：'既有此理,便有此气;既有此气,便分阴阳,以此生许多事物。'(《朱子语类》卷94)又说：'天地之间,有理有气。理也者,形而上之道也,生物之本也。气也者,形而下之器也,生物之具也。'(《文集》卷58,《答黄道夫书第一》)看来,从精神性的'理'很难直接引出万事万物,朱熹只好借助物质性的'气'。但是,分出阴阳之后,又怎样演化为宇宙万物？在这个问题上,朱熹又吸收唐朝肃宗代宗时期著名的李筌的思想。李筌写了一部《阴符经疏》……说阴阳、五行化生万物。至于阴阳、五行能生万物的根本原因,李筌认为是由于'自然之道静,故天地万物生。天地之道浸,故阴阳胜。阴阳相推而变化生矣'。这段话中的'浸'字是渐渐之意,'胜'是相克的意思。……朱熹对这段话非常欣赏。他说：'四句极说得妙。静能生动,便是渐渐恁地消去,又渐渐恁地长。天地之道便是常恁地示人。'(《朱子语类》卷125)又说：'天地之道浸,这句极好。阴阳之道无日不相胜,只管逐些子挨出,这个退一分,那个便进一分。'(《朱子遗书阴符经考异》附)'若不是极静,则天地万物不生。浸者渐也,天地之道渐渐消长,故刚柔胜。此便是吉凶贞胜之理。'(《朱子遗书阴符经考异》附)总之,朱熹完全赞同李筌的观点。……归根结底,静在动之先,理在气之先。……从这里,我们可以看出道教对朱熹思想的影响。"

"在人性论方面,朱熹比二程讲得更细致。二程提出'性即

第五章 率团队开拓创新，主编新中国成立后第一部《宋代文化史》

理'的命题，把人性善恶与宇宙本体联系起来。朱熹也说：'性者，人之所得与天之理也'（《孟子集注·告子上》注），'性是太极浑然之体'（《文集》卷58，《答陈器之第二》）。这都是朱熹继承二程的地方。但二程尚没有明确提出'天地之性'与'气质之性'的区别。朱熹则继承并改造张载的人性论，把'天地之性'与'气质之性'纳入自己的体系。他说：'论天地之性，则专指理言；论气质之性，则以理与气杂而言之。'（《文集》卷56，《答郑子上第十四》）理是至善的，所以天地之性是善的。气有清浊，所以气质之性就有善有恶。'禀气之清者，为圣为贤，如宝珠在清冷水中。禀气之浊者，为愚为不肖，如宝珠之在浊水中。所谓明明德者，是就浊水中揩拭此珠也。'（《朱子语类》卷4）天地之性，既是专就理言，而理的最本质的内容，就是封建统治秩序和封建道德规范，所以天地之性的最本质内容，也就是这些东西。朱熹非常明确地说：'盖自天降生民，则既莫不与之以仁、义、礼、智之性矣'（《大学章句》序），'天之生此人，无不与之以仁、义、礼、智之性，亦何尝有不善？'（《文集》卷74，《玉山讲义》）虽然是这样，但因'气质之禀或不能齐，是以不能皆有以知其性之所有而全之也'（《大学章句序》）。于是乎'一有聪明睿智能尽其性者出于其间，则天必命之以为亿兆之君师，使之治而教之，以复其性'（《大学章句序》）。'而其所以为教，则又皆本之人君躬行心得之余，不待求之民生日用彝伦之外'（《大学章句序》）；'其学焉者，无不有以知其性分之所固有，职分之所当为，而各俛焉以尽其力'（《大学章句序》）。千言万语，说来说去，不外是说，人的本性中有天赋的仁、义、礼、智，你不能全其性吗，能全其性的君师就教你仁、义、礼、智,你就努力按照仁、义、礼、智去做,就会变化气质,不肖的人成了贤人,就好像在浊水中的宝珠,经过揩拭,又恢复了原有的光彩一样。"

"与'天地之性''气质之性'相适应,朱熹又发展了《伪古文尚书·大禹谟》中的'道心'与'人心'这两个概念。《大禹谟》篇中有四句话,十六个字:'人心惟危,道心惟微,惟精惟一,允执厥中。'朱熹认为,这十六个字就是尧、舜、禹三个大圣人相传的'心法'。本来二程也讲'道心'和'人心'。他们说:'人心,私欲,故危殆;道心,天理,故精微。灭私欲,则天理明矣。'(《二程遗书》卷24)可见二程把'人心'与'私欲'、'道心'与'天理'完全等同起来;'天理'和'私欲'是绝对对立的,因而'道心'和'人心'也是绝对对立的。'道心'是善的,'人心'是恶的;'私欲'是应当消灭的,因而'人心'也是应当消灭的。但朱熹的讲法与二程不同。朱熹认为'道心'原于性命之正,是从纯粹的天命之性发出来的,所以是至善的;即使下愚的小人,也具有天命之性,因而,不能无道心。'人心'生于形气之私,是从气质之性发出来的,可善可不善;即使上智的圣人,也是理气结合出来的,不能不具有气质之性,所以也不能无人心。'道心''人心'杂然于方寸之间,该怎么办呢?这就需要'精'与'一'的工夫。'精'则察夫二者('道心'和'人心')之间而不杂也;'一'则守其本心之正而不离焉。'从事于斯,无少间断,必使道心常为一身之至,而人心每听命焉,则危者安,微者著,而动静云为自无过不及之差矣'(《中庸章句序》)。可见,朱熹没有把'人心'与'人欲'完全等同起来,没有把'道心'与'人欲'绝对对立起来;对'人

第五章 率团队开拓创新,主编新中国成立后第一部《宋代文化史》

欲'必须'革尽',对'人心'则不能消灭,而只能使它听命于'道心'。这就是朱熹与二程的区别。""怎样'革人欲''复天理'?朱熹一方面提倡'内省',一方面提倡'践履'。所谓'内省',就是常使道心为一身之至,不要有一丝杂念,也就是二程所提倡的'诚敬工夫'。所谓'践履',就是'善在那里,自家却去行他,行之久,则与自家为一'(《朱子语类》卷13)。这也就是要求人们完全按照伦理纲常办事,行之既久,就会'一旦豁然贯通焉,则众物之表里精粗无不到,而吾心之全体大用无不明矣'(《大学章句序》)。"而"'革人欲''复天理',是朱熹的普遍要求,不仅包括'小人',而且包括'君子'。……甚至对皇帝,朱熹也提出这样的要求"。

家人为姚瀛艇先生祝寿(右一为他的儿子、左二和左一为他的女儿和女婿)

由上,"已可概见有许多内容(如历史观、文艺观等)是二程论而不详而朱熹多所发挥的。所以,他集两宋理学之大成,最终完成了历史向宋代地主阶级知识分子提出的使命,成为孔孟以后影响最大的唯心主义思想家"。

最后,书中对朱熹评论道:"朱熹理想的完人,是惩忿窒欲、迁善改过的'醇儒'。'惩忿窒欲、迁善改过',就是革尽人欲。革去人欲,恢复天理,就是'醇儒'。根据朱熹的理论体系,把'醇儒'作为理想的完人是必然的结论。要想成为'醇儒',就必须在行动上而不是在口头上'存天理、灭人欲',而且这个行动又必须是高度自觉的,具有自我意识的,而不是屈从神意,或追求外在的功利、幸福。强调道德自律,把道德修养提到本体论的高度,这是宋明理学特别是朱熹对我国精神文明的重要贡献。""这种'醇儒'决不是不关心天下大事的书呆子。《朱子语类》卷105载:他的学生方伯谟劝他少著书,他说:'在世间吃了饭后,全不做些子事,无道理。'同书卷107又载:黄榦劝他且谢宾客数月,以将息病体。他说:'天生一个人,便须著管天下事。若要不管,须是如杨氏为我方得。某却不曾去学得这般学。'这两段记载说明朱熹以天下为己任,是要做些事的。既以天下为己任,就不能不关心生民休戚。《语类》卷108载吴伯英与黄榦议沟洫,朱熹说:'今则且理会当世事尚未尽,如刑罚则杀人者不死,有罪者不刑;税赋则有产者无税,有税者无产,何暇议古?'这说明朱熹敢于正视当代社会政治上的弊病,反对刑罚、赋税上种种不合理的现象。而在地方官任内,他都注意办学校、兴教化、薄赋敛、宽民力。事实说明,朱熹不仅是个博大精深的哲学家,而且是一

第五章　率团队开拓创新，主编新中国成立后第一部《宋代文化史》

个关心民瘼的封建政治家。"

(2) 论陆九渊的"象山学"("心学")及朱、陆之争

书中指出："当朱熹著书讲学以构筑自己的理论体系和创立自己的学派的时候，陆九渊也在著书讲学以构筑自己的理论体系和创立自己的学派。朱陆两派，成为新儒学内部两大对立的学派。"

书中论述了陆九渊的"心即理也"的"心学"哲学观。书中指出："陆九渊创立了一个主观唯心主义的心学体系，他的哲学的基本命题是'心即理'，因此被称为'心学'。陆九渊以孟子的直接继承者自居，他在写给路彦彬的信中明白宣称：'窃不自揆，区区之学，自谓孟子之后至是而始一明也。'(《陆九渊集》卷10)孟子讲'尽心''知性''知天''存心''求放心''万物皆备于我'，这些观点，都被陆九渊所继承。但孟子所谓的'心'，不是万物根源性的实体，而在陆九渊的体系里，'心'便具有根源性的意义，成为其体系中的最高范畴。""本来，陆九渊也认为'理'是凌驾于自然与社会之上，而又为自然与社会所必须遵循的精神实体。他曾说：'塞宇宙一理耳。……此理之大，岂有限量？程明道所谓有憾于天地，则大于天地者矣，谓此理也'(《陆九渊集》卷12，《与赵咏道书》四)；又说：'天覆地载，春生夏长，秋敛冬肃，俱此理'(同上书卷35，《语录·下》)；他甚至认为，这个'理'的存在，是不以人们的认识与否为转移的：'此理在宇宙间，固不以人之明不明、行不行而加损。'(同上书卷2，《与朱元晦》二)这样的'理'，不仅具有宇宙本源的意义，而且与程朱所说的'理'并无二致。但在'理'与'心'的关系问题上，程朱和陆

九渊却大有不同。大程虽然说过'心是理、理是心'的话,但这是就'曾子易箦'这件事发议论。这段话的……意思不过是说,曾子虽在弥留之际,仍然按'礼'行事。这段话里的'理',并不具有根源性的意义。朱熹虽然说过心包万理、万理具于一心的话,但只是说:'心'里包含着'理',但'心'并不就是'理',朱熹没有在'心'与'理'之间画等号。但陆九渊却把'心'与'理'等同起来,提出了'心,一心也,理,一理也,至当归一,精义无二,此心此理,实不容有二'(《陆九渊集》卷1,《与曾宅之》)和'人皆有是心,心皆具是理,心即理也'(同上书卷11,《与李宰书二》)的命题。既然'心即理',而且'此心此理,实不容有二',于是'某之心,吾友之心,上而千百载圣贤之心,下而千百载复有一圣贤,其心亦只如此'(同上书卷35,《语录·下》);'东海有圣人出焉,此心同也,此理同也;西海有圣人出焉,此心同也,此理同也;南海北海有圣人出焉,此心同也,此理同也;千百世之上至千百世之下有圣人出焉,此心此理亦莫不同也'(《陆九渊集》卷36,《年谱》绍兴二十一年条)。这样,不仅使'心'具有超时空的意义,甚而至于'万物森然于方寸之间,满心而发,充塞宇宙,无非此理'(同上书卷34,《语录·上》),充塞宇宙之理,也不过是'心'的扩张而已。于是乎'宇宙便是吾心,吾心即是宇宙'(《陆九渊集》卷36,《年谱》绍兴二十一年条),就成为必然的结论了。""陆九渊并没有明白宣称:'心外无理',也没有明白宣称'心'就是宇宙万物的根源。但上引他关于'心'的论述,实际上已暗示了这两点,只不过没有明白道破而已。因此,可以说,陆九渊建立了一个'心本论'的体系。"

第五章　率团队开拓创新，主编新中国成立后第一部《宋代文化史》

在阐述了陆九渊"心学"的基本观点之后，书中论到了朱、陆之间的争论："由于本体论上的根本对立，导致了朱陆之间关于'无极''太极'的争论。这场争论，虽然是辩论《通书》是否为周敦颐所作，实际上是朱陆之间在本体论上的一场严重争论。在陆九渊看来，'心'是宇宙的本原，在他的哲学体系里，心就是理，他又把'太极'解释为'理'，解释为《中庸》所说的'中也者，天下之大本也'的'中'。这样一来，心就是理，就是太极，就是中，也就是'天下之大本'。他坚决反对'无极'二字。如果'太极'之前，再加上'无极'，就等于承认'心'不是世界的本原，'无极'才是世界的本原，'心'不过是'无极'派生出来的东西，他的体系岂不被全部推翻？而且，在他看来，说'无极'就等于说'无理''无中'，'此理乃宇宙所固有，岂可言无？若以为无，则君不君、臣不臣、父不父、子不子矣'（同上书卷2，《与朱元晦书二》），这怎么能行呢？所以他坚决不承认'无极'这个范畴。朱熹则把理看作独立于人的知觉（即心）之外的世界的本原，因而他坚决主张'极'乃'理之极致'，坚决反对把'极'解释为'中'。为了防止别人把'太极'误为具体之'物'，他坚持在'太极'之前必须加上'无极'二字。而加上这两个字以后，又容易产生'太极'原于'无极'的误解，所以他不惜篡改周敦颐的原文，把'自无极而为太极'篡改成'无极而太极'；并且极力声辩：'无极而太极'并非'太极'之前更有'无极'，'无极'只是形容'太极'，'无极而太极'不过是说'太极无形而有理'罢了。'无极'与'太极'之辩，既然是两个不同哲学体系的争论，当然就只能以无结果而告终。"

"本体论上的对立,也导致了朱、陆在认识论上的一系列分歧。朱熹认为'理'是客观存在,因而认识的目的就是'明理',认识的途径是从'即物穷理'到'豁然贯通',既要'即物穷理',就必须研究事物的表里精粗,还要读书,这就叫做'道问学'。陆九渊认为'理'是主观的心,因而,认识的目的就是'明本心',认识的途径是'切己自反'(《陆九渊集》卷34,《语录·上》)。'先立乎其大者'(《陆九渊集》卷10,《与邵叔谊》),即体认内心,而不用外求。"陆九渊认为,"恻隐之心,羞恶之心,辞让之心,是非之心等等,都是人所固有的,无须着意安排,会自然流露。所以,陆九渊又说:'此心此理,我固有之。'(《陆九渊集》卷34,《语录·上》)'汝耳自聪,目自明。事父自能孝,事兄自能悌。本无欠缺,不必他求,在自立而已。'(《陆九渊集》卷34,《语录·上》)'苟此心之存,是此理自明。当恻隐处自恻隐,当羞恶时即羞恶,当辞让时即辞让,是非至前,自然辨之。'(《陆九渊集》卷34,《语录·上》)这种发现、存养'本心'的办法,就叫做'尊德性',因其人人可为,时时可为,处处可为,故称'易简工夫'。鹅湖会上,朱陆所争论的就是这个问题。陆九渊自诩'易简工夫终久大',而讥朱熹'支离事业竟浮沉'"。

然而,"陆九渊并非不读书。他曾说:'某何尝不读书来,只是比他人读得别些。'(《陆九渊集》卷35,《语录·下》)所谓'别些',就是要通过读书,去印证'吾心之良'是'吾所固有'(《陆九渊集》卷32,《善心莫善于寡欲》)。这才叫学而'知本','学苟知本,六经皆我注脚'(《陆九渊集》卷34,《语录·上》)。如果不能印证'此心之良',心田不洁净,那么,读书不仅无益,反

家人为姚瀛艇先生祝寿(右为他的儿子)

而有害:'田地不净洁,亦读书不得;若读书,则是假寇兵而资盗粮'(《陆九渊集》卷35,《语录·下》),也就是使你的心田更不净洁了"。"陆九渊有时也讲'格物',但意义与朱熹大不相同。……'格物'者,并不是研究外界客观事物的道理,而是'格心',格心中固有之理。他自己也明白说:'格物者,格此(心)者也。伏羲仰象俯法,亦先于此尽力焉耳。不然,所谓格物,末而已矣。'(《陆九渊集》卷35,《语录·下》)这也是说,格心,内求于心才是根本,如果真的去研究外界事物,反而是舍本逐末了。""陆九渊对'格物'还有一个解释,就是'减担'。……'某读书只看古注,圣人之言自明白。且如弟子入则孝,出则悌,是分明说与你入便孝,出便悌,何须得传注?学者疲精神于此,是以担子越重。到某这里,只是与他减担,只此便是格物。'"(《陆九渊集》卷35,《语录·下》)"可见,无论读书也好,格物也好,都是为了'明本心'。离开本心,则读书越多,担子越重,不仅无益,反而有害。这就是陆九渊的'读书观'和'格物观'。""为了'明本心',还必须解心之'蔽'。陆九渊认为人心有蔽。他说:'道不远人,人自远之耳。人心不能无蔽,蒙蔽之未彻,则日益陷溺。'(《陆九渊集》卷1,《与胡季随之二》)而'所以蔽其本心者,愚不肖者之蔽在于物欲,贤者智者之蔽在于意见。高下污洁虽不同,其为蔽理溺心而不得其正则一也'(《陆九渊集》卷1,《与邓文范之一》)。心既有蔽,就须进行'剥落','剥落得一番即一番清明,后随起来又剥落又清明,须是剥落得净尽方是'(《陆九渊集》卷35,《语录·下》)。剥落的内容就是格除'物欲',扫却'邪见'。要格除'物欲',既要'去欲',也要'得亲友琢磨,知己之不美而改之'(《陆九渊集》卷35,《语录·下》);要扫却'邪见',就要'讲学',得明师良友剖剥,去其浮伪而归于真实。""在'解心蔽''明本心'的基础上,陆九渊谆谆教导他的弟子们,要'收拾精神,自作主宰'(《陆九渊集》卷35,《语录·下》)。'大做一个人'(《陆九渊集》卷35,《语录·下》),要把'宇宙内事'当作'己分内事'(《陆九渊集》卷22,《杂说》)。这些话,表明了陆九渊的积极进取和以天下为己任的思想,这些思想无疑是非常可贵的精神遗产。"

陆九渊从其"心本论"出发,认为修炼成"圣人"并非高难之事。书中论道:"做人的最高理想,当然是'圣人',但陆九渊不把'圣人'当作高不可攀的偶像。他说:'道理只在眼前,虽见到圣人田地,亦只是眼前道理'(《陆九渊集》卷34,《语录·上》)。

第五章 率团队开拓创新,主编新中国成立后第一部《宋代文化史》

而这'眼前道理'也就是人的'本心'。既然'本心'人人都有,'圣贤'又有什么难学呢?所以他又说:'孩提之童,无不知爱其亲;及其长也,无不知敬其兄。先王之时,庠序之教,抑申斯义以致其知,使不失其本心而已。尧舜之道,不过如此。此非有甚高难行之事'。(《陆九渊集》卷19,《贵溪重修县学记》)可见,圣人就在人人'本心'之中。只要认识'本心',保持'本心',也就可以识认'圣人',学成'圣人'。""至于陆九渊自己,则更以无所不能、无所不知的'超人'自居。他说:'我无事时,只似一个全无知无能的人。及事至方出来,却又似个无所不知、无所不能之人。'(《陆九渊集》卷35,《语录·下》)陆九渊还形象地描绘了这种顶天立地的'超人':'仰首攀南斗,翻身倚北辰,举头天外望,无我这般人。'(《陆九渊集》卷35,《语录·下》)这虽然是极度的自我夸张,但在陆九渊的心学体系里,却也是必然的结论。既然宇宙全在我心中,'攀南斗''倚北辰',又何足为奇呢?"

书中最后总结道:"当然,这个顶天立地的'超人'还是要为封建统治服务的。他说:'皇极之建,彝伦之叙,反是则非,终古不易。是极是彝,根乎人心,而塞乎天地'(《陆九渊集》卷22,《杂说》);'义理之在人心,实天之所与不可泯灭焉者'(《陆九渊集》卷32,《思则得之》)。这都是说封建伦理源于'人心'。'人心'不变、不灭,封建伦理也就不变不灭。就是因为这样,陆九渊也受到南宋政府的褒扬,于嘉定十年(1217年)被谥为'文安'。但主观唯心主义发展到极点,也有不利于皇权的一面。因为主观唯心主义者在强调'我心'固有之'理'的同时,也就强调了'我'。这样,'我'就有可能成为是非善恶的标准;我就有可能成为'一切',异端思想就有可能乘虚而出。更何况陆九渊已屡次明白宣称:'六经皆我注脚。'(《陆九渊集》卷34,《语录·上》)'自立自重,不可随人脚跟,学人言语'(《陆九渊集》卷35,《语录·下》),'自得、自成、自道,不倚师友载籍'(《陆九渊集》卷35,《语录·下》)呢?朱熹就已批评他'好为诃佛骂祖之说,致令其门人以夫子之道反究夫子'(《朱子语类》卷124),'个个学得不逊'(《朱子语类》卷124)。也正因为这样,陆学不能成为官学,不到百年,其说就已泯然不闻了。"

姚瀛艇(右四)和王云海先生(右三)等人
在宋史专业硕士生学位论文答辩会上

(3)论陈亮的"永康学派"及朱、陈"王霸义利之辩"

陈亮为南宋思想家、文学家,婺州永康(今浙江永康)人。其所创"永康学派"提倡事功,因此又称为"事功学派",该学派的观点与朱熹的观点是针锋相对的。书中指出:"当朱熹与陆九渊辩论的时候,还不得不与陈亮辩论。陈亮提倡实事实功,反对空谈性命。陈傅良曾把他的思想归结为'功到成处,便是有德;事到济处,便是有理'(陈傅良:《致陈同甫书》,转引《陈亮集》卷29)。可见,陈亮是不离事功而言德、理;没有功成、事济,即无德、理可言。所以,陈亮与朱熹的对立,是事功派与理学派的对立,与朱、陆之间的对立完全不同。"

书中,从陈亮的生平论到了他事功学思想产生的基础:"陈亮出身于一个普通的地主家庭。……他的曾祖父在北宋靖康年间,参加汴京保卫战,随大将刘延庆死难于固子门外(《陈亮集》卷22,《告高曾祖文》)。他青少年时代,就独好霸王之略、兵机利害,慨然有经略四方之志。十八九岁时,就写了一本《酌古论》,对一些历史人物和历史事件进行分析评论。在《酌古论序》中,他说:'吾以为文非铅椠也,必有处世之才;武非剑楯也,必有料敌之智。'(《陈亮集》卷5,《酌古论》)即是说:所谓文才,不仅仅是舞文弄墨,更重要的要有处理政事的才能;所谓武才,不仅仅是舞枪弄棒,更重要的要有洞察敌情的智慧。他就是要把自己锻炼成这样文武结合的人才。他写《酌古论》的目的,就是从对历史人物和历史事件的分析批判中,吸取经验教训,古为今用。他一生以改革弊政、恢复中原为己任。南宋乾道五年(1169年),他向孝宗上《中兴五论》,第一次明确提出了抗金的主张及一系列有关的政治经济措施。淳熙五年(1178年),一个月内,又连续三次向孝宗上书,要求朝廷改变苟安态度,改除弊政,进兵中原。淳熙十五年(1188年)春,他亲自到金陵、京口两地考察,回来后,又向孝宗上书,要求抗金。但这些要求均被拒绝。他一生坎坷,多次被诬入狱,历尽折磨。直到光宗绍熙四年(1193年),始登进士第,为第一名,被任命为签书建康军节度判官厅公事,尚未赴任,就于次年突然病逝。"

书中论到了陈亮的哲学思想:"陈亮没有专门的哲学著作,但从他的文集中,我们还是可以看出他思想中的唯物主义因素的。首先,他肯定世界的物质性。如说:'盈宇宙者无非物,日用之间无非事。古之帝王,独明于事物之故,发言立政,顺民之心,因时之宜,处其常而不惰,遇其变而天下安之。今载之《书》者皆是也。'(《陈亮集》卷10,《经书发题·书经》)这是说,事物是宇宙间真实的客观存在。其次,既然宇宙间充满着客观事物,那么,任何普遍的原则,都不能离开具体的事物。所以他说:'夫道非出于形气之表,而常行于事物之间者也。'(《陈亮集》卷9,《勉彊行道大有功》)又说:'道之在天下,平施于日用之间,得其性情之正者,彼固有以知之矣。'(《陈亮集》卷10,《经书发题·书经》)'天地之间,何物非道?赫日当空,处处光明。'(《陈亮集》卷20,《乙巳秋与朱元晦秘书》)这都是说'道'不是形而上的精神本体,而是存在于事物中的客观规律。陈亮这个'道在物中'的命题,与朱熹的'理在事先'的命题,恰好是根本对立的。既然道不能离开具体事物,他又提出'因事作则'的命题。他说:'夫道之在天下,何物非道。千途万辙,因事作则。'(《陈亮集》卷19,《与应仲实》)这是说,要根据具体事物,找出这一具体事物的法则,才能进一步认识整个宇宙间事物千变万化的道理。以上各点,都说明陈亮世界观中的唯物主义倾向。"

第五章 率团队开拓创新，主编新中国成立后第一部《宋代文化史》

之后，书中又论道："陈亮根据自己的唯物主义观点，批评了朱熹、陆九渊等人的唯心主义思想。他说：'世之学者，既玩心于无形之表，以为卓然而有见。事物虽众，此其得之浅者，不过如枯木死灰而止耳。得之深者，纵横妙用，肆而不约，安知所谓文理密察之道？泛乎中流，无所底止，犹自谓有得，岂不可哀也哉！'（《陈亮集》卷19，《与应仲实》）'世之学者'，就是指朱、陆等人，'玩心于无形之表'，就是脱离具体事物苦思冥想；'以为卓然而有见'，就是自以为得孔孟之真传。但实际上'得其浅者'（指陆九渊这一派），只知道'明本心'，结果使人成为'枯木死灰'的废物；'得其深者'（指朱熹这一派），只知'正心''诚意''格物''致知'，讲得支离破碎，又怎能理解真正的'道'，对社会做出贡献？"

书中又强调了陈亮从其唯物主义观点出发，提倡实际的"用"。而且由此出发，述说了陈亮和朱熹之间所进行的激烈的"王霸义利之辩"。书中指出："从他的唯物主义观点出发，陈亮提倡实事实功，强调以'用'（实际应用）作为衡量一切事物的标准。他说：'人才以用而见其能否，安坐而能者，不足恃也；兵食以用而见其盈虚，安坐而盈者，不足恃也。'（《陈亮集》卷1，《上孝宗皇帝第一书》）又说：'风不动则不入，蛇不动则不行，龙不动则不能变化；今之君子欲以安坐感动者，是真腐儒之谈也。'（同上书卷20，《又癸卯秋书》）第一段话，写于1178年，虽然是写给宋孝宗的，实际上是批评朱熹；第二段话，写于1183年，是直接写给朱熹的。这两段话，都是对朱熹所说的'修德待时''安坐感动'的批评。""陈亮青年时期即慨然有经略四方之志。

面对当时南宋王朝苟且偷安、对金妥协的危殆局面,他提倡实事实功,从不讳言'功利',而且公开以'功利'作为他的理论基础。他说:'义利之分,孟子辩之详矣。而赏以劝善,刑以惩恶,圣人之所以御天下之大权者,犹未离开利乎?'(《陈亮集》卷4,《问答之七》)又说:'外赏罚以求君道者,迂儒之论也,执赏罚以驱天下者,霸者之术也。'(《陈亮集》卷4,《问答之七》)这两段话说得很清楚。但统治者统治天下,仍然离不开赏罚,也就是离不开'利'。所以,排斥赏罚以求君道(即王道),是迂儒之论;利用赏罚以统天下,是霸者之术。朱熹把陈亮这些思想概括为'王霸并用,义利双行'。而他自己,则以'天理''人欲'之辩为基础,把人分为圣、下两品,认为圣贤是纯天理,无人欲,下愚的小人则是人欲胜,天理绝;又把历史分为'三代以上'和'三代以下'两截,认为三代以上是天理流行,是王道;三代以下,是人欲横流,是霸道;而'天理'就是'义','人欲'就是'利'。'天理''人欲'是绝对对立的,'义'与'利'也是绝对对立的,'王道'与'霸道'也是绝对对立的。这就是朱、陈之间的'王霸义利之辩'。"

"孝宗淳熙十一年(1184年)春天,陈亮被诬入狱,备受拷掠,但终无实据,又被释放。朱熹乘机给陈亮写信,说陈亮'平时自处于法度之外,不乐闻书生礼法之论',以致招来这场灾难;并劝陈亮'凡百亦宜痛自收敛','绌去义利双行、王霸并用之说,而从事于惩忿窒欲、迁善改过之事,粹然以醇儒之道自律'(《朱文公文集》卷36,《与陈同甫第四》)。陈亮收到信后,立即回信,反驳朱熹的论点:'自孟荀论义利王霸,汉唐诸儒未能深明其说。本朝伊洛诸公辨析天理人欲,而王霸义利之说于是大明。然谓三

第五章 率团队开拓创新，主编新中国成立后第一部《宋代文化史》

代以道治天下,汉唐以智力把持天下,其说固已不能使人心服;而近世诸儒遂谓三代专以天理行,汉唐专以人欲行,其间有与天理亦合者,是以亦能久长,信斯言也,千五百年之间,天地亦是架漏过时,而人心亦是牵补度日,万物何以阜蕃,而道何以常存乎?故亮以为,汉唐之君本领非不洪大开廓,故能以其国与天地并立,而人物赖以生息。……诸儒之论,为曹孟德以下诸人设可也,以断汉唐,岂不冤哉! 高祖、太宗岂能心服于冥冥乎? 天地鬼神亦不肯受此架漏。谓之杂霸者,其道因本于王也。诸儒自处者曰义曰王,汉唐做得成者曰利曰霸。一头自如此说,一头自如此做;说得虽甚好,做得亦不恶;如此却是义利双行,王霸并用。'(《陈亮集》卷20,《又甲辰秋书》)这段话,既批评了朱熹,又婉转地批评了二程,明确反对'汉唐以智力把持天下''汉唐专以人欲行'的论调;并进一步指出:'霸道'固本于'王道',二者并没有本质的区别。对朱熹所称道的'醇儒',陈亮则目之为'气不足以充其所知,才不足以发其所能,守规矩准绳而不敢有一毫末作,传先民之说而后学有以持循'(《陈亮集》卷20,《又甲辰秋书》)的'传声筒'。陈亮决不做这样的'醇儒',而要做一个'推倒一世之智勇,开拓万古之心胸'的'英雄'。"

"自此以后,直至1186年秋天,两人书信往返反复辩论,达两年多之久。朱熹坚持他的论点,一则说:'老兄视汉高帝、唐太宗之所为而察其心,果出于义耶,出于利耶? 出于邪耶? 出于正耶?'(《朱文公文集》卷36,《与陈同甫第六》)再则说:'汉唐之君,虽或不能无暗合之时,而其全体却只在利欲上'(《朱文公文集》卷36,《与陈同甫第八》);三则说:'后来所谓英雄……但在利欲场上头出头没'(《朱文公文集》卷36,《与陈同甫第九》);而三代以下,所以'人欲横流'的原因,则在于'儒者之学不传,而尧、舜、禹、汤、文、武以来转相传授之心不明于天下'(《朱文公文集》卷36,《与陈同甫第八》),在于'古之圣贤从根本上便有唯精唯一工夫,所以能执其中,彻头彻尾,无不尽善;后来所谓英雄,则未尝有此工夫'(《朱文公文集》卷36,《与陈同甫第九》)。陈亮则坚持自己的观点,认为'才有人心,便有许多不洁净,[革]道止于革面,亦有不尽概圣人之心者'(《陈亮集》卷20,《又乙巳秋书》),以反驳朱熹所谓'三代专以天理行';并且提出了'心之用,有不尽而无常泯;法之文,有不备而无常废'(《陈亮集》卷20,《又乙巳春书之一》)的命题,以反驳朱熹把历史分为'三代以上'和'三代以下'的论调。朱熹则又从陈亮这个命题提出'有时泯''有时废'的命题,为自己的'两截论'辩护。"

之后,书中对朱、陈的"王霸义利之辩"进行了较为客观的评价和总结:"综观朱、陈之间的辩论,应当承认,陈亮的'道在事中'的唯物主义思想,胜过朱熹的'理在事先'的唯心主义思想,因为陈亮的思想比较符合客观实际。陈亮的历史进化论,胜过朱熹的历史退化论,因为陈亮的观点符合历史的实际。但也应看到,陈亮毕竟也是一个封建时代地主阶级的思想家,在他的思想中有一个不可打破的框框。尽管他充分肯定三代以下这段历史,但他不敢肯定后代胜过三代,也不敢肯定后人胜过圣人。他所说的'心之用,有不尽而无常泯;法之文,有不备而无常废','唯圣为能尽伦,自余于伦有不尽'(《陈亮集》卷20,《又乙

第五章 率团队开拓创新，主编新中国成立后第一部《宋代文化史》

家人为姚瀛艇先生祝寿（后为他的外孙女张歌）

已春书之一》），'唯王为能尽制,自余于制有不尽'（《陈亮集》卷20，《又乙巳春书之一》）等等,这些话的前提都是三代最完美,圣人最伟大，'王道'最好。他甚至还明白表示：'来谕谓亮推尊汉唐以为与三代不异,贬抑三代以为与汉唐不殊。如此则不独不察其心,亦并与其言不察矣。某大概以为三代做得尽者也,汉唐做不到尽者也'（《陈亮集》卷20，《又乙巳春书之二》）；'亮大意以为本领闳阔,工夫至到,便做得三代；有本领无工夫,只做到汉唐'（同上书卷20，《又乙巳秋书》）。这更是正面承认汉唐不如三代。在这一点上,陈亮和朱熹又一致起来了。"

书中特别提到,陈亮和朱熹之间辩论十分激烈,但辩论归辩论,陈亮对朱熹的人品、学问却十分敬重。书中说："还应看到,陈亮对朱熹的人品、学业、政治见解和才干,是非常敬佩的。（以下所论主要根据邓广铭先生的论文:《陈亮反儒问题辨析》）他一再说:'独秘书(即朱熹)杰特崇深,负孔融、李膺之气,有霍光、张昭之重,卓然有深会于亮心者,故不自知其心之惓惓,言之缕缕也'(《陈亮集》卷20,《甲辰秋书》);'四海所系望者,东序唯元晦,西序唯公(即辛弃疾)与学师(即韩彦古)耳'(《陈亮集》卷21,《与辛幼安殿撰》);'乾道间,东莱吕伯恭、新安朱元晦及荆州(即张栻),鼎立为一世学者宗师。亮亦获承教于诸公后,相与上下其论。今新安巍然独存,益缔晚岁之好'(《陈亮集》卷21,《与张定叟侍郎》);'朱元晦人中之龙也,屡书与朝士大夫,叹服高谊不容已'(《陈亮集》卷19,《与林和叔侍郎》)。这些话,情见于辞,表现了陈亮对朱熹的由衷敬佩。而且,有些写于与朱熹辩论炽烈之时,有些写于辩论之后;最后一段话,约在绍熙三四年之间,一两年后陈亮就去世了。可见,陈亮对朱熹的敬佩是始终一贯的。"

然而,观点之间的不一致终归是事实。书中最后说道:"但是,他们毕竟属于两个不同的体系,思想上的对立是很尖锐的。"[1]

笔者以为,无论如何,透过姚瀛艇先生对朱、陈之间争论的阐述,我们从古圣先贤的争鸣中确实受到了启发:真正的学术大家,为追求真理而进行学术争鸣,甚至争论得相当激烈,但彼此之间是完全平等的,不以身份地位作为衡量学术研究正误的标准;而且,相互之间对对方的人格非常尊重、对潜心研究学问的精神也十分欣赏。这就是真正的学术争鸣,这种争鸣对当今的

---

[1] 姚瀛艇:《宋代文化史》,河南大学出版社,1992,第214-238页。

学术研究形成良好的风气,有着极大的借鉴意义。

收录于《宋代思想文化研究》一书中的姚瀛艇先生论文《关于陈亮上〈中兴五论〉的年代》

(原文以"夷门"的笔名载《河南师大学报》〈社会科学版〉1980年第5期)

4.论朱学渐取官学地位及考亭、永嘉学派的对立

此方面,书中首先概述了南宋晚期学术思想发展所呈现出的特点:"二程与朱熹所创立的新儒学,虽然对伦理纲常进行了完美的论证,但一个新创立的学术体系,并不是一开始就能被人认识、被人理解的。而且,由于当时的政争,程颐曾被编管,朱熹也被列入伪学。在他们死后,连送葬的人都寥寥无几。但这个学派是顺应历史的要求而兴起的,它的意义和价值终究会被认

识。到南宋理宗时期,朱学就逐步取得了官学地位。但与之对立的事功派也在发展,出现了永嘉学派的代表人物叶适;同时在朱学内部也出现了反对派,这就是南宋著名的思想家黄震。朱学取得官学地位,叶适对之批判,黄震对之修正。这就是南宋晚期思想界的特点。"

(1) 论朱学渐取官学地位

书中专题阐释了朱学逐渐取得官学地位的过程。

首先,指出朱熹弟子对程朱理学的传扬,以及庆元党禁解除后南宋政府对朱熹的极力尊崇,使程朱理学由此渐取官学地位。书中说:"朱熹一生讲学,弟子甚多。在朱熹的《文集》里,与朱熹有书信往还的学生、朋友达200多人;在《朱子语类》中,有姓名可考的笔录者有90多人;还有虽不列门墙,而私淑朱熹的,如魏了翁、真德秀、尹起莘等,尚有许多。他们聚徒讲学,鼓吹程朱思想,在学术界形成一股强大的势力。在庆元党禁解除后,特别是在史弥远执政以后,南宋政府亦极力尊崇朱熹,并进而尊崇二程、张载和周敦颐。程朱理学,逐步取得了官学地位。"

其次,具体述说朱熹因受到尊崇,在逝世以后宋廷对其加封的称号,以及进而对周敦颐、二程、张载加封的称号:"嘉定二年(1209年),即在朱熹逝世后的第10年,南宋政府加朱熹谥号'文',称'朱文公'。次年,又追赠朱熹中大夫、宝谟阁直学士。嘉定五年,根据李道传、刘爚等人的要求,将《论语集注》《孟子集注》立于学官,成为法定的读本。嘉定十三年,根据魏了翁等人的请求,追谥周敦颐曰'元'、程颢曰'纯'、程颐曰'正'。嘉定十六年,追谥张载曰'献'。嘉定十七年正月,宁宗下诏说,'朕唯伊川先生绍明道学,为宋儒宗。虽屡被褒荣,而世禄弗及',要求寻访程颐后人,予以录用。(李心传:《道命录》)诏书用语,完全是弟子口吻。"

安享晚年幸福生活的姚瀛艇先生

再次,述说宋理宗即位后,程朱理学正式取得官学地位,朱熹、二程、周敦颐、张载等也获得了更高的地位:"嘉定十七年八月,宁宗逝世。史弥远拥立理宗,继续执政。理宗即位前,就从郑清之学习程朱之学;即位后,更极力表扬程朱。宝庆三年(1227年)春正月,下诏说:'朕观朱熹集注《大学》《论语》《孟子》《中庸》,发挥圣贤蕴奥,有补治道。朕方励志讲学,缅怀典刑,深用叹慕。可特赠太师,追封信国公。'(《宋史纪事本末》卷

80,《道学崇黜》)三月,朱熹之子工部侍郎朱在入对,言人主学问之要。理宗对他说:'先卿(即朱熹)《中庸序》言之甚详。朕读之不忍释手,恨不与之同时。'(《宋史纪事本末》卷80,《道学崇黜》)绍定二年(1229年)九月,又改封朱熹为徽国公。次年,理宗又亲自撰写《道统十三赞》,从伏羲、尧、舜、禹、汤、文、武、周、孔到颜、曾、思、孟,共十三人,说是一脉相承的道统,大加赞扬。嘉熙元年(1237年),又下诏国子监,刊印朱熹的《通鉴纲目》。淳祐元年(1241年)正月,理宗将亲临太学,先下诏将周、张、程、朱送进文庙,从祀孔子。诏文说:'朕唯孔子之道,自孟轲后不得其传。至我朝周敦颐、张载、程颢、程颐,真见实践,深深圣域,千载绝学,始有指归。中兴以来,又得朱熹精思明辨,表里混融,使《大学》《论语》《孟子》《中庸》之旨,本末洞彻。孔子之道,益以大明于世。朕每观五臣论著,启沃良多。今视学有日,其令学官列诸从祀,以副朕崇奖儒先之意。'(《宋史纪事本末》卷80,《道学崇黜》)同时,又追封周敦颐为汝南伯,张载为郿伯,程颢为河南伯,程颐为伊阳伯。接着,理宗亲临太学,拜谒孔子,命祭酒曹觱讲《大学篇》,并把《道统十三赞》,宣示国子监的学生,又亲书朱熹的《白鹿洞学规》,颁赐太学。从此,程朱理学正式取得官学地位。"

(2) 论叶适的"永嘉学派"及朱、叶的对立

书中论到了"永嘉学派的集大成者"叶适的事功学思想,以及与朱熹学说的对立。叶适为南宋思想家、文学家、政论家、官员,温州永嘉人。

书中指出,除了接受先驱者的思想之外,叶适家庭的成长环

第五章　率团队开拓创新，主编新中国成立后第一部《宋代文化史》

境也是促使他事功学思想生成的重要原因："叶适出生于一个'贫匮三世'的下层地主家庭。乾道二年（1166年），浙东温、台二州大水成灾，叶适一家，辗转迁徙，凡迁21所。其父授徒，其母纺织，生活相当贫困。青少年时代这段比较艰苦的生活，使他对社会的实际情况有比较深刻的了解。乾道九年（1173年），叶适24岁时，到临安谋生。次年，即上书西府，论述现实政治，提出改革方案。淳熙五年（1178年），29岁时，登进士第。以后有时任州县官，有时在朝廷任职，他坚决主张抗金。淳熙十四年（1187年），他上书孝宗，就把恢复故疆作为国家的唯一大事。他说：'臣窃以今日人臣之义所当为陛下建明者，一大事而已：二陵之仇未报，故疆之半未复。此一大事者，天下之公愤，臣之子深责也。'（《水心别集》卷15，《上殿札子》）对孝宗的'待时而动'，他也有婉转的批评：'臣请决今日之论，时自我为之。则不可以有所待也；机自我发之，则不可有所乘也。不为，则无时矣，何待？不发，则无机矣，何乘？'（《水心别集》卷10，《外稿·息虚论》）他对南宋朝廷对金的妥协政策，提出尖锐的批评：'今日存亡之势，在外不在内；而今日堤防之策，乃在内而不在外。一朝陵突，举国拱手，堤防者尽坏，而相继以亡，哀哉！'（《习学记言序目》卷43，《唐书六》）为了坚持抗金，他主张切实改革内政，提出了理财、整军的具体建议，以挽救当时财竭、兵弱、民困、势衰的危局。但这些建议，如石沉大海，并未得到任何反应。开禧用兵前，他曾建议积极做好准备，以求备成而后动，守定而后战，但未受到重视。战端一开，军事失利，江南震动。就在这种情况下，叶适被任命为知建康府兼沿江制置使。他到建康后，采纳部下滕宬的建议，用重赏募集勇士渡江，抗击金兵，战斗十数次，所向克捷，人心才稍为安定。此后，他又在定山（江苏江阴县东）、瓜步（江苏六合县东南）及石跋（安徽和县东北）建立堡坞，团聚当地居民，捍卫江面。在这次抗金战争中，他既有具体措施，又立有战功。但战争结束后，他也受到史弥远的迫害，罢官回家，在寂寞无闻中，度过最后16年。在此期间，他潜心著述，写成《习学记言序目》50卷，写下我国思想史上光辉的篇章。"

书中论述了叶适的哲学思想，并指出了其哲学思想与周、张、程、朱、陆等人之间的对立。书中指出："叶适的世界观，具有朴素的唯物主义因素。他认为'五行''八卦'，是构成自然界的主要物质形态，他说：'五行之物，遍满天下，触之必应，求之必得'（《习学记言序目》卷39，《唐书二》）。又说：'按卦所象唯八物，推八物之义为乾（天）、坤（地）、艮（山）、巽（风）、坎（水）、离（火）、震（雷）、兑（泽）。'（《习学记言序目》卷4，《周易四》）由此可知，叶适所说的'五行''八卦'完全是物质性的东西，没有任何神秘的色彩。从这种唯物主义观点出发，他彻底否定了近世学者奉为'宗旨秘义'的'太极'。他说：'易有太极，近世学者以为宗旨秘义。按卦所象唯八物，……孔子以为未足为，又因《象》以明之，其征兆往往卦义所未及。……独无所谓太极者，不知《传》何以称之也？……传《易》也将以本原圣人，扶立世教，而亦为太极以骇异后学，后学鼓而从之，失其会归，而道日益离矣。又言太极生两仪，两仪生四象，则文浅而义陋矣。'（《习学记言序目》卷4，《周易四》）他还极力否认《易》为孔子所作。他说：'《易》不知何人作。……孔子独为之著《彖》《象》，盖惜其为他异说所乱,故约之中正以明卦爻之指,黜异说之妄,以示道德之归。其余《文言》《上下系》《说卦》诸篇,所著之人,或在孔子前,或在孔子后,或与孔子同时,习《易》者会为一书,后世不深考,以为皆孔子著也。'(《习学记言序目》卷49,《皇朝文鉴三》)""周敦颐、张载、二程、朱熹都发挥《易》义以建立自己的哲学体系,不承认《易》为孔子所著,就降低了《易》的价值,也就贬低了周、张、程、朱等人的哲学思想;而周敦颐、朱熹又以'太极'为其体系的最高范畴,彻底否定了'太极',也就彻底否定了他们的体系。"

"在'物'与'道'的关系问题上,叶适认为有'物'则有'道',他说:'按古诗作者,无不以一物立义。物之所在,道则在焉。物有止,道无止也。非知道者不能该物,非知物者不能至道。道虽广大,理备事足,而终归之于物,不使散流。此圣贤经世之业,非写为父词者所能知也。'(《习学记言序目》卷47,《皇朝文鉴一》)'道'既然离不开'物',因此就不能有先于'物'而存在的'道',更不能认为在天地之间就有一个神秘的'道'来产生天地万物了。"

在认识论上,"既然客观世界是由物质构成的,而'道'又不能离'物'而存在,因而人的认识,也必然不能离开'物',即不能离开客观世界,这就是他所说的'不以须臾离物'(《水心别集》卷7,《进卷·大学》)的意思。在认识过程中,他又强调'耳目之官'和'心之官'的相互作用。他认为,正确的认识一定要发挥'耳目之官'的作用,'自外入以成其内',还要发挥'心之官'的作用,'自内出以成其外','内外交相成'才能构成全面的认识。

1981年7月,姚瀛艇先生(后排左三)等人与来访的日本访问团合影

而认识的正确与否,还应以客观事物为根据,即'欲折衷天下之义理,必尽考详天下之物而不谬'(《水心文集》卷29,《题姚令威西溪集》),'无验于事者,其言不合;无考于器者,其道不化'(《水心别集》卷5,《进券·总义》)。这些言论,都说明叶适在认识论方面具有唯物主义因素,而与朱、陆等人'专以心性为宗主'的认识路线,形成鲜明的对照。他批评朱、陆等人说:'古人多识前言往行,谓之畜德。近世以心性通达为学,而见闻几废,为其不能畜德也。然可以畜而犹废之,狭而不充,为德之病矣。'"(《水心文集》卷29,《题周子实所录》)。

书中还指出,叶适依据自己的哲学思想,还批评了孟子、佛老,由此更有力地批评"近世学者"。书中说:"叶适不仅批判近世学者,而且对孟子、佛老亦多所批评,而批评后者,也正是为了

第五章　率团队开拓创新，主编新中国成立后第一部《宋代文化史》

批评前者,二者是密切联系在一起的。""他对孟子的批评集中在孟子的心性说。孟子的心性说,集中于《孟子·告子》上篇。孟子说:'耳目之官不思,而蔽于物。物交物,则引之而已矣。心之官则思,思则得之,不思则不得也,此天之所以与我者。先立乎其大者,则小者弗能夺也,此为大人而已矣。'这样,孟子就否定了耳目等感官对认识的作用。叶适不同意这种观点,认为它与上文所说'内外交相成之道'是背道而驰的。他说:'按《洪范》,耳目之官不思而为聪明,自外入以成其内也;思曰睿,自内出以成其外也。……古人未有不内外交相成而至于圣贤。'(《习学记言序目》卷14,《孟子·告子》)他又说:'古之圣贤,无独指心者。至孟子始有尽心知性,心官赋耳目之说。'(《习学记言序目》卷44,《荀子·解蔽》)'盖以心为官,出孔子之后;以性为善,自孟子始。然后学者尽废古人入德之条目,而专以心性为宗主,虚意多,实力少;测知广,凝聚狭,而尧舜以来内外交相成之道废矣。'(《习学记言序目》卷14,《孟子·告子》)叶适这些言论,表面上是批评孟子的心性说,实际上是指责孟子违背尧舜以来古圣贤之'道'。这样一来,所谓'孔子传曾子,曾子传子思,子思传孟子'的道统,就被打断了,周、程、张、朱的正宗地位也就动摇了。""他对佛老的批评更为严厉。他说:'浮屠本以坏灭为旨,行其道必亡,虽亡不悔,盖本说然也。'(《习学记言序目》卷43,《唐书六》)他又批评老子是'尽遗万事而特言道',是'虚无之祖','以有为无','执导学以乱王道,罪不胜诛'(《习学记言序目》卷15,《老子》)。""由此可见,《习学记言序目》这部书,实际是对中国传统思想的批判书。叶适的批评,是否完全正确,自可商讨。但这部书确是显示了叶适思想的特色。"

书中也指出了叶适对董仲舒的批判,并进一步说明,叶适和陈亮的思想一样,都反映了商人的利益:"和陈亮一样,叶适也是不离功利而谈义理的。他把矛头直指董仲舒。他说:'"仁人正谊不谋利,明道不计功",此语初看极好,细看全疏阔。古人以利与人,而不自居其功,故道义光明。后世儒者,行仲舒之论,既无功利,则道义者乃无用之虚语尔。'(《习学记言序目》卷23,《汉书三》)这里所说的后世诸儒,就是指的程朱等人。""和陈亮一样,叶适思想中也反映了商人的利益。他说:'然则富人者,州县之本,上下之所赖也'(《水心别集》卷2,《进卷·民事下》);又说:'夫四民(士、农、工、商)交致其用,而后治化兴,抑末厚本非正论也。'(《习学记言序目》卷19,《史记一》)这些话表明他对工商业和工商业者的重视。叶、陈二人,无独有偶,都重视工商业,反对传统的'崇本抑末'的观念。这正是两宋时期商品经济的发展在思想领域的反映。"

(3) 论朱熹四传弟子黄震对朱熹的"修正"

黄震,字东发,原籍浙江定海,后徙慈溪。南宋名儒、官员,创东发学派。诚如姚瀛艇先生所说,作为朱熹的四传弟子,黄震对朱熹非常推崇,"但他并不以朱熹为局限。……在一些重要问题上,表现出对朱熹的'修正',成为理学阵营中的反对派"。

书中指出,黄震所处的南宋末年的国家政治状况,使他具有躬身实践的务实精神和强烈的民族气节。他"与文天祥同登进士第。宝祐六年(1258年)任吴县尉,对当地豪右勾结尉卒,欺压贫民的事,多所裁抑。景定元年(1260年),知华亭县,又兴修

第五章 率团队开拓创新，主编新中国成立后第一部《宋代文化史》

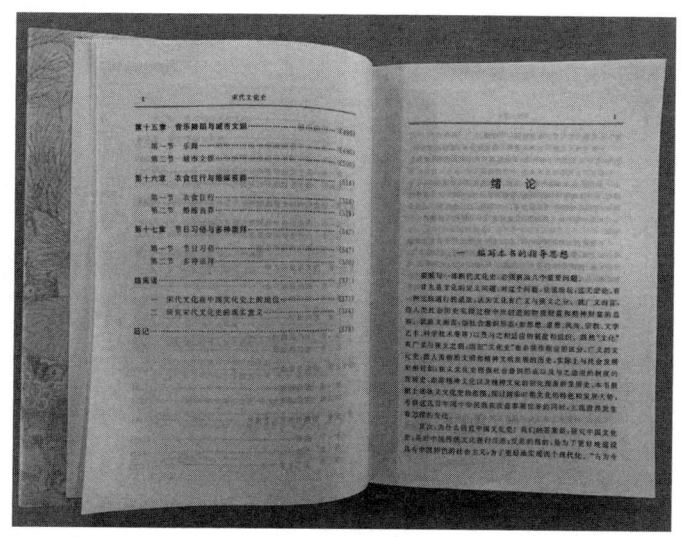

姚瀛艇先生在主编的《宋代文化史》一书中亲撰"绪论"

（还有"结束语""后记"）

水利。度宗咸淳四年（1268年），任史馆检阅，参与宁宗、理宗两朝国史实录的修纂工作。咸淳八年，任抚州知州，时值灾荒，他极力赈济，全活甚多。南宋灭亡后，他不与元朝政府合作，隐居浙东宝幢山。公元1280年，绝食而死。黄震就是这样一个比较重视实际、关心人民疾苦、具有民族气节的思想家"。"他所处的南宋末年，正是政治极度黑暗、国势日益危殆的时代。他对当时政治的黑暗非常不满。咸淳四年，他在《轮对札子》中，极言当时之弊是'民日益穷，兵日益弱，财日益匮，士大夫日益无耻'（《黄氏日钞》卷69）。并公开指责宋度宗只知沉溺于骄奢淫逸的享乐生活：'居则唯见湖山歌舞之久，官居服食之安，而凡京、唐、淮、蜀之荒残，中原、河北之狐兔，未必关于念虑也。'（《黄氏日钞》卷69)对南宋统治者偏安一隅的政策,他也痛加抨击,说:'果守江,果安闽浙,机至事成,中原亦非远。正恐江自为守而人未尝守江;闽、浙百姓所仰,又未必其能安,而人自安于闽、浙耳。'(《黄氏日钞》卷68,《读叶水心文集》)对当时士大夫的苟且偷安,他深感痛心,说:'今风俗澜倒,士大夫真有心于民命国脉者几人?'(《黄氏日钞》卷95,《祭江西提举省斋糜先生》)正因为他看到了这些弊病,所以,在他的政治实践中,就因力之所及,尽可能办些有益于国计民生的实际工作。"

书中概述了黄震对朱熹既推崇,又有"修正"。书中指出:"他生活在程朱理学流行的时代,又是朱熹的四传弟子(按其师承为:朱熹——辅广——余端臣——王文贯——黄震),因而,对朱熹是很推崇的。如说:'本朝理学,阐幽于周子,集成于晦翁。《太极》之图,《易通之书》,微晦翁,万世莫之能明也。肃襟庄诵之,为快何啻蝉脱尘涴而鹏运青冥哉!'(《黄氏日钞》卷33,《读本朝诸儒理学书一》)但他并不以朱熹为局限。他重视实践,强调躬行,反对空谈,因而,在一些重要问题上,表现出对朱熹的'修正',成为理学阵营中的反对派。"

之后,书中对黄震的宇宙观、道统论、"性与天道"和"修齐治平"观加以具体阐释,并说明在这些问题上对朱熹的"修正"。

"首先,在宇宙观方面,他既承认'理'为超时空的客观存在,又强调'道'在事中。他说:'理无定形,亦无终穷。……事万变而不齐,而理无不在'(《黄氏日钞》卷68,《读叶水心文集》),又说:'天地高下,万物散殊,皆造化生息之仁,而至理流行之寓。'(《黄氏日钞》卷86,《林水会心记》)这些思想,都和朱

第五章 率团队开拓创新,主编新中国成立后第一部《宋代文化史》

熹一脉相通。但他又强调'道'非超出天地人事之外。他说:'夫道即日用常行之理。不谓之理而谓之道者,道者,大路之称。即其所易见,形其所难见,使知人之未有不由于理,亦犹人之未有不由于路。故谓理为道,而凡粲然天地间,人之所常行者皆道矣。奈何世衰道微,横议者作,创以恍惚窈冥为道,若以道为别有一物,超出天地之外,使人谢绝生理,离形去智,终其身以求之,而终无得焉。'(《黄氏日钞》卷55,《读抱朴子》)又说:"夫道即理也。不谓之理而谓之道者,道者,大路之名,人之无有不由于理,亦犹人之无有不由于路。谓理为道者,正以人所当行,正欲人之晓然易见,而非超出人事之外,他有所谓高深之道也。'(《黄氏日钞》卷82,《临汝书堂癸丑岁旦讲义》)一方面承认'理无定形,亦无始终',另一方面又强调'道(实即理)在事中'。显而易见,黄震的宇宙论有着内在的矛盾。但从中也可看出黄震对朱熹思想的修正。朱熹虽然有时也讲'理在气中',但那是在讲到'理'与'气'结合形成万物时讲的;而论及宇宙的本原,他总是强调'理在气先',即'理'脱离客观事物而亘古长存,甚至天塌地陷了,'理'仍然存在。黄震虽然自相矛盾,但他反复强调'道在事中',这显然是对朱熹的'理在气先'的修正。"

"其次,在道统论上,他承认韩愈、二程、朱熹所坚持的尧、舜以下的道统,但却反对'三圣传心'的谬说。他说:'近世喜言心学,舍全章(按指伪古文尚书、大禹谟、人心惟危章)本旨而独论人心,道心;甚者,单摭道心二字,而直谓即心是道,盖陷于禅学而不自知,其去尧舜禹授天下之本旨远矣。蔡九峰之作《书》传,尝述朱文公之言。……其后,进此书传于朝者,乃固以三圣传心为说,世之学者遂指此书十六字为传心之要,而禅学者借以为据依矣。愚按:心不待传也。流行天地间,贯彻古今而无不同者,理也。理具于吾心而验于事物;心者,所以统宗此理而别白其是非。人之贤否,事之得失,天下之治乱,皆于此乎判。此圣人之所以致察于危微精一之间,而相传以执中以道,使无一事之不合理。禅学……以理为障,而独指其心曰:不立文字,单传心印。此盖不欲言理,为此遁辞。……圣贤之学,由一心而达之天下国家之用,无非至理之流行。明白洞达,人人所同,历千载,越宇宙,有不期而同,何传之云?……俗说浸滔,虽贤者或不能不袭用其语,故愦书所见如此。'(《黄氏日钞》卷5,《尚书·人心惟危章》)这段话的锋芒所向,似乎是直指陆九渊一派禅学家,最后一句,还为朱熹(即贤者)做些开脱,但批评的对象,实也包括朱熹在内。因为强调'三圣传心'和'十六字传心之要'的正是朱熹;写《书》传的正是朱熹的弟子蔡沈;而蔡沈又明白说:'二典三谟,先生盖尝是正,手泽尚新。'(《书经集传序》)黄震这段话,既然强调'心不待传',实际上不正是批评朱熹吗?"

"再次,在'性与天道'和'修齐治平'两个问题上,黄震与朱熹的看法也不一致。朱熹对二者都重视,但侧重在前者;朱熹的后学,则放弃后者,流入'奢谈心性'的歧途。黄震对二者也都重视,但侧重在后者,对朱熹的后学,则颇多批评。《论语·公冶长》曾载子贡的一段话:'夫子之文章,可得而闻也;夫子之言性与天道,不可得而闻也。'程颐解释说:'此子贡闻夫子之至论而叹美之言也。'(《论语集注》卷3)朱熹在小程的基础上,又详为注释:'文章,德之见乎外者,威仪文辞皆是也。性者,人所受之天理;天道者,天理自然之本体,其实一理也。言夫子之文章,日见乎外,固学者所共闻。至于性与天道,则夫子罕言之,而学者有不得闻者。盖圣门教不躐等,子贡至是始得闻之,又叹其美也。'(《论语集注》卷3)黄震不同意朱熹的看法,反驳说:'子贡明言不可得而闻,诸儒反谓其得闻而叹美,岂本朝专言性与天道,故自主其说如此耶?要之,子贡之言正今日学者所当退而自省也。'(《黄氏日钞》卷2,《读论语》)'自主其说如此',确是击中了程朱的要害。'正今日学者所当退而自省',则是婉转批评了朱熹的后学。而下引一段,则是公开批评朱熹思想所造成的流弊了。他说:'自晦翁之学盛行,而义理之说大明。天下虽翕然而向方,流弊亦随之而渐生。盖论说之求多,恐躬行之或缺。苟诚用力于躬行,何暇往事乎口说?某行天下,今逾半生。凡见晦翁之学者几人,往往不知其躬行。……世所谓《中庸》《大学》者,身未必行,唯见笔舌华靡。'(《黄氏日钞》卷95,《祭添差通判吕寺簿》)'唯见笔舌华靡',多么形象地勾画出那些'奢谈心性'者的面貌!"

关于黄震对叶适的评价,书中指出:"在对叶适的评价上,黄震也和朱熹有别。……朱门把叶适视为异端。朱熹更蛮横地说:'若永嘉、永康之说,大不成学问。'(《朱子语类》卷122)黄震则不反对叶适的功利之学,认为叶适所写的《治势》为'平实',《民事》为'谙练之论',《财计》为'天下之名言',《固本》为'深识我朝立国之意'。他还肯定叶适'能力排老庄','能力主恢复','能力抵本朝兵财靡弊天下而至于弱'(以上均见《黄氏日钞》卷68,《读水心文集》)。虽然他对叶适也有许多批评,但

姚瀛艇先生与夫人张君箴女士合影

毕竟还有所肯定。而他所肯定者恰恰是叶适的功利之学,实质上说明他也重视功利。这一点正说明他是朱门的'异端'。"

关于黄震对被人们称之为"宋初三先生"的胡瑗、孙复、石介的"笃实之学"的推崇,书中也有所阐释,由此进一步说明了黄震思想的特点。书中指出:"《日钞》对胡瑗、孙复、石介等三人的处理,尤能说明黄震思想的特点。《日钞》卷33-45是读'本朝诸儒理学书'的札记,共计13卷之多。卷33始于周濂溪,卷45终于胡安定。一般认为胡瑗为理学之先驱,又长于濂溪24岁,本应居卷33之首,何以置于卷45之末。原来这里面包含有深意。黄震在卷45之末,有一段话,说明了个中原委。他说:'师道之废,正学不明,久矣。宋兴八十年,安定胡先生,泰山孙先生,徂徕石先生,始以其学教授,而安定之徒最盛,继而伊洛之学兴矣。故本朝理学虽至伊洛而精,实自三先生始,故晦翁有伊川不敢忘三先生之语。震既读伊洛书,钞其要,继及其流之或同或异,而终以徂徕、安定笃实之学,以推发源之自,以示归根复命之意,使为吾子孙毋蹈或者末流谈虚之失,而反之笃行之实。'这段话是他'读本朝诸儒理学书'的最后结语,也表明了他对理学的根本态度:濂溪伊洛性命之学,必反之于徂徕安定躬行之实,否则就是忘其'发源之自',不能'归根复命'。而程朱的后学,却正是丢掉了'躬行'之实,所以黄震特地把胡安定放在'读本朝诸儒理学书'的最后,以强调徂徕、安定笃实之学。"

最后,书中引用黄宗羲的话,对黄震思想做了评价:"总上可知,黄震是在根本问题上不肯苟同于朱熹的。明清之际的著名思想家黄宗羲曾说:'学问之道,盖难言哉!无师授者,则有多歧亡羊之叹;非自得者,则有买椟还珠之诮。所以哲人代兴,因事补救,视其已甚者而为之一变。当宋季之时,吾东浙狂慧充斥,慈湖(按:即陆九渊弟子杨简)之流弊极矣。果斋(即朱熹弟子李方子)、文洁(即黄震)不得不起而救之。然果斋之气魄,不能及于文洁。而《日钞》之作,折衷诸儒,即与考亭亦不敢苟同,其所自得深也。今但言文洁之上接考亭,岂知言哉!'(《宋元学案》卷86,《东发学案》,黄百家按语所引)这段话,可说是黄震思想之定评。"

在该书第七章的末尾,姚瀛艇先生对其在第五、六、七章中系统阐述的两宋时期的哲学思想做了一个简短的、总的概括,从而进一步凸显了两宋哲学思想在中国思想史上的地位:"本书论两宋哲学思想,到此为止。总起来看,两宋时期是我国思想史上又一个辉煌时期。这一时期的唯物主义思想家,固然为我国思想史增添光彩;就是唯心主义思想家,在我国认识史这株大树上,也开出灿烂的花朵。而他们的推己及人及物的思想和自觉的道德自律精神,更对我国封建主义精神文明做出重大的贡献。所有这些,无疑都是应当批判继承的优秀的思想遗产。"①

(这里还要特别提出的是,姚瀛艇先生除了主编《宋代文化史》并亲撰其中的重要内容之外,还作为主要作者参编了河南人民出版社出版的《北宋哲学史》《中国宋代哲学》两部著作,该两部著作均产生了较大影响。由于其中的内容与姚瀛艇先生在《宋代文化史》中以及相关的学术论文中所撰写的内容多有交叉和重叠,故此处不再赘述。)

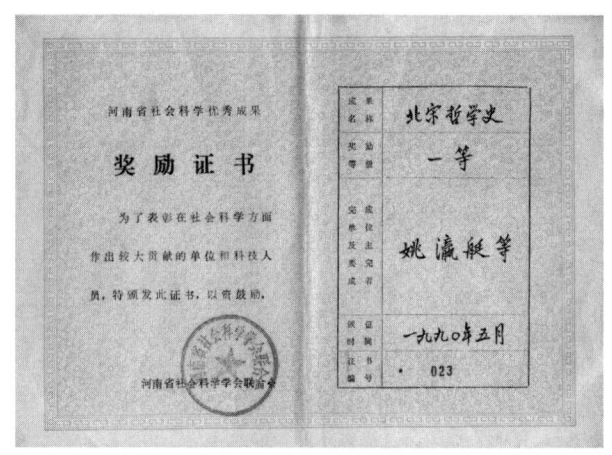

姚瀛艇先生参编的专著《北宋哲学史》获奖证书

---

① 姚瀛艇:《宋代文化史》,河南大学出版社,1992,第239-251页。

第六章　儒雅翩翩的师长，
　　　　吾辈做人之典范

一、儒雅翩翩的师长，厚德载物的善者

（一）讲学娓娓道来，深邃中透出平易近人的亲切

笔者是恢复高考制度后考入河南大学历史系(今历史文化学院)的第一届大学生——七七级大学生，也是一名老三届高中生。我们这届学生深感幸福的重要原因之一，就是能够亲耳聆听许多学养深厚、治学严谨的老一辈教授为我们授课。在前述《中国教育报》发表的文章中，我就深切地表达了这样的幸福感："我们77级的学生有幸直接聆听了当时还健在的学养丰厚、思想深邃、不事浮华、心中充满忧国忧民之情的老一代教授、先生们的面授真传，这种真传至今让我受用不尽。当时，老先生们刚刚摆脱'十年动乱'的磨难，身上似乎还带着一丝疲惫和心灵深处的创伤，但他们在课堂上那神采奕奕的讲述，仿佛使他们忘却了一切心中的不快，进入了纯真的梦幻境界。学生们也在他们的精辟讲述中，尽情地吮吸着知识的甘露，丰富和充实自己，成熟并成长起来，终成一代学人，活跃于祖国的各条战线。那些衣着极朴实、外表极普通的老教授们，在学识、人品、情操方面对

我们的影响,绵延久远,随着岁月的流逝反而更加清晰可见。一所大学,正是有了这些令人肃然起敬的先生们,才使大学名实相符,成为真正的大学。而今已过耳顺之年的我,虽然也已成为有一定资历的老教授,成为博士生导师,也会不断地听到学生们的一些赞美之词,但我内心深知,和那些老先生们的学养相比相差甚远。从教了几十年后,我才理解'活到老,学到老'这句极普通、极家常的话其中所蕴含的深层意义。"[1]而姚瀛艇先生,就是这些学养丰厚、对学生影响久远的老教授们中的卓越代表。

几十年的辛勤耕耘,所形成的严谨的治学态度和诲人不倦的教学精神,使姚瀛艇先生在教学中受到了无数学生的崇敬和爱戴。在学生眼中,他是令人尊敬的长者,是学术探究中的智者,也是循循善诱的师者。到今天我仍能忆起先生在课堂上那不温不火、不紧不慢、娓娓道来而又吐字清晰的讲授,透射出他思想的深邃和学识的渊博。我们这届学生聆听他的讲授是在大学的三年级上期,即是在1980年的上半年,当时他给我们讲授《宋代思想史》课程。直到今天,我都完好地保存着当年的听课笔记,一旦有空翻阅起来,就好像又看到姚先生给我们授课的儒雅君子风范,又聆听了姚先生对宋代思想的智慧而又很有见地的解析。可以说,在大学求学期间,我的听课笔记是记得较全的学生之一,同学们若因病或因事耽误了听课,往往会借我的笔记补上。我在课堂上之所以会不遗余力地记笔记,生怕漏掉一些

---

[1] 李申申:《幸福在一所淡定的大学——母校河南大学建校百年的断想》,《中国教育报》2012年5月9日第7版(文化·文慧园版)。

第六章 儒雅翩翩的师长，吾辈做人之典范

内容，主要是出于三方面的考虑：一是，我们老三届这代人，是沐浴着改革开放的春风，得益于1977年恢复高考制度，才赶上了参加高考的末班车，有幸进入大学读书，所以特别珍惜上学机会的来之不易，真想把所学的知识都吞进肚子里，成为以后自己不论做什么工作的坚实根基。二是，我相信我们中国人的一句经验之谈："好记性不如赖笔头。"即使在课堂上听明白了、理解了，但是在课后能否把这些知识系统梳理并牢记在心，甚至在若干年以后还能否"温故而知新"，并在此基础上去开拓、去创新，系统地记好笔记是十分重要的。三是，这也是最重要的一点，我们七七级学生有幸聆听当时尚健在且学养丰厚的老先生们的讲课，包括像姚瀛艇先生这样德高望重的先生的讲课，真的是非常幸运。老先生们在讲课中所展现出来的渊博学识、透露出来的深邃思想、表达出来的字字金句，都促使我尽最大可能地把他们的讲课内容一一记录下来，以便日后进一步消化并加以深刻理解。以后几十年，我越来越感到，当时尽最大努力记笔记的习惯实在是一种好习惯，这种习惯确实使我受用无穷。

一直到现在我都觉得，《宋代思想史》这门课程，只有姚瀛艇先生来讲才最能胜任。因为，由前面梳理和分析姚瀛艇先生的论著中可见，在宋明理学形成的过程中，使诸思想家的学说具有很强的思辨性。他们怀着"为往圣继绝学"的舍我其谁的社会责任感和历史使命感，以毕生努力推动儒家学说的重构与发展。他们认识到，儒学之所以会受到来自佛教和道教的挑战，其中最主要的一个原因在于儒学本身在形而上的层面上存在着严重的不足。为了建立儒学形上学，他们一方面借鉴佛教和道教

姚瀛艇先生（前排右七）与其他先生一起参加历史系七七级学生毕业十五周年合影留念（第三排左二为本书作者）

在哲学本体论方面的成果，援佛入儒，援道入儒，促使儒释道合流；另一方面，在传统儒学中寻找能够用来构筑哲学形上学的因素，例如被称为"五经之首"而最具形上学性质的《周易》，以及《孟子》《中庸》中关于"性"与"天"的内容，在此基础上创造性地提出了许多富有特色的儒学形上学本体论概念，并给予系统的哲学论证，像周敦颐的"无极"、邵雍的"太极"、张载的"太虚"、二程和朱熹的"天理"、王安石和二苏的"道"、陆九渊和王阳明的"心"等。传统儒学经由理学家们的改造，道德信条式的理论体系变成由哲学形上学做基础的哲学理论体系。宋明理学就是在这样的时代背景下形成的。因此，宋明理学作为当时的新儒学，其所具有的较强的思辨性质又是令人感到艰涩难懂的。

而从前文所分析的姚瀛艇先生对宋明理学的研究中所发表论著的深刻性与创新性来看,他是最适合、最能胜任给学生讲解宋明理学的老师。事实也确实如此。姚瀛艇先生在课堂上就能够把宋明理学中的理、气、心、性等深奥而玄妙的道理讲得明明白白,使学生悟性顿开。这正是得益于先生本人对宋明理学的深刻研究、透彻理解,以及独到的思考。他的讲课,如涓涓细流而引人深思,似缕缕阳光而穿入心髓。一次课后,先生又和我们聊起了他在课堂上讲到的理学之中的逻辑推演和思辨性阐释,问我们到底弄明白没有？我们根据课堂上他讲授的内容竭力去表达、去复述,以求理解其中之奥妙,但又显得那么稚嫩、那么浅薄。他微笑着又为我们解析了一遍,并举了几个例子加以说明。最后他总结道,正是宋明理学融入了佛教思辨性的内涵,才使儒家思想进入了一个新的历史阶段,上升到哲学本体论的高度,继续向前发展。当然,理学有其不可避免的局限性,但其在历史上的地位和作用是显而易见的。在我本人此后到教育系(后依次更名为教育科学学院、教育学部)所从事的中外教育史比较的教学与科研生涯中,涉及宋代文化、思想和教育的内容时能够有一些基础,不至于过分懵懂,很大程度上是受益于先生的教诲。

"1985年,姚瀛艇先生开始带研究生。他的研究生们也都深情地说:'姚先生对待我们学生,就像是一位慈爱的父亲对待自己的孩子一样,关怀备至。'他的很多研究生谈到,姚先生习惯于在家中给他们上课,那种轻松和谐的学习氛围让他们受益良多。先生的住所是一个并不豪华的庭院,但却有着鲜活的绿意和温馨,先生命之为'汴京夕照堂',然而就是在这样一个简朴安静的小院,桃李芬芳竞艳,先生的学生走了出来,走向了教学和科研的第一线,走在了当今历史学界的前沿领域。他的研究生历史文化学院副院长苗书梅(苗书梅教授后曾任历史文化学院院长、现为《史学月刊》杂志主编——笔者注)告诉记者:'我最佩服姚老师的地方,一是他对史料熟练的掌握程度,二是他超强的记忆力和敏捷清晰的思维。'苗老师回忆说,当时跟着姚先生上课,需要找史料论证观点的时候,材料在哪一本书的哪一页,那本书在书架的哪个具体位置,姚先生都能说得几乎不差。'那些材料就像是刻在他脑子里似的,这是我们很难达到的境界。'"①

　　河南省教育科学研究院的周宝荣副院长,曾是姚瀛艇先生亲自指导的硕士研究生,当要他谈一谈姚瀛艇先生当年对他们的培养时,他动情地说:"姚先生对学生非常好,和他交往这么多年,从来没听他训斥过学生。我们将姚先生视若长辈,对他非常尊重,他对我们也像对孩子一样。我们上课经常在姚先生的书房,温馨的气氛弥漫于房间。当时,姚先生身体不是很好,我们几个研究生经常去看望他,可以说他家的门槛不知进出了多少次。记得有一次,与姚先生聊天不知不觉快聊到饭点儿了,就在姚先生家中喝起了米汤,吃起了饭菜。但是,在学业上,他对我们的要求却是非常严格。他曾对我们说:'我喜欢你并不等于放纵你。'我的硕士学位论文姚先生改了好多遍,从大的观念、理论方面,到史料的

---

① 刘涵喆、赵萍:《健笔纵横气凌云　史海钩沉情深沉——访著名宋史专家、河南大学姚瀛艇教授》,载新浪网《河大周刊》,http://blog.sina.com.cn/u/1878904220,2012-05-09.

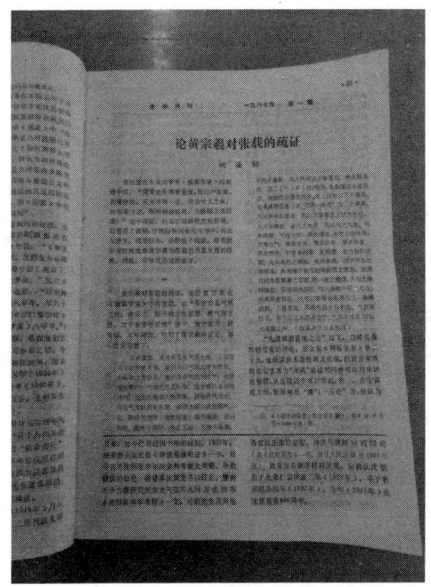

**姚瀛艇先生发表于《史学月刊》1987年第1期的论文
《论黄宗羲对张载的疏证》**

引用,再到标点符号,都改得密密麻麻。说到姚先生对史料的把握,我真的是非常钦佩。可以说,姚先生的记忆力是超强、超清晰。一次,我写了一篇论文,其中有一段史料是从另外的论著中引用的。姚先生看了论文后,感到我引用的这段史料不准确,就对我说:'我觉得你引用的这段史料不够准确,应当再落实一下。'我原本认为,从另外的论著中引用的史料应该不会错,就没有过多地去考证。结果,经落实,证实了姚先生说的确实是正确的。由此,更增加了我对姚先生的钦佩,同时也促使我以后以更加严谨的态度治学。正是在姚先生的严格要求和悉心指教下,我在读研期间就在《史学月刊》上发表了论文;我的学位论文的核心部分,也得以在《史学月刊》发表。'严师出高徒'的道理,我日后越来越信服。以后,当我自己也带了研究生的时候,我把这种严谨治学的精神也传承下来,因为这是对学生负责、对学风负责。我这样做,开始时学生不喜欢,因为现在的年轻人对此并不习惯,但是后来他们说多亏了你的严格要求。事实使他们意识到,严格要求对他们的发展和提高所具有的重要性。"

周宝荣副院长还讲到了姚瀛艇先生的一个习惯:"姚先生无论在思考问题或是进行写作时,手里经常抱着一个小紫砂壶,往往是左手拿着紫砂壶,右手拿着铅笔,不时从壶嘴中抿一口茶。时间长了,手把紫砂壶摸得锃亮。姚先生说,手拿紫砂壶,一是冬天可暖手,二是抱着紫砂壶心里静。"由此,一位淡定儒雅、潜心治学的学者形象已跃然于纸上。

悠然读书中的姚瀛艇先生,紫砂壶就放在旁边

第六章 儒雅翩翩的师长,吾辈做人之典范

(二) 课外与学生交流,热情中凸显诲人不倦之精神

学术上的不凡成就并没有改变姚瀛艇先生做人谦恭、与人为善、尊重后学的优良品格。他给所有人留下的永远是温文尔雅、和蔼可亲、满腹经纶而又磊落大度的儒者形象。这大概就是姚瀛艇先生深谙中国传统经典文化的缘故吧。你无论什么时候向他求教,他从未拒绝过,任何时候、任何地点,只要条件允许,他都乐意娓娓道来地传经授典。大家风范从各个方面都在姚瀛艇先生身上自然投射出来——从教学、从科研、从待人接物、从所发生的与之相关联的任何事情之中。

可以说,我们每次去探望姚瀛艇先生,都会受到先生那种执着求"道"、对学问一丝不苟的探索精神的洗礼,这种精神无形中鼓舞着我们、激励着我们,使我们对学问的探究以及对年青一代的知识传授不敢有丝毫懈怠、马虎和浮漂。至今我都记得,有两次(大概都是春节期间吧)我们去姚瀛艇先生家探望,在谈话之中先生分别给我们解释《诗经·国风·豳风·七月》中的"七月流火,九月授衣",《左传》中有关年、月表述的含义,其间透射出先生对其中内涵的深刻把握及对我们聆听者的循循善诱。关于"七月流火",若仅流于字面,往往会把这句话理解为七月最炎热的时候,就像火燃烧时的炽热一样。这就是一种误解了。姚先生向我们解释说:"实际上,这里的'流火'指的是中国民间所说的'大火星'(这是一颗红色的亮星,位于天蝎星座中),在夏历的七月,每天黄昏时分,可以看到它正在向西落去,这时天逐渐变冷了。'九月授衣'则是说,夏历九月,开始让妇女们制

作御寒的冬衣了。"关于《左传》中时间的表述,先生举例说:"《左传·桓公十年》说:'十年春,王正月庚申,……'这里的'十年春'是指鲁桓公十年春,而这里的'王正月庚申'则是指周历正月庚申;《左传·桓公十一年》说:'十有一年春正月',这里的'十有一年春'和'正月'则都是指鲁桓公施政的年和月。"我们听后真的是茅塞顿开,对古典文献的理解又上升了一个台阶,而且是在极其自然的、近乎聊天的状况下使思想上升了一个台阶,感到更加敞亮了。这两个例子也使我们深深感受到了姚瀛艇先生在深刻地研究宋代思想文化的同时,所具有的宽厚的知识面和开阔的学术视野。因此可以这样说,与其说是我们去探望先生,倒不如说是到先生那里求教去了,我们获得的要比先生从我们那里获得的多得多。先生就是这样一个人,他就像是一棵智慧之树,不论谁与之接触,哪怕在树下站一站,都会沐浴到他那智慧的甘霖雨露。

记得有一次,我在给硕士研究生上一节《中外教育发展史比较》课程中的有关宋代理学教育的内容之前,曾经遇到了朱熹和陈亮争论中的一个问题。当时再去查阅资料已没有更多的时间,我就想到了求教于姚瀛艇先生,于是拨通了他的电话。当姚先生听明白我所求教的问题后,十分耐心地一一给我详细解释起来,生怕我听不明白。而且,在解释完了我所问的问题之后,姚先生还对朱熹和陈亮的关系补充说道:"陈亮和朱熹通过28封信件往来进行'王霸义利之辩',辩论中言辞颇为尖锐、激烈。但陈亮对朱熹的人品和学问却是非常敬重,他比朱熹小13岁,每逢过年都要提着重礼去看朱熹。他们之间的争论真的是君子之争。"我听后,除了感谢姚先生之外,确实是深受启发。先生对历史史实不仅是谙熟于心,达到了信手拈来的地步,而且对历史史实有评论,有自己独到的见解,这是最使人受启发的地方。以后,我每次给研究生讲到朱熹和陈亮的争论时,也会讲到争论归争论,但陈亮对朱熹很敬重且每逢过年都要提着重礼去看朱熹,看来这绝不是向朱熹行贿去了,而颇有一点亚里士多德的"我爱我师,但我更爱真理"之意味。学生听后也深受启发。由此,也使我联想到古之学者所进行的完全平等的学术争鸣,不同学派之间争论激烈、言辞尖锐,但那是为了求个真"理",大家人格之间是平等的,而且争论之后仍然不影响个人之间的关系。无论是春秋战国时期的百家争鸣,还是宋代的"朱张会讲""鹅湖之会"等,都是很好的例证。这对我们今人的学术交流和学术讨论,不正是很好的启示吗?

刘坤太教授也说:"姚瀛艇先生对思想文化的研究,如经学、理学、哲学乃至佛学、道教等造诣很深,除了上课非常敬业,能深入浅出地将深奥的理论给学生讲明白之外,在课外对学生也非常亲切,诲人不倦。他对年轻人,在聊天中经常讲历史上的学人故事、学案,让年轻人去体会古人的优良品质。与姚先生聊天,就感觉是在修心。姚先生也给年轻人聊他自身的一些经历,如抗战时期河大的搬迁流徙,潭头的办学;他自己在接到入学通知书后,与其他几位同学冒雨翻山一起追赶已搬迁到嵩县潭头的河大的经历,鼓励年轻人珍惜今日的美好时光。而且,姚先生对所有的学生都非常好,不持偏见,一视同仁。无论是研究生、本科生,包括地方上的文化人,只要有求于他,他都热情相待。而他自己,却是非常自律,他有什么事从来不麻烦学生,这即使是他同时代的人也不能比的。"

与重孙在一起——姚瀛艇先生的天伦之乐

有一件事情,刘坤太教授说起来仍感到难以释怀。他说:"姚瀛艇先生曾说过,老一代人对后人应当有所帮助,他去世后会把他所珍藏的书籍都捐给院里,以供后人阅读。但后来听说由于一些原因,没有接受姚先生的书。后来又听说还有几位老先生要捐书,也没接受。我总感到心中十分不畅,老先生关心后学、提携后学的心愿未能得以发挥,我总觉心中有件事未了。"笔者听后跟坤太教授说:"我从姚先生女儿志靖那里得知,姚先生的书后来由家人捐给了开封大学图书馆,开封大学非常乐意,还给家属送了一张赠书证明。"坤太教授听后感到高兴,说:"捐给开封大学我也就放心了,了却了一桩心愿。老先生们的捐书行为确实是为了后学,没有半点儿功利之心。"

(三) 为传扬文化欣然应邀撰写二程祠立雪阁碑记

作为宋代思想文化史研究的大家,姚瀛艇先生于1992年受到二程的第32代孙程光宇之邀,请为重修的嵩县程村二程祠立雪阁撰写碑文,他欣然应允。从碑文的字里行间可见,姚瀛艇先生为弘扬中华优秀传统文化、为彰显中华民族精神不辞付出辛苦、努力的情怀,以及其身上所具有的浓烈的社会责任感和历史使命感。姚瀛艇先生所撰碑文全文如下:

嵩县程村二程祠立雪阁碑记

壬申(1992年)仲秋之月,二程第三十二世孙光宇先生惠书,以重修二程祠内立雪阁之碑文相嘱。余为不才,岂堪膺此重任。唯念乙丑(1985年)九月河南大学73周年校庆宋明理学讨论会上得识先生,七八年来相知甚深,盛意难却;且重修程祠,虽为我省提倡学术弘扬民族文化之盛举,实亦我伟大祖国日益兴隆之象征,不揣浅陋,欣然命笔,撰成此文,以鸣盛世,兼答光宇先生之雅望。

窃以为两程夫子崛起伊洛,倡明道学,实洙泗之真传,命世之大儒。其学以天理二字圆融物我,统摄天人,合自然、社会、人生为一体,熔本体、伦理、心性于一炉,不仅推动我国理性思维之发展,为先秦儒家内圣外王之学提供哲理之基础,使孔门别开生面;而且严理欲之辨,强调以理统情,自我节制,重视个人品德之修养与民族气节之倡导,遂使我中华民族之道德情操进入新境界。其有功于我国优秀传统文化之发展与我中华民族精神之熔铸,诚非浅学如余者所可胜论。

如今改革开放,国运日新,振兴中华,匹夫有责。值此贞下起元之际,二程夫子之学固可为建设高度发达之社会主义精神文明提供有益之借鉴;而程门立雪所反映之尊师重道之精神尤为振兴中华之所必需。盖振兴中华之关键在提高中华民族之整体素质,提高民族整体素质之关键在教育;而教育之关键则在尊师。由是言之,则程门立雪,修祠建阁,其义远矣。盖振兴中华大业之所系,非徒仅为一段历史佳话,亦非仅为旅游观光增设景点而已。夫如是,则对伊洛之学,又岂可诬之为末流乎?而今而后,逊斯祠,登斯阁,览斯碑,而有志于振兴中华之大业者,或亦将有感于斯文!

癸酉(1993年)元日,河南大学宋代研究中心教授襄城姚瀛艇

秦德明书丹

1994年8月上浣

碑文之后,姚瀛艇先生又作附记,记述了历史上官修程祠的历程及他本人受程光宇之邀构思并撰写碑文之始末。与正式碑文相衔接,姚瀛艇先生对中华优秀传统文化之深切情感已昭然于世。

附记:

嵩县程村是我国著名哲学家、宋明理学的主要奠基者程颢(1032-1085年)、程颐(1033-1107年)的故里。官修程祠,始于元仁宗皇庆二年(1313年),但规模较小。明代宗景泰六年(1455年),诏以颜、孟例,盖造两先生祠六十余

间。明孝宗弘治十三年(1500年),奉旨修建道学堂、神厨、神库、宰牲房、致斋室、沐浴所、诚敬门、棂星门、著述楼、玩易所等,始具规模。清圣祖康熙十一年(1672年)、宣宗道光五年(1825年),又两次大修。入民国后,渐次倾塌。十年浩劫中,又遭到严重破坏。为弘扬民族文化,河南省政府于十年前决定拨款修复程祠。现道学堂、棂星门等均已修复;并于祠内修春风亭、立雪阁。壬申(1992年)仲秋之月,二程第三十二世孙光宇先生以立雪阁之碑文见嘱,构思数月,始于癸酉(1993年)元日写成此六百余字碑文。1994年8月,由光宇先生之学生秦德明先生书丹,镌刻上石,立于祠内,德明先生亦程村人。原文不分段,不标点,用繁体字,干支纪年不注公元。现为方便读者,既分段,标点,又用简化字,加注公元纪年。现承《求索》杂志惠于刊登,故记程祠修建始末及撰写碑文之经过,以告读者。

1996年8月1日[1]

二、应多位学者之邀为其专著所写序中展现丰厚学养与高贵品格

为他人之专著写序,也是一件劳神费心的事,对于姚瀛艇先生这样做事极认真的人来说,就更是如此。因为要写序,就不得不将他人的专著细细阅读,了解其中的精义与内涵,并进行较为

---

[1] 姚瀛艇:《嵩县程村二程祠立雪阁碑记》,载姚瀛艇著《宋代思想文化研究》,河南大学出版社,2015,第99—100页。

刻有姚瀛艇先生所写嵩县程村《立雪阁碑记》的石碑

准确、适当的评价,而且还要承担评价的责任。但姚瀛艇先生为了优秀传统文化的弘扬,为了提携后人,也为了不负别人的信任和诚恳托付,欣然承担起为多人专著写序之义务(当然是对该专著阅读之后,对其内容充分信任的情况下所写)。从姚瀛艇先生所写序的字里行间来看,无人能怀疑该序不是出自姚瀛艇先生的亲笔。因为,姚瀛艇先生写出的序有一个特点,那就是在评价一

第六章 儒雅翩翩的师长，吾辈做人之典范

本书时，往往带有对该书内容所述理论或事实的亲身体悟，或者对与该书内容相关的前辈学者的尊敬及其治学精神的颂扬，也或者是与该书作者直接交往过程中对其所产生的印象和评价，并饱含浓浓的情感在其中，这是非亲笔所写而不能体现的。另外，不言而喻的是，姚瀛艇先生在为他人所写的序中，也清晰地显露出他那深厚的学术功底、睿智的思维及高贵的个人品格。

（一）为《宋会要辑稿研究》作序——称颂作品学术价值　盛赞老友治学精神

姚瀛艇先生1983年9月为河南大学的另一位宋史专家王云海先生(王云海先生于2000年先于姚瀛艇先生去世)的《宋会要辑稿研究》一书撰写的序中，除了用不少笔墨写到了《宋会要辑稿》本身的价值，以及王云海先生对《宋会要辑稿》的研究所付出的劳动及其具有的重要意义与特色之外，还用相当的篇幅对王云海先生的刻苦治学精神予以高度赞扬，以此激励后学对学术的敬畏之心。

姚瀛艇先生首先对《宋会要辑稿研究》出版的不凡价值与意义进行高度评价："会要是研究我国古代历史的重要资料，《宋会要》又是历朝会要中卷帙最多、资料最丰富的。但要想正确使用这部书，必须对我国会要体史书的源流，宋代历次会要的编修、流传情况，现行大典本《宋会要辑稿》的抄录、流传、整理的过程和存在的问题等有系统的了解。对这些问题，云海同志在这部书中都做了系统、翔实的论述，并纠正了近人研究中的一些错误论断。

读了这部书,将会对《宋会要辑稿》有一个整体的、清晰的印象。"

姚瀛艇先生(右一)与王云海先生(右二)等人
在河南大学六号楼前合影

姚瀛艇先生对王云海先生的整理、校勘过程也有所记述,其中透射出王云海先生所付出的大量劳动和创造性的工作(因篇幅所限,此部分内容从略)。由此出发,姚瀛艇对王云海先生的治学精神深为赞叹:"总括以上所述,可知云海同志的研究不仅为使用《宋会要辑稿》提供了方便,而且已初步对这部巨著进行了一些整理,并为今后系统校勘与彻底整理做了一些必要的准备。这当然是很可贵的。尤为可贵的还是云海同志的治学精神,他的研究工作开始于三年经济困难时期,当时国家困难,他个人家累亦重,物质生活极其艰苦。但他全然不放在心上,总是孜孜不倦、夜以继日地工作。他治学严肃认真,一丝不苟。对每一问题都深入钻研,反复思考;对所用材料,都认真分析,毫不马虎。例如,编制《篇目索引》时历三载,稿经五易,才最后写定。其用力之勤,可以想见。完全可以说,云海同志的研究成果就是他二十多年来的血汗结晶。他对前人的研究成果极为尊重,从不轻发议论。即使有所补正,亦总要充分肯定前人的贡献。他常说,学问是大家的事,非任何人所能垄断。任何个人,纵有所长,必有所短。后人总是在前人的基础上才能有所发现。前人是自己的铺路石,自己亦应甘当后人的铺路石。自己对前人理应有所补正,后人对自己亦必有所损益。因此,他并不因自己取得一些成绩就沾沾自喜,而是热烈盼望并世师友多所匡益,并且深信,后起英俊必将超过自己。云海同志这种严肃认真、虚怀若谷的精神,在努力建设社会主义精神文明的今天,不是很值得提一提吗?"①

(二) 为《神人同居的世界》作序——褒祠神文化研究价值 促写中国祠神文化史

在1991年7月,姚瀛艇先生为河南大学程民生教授出版的专著《神人同居的世界》写序。从序中可知,姚瀛艇先生与该书有着直接的关联:程民生教授是在姚瀛艇先生的建议之下,在攻读宋史博士研究生的同时,写成了这本专著。姚瀛艇先生文中说:"四

---

① 姚瀛艇:《〈宋会要辑稿研究〉序》,载姚瀛艇著《宋代思想文化研究》,河南大学出版社,2015,第203-204页。

年之前,民生同志曾写了《神权与宋代社会》一文,这篇文章勾勒了中国祠神文化的概貌,分析了祠神对宋代政治的深刻影响。我看了以后,感到此文不仅提出了宋史研究的新问题,而且触及了中国文化史研究中一个极为重要而尚未被人重视的新领域。我就建议他深入进去,系统钻研,写出一部探讨中国祠神文化的专著。他听从我的建议,在攻读宋史博士研究生的同时,仍继续对中国祠神文化进行研究。其成果就是这部《神人同居的世界》。"

对于该书的内容,姚瀛艇先生做了较高评价:"我怀着极大的兴趣读了这部书,它在我面前展现了一个既熟悉又不熟悉的世界。说熟悉,是因为书中所说的天神、灶神等对我来说并不陌生;说不熟悉,是我对这些神祇的底细不甚了,对它在中国社会生活中所发生的深远影响,更缺乏透彻的理解。读了这部书,我对原来比较熟悉的更熟悉了,对原来不甚了解的也较为熟悉了。我深感它的最突出的优点是以理性剖析神性,对中国祠神文化做深刻的反思。它既描绘了一个光怪陆离的祠神世界,又透辟地分析了这个祠神世界所以产生的社会历史根源以及它对中国社会历史的巨大反作用,并论述了研究祠神文化的现实意义。这些都是前人未曾深入探讨过的。因而,这部书是一部具有开创性贡献的专著,它不仅开拓了中国祠神文化的研究,而且大大丰富了中国文化史研究的内容。""这部书汇集了极为丰富翔实的史料。征引所及,除正史之外,还有大量的文集笔记、杂记,由此可见作者深厚的功力。本书的文字更是流畅生动,学术性、知识性、可读性三者具备,这是本书又一个突出的优点。"

在总结了该书所表达出的基本思想有三点:"(1)儒、佛、道三家不足以概括中国传统文化;(2)祠神文化与儒、佛、道三家互相补充,共同组成了中国传统文化的主体;(3)祠神文化在社会生活各个领域的影响,则远非以上三家所能比拟的"之后,姚瀛艇先生说,"对这些基本思想,我深有同感,这可以从我童年时期的一些经历和现实生活中的一些现象得到印证"。接着,姚瀛艇先生就不吝笔墨地叙写了他在童年时代的家族生活中所感受到的祠神文化对中国百姓生活的深刻影响。最后,姚瀛艇先生向民生同志提出了再写一部纵向的《中国祠神文化史》,以奉献读者的建议。①

姚瀛艇先生的书法刚劲有力

---

① 姚瀛艇:《〈神人同居的世界〉序》,载姚瀛艇著《宋代思想文化研究》,河南大学出版社,2015,第 207-208 页。

(三）为《陆浑》作序——叙陆浑美景与人文　追五十年前特殊经历

1993年9月，姚瀛艇先生为郑廷玺先生所撰《陆浑》一书作序。在序中，姚瀛艇先生首先称赞这本书对陆浑及其周围壮美俊丽景色的生动描写，并在赞美所写大好景色的过程中，又向人们介绍了这一秀丽景色与历史上的文人名士割不断的密切关系，更凸显了山川壮美秀丽景色背后的文化底蕴与内涵。文中写道："这部书虽以《陆浑》命名，但它描绘的却不局限于陆浑，而是以陆浑为主体的一个狭长地带。这个地带大体上从伊川县城到嵩县蛮峪岭，呈东北西南走向，纵深大约50公里。伊川县城位于伊水西岸，恰好处于从伊水东岸的平原地区进入伏牛山区的要冲。从伊川县城西南行，就进入浅山区。道路两旁，山势虽不雄伟，却也峻拔挺峭，而且绿树满山，青翠欲滴，山色水光，极为动人。前行约20公里，就到了九皋山下的鸣皋镇。这使人想起了《诗·小雅·鹤鸣》篇的诗句：'鹤鸣于九皋，声闻于天。'鸣皋镇即由此而得名。虽然按诗的原意，'九皋'是深远的水泽淤地，并不是山名，但这里有一座九皋山，而诗中又有'鹤鸣于九皋'的诗句，取为镇名，也并不伤大雅，似可不必拘泥。而宋代大儒程颐在此建伊川书院，这更为鸣皋镇大添光彩。由此前行大约15公里，就是田湖镇，再前行大约3公里就到了陆浑岭。这使人想到了《左传》宣公三年的记载：'楚子伐陆浑之戎，遂至于雒，观兵于周疆。'这段记载不仅说明陆浑的历史悠久，而且说明

第六章 儒雅翩翩的师长，吾辈做人之典范

早在春秋时期，这一狭长地带就是沟通中原与江南的通道。新中国成立后，又在这里修建了陆浑水库，就好像在这块宝地上又镶嵌了一颗明珠，更加显得光彩照人。这一狭长地带，山环水绕，景物宜人，与九朝古都洛阳近在咫尺，故又成为文人荟萃之所。特别是从唐宋以后，如宋之问、李白、杜甫、元德秀、岑参、韩愈、范仲淹、欧阳修、邵雍、二程兄弟等名人，或出生于此，或定居于此，或寄居于此，或安葬于此，或讲学于此，或遨游于此，留下许多名胜古迹。地灵人杰，相互辉映，更增加了这块宝地诱人的魅力。"这段文字中，接连出现了引用经典文献《诗经》《左传》中所记述的发生在此地的事件，以及程颐在此建伊川书院，此地成为唐宋一些著名文人的荟萃之地等，给人留下了深刻的印象，无形之中获得了诸多历史知识，了解了历史典故。

姚瀛艇先生称颂郑廷玺先生不辞辛苦、不负众望写成《陆浑》一书。他"遍读有关方志、文集、碑帖，搜集了大量历史文献；又实地考察，访问学者，搜集了大量实物资料，撰成本书，详述这一地区的自然风物与人文景观，既显示了它光彩的过去，又描绘了它灿烂的未来，读之令人振奋，历史光荣感、民族自豪感与时代使命感，不禁油然而生"。之后，更不吝笔墨写到了他本人对整整半个世纪以前的一段经历的回忆，也就是他和陆浑这块宝地的那段特殊因缘（这段经历与前述"潭头逃难记"的那段经历的前半部分是同一段经历，此处不再引述——笔者注）。最后，姚瀛艇先生道出了他为何不吝笔墨地写出50年前的这段经历的缘由："这趟连续9天又极为艰辛的长途跋涉，在当时来说，是我有生以来从未有过的经历，因而在我记忆中留下极为深刻

的印象,以至50年后的今日,仍历历如在眼前。我之所以不厌其烦地写下这段经历,主要是为了今昔对比。如今在我50年前跋涉过的荒僻道路上已发生了翻天覆地的变化。一座崭新的现代化城市平顶山市拔地而起,焦枝铁路纵贯其间,山间公路四通八达,大小工厂遍地林立。今日的莘莘学子,再也不会有我那样的遭遇了。不忘昨日的艰辛,就更珍惜今天的幸福,也可激励我们去创造更为美好的明天。述往事,思来者,这是廷玺先生撰写本书的目的,也是我写这篇序言的目的。愿与所有读到这本书的朋友们共勉。"①

(四) 为《孙奇逢哲学思想新探》作序——忆先辈之研究 赞作者之刻苦

1993年10月,姚瀛艇先生为河南师范大学李之鉴教授所写《孙奇逢哲学思想新探》一书作序。该序开篇就点出了写此序的原因:"之鉴同志的力作《孙奇逢哲学思想新探》即将出版,他希望我为此书写几句话,我也非常乐于承担这个任务。这里面有两个主要原因:第一,我对夏峰(孙奇峰)先生心仪已久。他生当明清易代之际,一生经历许多艰难险阻。斗阉党,抗清军,拒清廷,可以说是历尽坎坷,备尝艰辛。但他大义凛然,威武不屈,富贵不淫,贫贱不移,高风亮节,永垂青史。写这篇短序,可以略表我对他的崇敬之意。第二,此书的出版,在一定程度上实

---

① 姚瀛艇:《〈陆浑〉序》,载姚瀛艇著《宋代思想文化研究》,河南大学出版社,2015,第205-206页。

现了嵇文甫先生撰写《清初北学考》的遗愿。今年又适值嵇先生逝世30周年,写这篇短序,可以告慰嵇先生在天之灵,也可以略表我对他的悼念之情。"

之后,姚瀛艇先生用大量笔墨写到了嵇文甫先生不仅"是'船山学'的开拓者","还是'夏峰学'乃至清代学术研究的开拓者"。尤其提到,嵇文甫先生对"夏峰学"研究的独到之处,则是认为"夏峰学"是两个看似极不相关联的"阳明学派"(心学)和"颜李学派"(实学)的过渡学说。文中说:"早在1931年,嵇先生在北京中国大学讲授清代思想史,撰有《十七世纪中国思想史概论》一书。这在当时是运用历史唯物主义观点研究清代思想史的第一人,也是唯一的人。在这部书中,嵇先生提出一个极为深刻的卓见,即'17世纪中国思想界的状况,一方面可以说是阳明学派的反动,一方面又可以说是从阳明学派自然发展出来的'[《嵇文甫文集》(上),河南人民出版社1985年版,第63页];又说:'极端玄想的阳明学说,竟和专讲实习实用的颜李学说有许多共鸣之点'(同上,第60页)。这正是嵇先生高明之处,他能在阳明与颜李两个截然对立的学派中找出其共同点,并且暗示出夏峰之学是从阳明学派向颜李学派过渡的桥梁(同上,第74页)。可惜这部书一直到1985年河南人民出版社出版《嵇文甫文集》时,才得以问世。""1944年,嵇先生又在河南大学讲授清代思想史,第一章就是'清初北学两大宗',所讲的第一位思想家就是孙夏峰。在讲授中嵇先生正式提出夏峰是从阳明到颜李的过渡人物,并做了精辟的论述。这时嵇先生的《晚明思想史论》,已脱稿交商务印书馆出版,他就准备撰写《清初北学考》。但时值抗战后期,生活极不安定,未能如愿。""嵇先生在1948年2月出版的《学原》杂志第1卷第10期上,发表一篇题为《孙夏峰学派的后劲——马平泉的学术》的论文。在论文的第一段,嵇先生把他的一贯主张正式用文字表达出来。他说:'我向来有一种臆说,以为陆王学说中含有实用主义成分,孕育着清初经世致用的学风,而夏峰之学更直接和颜习斋有关系,可以作为从陆王到颜李的桥梁。这其间错综微妙、异同流变的情形,我已经从许多方面步步证实。在读过平泉遗书之后,更可以增加自信了。'接着,又概括夏峰之学为'专务躬行实践,不讲玄妙,不立崖岸,宽和平易,悃诚无华,和一般道学家好为高论,而孤僻迂拘,不近人情者,大异其趣';而'平泉从这一路发展下去,更神会于陆王,泛滥于百家。所谓"权略机应皆适道,空明澄澈不是禅",正揭出陆王妙谛';在结论中又说:'大概由夏峰出发,矫激起来,则为习斋;蔓延下去,则为平泉。'"由此可以看出,姚瀛艇先生对嵇文甫先生思想精髓的谙熟与把握,这是他对嵇文甫先生怀有深刻的崇敬之情的根源。

在序中,姚瀛艇先生还写道:"1947年夏,刚刚步入而立之年的赵俪生先生应聘为河南大学文学院副教授。来汴之后,他带着手稿《王山史年谱》去拜见嵇先生,请先生写一篇序言。嵇先生看过之后,极为赞许,欣然命笔,于1947年8月21日写了一篇热情洋溢的序言。"其中,嵇先生对此书评价说:"这部新著不仅使我们很清楚地认识了王山史,并且还告诉我们,那一群学者志士(指清初北学之关中诸儒——笔者注)交游往来的踪迹,怎样栖栖南北,联络声气,怎样建立活动根据地,怎样被几个有

第六章 儒雅翩翩的师长，吾辈做人之典范

正义的大吏所掩护,把一幕学术和政治合而为一的民族运动,很生动地传写下来,倘若像这一类的著术继续多出几本,真足为清初学者史开生面,而我的区区夙愿,也可以借赵君而得偿了。"(转引自《史学月刊》1980年第1期)对于嵇文甫先生的序,姚瀛艇先生写道:"这篇序文的第一段,除了表明嵇先生的夙愿外,可以说是对清初学术史的高度概括;第二段则是对清初北学两大宗的评价;第三段则是对赵俪生先生学术成就的赞扬与期许,以至把实现自己夙愿的希望寄托在赵先生身上。短短一篇序言,既表明了嵇先生极高明的学术造诣,又体现了一位德高望重的老学者对后进的最深厚的奖掖之情。读起来,情真意切,感人至深。"

姚瀛艇先生不吝笔墨地叙述嵇文甫、赵俪生先生的学术努力和意愿,正是衬托、凸显出了李之鉴教授所撰《孙奇逢哲学思想新探》这部书的价值与意义所在。他写道:"我之所以不厌其烦地把这些往事一一道来,主要有三个原因:第一是为了阐扬嵇老和赵俪生先生在清代学术思想研究中的开创之功。他们的著作,不仅对清代学术做了高度的概括,为后人指出了方向,而且为后人做出了榜样。第二是慨叹由于各种因素、条件的影响和限制而深感学术研究之不易。第三是为了更好地说明之鉴同志这部著作的意义与价值。""这是一部30余万言的专著,对夏峰的生平著作和思想做了全面的论述。既论其极高明的哲学思想,又论其至笃实的生平践履;既揭示其哲学之真谛,又点出其为人之精神;既论其道德情操,又论其铮铮风骨;既论其立身行事,又论其待人接物;既论其为学,又论其诲人;既论其在当时的贡献，又论其对后世之影响；等等。把一个有血有肉、有精有神的孙夏峰的形象树立起来了，一个在我国学术史上具有重要地位的夏峰学派展现在我们面前了。经过三代人半个多世纪的努力，一部材料翔实、论断精深的关于夏峰学派的专著终于出版了！嵇先生的遗愿部分地实现了，这真是一件大好事！"

姚瀛艇先生享受天伦之乐——与女儿（右）、外孙女（左）在一起

与此同时，姚瀛艇先生对李之鉴教授撰写这部书的勤奋刻苦精神，也是浓墨重彩地加以赞扬。文中写道，之鉴同志谨记嵇文甫先生的"耳提面命，多所教诲"，"把嵇老的训教归结为两句话：'踏踏实实做学问，老老实实做人。'他把这两句话奉为圭臬，见之行动。这部书的写作过程就是最好的例证"。1985年，李之鉴接受了全国高等院校古籍整理委员会委托的点校《孙夏峰哲学著作选》的任务，需对孙夏峰著作进行精选，且先须通读。"正值隆冬严寒，他每天五时许即起床，简单吃些早饭，就迎风冒

雪,于七点四十分左右骑车赶到距学校十余里的图书馆。""中午图书馆下班,阅览室落锁,他又须返回师院,下午再重新往返一趟,直至夜色茫茫才回到家里。如是者数月,图书馆的同志看他辛苦异常,又比较熟悉了,就破例允许他一人在中午下班以后留在馆内,继续阅读、抄写,他每天就带两个馒头,喝些开水,聊以果腹。如是者又数月,才将夏峰的主要著作看完,抄录了大量卡片。之鉴同志以坚忍不拔、锲而不舍的精神,终于排除种种困难,经过数年努力,通读夏峰遗书,对夏峰其人、其事、其思想,有了深刻的了解,然后就逐渐撰写论文,论述夏峰的思想,迄今已写26篇,公开发表17篇,其中4篇为人民大学报刊材料复印中心所复印,受到国内外学术界的重视。"1986年6月,他"又受衷尔钜之托,接受撰写《夏峰学案》的任务。从此,他一方面撰写论文,一方面撰写《新探》;而且随着点校工作的进展,对夏峰思想领会的深入,这部书稿又不断修改。1992年5月3日,之鉴同志了解到辉县有一个东夏峰村,该村居有夏峰后人,当夜他喜不能寐,次日早晨下着雨,他不顾风急雨骤,骑车赶赴东夏峰村,访问夏峰后人,参观孙氏宗祠,拜谒夏峰墓园,收集到不少实物材料。就是经过这样努力,一直到今年,时历八载,稿子四易,这部《新探》,才算定稿。其中的艰辛,可想而知。而之鉴同志踏踏实实做学问的真功夫,不是也充分体现出来了吗?在商品经济的大潮不断冲击校园的今天,之鉴同志这种甘坐冷板凳、艰苦治学的精神,不是更值得特别发扬吗?"①

短短一篇序,既有对嵇文甫先生对学术独到思考和对赵俪生先生学术上努力的追忆,又有对李之鉴教授撰写《孙奇逢哲学思想新探》这部书的价值与意义的阐释,还有对李之鉴教授勤奋刻苦精神的赞扬,其信息量之大,令人慨叹;其情感之自然流露,令人动容。

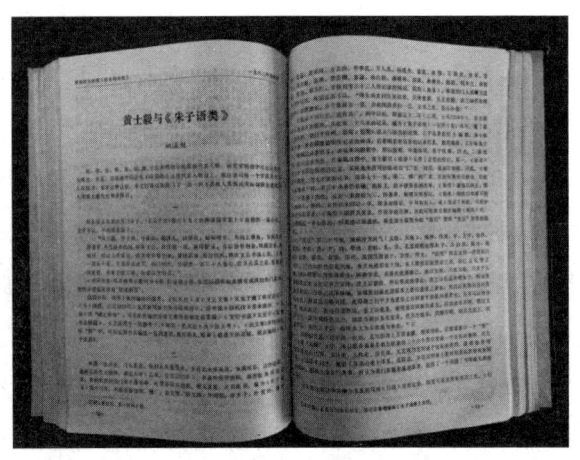

姚瀛艇先生发表于《河南师大学报》(社会科学版)
1982年第4期的论文《黄士毅与〈朱子语类〉》

(五)为《中国明代哲学》作序——褒在前人肩上创新 赞在已有研究中突破

1996年5月,姚瀛艇先生为李书增、岑青、孙玉杰等人撰写

---

① 姚瀛艇:《〈孙奇峰哲学思想新探〉序》,载姚瀛艇著《宋代思想文化研究》,河南大学出版社,2015,第212-215页。

第六章 儒雅翩翩的师长,吾辈做人之典范

的《中国明代哲学》一书作序。在这篇序中,姚瀛艇先生首先重点写出了该书是在嵇文甫、容肇祖两位先生对明代思想史研究的基础上,受到二先生的启示,具有创造性地形成的,有着承前启后的价值与意义。序中对嵇、容二先生的研究成就进行了概括,也显现出姚瀛艇先生对学术研究史的深刻把握。

序中指出:"首先,我想说说这部书对明代思想研究的贡献。据我所知,我国学术界的老前辈嵇文甫先生和容肇祖先生可说是明代思想史这门学科的开山大师。特别是嵇文甫先生,更是我国运用历史唯物主义观点研究明代思想史的第一人。……中原地区研究思想史的后来者,或为嵇老的及门,或为再传,无不是在嵇老学风的熏陶中成长起来的。书增、岑青、玉杰等同志也是如此。他们就是在精心钻研这两部书(即1934年开明书店公开发行的《左派王学》、1944年重庆商务印书馆出版的《晚明思想史论》——笔者据前省略文注)的基础上,并在嵇老所启示的方法论的指导下,搜集大量丰富的资料,经过数年深入研究,才写出了这部百余万字的《中国明代哲学》。因此,这部书可以说是六十多年前嵇老研究明代思想史的继续,并在一定程度上弥补了嵇老所编《讲稿》散佚所造成的损失,这又是十分令人欣慰的事。容肇祖先生的《明代思想史》是第一部系统研究明代思想史的专著,其开创之功,永远值得后人尊敬。……书增、岑青、玉杰等同志也从这部书中吸取了许多营养。因此可以说,《中国明代哲学》是在这两位老前辈的启示下写成的,并在内容上超过了他们的我国第一部运用历史唯物主义观点系统研究明代思想的学术专著。"

姚瀛艇先生与年轻学者愉快地聊天

在此基础上,姚瀛艇先生又分析了该书的内容,认为该书的基本特色即在于"创新"与"深刻"四字,具体来讲表现为:"架构新",即"较好地体现了思想史的特点,以写思潮为主题,以哲学思潮为主,兼顾政治学术等其他方面。在基本框架设计方面采取了历史和逻辑相统一的方法,将各种思潮纳入一定历史范围内展开充分的论述。通过具体人物思想的剖析,揭示各个思潮逻辑演变的轨迹,再现其时代精神风貌"。"人物新",即"挖掘出了一批新的人物,并将其置于流派之中,具体剖析其思想,做出正确的评价,这是一种具有开拓性的研究。……填补了明代哲学研究的空白"。"看法新",即"纠正了传统的看法,过去一般人都认为,宋代是中国哲学思想发展的又一高峰,内容丰富,名家荟萃,值得深入研究,明代只是宋元的延续,没有提出多少新的观点和见解。其实这是一种误解,明代是中国封建社会后期发展的一个重要阶段,是新旧矛盾激烈斗争的时代。这一时期出现了许多哲学家、政治家、科学家,他们提出了许多新的观点和见解,遗留下了大量的著作,值得认真研究。可以说,明代的学术思想不是宋元学术思想的简单延续,而是增添了许多新的内容,较准确点说,明代学术是宋元学术的丰富和发展。本书只是做了初步尝试,许多问题还有待于今后进一步深入探讨"。"层次深",即"详尽地阐明了明代哲学怎样体现中国民族理论思维的深化,怎样进一步建立一个思辨形态的思想体系,怎样提出一套完整的人生哲学,怎样创造出一种具有中国特色的思维方式等深层次的问题。这对我们今天建设有中国特色的社会主义精神文明有重要借鉴意义"。因此,该书"是一部具有开创性贡献的学术专著"①。

(六)为《宋代出版史研究》作序——明示该书重要特色:略人之所详　详人之所略

2003年7月,姚瀛艇先生为他曾经的硕士研究生、当时已为河南教育报刊社常务副主编(现为河南省教育科学研究院副院长)的周宝荣同志所撰《宋代出版史研究》一书写序。

其中,姚瀛艇先生明确指出了该书的重要特色,即是能"略人之所详,详人之所略"。文中说:"印刷术是我国人民对全人

---

① 姚瀛艇:《〈中国明代哲学〉序》,载姚瀛艇著《宋代思想文化研究》,河南大学出版社,2015,第216-217页。

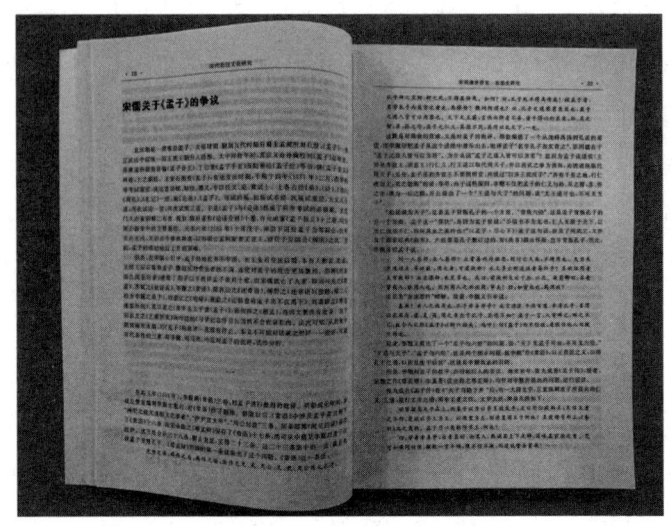

收录于《宋代思想文化研究》一书中的姚瀛艇先生论文
《宋儒关于〈孟子〉的争议》
(原文载河北大学出版社1990年出版的《中日宋史研讨会中方论文选编》)

类做出的伟大贡献,它对推进世界文明的发展起到了不可估量的领航作用。因此研究我国印刷出版与图书编纂史就成为一门显学,并已取得重大成就。观本书所附参考书目之多,即可窥其一斑。但这些专著,几乎全是通史性的,其中自然要涉及宋代,也必然以宋代为重点;然而,至今还没有一部专门研究宋代印刷出版的著作。应当指出,北京图书馆出版社(原书目文献出版社)1994年出版的李致忠先生的《宋版书叙录》是一部功力极深的关于宋本书的学术专著。不过,李先生更多的是从版本学的角度来写的,而不是全面地论述宋代印刷出版史。目前这种研究状况,相对于两宋雕版印刷的空前繁荣,活字印刷术的发明及其影响来说,不能不是一件憾事。宝荣同志这部书的出版,在一定程度上弥补了这一遗憾,这是一件很可喜的事。""任何人写书,都会有自己的风格和特点,宝荣同志自不例外。就我的认识来说,这部书的特点,可用这样一句话来概括:对宋代出版史,既有宏观的审视,又有微观的研究;既能略人之所详,又能详人之所略。"

关于该书"对宋代出版史,既有宏观的审视,又有微观的研究;既能略人之所详,又能详人之所略"的特征,姚瀛艇先生用了较多的笔墨,对该书从第一至第七章的内容乃至附录的内容,逐一进行了解析,使人不能不信服先生对这一特征的概括和总结。书中指出:"第一、二、七这三章属于宏观审视的范畴。其中既有对宋代出版业空前发展的社会背景的分析,又有关于宋代雕版印刷与活字印刷的论述。有了这三章,可以使读者对宋代印刷出版业的基本情况有一个清晰的理解。而在这三章的论述中,又能略人之所详,详人之所略。""第三、四、五、六这四章,属于微观研究,多是作者在自己以往所发表学术论文的基础上增补而成,突出地详他人之所略,其中不乏新意。""此外,本书附录的'宋书序文举例',亦可归于'详人之所略'这个范畴。"

最后,姚瀛艇先生以具体事实称赞了学生周宝荣在前辈先生的教诲下及他本人的刻苦努力下,写成该书所具有的较深厚的学术功底,以及对他日后取得更大成就的殷切期盼。文中写道:"总括上述,可知本书是一部别具风格又有一定学术水准的著作,值得向读者推荐。宝荣同志能写出这样一本书,绝非偶然。首先,前贤与当代学人的丰富成果,使他有所凭借,这是一个重要的原因,此点在本书后记中作者自己已有说明。其次,宝荣同志个人的勤奋努力及其学术素养是决定性的因素。"他在华中师大历史系读本科时期师从的王瑞明先生、在河南大学读研究生时期师从的王云海教授,都是宋史学界学识渊博、功底深厚的知名学者。他"受两位王老师的熏陶,受益良多,在宋代政治、文化史方面积累了较深厚的素养。……《契丹承天太后的人缘关系与用人策略》这篇硕士学位论文,由我指导,当时即深感他具有较强的搜集、鉴别、组织史料的能力。硕士研究生毕业后,宝荣同志调到河南教育报刊社工作,从编辑干起,现任常务副主编。这样,他就具有双重优势,既有宋史、辽史方面宽厚的历史知识,又有十几年编辑出版工作的实践经验。用这双重优势,回头审视宋代的出版事业,自能独出心裁,写出别具一格的专著来。……除杂志社日常繁忙的工作以外,还有较多的社会事务,只有利用节假日、晚上,才能进行学术研究,常常熬到深夜,本书就是这样写出来的,这充分体现了他对学术研究的执着与苦苦追求精神,这种精神是非常可贵的。目前,国运昌盛,形势大好,宝荣同志正值盛年,深望能坚持并发扬这种精神,在学术研究的道路上不断奋进,取得更丰硕的成果"[1]。

综上所述,从姚瀛艇先生为他人专著所写的序中,我们看到了先生的音容笑貌已跃然于纸上;看到了一个学养丰厚、平易近

---

[1] 姚瀛艇:《〈宋代出版史研究〉序》,载姚瀛艇著《宋代思想文化研究》,河南大学出版社,2015,第209-211页。

人、感情深沉、心中有大爱、文章有大手笔的令人肃然起敬的儒雅学者,已经栩栩如生地站在了我们面前。在姚瀛艇先生所写的序中,可见其有血有肉的内涵,而绝非那种空泛的、应付差事的标签式的大帽子评论。引用姚瀛艇先生在《〈宋代出版史研究〉序》中,对该书附录"宋书序文举例"评论的一句话:"读这些序文,确实可以体会到作者的风范情操乃至其心路历程,不仅是一种享受,亦可从中领会许多人生感悟与启迪"①,正可印证先生为人所写之序中产生的巨大的感染力量。可以说,姚瀛艇先生虽是在为他人写序,而字里行间却显现出了先生本人那高尚的人品,那对学问的真诚追求。

三、厚德载物显儒雅,教育子女动真情

在学术上,姚瀛艇先生求真问道一丝不苟,与其伯父姚从吾先生一样,"虽一字之微,必求出处;一事之叙,必明原委";在生活中,先生则和善有加,不论他人年龄大小——垂垂老者或是少不更事的年轻人,也不论其职位高低——显贵者或是布衣平民,他都平等相待,以礼敬之,其君子风范令人敬仰。孔子所说的"泛爱众,而亲仁"②"君子义以为质,礼以行之,孙以出之,信以成之。君子哉"③,孟子所说的"亲亲而仁民,仁民而爱物"④"君

---

① 姚瀛艇:《〈宋代出版史研究〉序》,载姚瀛艇著《宋代思想文化研究》,河南大学出版社,2015,第210页。
② 《论语·学而》,杨伯峻译注:《论语译注》,中华书局,2009,第4页。
③ 《论语·卫灵公》,杨伯峻译注:《论语译注》,中华书局,2009,第164页。
④ 《孟子·尽心上》,杨伯峻译注:《孟子译注》,中华书局,2010,第298页。

姚瀛艇先生(前中)儿孙满堂,其乐融融,尽享天伦之乐

子莫大乎与人为善"①,张载所说的"民吾同胞,物吾与也"②,这些在君子先生身上所应有的做人的基本品质,在姚瀛艇先生身上都鲜明地体现出来。这也进一步印证了深谙中华优秀传统文化的姚瀛艇先生,文化的精髓已深深融进了他的血液之中。台湾大学的王德毅教授为《宋代思想文化研究》一书所写序中说:"我曾拜读先生论述宋代史学之论文,极推崇欧阳修的《五代史记》(《新五代史》),完全本之《春秋》大义,重在褒忠节、诛贼臣和正乱君,终之以正国本,明大义。在《欧阳修的史论》一文中,更强调国家盛衰多半由于人事,不可委之天命。故治国者一切

---

① 《孟子·公孙丑上》,杨伯峻译注:《孟子译注》,中华书局,2010,第75页。
② 《正蒙·乾称》,[宋]张载著,章锡琛点校:《张载集》,中华书局,1978,第62页。

第六章 儒雅翩翩的师长，吾辈做人之典范

施政要本之道德仁义，暴政是一定亡国的。所以为人君者要用贤臣，远奸恶，听直言，论是非，讲廉耻，重本业，以求国泰民安。更指出，司马光修《资治通鉴》，是要劝谏人君治国先要戒绝一切国之乱源，以求国治而天下平，这也是受《春秋》影响的。至于论宋代政治家，极推崇北宋范仲淹推行'庆历革新'。对宋代思想家，最称扬南宋朱熹，尊之为宋代杰出的学问家与教育家，可为卓见。"①这段话正说明了姚瀛艇先生对中国传统文化中提倡的除恶扬善、明大义远丑恶、纳贤良弃奸佞、扬仁爱避暴政等伦理规范了然于心并极力推崇，以及他本人一生中恪守君子之德的历史文化之根源。

（一）彬彬礼敬与之交往的所有人

对于姚瀛艇先生来说，你无论什么时候向他求教，他从未拒绝过；你去看望他，临走他总要送你到大门外（后来由于身体的缘故，才不能出屋门）。这一点，老一代的先生们都大抵如此。记得2001年10月，我们历史系七七级的老同学要举行毕业二十周年聚会（我们七七级是恢复高考后的第一届大学生，当时是1977年12月考试，1978年3月入校，1982年1月毕业。毕业二十周年的实际日子应该是2002年1月，考虑到届时天气比较冷，曾经教过我们课的老先生年事已高，身体受不了，经过商量，我们特将聚会时间提前至2001年国庆节过后的10月初）。几

---

① 王德毅：《〈宋代思想文化研究〉序》，载姚瀛艇著《宋代思想文化研究》，河南大学出版社，2015，序第3页。

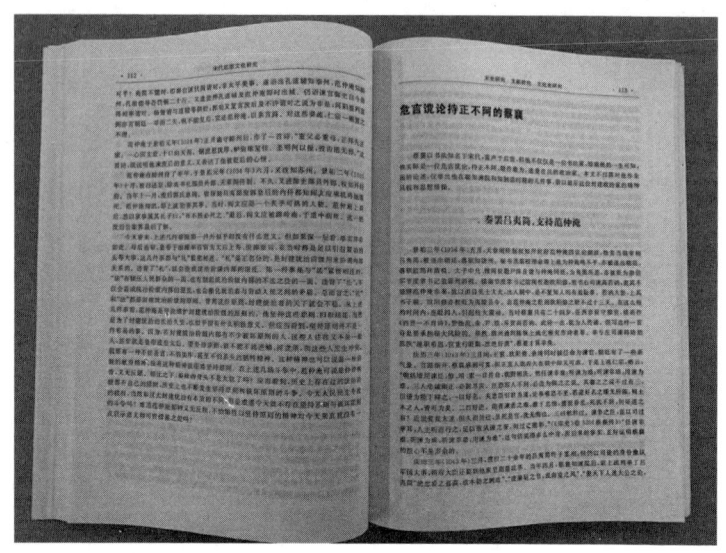

收录于《宋代思想文化研究》一书中的姚瀛艇先生论文《危言谠论持正不阿的蔡襄》

（原文载1994年《蔡襄及其家世——纪念蔡襄诞辰975周年学术讨论会论文集》）

个在校工作的老同学进行了分工，我的任务是给所有担任过我们课的老师们送参会的请柬，时间大约是国庆节的前夕。此时，恰好我的一个已经毕业的研究生从郑州来看我，我就邀他一起去给几位老教师送请柬。送了好几家，包括姚瀛艇先生在内的老先生们无不把我们送出大门外好远（当时姚先生也已经有七十八九岁的年龄了）。我的那位学生感叹地说："哎呀，老先生们真是没得说，不容你不钦佩呀！"这就是老先生们待人接物的风范，从小事中可见其高风亮节。这种于无声处的品格和精神的彰显，对于青年人的培养和教育来说，要远胜于高谈阔论地讲大道理。这就是为什么只要一有机会,我就会带着学生到像姚先生这样的老先生家中,让他们感受老一代知识分子学术上的深厚学养,以及人品上的高风亮节。到现在我还珍藏着那年聚会的照片,那次老教师们来得特别齐,有两位老师还是挂着拐杖来的,其中一位就是姚瀛艇先生。

2001 年 10 月,姚瀛艇先生(前排右九)和其他先生们一起参加历史系七七级学生毕业二十周年合影(二排左二为笔者)

台湾大学教授王德毅在为《宋代思想文化研究》所写的序中,提到了一件往事:当年他自费增订内容出版姚从吾先生年谱,姚瀛艇先生在 6 年中给他寄去不少资料以供参考,而且当书出版、赠书给姚瀛艇先生 10 册后,姚先生坚持分担一部分出版费用,被婉拒后,又购买了其他书目相赠。这看起来不起眼的小事,却令人读后感动。王德毅在序中这样写道:"特别值得纪念的是,我在 1991 年 7 月下旬应杭州大学岳飞研究学会之邀请出席'纪念岳飞诞辰 888 周年学术研讨会',前往杭州,至 8 月 9 日又要参加北京大学与河北大学联合主办的国际宋史研讨会,其间有十天的空闲,乃与友人同游长安及洛阳,再赴开封,特别邀请云海和瀛艇两位教授来旅社欢聚。我们虽是初次见面,但一见如故,快愉平生。我曾面告将在退休后增订姚师年谱,并自费出版,已尽为人弟子的天职。姚教授在以后的六年中先后寄来《先伯父在大陆的直系亲属》及亲撰《追忆先伯父从吾先生》一文,供我参用。到1999年撰成增订本时,曾加征引,以光篇幅。此皆可以看出姚教授的重情尚义,满怀孝思,真可以称为今之古人。""2000年夏,拙撰《姚从吾先生年谱》出版了,特奉赠姚教授十册,以便分送亲族和好友。先生得之甚喜,坚持要分担一部分出版费用,甚至写信给大良(姚从吾先生的女儿——笔者注),嘱她也帮助一点,我都婉拒了,并以'尽心尽力而为之,以求心之所安'奉告。先生未再坚持,然稍后却购买了《日本学者研究中国史论著选译》八册及《中国学术名著提要》(历史卷)一册相赠,藉表心意。先生真是古道热肠,坚守然诺,以求内心的安慰。"[1]读了这段描述,谁能不为姚瀛艇先生的君子品格所感动呢?一个人的令人感动、令人称颂的高贵品格,往往就蕴涵于一件件不起眼的日常小事之中。

姚瀛艇先生的女儿姚志靖告诉我说,姚先生在家属院中也被邻居们称为大好人:谁家的孩子放学早了进不去家门,姚先生就热情地把孩子请到家里写作业或玩耍;谁家的东西忘到院子里了,姚先生会问询多家,将东西送到人家家中;有人来家中借东西要用,只要有人家要借的东西,姚先生也会爽快地借给人

---

[1] 王德毅:《〈宋代思想文化研究〉序》,载姚瀛艇著《宋代思想文化研究》,河南大学出版社,2015,序第2页。

家。包括别人借钱,姚先生也是急人所难,出手很大方的;还有,姚先生喜欢看报纸,十分关注报纸上的新闻。每当他看到有灾情(水灾、地震及其他灾害)报道的新闻时,他都会在第一时间用匿名的方式给灾区的群众寄钱,不求任何回报。用先生的话来说,就是看到有关灾区群众受灾的报道,心里就会很痛,就仿佛是自己的家人遭受了灾害一样,很自然就想要资助他们。总之,在家属院中,姚瀛艇先生是一个乐于助人、大家都喜欢和愿意与他交往的人。

魏千志教授也告诉我说,姚瀛艇先生是一个心地平和、与人为善的人。他待人诚恳、谦虚,对同志们、对与他交往的所有人都很好。这与他深谙中国传统士人的优良品质、深谙君子人格,是有着很大关系的。

(二) 悼友人或至亲深情款款

姚瀛艇先生也有多篇悼念友人或至亲的文章,读来令人动容,触及心魄。由此可知,姚先生在写这些悼文时,流露于笔下的款款深情。除了对其先伯父姚从吾先生满怀深情的纪念文章之外(前文已有所描述),对其他友人和至亲的悼念文章也都莫不将深切的情感寄寓其中。如若没有真情实感,写出来的悼文也很难能如此之打动人心。姚先生的悼文,一方面使我们对逝者的人品和学问有了清晰的了解,对其肃然起敬;另一方面也对姚先生待人的真挚情感有了进一步的认识,从内心中产生对先生的崇敬之情。

1.《悼念邓广铭先生》——撼人心魄

姚瀛艇先生满怀深情所写的《悼念邓广铭先生》一文,使人看到了一个磊落光明、求真求实求善的中国真正知识分子形象。

姚瀛艇先生先从邓广铭先生与其先伯父姚从吾先生的友谊说起:"邓广铭先生是我国当代著名的史学家和教育家。他从事中国古代史的教学与研究工作长达60余年之久,德高望重,著作等身,桃李满天下,在国内外史学界享有崇高的声誉。他身体健康,精神矍铄,虽在耄耋之年,仍著述不辍。孰料竟一病不起,与世长辞。我虽未直接从邓先生受业,但作为一个学习宋史的后辈,从一开始,就学习邓先生的著作,深受教益。所以,从1979年见到邓先生之后,即以师礼事先生。我又有幸与先生有通家之谊,因此,对他的逝世,更感悲痛。""先伯父从吾先生于1934年到北京大学史学系任教,邓先生于1936年从史学系毕业,与先伯父谊在师友之间。1946年秋,先伯父来汴任河南大学校长。当时我是河南大学文史系史组四年级的学生,住在校内集体宿舍。先伯父校务繁忙,我和他见面的机会不多。间或某个星期日能见到他时,他也常和我谈些在北京大学与西南联大时的往事。其中就曾谈到邓先生,很赞赏邓先生做学问功力之深与创获之多。这些谈话,给我留下深刻的印象。"

文中,姚瀛艇先生写到了邓广铭先生对他这样一个当时的年轻后辈的关心、关怀和帮助:1979年夏,"邓先生来汴参加《简明宋史》审稿会,我作为这本书的撰稿人之一,也参加了会议,第一次与邓先生见面。当他了解这种关系后,非常高兴。我除了在会上聆听邓先生及其他几位先生的发言外,在会外还曾就有

第六章 儒雅翩翩的师长，吾辈做人之典范

关陈亮的一些问题，如究竟几次被诬入狱，对绍熙四年（1193年）殿试对策中'岂徒一月四朝而以为京邑之美观也哉'这句话应当如何理解等，向邓先生请益。邓先生均给以详尽深刻的分析，使我顿开茅塞。当时我知道邓先生的毕业论文就是《陈龙川传》，就问邓先生是否可以借阅。邓先生答复说他仅存有出书时的清样，并慨允回京后即寄来。当时刚刚拨乱反正，整个国家都困难，邓先生的住房也不宽裕，许多书都堆在地板上或床下。邓先生回京后，不顾酷暑炎热，多次周折，才找到这本清样，挂号寄来。当年，邓先生已72岁高龄，为了帮助一个初次见面的故人的侄子，就不顾年迈炎热，亲自在书堆里翻来翻去，捡出这本书来。邓先生对我这样热心关怀和帮助，我当时就觉得不知怎样感谢才好。如今写这篇悼念邓先生的文章，回想当年我接到这本书时的心情，更不禁涕泗纵横，感泣交集了。""我第二次见邓先生是1982年的10月，当时在郑州举行第二届宋史年会。因健康和其他原因，1982年以后有好几次宋史年会我均未参加，直到1992年4月在开封举行的宋史年会上，我才第三次与邓先生见面，距第二次相见已经整整10年了。但在此期间，邓先生对我仍非常关心，每有著述出版，必以见赐。……这一本本专著体现了邓先生对我的关怀之情。现在重新捧读这些专著，邓先生的音容笑貌历历如在眼前，而他与我已仙凡永隔，再无相见之期。每念及此，怎不令人伤心欲绝！"

之后，姚瀛艇先生又着重写到了邓广铭先生严谨踏实的治学和"实事求是"的治史准则。他说，1992年，在开封举行的全国宋史年会的开幕式上，"邓先生做了一场大快人心的报告。他

在报告中痛斥教条主义对我国史学研究所造成的危害,又痛陈史学研究必须遵循'实事求是'的原则。这个报告,不仅表现了邓先生在理论上的勇气,而且表现了邓先生严谨踏实的学风。邓先生60多年的学术实践,也给我们树立了一个'实事求是'的典范"。文中,姚瀛艇先生对邓广铭先生的治学品格做了较系统的总结:"根据我个人的粗浅体会,邓先生'实事求是'的治史准则,在他的论著中至少有三方面的体现。第一,对史料的严格审查与鉴别。邓先生在《自选集》的自序里曾说:'每个从事研究历史的人,首先必须能够很好地完成搜集史料,解析史料,鉴定其真伪,考明其作者及其写成的时间,对比其与其他记载的异同和精粗,以及诸如此类的一些基础工作。只有把这些基础工作做好,才不致被庞杂混乱的记载迷惑了视觉和认知能力而陷身于误区,才能使研究的成果符合或接近于史实的真相。'这段话可说是邓先生一生治史的总结。他在自序中又说:'收录在这本《自选集》中的许多篇文章,可以说,都是因为我加意地对于有关史料做了充分的鉴别、审查和由此及彼的比勘考证,然后才使研讨的问题得出了较新的成果的。'事实上,邓先生的所有论著,都是经过如此缜密、深入、严谨、细致地对史料的鉴别、比勘而取得的新成果。正因为邓先生对史料审查下了这么大的功夫,所以,他的论著,几乎都是考原、匡谬、订误、辨伪、增补、发覆之作。第二,不断纠正此前一些不够确切的论点。任何一个认真做学问的人,总有一个由浅入深的过程,所涉及的领域,也有一个逐步拓宽的过程。早年或初涉某个领域之作,往往存在一些不够妥当或不够深入的问题。即使成名成家,有时迫于某种特殊的环境,也不得不发违心之论。对这些问题,邓先生一贯的态度就是实事求是地坦诚纠正。最典型的例子可以举出三个:一个是1984年在《陈亮反儒问题辨析》中纠正1944年出版的《陈龙川传》中关于陈亮绍熙四年(1193年)殿试对策中所说'岂徒一月四朝而以为京邑之美观也哉'一句所做的不妥当的理解;另一个是1987年在《略论宋学》中纠正1963年出版的《中国史纲要》一书中《两宋的哲学思想》一节关于'理学'的不当论述;再一个是1997年出版的四写《王安石》中清除了1975年二写《王安石》时所掺入的'儒法斗争'和'批林批孔'等污染因素。四写《王安石》,是邓老最后一本专著,可见'实事求是'的精神一直贯串于邓先生治学的始终。第三,锲而不舍,精益求精。随着研究的深入,不断大幅度修改或改写旧作,典型的例子就是三写《岳飞》,四写《王安石》。这样大幅度改写、精益求精的态度,在当代学人中,可称举世无双。"

接着,姚瀛艇先生又援引陈寅恪先生对邓广铭先生的评价,进一步赞扬了邓广铭先生的治学精神和功绩:"至于邓先生对我国史学的贡献和学术地位,陈寅恪先生早有定评。陈先生早在抗日战争爆发以前,就读到过邓先生考辨稼轩事迹之文,深服其精博。抗日战争爆发后,北大南迁昆明,陈寅恪先生是北大文科研究所专任导师,邓先生任北大文科研究所高级助教,与陈先生朝夕相处,陈先生目睹邓先生勤奋治学的刻苦精神。因此,当1943年陈先生读了邓先生的《〈宋史职官志〉考正》后,就盛赞邓先生'用力之勤,持论之慎,并世治宋史者,未能或之先也'。更断言'他日新宋学之建立,先生当为最有功人之一,可以无疑也'(引文均见陈先生《〈宋史职官志〉考正》序)。从1943年以后,55年过去了,邓先生的学术实践,完全证实了陈先生当年的论断!邓先生对新宋学的建立是当之无愧的最有功之一人。"

在文章的最后,姚瀛艇先生深情地说:"邓先生虽已仙去,但他道德文章,自在人心,他的论著,自会流传;而且当代享誉国内外的宋史学者,大部分是邓先生的及门和再传弟子;特别是小南同志,克绍箕裘,继承家学;薪尽火传,邓先生应无遗憾。""我自1947年起即心仪先生,当年24岁,刚从河南大学文史系史组毕业,尚摸不到做学问的门径。一弹指间,51年过去了,我在学术上仍乏建树,幸未以此而见弃于邓先生。每念及此,既感且愧。如今,北京大学历史系与中国中古史研究中心合力编辑邓先生纪念文集,我特写此文,追忆邓先生对我的关怀和我对他的治学精神和学术成就的体会,以表达我对他的感念之意与哀悼之情。""愿邓先生在天之灵永远安息!"①

这是一位学人对另一位前辈学人款款深情的流露和敬仰之情的表达,使人读后受到震撼。这种发自内心的真情实感,在今天看来实在是难能可贵,一个人在日后能取得多大的成就,与这种情感的浓郁程度绝对有着不可割裂的关联。

2.《云海同志忌辰三周年祭》——催人泪下

姚瀛艇先生为王云海先生逝世三周年所写的《云海同志忌辰三周年祭》,读来催人泪下。毕生为宋代研究,尤其是《宋会

---

① 姚瀛艇:《悼念邓广铭先生》,载姚瀛艇著《宋代思想文化研究》,河南大学出版社,2015,第197-199页。

姚瀛艇先生和女儿姚志靖在一起

要辑稿》的研究奉献出生命的王云海教授,一生却艰辛坎坷、多灾多难。

姚瀛艇先生写道:"星移斗转,一弹指间,云海同志三周年忌辰就要到来了。在这令人悲痛的日子里,回想将近半个世纪以来与云海同志相识相知的历历往事,我不禁感慨万千,思绪难平。"

1957年,王云海教授被错划为右派,进行高强度的劳动改造,吃尽了苦和累。文中姚瀛艇先生写道:"1956年12月,我因肺结核大吐血,住校医院治疗;1957年5月初又到汲县河南省干部疗养院疗养。我启程赴汲县时,整风已经开始,紧接着大鸣大放、反右斗争,一场大的运动在全国展开。1957年12月,我从疗养院返校时,云海同志已变成专政对象,受到工资降三级、留校监督劳动改造的处分,我们私人之间的联系从此断绝。劳动改造的强度是很大的。几乎天天都从北郊校办农场到南郊芦花岗用汽马车向农场拉大沙。往返一次,有五六十里,还要装车卸车,其劳动量之大,可想而知。汽马车全用人拉,其中最关键的位置是'驾辕'。'驾辕'不仅劳动强度大,而且有相当的危险性,特别是下坡的时候弄不好就会出现车翻人伤的惨剧。云海同志年轻,个子又高,就成了几个主要'驾辕者'中的一个。前两年能吃饱肚子,还比较好一些,到三年困难时期,口粮供应减少,饿着肚子拉重载,人如何能受得了。没有办法,他的夫人就把家人的口粮尽量压缩,每天必定蒸两个馒头,在路旁等他。有这两个馒头的支持,他才渡过了难关。要知道这两个馒头来之不易。他家人每天要多吃多少野菜,才能省出这两个馒头。后来最严重的时候,野菜也没有了,他一家必须要饿肚子才能省出这两个馒头!这里面包含了多少痛苦和辛酸。所以,后来云海同志每提到这件事,就不禁潸然泪下。"

在之后的"文化大革命"中,王云海教授由于"右派"的罪名,继续遭受到打击和摧残。姚瀛艇先生接着写道:"1961年秋后,因贯彻《高教六十条》,云海同志得以回教研室,在刘尧庭主任领导下做整理资料工作。就是从这时候开始,他接触到《宋会要辑稿》这部大书。白天干教研室布置的工作,晚上回家熬夜去啃这块硬骨头。经过几年的艰苦努力,终于在前人的基础上有所突破,写出不少稿子。虽然他是专政对象,这些稿子不能发

第六章 儒雅翩翩的师长，吾辈做人之典范

表，但老天爷总算睁开一只眼，为云海同志留下一线生机。然而，好景不长，1966年，'史无前例'的'十年浩劫'开始，云海同志以'有罪'之身，在这场浩劫中所受的摧残凌辱更是一言难尽。1975年1月5日，云海同志突发胃穿孔，腹痛难忍。在当时条件下，抢救很不及时，险些送了性命。所幸的是，他总算熬了过来，这些伤心的往事，没有必要再一一复述了。"

1978年，王云海教授获得平反，1979年他对《宋会要辑稿》的研究得到了宋史大家邓广铭先生的肯定，邓先生并向宋史学界和上海古籍出版社加以推荐，使他所著《宋会要辑稿考校》于1986年得以正式出版，其研究成果遂为海内外宋史学界广泛重视。姚瀛艇先生写道："云海同志在被改造的艰苦环境中所做的一些工作，受到一代宗师如此的肯定和鼓励，使他百感交集，酸甜苦辣一齐涌上心头；邓老对他的知遇之恩更使他永生难忘。每一提及，就不禁感泣泪下。"从此，王云海教授夜以继日地辛勤工作在对宋代历史的研究之中，并做出了很大成就："1980年，河南大学历史系成立宋史研究室，由张秉仁先生任主任，云海同志为其中一员。1984年张先生离休，由云海同志任主任。1987年，为了发展河南大学的宋史研究，学校在宋史研究室的基础上组建河南大学宋代研究中心，仍由云海同志任主任。他在任期间，除了搞好自己的研究著述以外，又用全力抓两件事：一件是多方面想法筹集资金，甚至将个人的项目费拿出来，购置专业书籍，并从上海图书馆、北京图书馆等处复印了一批史籍和论著，使宋代研究中心的资料很快充实起来，配合历史系资料室、学校图书馆，在河南大学可以满足从事宋史研究对基本史料的需求。另一件是大量培养人才。

从1985起,他先后指导了5届15位硕士研究生。其中已有6人考取博士研究生,他们中的4人已获得博士学位,取得可喜成绩。有了资料,有了人才,也就有了成绩。在他任职期间,宋代研究中心先后承担国家社科基金、国家教委科研项目3项,河南省规划项目、省教委项目多项,出版专著6部,并与国内外同行研究机构建立了广泛而密切的学术交流,提高了河南大学宋史研究中心在国内外的地位,使之成为国内几个主要研究基地之一。""1994年6月,河南大学配合重点研究机构建设,将宋代研究中心与先秦史研究中心合并为历史研究所,云海同志受聘为顾问。此后,虽不再负组织协调之任,但他仍然非常关心河南大学的宋史研究工作,直至不幸去世。"

对于王云海教授因病手术的突然离世,姚瀛艇先生难掩悲痛之情,述说了噩耗传来时失声痛哭的情形:"提到他的去世,更令人感到震惊、悲痛。云海同志体质素健,虽患高血压,亦能用药物控制。但到晚年,患了前列腺增生症,小便也还顺畅,只是夜尿次数频繁,不能安睡,只好住院做手术。孰料出现后遗症,小便反而不畅,夜尿次数亦未明显减少。接着又在门诊做了两次尿道扩张术,效果仍不理想,不得已于2000年10月9日第二次住院,经全面体检,认为可以手术,遂于10月13日上午做第二次手术,又孰料下午即出现血压下降,腹部胀满等症状,因抢救不力,竟于当晚10时左右遽尔仙逝。我于次日早饭后闻此噩耗,乍一听,真如晴天霹雳,不相信自己的耳朵,但却是千真万确的事实。我不禁悲从中来,痛哭失声。他的夫人和儿女所受的打击就更不用说了!我们万万没有想到做一个前列腺手术竟会导致去世,更没有想到像这种情况,虽经屡次申诉,竟不被认定是医疗事故!我们又怎能不伤心,悲愤,又能有什么话可说!"

姚瀛艇先生最后写道:"现实世界本来是充斥着各种各样错综复杂的矛盾,任何人都无法跳出三界外,不在五行中。因而,风风雨雨,坎坎坷坷,阴晴圆缺,悲欢离合,在每个人的生命旅途中也就成为必然的了。但是,为什么云海同志一生却要承受这么多的痛苦与不幸?难道说真是命中注定的吗?在他忌辰三周年就要到来的时候,我又能说些什么来告慰他的在天之灵呢?"①

读到姚瀛艇先生的这篇悼文,又有谁能不动情呢?

3.《内子张夫人行述》——深情款款

对于自己的夫人张君箴女士,姚瀛艇先生以中国传统的称呼称之为"内子",在追悼夫人的文章《内子张夫人行述》中,对夫人人品的赞颂,对夫人为社会、为家庭辛勤操劳、任劳任怨的怀念和感恩,使人看到姚瀛艇先生对夫人的爱之深、情之切。

姚瀛艇先生写道:"今日(1996年7月11日)为内子张夫人百日忌辰。睹遗物,令人悲痛欲绝,除命儿孙辈到殡仪馆隆重致祭外,我在家挥泪写下这篇短文,叙述内子的立身行事,以寄托我的哀思,并使儿孙辈了解她的生平与懿范善行,永志勿忘。"

姚瀛艇先生重情重义地回顾了张夫人的生平。张夫人也是出身于名门望族、读书世家。其高祖父在清同治年间及进士第,仕至广德直隶州知州。为官"清正廉洁,勤政爱民,为万民所称

---

① 姚瀛艇:《云海同志忌辰三周年祭》,载姚瀛艇著《宋代思想文化研究》,河南大学出版社,2015,第200-202页。

姚瀛艇先生(左)与王云海先生(右)合影

颂。致仕后,出任襄城紫云书院山长,以孔孟程朱明体用之学海诸生,四方之士来学者甚众,遂为一方众望之所归"。张夫人的祖父"饱读诗书,博学能文,且又胸怀坦荡,宽厚待人,在乡里间多行善事,周济穷苦乡邻,不胜枚举。他虽为前清秀才,却非冬烘先生。入民国后,……顺应时代潮流,独自出资,在寨内东北隅创办小学一所,以开发民智,且允许女童入学,实开风气之先。袁世凯称帝时,与日寇签订二十一条卖国条约,举国愤慨,民怨沸腾"。他"在乡里倡导抵制日货运动,且终生不用日货,

第六章 儒雅翩翩的师长，吾辈做人之典范

以为表率"。张夫人的母亲"耿夫人，为襄城西十里铺乡鲁渡寨人。耿氏为襄城望族。耿夫人之曾祖，为前清进士，……仕至云南某县知县，官居七品。赴任时，破轿一顶，图书满车，卸任时，依然两袖清风，一肩明月，可见其清正廉明。耿夫人之父……光绪末年，在武昌湖广总督幕府任职。耿夫人幼承庭训，知书达礼，又精于女红"。姚瀛艇先生文中又夸赞了出生在这样名门望族、读书世家的张夫人："内子……生而聪慧，极为耀德公（耀德公为张夫人的祖父——笔者注）夫妇所钟爱，视若掌上明珠。甫六岁，即入耀德公所办之小学读书。十岁时，耀德公不幸谢世，内子迫于二祖父……之命，不得不辍学家居，随耿夫人学习女红，又工于刺绣，绣品针法细致，所绣人物、花鸟、虫鱼，栩栩如生，足见内子之聪慧；却不幸为其头脑冬烘之二祖父所逼，不能继续求学，实为终生憾事。"张夫人的祖父耀德公去世时，其丧礼"隆重肃穆。安葬之日，送葬者万人空巷，途为之塞，足见其遗爱在民，如此之广、之众、之深、之厚"。"张氏一族，后人之盛，无出耀德公这一支之右者，人皆以为耀德公厚施积德所致。"

姚瀛艇先生又追忆了张夫人与她成家后的品行与才德："张夫人过门后，恪尽儿媳、孙媳之道；与姒娌辈和睦相处，事事顾全大局；对下人，平易宽厚，亲友间对张夫人之品德才貌，无不交口称誉。""新中国成立初期，整个国家困难，个人家庭更困难。1950年春，志翔（志翔为姚瀛艇先生的儿子——笔者注）在学校上体育课时不慎从单杠上摔下，右手前臂骨折。同年7月，我因咽喉发炎溃疡，咽部剧疼，且发高烧，在河南大学医学院附属医院五官科做手术住院两周。同年九月二十二日，女儿志靖

诞生,张夫人在妇产科医院住院半个月。当时尚未实行公费医疗,一切费用,完全自理。时仅半年,接连发生这三件事,全家陷入困境。1951年春节,只买了二斤豆腐,两个白萝卜,就对付了过去。艰窘之状,可想而知,为了支撑这个家,内子可谓备尝艰辛。她宁肯自己吃窝头,啃咸菜,也要再尽可能让我和孩子们吃得好一些。此情此景,虽时隔数十个寒暑,迄今仍历历在目,而她却又过早离去,与我们永别。言念及此,不禁令人潸然泪下。"

姚瀛艇先生(中)与家人和亲戚一起合影

(前左为姚瀛艇先生夫人、后中为姚瀛艇先生女儿)

接着,姚瀛艇先生又不计笔墨,回顾了张夫人不辞辛苦积极参加街道工作的往事:"1951年秋,志靖断奶。街道干部因内子粗通文字,就邀她参加街道工作,为群众服务,当时大搞爱国卫生运动,是街道上经常性的重大事情。内子不仅督促检查街道卫生,还要带头亲自打扫,清理垃圾,备极辛劳。如遇全办事处、全区或各区之间卫生大检查,则更为忙碌。为了检查卫生,内子几乎跑遍了顺河区、龙亭区的大街小巷,终日在外奔忙,家事则全由耿太夫人照料。当时半脱产的正式街道干部,每月还有微薄的津贴,内子则完全尽义务,没有任何报酬。除卫生检查外,内子还担任市人民银行北道门办事处的协储员和市人民保险公司的协保员。对这两项工作,她都认真负责。她所负责的街道储蓄小组,既方便了群众,又为人民银行吸取了不少存款,曾多次得到银行颁发的奖状。对保险工作,当时一般群众还非常陌生,内子根据市保险公司所发的宣传材料,多次在街道群众会上向群众讲解,也收到了一定的效果。""1958年夏,在大跃进的浪潮中,内子进了开封市汴绣厂,当了刺绣工人。因她自幼即学习刺绣,进厂后,即成为小组生产骨干。悬挂于人民大会堂的第一幅汴绣清明上河图,就包含了内子不少的辛劳。但好景不长,到1961年秋,调整、充实、巩固、提高的时期,内子又被下放回家。回家后不久,当时担任六六湾居民委员会主任的张玉兰同志,就邀请内子管理居民生产自救工作。从此,又开始了她长达22年之久的为人民群众的服务工作。""当时正值三年自然灾害之后,整个国家经济困难,人民群众的生活也困难,特别是城市低收入的职工或家中无一人参加正式工作的城市居民的生活就更加困难,而解决这些困难的唯一办法就是组织群众生产自救。所谓生产自救,就是组织群众为一些工厂进行厂外加工。如给火柴厂糊火柴盒,为手套厂缝手套,为棉弹厂纺棉花,为羊毛厂梳羊毛,为石棉厂纺石棉,为麻袋厂纺麻线等等。这是一项非常麻烦、劳累而且不易办好的工作。第一,先要到这些厂去联系,请厂方允许六六湾居委会的群众为他们进行厂外加工。第二，联系好以后，还要去厂里拉原料，拉回来以后，须公平合理分发给群众，因为僧多粥少，群众都想多领到一些原料，常发生纠纷，内子必须公平合理的解决，往往要费不少唇舌。第三，群众纺好以后，还要认真检查质量和数量。如果质量、数量不合要求，信誉不好，厂方就会取消你厂外加工的资格。成品收齐后，还要向厂方交货，领来加工费，拉回原料。第四，接着就是再发原料，仔细计算各户应得的加工费。在加工费中，还要按照铁塔办事处规定的比例，按户扣除微薄的管理费，按月上交铁塔办事处。就这样，拉拉送送，分分收收，算算发发，扣扣交交，厂子又多，品种又杂，终日忙乱不堪。除了算算、扣扣，由我或志靖代她办理以外，其他各项，内子无不参与。特别是拉拉送送，内子还亲自拉车，而这些厂子，距六六湾居委会都很远，特别是麻袋厂，在精神病院附近，常常是早饭后出发，黄昏以后还不能回来，午饭只能在厂里啃干馍，喝凉水。后来原料多了，一辆架子车装不完，就再向群众借一辆架子车，由纺麻的小青年帮她装卸拉车；有时即令不拉车，也要徒步往返几十里。就是这样劳累的工作，内子整整干了22年，直到1983年她第一次小中风发作，才辞职不干。由于内子任劳任怨，全心全意为人民服务，辖区内的群众，对她都很亲近敬重。大嫂们都亲切地称她'张姐'，少男少女则亲切地称她'张姨'。她和群众打成一片，共同努力，把六六湾居委会的生产自救工作搞得红红火火，不仅在铁塔办事处辖区内首屈一指，而且在全市也名列前茅。粗略计算，自1961年到1983年，交给铁塔办事处的管理费至少在二万元以上。这在当时，是

第六章 儒雅翩翩的师长，吾辈做人之典范

一个很不小的数字。而内子的报酬又如何呢？最初几年，完全尽义务，没有任何报酬，后来张玉兰同志于心不忍，请求铁塔办事处每月发给内子7元津贴，就是这7元钱，内子也没有归己，而是全部用在帮她拉车的少男少女身上。夏天给他(她)们买冰棍(当时还没有冰糕)，冬天给他(她)们买烤白薯。直到1978年，内子被任命为六六湾居委会的副主任以后，她才成了正式的半脱产的街道干部，每月领20元的津贴。1980年以后，又改为30元。直到1983年她小中风发作辞职以前，每月就只有这30元的津贴，其他没有任何报酬。如果说还有报酬的话，那就是她竭尽微薄的力量为群众服务，赢得了群众的热爱。当年的大嫂现在都成了老太太，当年的小姑娘，也都成了年过四十的中年妇女。但我每次见到她们时，她们都要问问她们的'张姐'和'张姨'，对她过早去世深感痛惜。这种真挚的情感，是绝对用金钱买不到的。内子如有知，应当含笑于九泉之下啊！"1978年，内子担任六六湾居民委员会副主任后，除了管理街道生产之外，又多了调解民事纠纷和夜间巡逻保卫两项工作。当然，这两项工作是她与居委会主任和文书共同负担的。民事纠纷主要是邻里不和、婆媳矛盾之类，调解起来，很难解决，既要有公心，还要有耐心，往往一件事，调解多次才能解决。夜间巡逻保卫主要是冬季和几个重大节日，如'五一''七一''十一'。到了冬季，需要夜夜巡逻，每三天就轮到一次，每次都是从晚上十点到次日黎明。她们三人轮流带领七八个小青年查夜放哨。朔九寒天，其苦可想而知。而街道生产，则完全由内子负责。有时逢巧，白天跑一趟麻袋厂，往返三十里，劳累一天，夜间又要熬个通宵，而内

子尽心尽力,毫无怨言。正因为她这样全心全意为群众服务,而且几十年如一日,所以,她的声誉,逐渐上升。1980年国庆节以后,开封市妇联组织一次到江南的参观访问。访问团由开封市妇联主任带队,参加的人全是女干部、女职工,在居民委员会主任这个层面上只有一个名额,市妇联指定由内子参加。这一点充分说明了内子的工作成绩。这次访问,先由开封直到杭州市萧山县,然后折回上海、苏州、常熟、无锡、南京各地参观学习。所到之处,都受到当地妇联的热烈欢迎。回来以后,内子非常高兴。因为这次江南之行,不仅领略了秀丽的南国风光,而且学到了不少工作经验。而市妇联指定由她参加,说明她的工作得到了充分的肯定,使她很感欣慰。"

姚瀛艇先生与外孙女张歌一起合影

在写过了张夫人不辞辛劳参加街道工作,受到大家的尊敬和褒扬以后,姚瀛艇先生又写到了张夫人对繁重家务的操劳:

第六章 儒雅翩翩的师长，吾辈做人之典范

"就当内子在居委会的工作日益繁重的时候，她的家务负担也逐渐加重。1965年6月，志翔从焦作矿业学院毕业，被分配到新疆哈密矿务局三道岭煤矿工作，当年9月，他离家远赴新疆。1968年10月，志翔回汴结婚，爱人邢玉琴是开封机械厂的工人。1969年8月10日，我的大孙女小华诞生；1972年10月18日，小孙女小焱诞生。当时的产假只有八个星期，产假结束就得上班，志翔又远在新疆，在两个小孙女诞生时回来看看，最晚在满月以后就得回去。所以，抚育两个孙女的重任就落在耿太夫人和内子身上。女儿志靖下乡插队，抽空也为两个小侄女织毛衣、毛裤、毛袜子等等。两个孙女生下后，母乳都不足；特别是小焱生下后，她妈妈乳腺生疮，不能哺乳，所以两个孙女，全是靠牛奶喂大的。白天内子忙着居委会的工作，就由耿太夫人喂养，夜里则全由内子负责。特别是小焱生下后，不到满月，就要喂牛奶，每两小时喂一次，两小时还要喂一次水，二者还需要交错进行。这样每小时就喂一次，白天还好，夜里就根本不能休息了。1972年冬季，内子都是和衣而眠，一小时起来一次，白天还要到居委会工作，真是劳累不堪。而牛奶的营养成分，又不能与母乳相比，所以两个孙女体质都较弱，抵抗力差，常常感冒发烧，经常要在深更半夜带她们到儿童医院打针。1974年冬季一个夜里，上半夜带小华去儿童医院，下半夜带小焱到传染病医院，这件事足以说明内子为抚育两个孙女所付出的辛劳。1977年5月26日，我的外孙女张歌诞生。我女儿志靖体谅她母亲工作、家务实在劳累，就自己挑起抚养张歌的责任。产假结束上班后，每天就将张歌带到厂里，放在哺乳室，到喂奶的时候去喂奶。最初张歌混

混沌沌，无知无识还好一些，等她渐渐长大，就不行了。每当妈妈把她放在哺乳室内，她就大哭不止，一直哭了几个月，才慢慢适应了哺乳室的环境。内子生前，每和我提到这件事，就感到阵阵酸楚。到张歌将近两岁时，已完全断奶，会说会走，就留在家里，由内子照看。这样，内子的劳累就更加重了。但她的辛劳没有白费，小华、小焱、歌子从小就对奶奶、姥姥怀有深厚的感情，逐渐长大以后，时时、处处都想着奶奶、姥姥。遗憾的是，在孙女、外孙女都尚未成人的时候，内子就患脑血栓长期卧病，而又过早逝世，未能好好享享孙女、外孙女的福。但孙女、外孙女对她的深厚感情，也足以使她在九泉之下安息了。"

由于内外的劳累，使张夫人积劳成疾，患病在身。姚瀛艇先生继续写道："就这样，工作、家务，一肩双挑，年复一年，夜以继日，终于积劳成疾。1983年春，内子出现小中风，右上肢活动不便，遂辞去居委会的工作，专心治病，不久，病情即逐渐好转，右上肢活动恢复正常。但由于我缺乏经验，未能继续治疗，控制复发，终于1986年11月27日形成脑血栓，右侧肢体偏瘫，语言不清，记忆丧失。经住院积极治疗，病情好转，记忆恢复，语言清楚，右侧肢体亦能活动，虽不如正常人，但生活起居，尚能自理。1988年11月我二人还曾用一个下午的时间，步行到龙亭公园看菊花展览，并摄影留念。到1990年12月2日（农历庚午年十月十六日）晚9时，耿太夫人不幸仙逝，12月4日火化，内子悲痛过度，12月5日凌晨，又出现偏瘫，经住院治疗后，病情好转，但行动已不如再次犯病以前。以后，1993、1994两年，又经过两次反复，到1995年11月22日，又出现多发性脑血栓，病情严重，经住院治疗,未能好转,延至1996年4月3日(农历丙子年二月十六日)晨6时,不幸与世长辞,享年71岁。"

在历数了张夫人为工作、为家庭日夜操劳而不计回报、不计个人艰辛的高风亮节之后,姚瀛艇先生在文章的最后发自肺腑地写出了对张夫人的赞美和深切的怀念之情:"内子是一个普通的妇女,一生并没有轰轰烈烈的业绩,但她有一颗赤诚的心。她把全身心都奉献给这个家和六六湾居委会辖区的群众。三十三年,绵薄竭尽,为群众服务;五十五载,辛劳备尝,教子孙成人,便是她毕业的写照。她心中只装着别人,唯独没有她自己。她用她平凡的一生,谱出了一首无私奉献的乐章!她崇高的精神,为儿孙辈树立了榜样,她将永远活在儿孙辈的心中!""我和她共同生活了五十五年,她对我关怀备至。而我,本来体弱多病,新中国成立以后,又忙于学习、工作,把全部家务都堆在她身上,对她的生活健康状况很不关心,以致使她长时期超负荷运转,刚到五十八岁,就出现小中风,六十一岁就出现脑血栓,卧病十年,辗转床褥,备受痛苦,终至不起。如果我对她能稍加关心,何致造成这样的结果!现在她已与家人长辞,无法补救,在我有生之年,就是我负愧之时! 这是我终生的憾事! 哀哉! 痛哉! 复何言哉!"[①]

这种夫妻之间相濡以沫的深厚情感,这种对生命中另一半的由衷赞美、崇敬与深切的怀念,堪称当今时代相敬如宾伉俪的典范。

---

① 引自姚瀛艇未曾发表的文章:《内子张夫人行述》。

姚瀛艇先生(中)与儿子(右二)、女儿(右一)
回到襄城老家与亲戚合影留念

(三)教育子女崇德向善

从上述姚瀛艇先生对夫人张君箴女士的深情纪念的文章中,可知姚瀛艇先生有一个温馨可爱的家庭:他和夫人育有一儿一女,儿子姚志翔、女儿姚志靖。后儿子成家,他又有了两个可爱的孙女小华和小焱;女儿成家后,又给他生了一个可爱的外孙女张歌,一家人其乐融融。他的夫人在照顾姚瀛艇先生、照顾儿孙、照顾家庭上,与在街道办事处工作一样,真可以说是鞠躬尽瘁,奉献出了全身心。而姚瀛艇先生本人对儿女和孙女、外孙女们也是关爱备至,倾心培育。与此同时,在深情似海的父爱之中,又透露出姚瀛艇先生谆谆教导儿女们崇德向善、心胸宽厚、

第六章 儒雅翩翩的师长，吾辈做人之典范

乐于助人、居官清廉的一片良苦用心。当姚瀛艇先生的女儿姚志靖向我提起一桩桩往事的时候，心情仍然显得异常激动。

姚志靖的哥哥姚志翔1961年以优异的成绩考入焦作矿业学院读大学，1965年6月毕业后，被分配到新疆哈密矿务局三道岭煤矿工作。姚瀛艇先生就鼓励他，好男儿志在四方，祖国的边疆基层煤矿正可以发挥他所学专业的优势，并鼓励他安心工作，不要挂念家里。若干年之后，儿子志翔从新疆调回了河南开封（志翔的爱人是开封机械厂的一名工人，两人一直是两地分居）。由于能力强、品行正，儿子志翔走上了领导岗位：曾一度担任开封市城建局副局长，后又担任开封房管局局长，最后是在领导岗位上退休。在儿子工作在领导岗位上时，姚瀛艇先生不断地告诫他，当官就要当清官，一定要居官清廉，绝不能贪污，绝不能拿百姓、国家的钱财而据为一己之私。在父亲的谆谆教诲下，儿子志翔在领导岗位上工作多年清正廉洁，为官一任，造福一方。由此使我联想到，姚瀛艇先生对中华民族推崇的清官文化，不仅由衷地理解、了然于内心，而且身体力行，在实践中将这种精神和品格予以落实和彰显。另外可想而知的是，前述姚瀛艇先生的祖辈们（包括他夫人的祖辈们），都是饱读诗书，居官一身正气、两袖清风、为民造福的清官廉吏，这种家风是一种无声胜有声的宝贵遗产，使姚瀛艇先生自小就受到这种家风的熏陶，在他心灵深处就自然镶嵌进了这种读书明理、居官清廉、为民造福的品格和心胸，他对下一代也就自然以这种优良家风来培育和教导他们了。

姚瀛艇先生还经常教育子女，与人交往要心胸开阔，要能站在别人的立场上来考虑问题，要以德报怨（对于任何人来说，做到

姚瀛艇先生和外孙女在一起

这一点着实不容易),要与邻里友好、和睦相处。关于这方面,姚瀛艇先生不仅用语言来教育子女,更用自身的实际行动来昭示和感染子女。前文已提到,姚瀛艇先生只要在报刊上看到需要捐助的人,往往不留姓名地将钱款寄赠出去,而且他也不让子女们说,像这样不知捐出了多少次。还有前已述及的,平时家属院中的人来找他帮忙,他都毫无保留地以诚相助。他的行为作为一种无声的榜样,已经深深地印在了子女们的心中,并且也落实在了他们的行动中。就笔者和姚瀛艇先生女儿志靖的接触来说,她也是一位温文尔雅、笑容可掬的人,别人提出的希望帮忙的事情,只要能帮得上,她会尽可能地去帮忙。记得,笔者每次去探望姚瀛艇先生时,她或者她的爱人总是非常热情地端茶倒水,使人感到格外亲切。志靖对自己的父亲真可谓是敬重、孝顺有加。姚瀛艇先生在晚年一直和她一家住在一起,她和爱人把姚瀛艇先生的生活起居安排得井井有条,而且还教育女儿要尊敬姥爷,尽可能地为姥爷做些事情。据笔者所知,姚瀛艇先生的一些已发表的或尚未发表的手稿,就是他的外孙女张歌帮他在电脑上一个字一个字打出来的。除了学术上的事情和一般生活起居之外,志靖对姚先生的个人喜好也非常支持。姚瀛艇先生从年轻时就有一个爱好,无论去到哪里,都喜欢购买或搜集各地的地图,后来地图已积攒到好大一摞了。志靖或者她爱人或女儿,都会经常帮姚先生把成摞的地图归类放好,以备需要查看、欣赏时方便拿出来。姚瀛艇先生的另外一个爱好,就是喜欢听、唱京剧。据志靖说,姚先生尤其喜欢于魁智、李胜素、张火丁、赵葆秀等人的戏;在兴致来的时候,他自己也爱唱一些名段,这时他们家人还会为他录像和录音。直到现在,家人还保存着为他录的一些录像和录音。正是在女儿志靖等人的悉心照料之下,使姚先生晚年身心愉快,过着幸福的生活。以姚瀛艇先生从年轻时就比较孱弱的身体,若没有从夫人到子女的周到、悉心的照料,能高寿到已近九十岁的高龄,是不可想象的。可以说,姚瀛艇先生乐善好施的好品质,在子女和孙子辈的身上已传承了下来。

四、吾辈治学之典范,后世育人之楷模

在挂一漏万地记述了姚瀛艇先生的生平事迹之后,笔者心中仍然久久不能平静。作为老一代学术前辈的卓越代表,姚瀛艇先生堪称一位"完人":在学术上,精益求精、求真求善。从他所发表的论著中可见,他不是仅仅为评职称、为获得某种荣誉头衔而写作,他是一位有着家国大情怀的人。在他的笔下,流露出的是对民族复兴、国家发展、百姓安危的关切,是对学术风气匡正的竭尽努力。刘坤太教授就说:"读姚先生的文章,就好像感觉到姚先生是在述说他自己的事情。他是把自己的情感、自己

对后人的期望都寄托在文章之中了";在做人上,饱含深情,崇德向善。无论对学术前辈、对同事、对子女,乃至对其他所有不相识的人,他都怀有深深的情感,真正做到了"己欲立而立人,己欲达而达人"①"仁者爱人"②。他以自己一生的实际行动,践行了他笔下所写的中国传统士人的优秀品质和高尚情操,成为中华优秀传统文化的忠实继承者和无私传扬者。

收录于《宋代思想文化研究》一书中的姚瀛艇先生论文
《论〈新五代史〉的人物评价》

可以说,以姚瀛艇先生为代表的老一代先生们,他们的精神、他们的品质,正映射出了百年河大精神的精髓。这种精神,具有超越时空的永恒价值与意义,绝不会随着岁月的流逝而褪去其光艳的色彩。恰恰相反,在当今时代人们更关注于物质利益、更青睐于感官文化与享乐文化的背景下,老一辈先生们这种超越时空的精神和品性,将会产生更大的震撼力,以及感人心脾

---

① 《论语·雍也》,杨伯峻译注《论语译注》,中华书局,2009,第64页。
② 《孟子·离娄下》,杨伯峻译注《孟子译注》,中华书局,2010,第182页。

的内在激励的动力。诚如孔子的弟子颜渊在提到他的老师时所慨叹:"仰之弥高,钻之弥坚。瞻之在前,忽焉在后。夫子循循然善诱人,博我以文,约我以礼,欲罢不能。即竭吾才,如有所立卓尔。虽欲从之,末由也已。"①

在我日后长期埋首于教学、科研的第一线,对自己所从事的事业不敢有丝毫的懈怠、丝毫的马虎和潦草应付,因此在教学上得到了学生们的认可,在科研上也取得了一些成就,其中很大一部分原因就是受到了老一代先生们无论是在钻研学问上,还是在做人上的极大影响。"当学生们尊称我是'经师与人师的完美结合'时,当学生把我所教的课程赞誉为他'求学生涯15年来所听到的最好的一门课'时,我在深深地感动之余,并没有洋洋自得之意,也没有欣喜若狂之感,我自感在我身上并没有特殊之处,我只是在践行着并力图传承着河大的精神,力图在向前辈们看齐。"②和前辈们相比,我是真心觉得自己还相差很远,需要不断地向前辈们看齐、看齐、再看齐(与前辈先生们亲身接触之后,定会发自肺腑地得出这种结论)。

学术是需要后人传承并加以发扬光大的,治学的精神和做人的品质同样需要后人传承并加以发扬光大。从前辈身上究竟应该传承些什么,并发扬光大些什么? 我想,至少有两点值得我们深思。一是,前辈老先生致力于学问本身而惮于人与人之间的争斗。这就是我们现在所说的:在琢磨事上心眼多一点,在琢磨人上心眼少一点。换句话说就是,做人还是简单一些、厚道一些好,

---

① 《论语·子罕》,杨伯峻译注:《论语译注》,中华书局,2009,第89页。
② 李申申:《幸福在一所淡定的大学——母校河南大学建校百年的断想》,《中国教育报》2012年5月9日第7版(文化·文慧园版)。

对人还是大度些好；做事及研究学问则需多多费些心思、多多动些脑筋，即研究学问时心思复杂一些好。诚如是，把心思多用在钻研学问上，学问岂有钻不透之理？二是，学问的研究忌假大空。前辈老先生研究学问的一是一、二是二、有啥是啥的求真求实精神，到今天仍是那么感人至深。如若我们仅仅为名利而科研，那么在很多情况下都不会恪守求真求实精神，反而会使学问流于虚假和空泛。此方面，前辈老先生无疑是我们须仰视的丰碑！因此，今人在纪念已逝去的德高望重的老先生时，除了感恩、赞颂等情愫之外，最为要紧的是把先生对学术的真诚追求、对学生的一腔挚爱、对他人的谦恭大度传承并发扬光大开来。如是，则学生之甚幸矣，学术界之甚幸矣，乃至民族之甚幸矣！

2002年9月，河南大学九十华诞嵩潭时期校友合影留念

（前排左五为姚瀛艇先生）